LOS NIÑOS

de la

NIEBLA

Cheryl Kaye Tardif

Traducción al español por: Alejandra Martinez

Los Niños de la Niebla

http://www.cherylktardif.com

Primera edición

Imajin Libros

Abril 15, 2018

ISBN: 978-1-77223-362-9

Cubierta diseñada por diseños de zafiro: www.RyanDoan.com

Traducción al español por: Alejandra Martinez:
http://www.babelcube.com/user/alejandra-martinez

Elogios para Los Niños de la Niebla

"Un escalofriante y tenso viaje hacia el más profundo temor de cada padre." -Scott Nicholson, autor de *La iglesia roja.*

"Un thriller de pesadilla con un toque fantasmal, *Los Niños de la Niebla* te mantendrá despierto... ¡y pasando las páginas!" -Amanda Stevens, autor de *El restaurador.*

"Evocando a *The Lovely Bones* (*Desde mi cielo*), Cheryl Kaye Tardif teje una historia de terror que te tendrá apresurándote para revisar a tus hijos mientras duermen. Con exquisita prosa, *Los Niños de la niebla* te atrapa desde el inicio y no te suelta hasta el final." -el aclamado autor Danielle P. Lee, autor de *Inhumanos*

"Lleno de emocionantes giros y vueltas que recuerdan a la obra de James Patterson, Tardif nuevamente tira hasta de la más inflexible cuerda del corazón… *Los niños de la Niebla* te posee desde el principio hasta llegar al fascinante clímax." -Kelly Komm, autora de *Sacrificio*, una obra de fantasía galardonada.

Dedicatoria

Esta novela está dedicada a
Sebastien, Jason & Ben
Y todos los niños que "faltan"...

A quienes han sido llevados demasiado temprano,
Quienes nos dejaron por su propia voluntad,
Quienes fueron regalados por amor,
O aquellos robados de padres amorosos.

A los que han desaparecido en espíritu,
Almas perdidas en las calles de la ciudad,
Y aquellos cuyas mentes los han traicionado,
Siempre recordaremos el verdadero "tú".

Para aquellos que se han quedado rezagados,
Buscando constantemente y sin descanso
A madres, padres, hermanos, hermanas, hijas o hijos.
Que puedan encontrar fuerza y esperanza.

Para los abandonados, olvidados y desaparecidos
Que encuentren una eternidad de amor,
Y para aquellos que son todavía, por siempre y para siempre extrañados,
Que todos ustedes pueden encontrar su camino… a casa.

~CKT

Agradecimientos

Gracias a mis primeros editores y lectores: Francine, Marc, Kelly, David y Eileen, quienes ofrecieron sabios consejos y sugerencias de edición inteligentes.

Un agradecimiento especial a Lynn Hoffman, experto en vinos y autor de *bang bang*, quien sugirió el vino perfecto para esta historia. ¡Saludos!

Gracias a todos mis fans: lectores, clubes de libros, escuelas, bibliotecas, librerías, revisores, etc., por confiar en mí para proveerlos con una entretenida y ojalá emotiva historia.

Y mi agradecimiento eterno a mi esposo Marc e hija Jessica por siempre creer en mí y en mi trabajo.

CHERYL KAYE TARDIF

LOS NIÑOS DE LA NIEBLA

TRADUCIDO POR ALEJANDRA MARTINEZ

Prólogo

14 de mayo, 2007

Ella estaba dispuesta a morir.

Se sentó en la mesa de la cocina, con un vaso medio vacío del preciado vino tinto de Philip en una mano, y una pistola cargada en la otra. Mirando el trozo de metal extraño, deseó que desapareciera. Pero no lo hizo.

Sadie comprobó la pistola y notó la única bala.

—Una es todo lo que necesito.

Si lo hacía bien.

Puso la pistola en la mesa y miró la fotografía enmarcada en estaño que colgaba descentrada por encima del manto de la chimenea. Estaba iluminada por una vela con aroma a vainilla, una de las muchas que lanzaban sombras parpadeantes sobre las paredes de madera áspera de la cabaña.

El dulce rostro de Sam la miraba, sonriendo.

Vivo.

Desde donde estaba sentada, podía ver la pequeña desportilladura en su diente frontal derecho, resultado de un impaciente padre retirando las ruedas entrenadoras demasiado pronto. Pero no tenía sentido culpar a Philip, no cuando ambos habían perdido tanto.

No cuando todo es culpa mía.

Su mirada recorrió el manto. Había tres objetos sobre él además de la vela. Dos sobres, uno dirigido a Leah y uno a Philip, y el portafolio que contenía el disco con las ilustraciones y el manuscrito para el libro de Sam.

Ella lo había terminado, como había prometido.

—Y las promesas no se rompen. ¿Cierto, Sam?

Una sola lágrima quemó mientras bajaba por su mejilla.

Sam se había ido.

¿Qué razón tengo para vivir ahora?

Engulló el último trago acre de Cabernet y dejó caer la botella vacía. Ésta rodó bajo la silla, sin romperse, en el suelo de madera. A continuación, todo quedó en silencio, salvo el antiguo reloj de pie en la esquina más lejana. Su tictac le recordó al zapato del payaso. El que tenía la tachuela.

Tick, tick, tick...

El reloj arrojó un ominoso gong.

Era casi medianoche.

Casi la hora.

Dibujó un símbolo de infinito en el polvo de la mesa.

∞

—Sadie y Sam. Por toda la eternidad.

Gong...

Tragó con fuerza mientras las lágrimas inundaban sus ojos.

—Lamento no haber podido salvarte, bebé. Lo intenté. Dios, lo intenté. Perdóname, Sam. —Sus palabras terminaron en un quejido estremecedor.

Algo arañó la ventana junto a ella.

Ella presionó su rostro contra el cristal y luego se alejó bruscamente hacia atrás con un jadeo.

—¡Desaparece!

Se mantuvieron inmóviles, seis niños que se arrastraban desde el remolino miasma de aire nocturno, persiguiéndola de día y de noche. Rodeados por la niebla iluminada por la luna, comenzaron a cantar. *"Un buen día, en medio de la noche..."*.

—No son reales —ella susurró.

"Dos niños muertos se levantaron para pelear".

Una pequeña mano pálida presionó contra la parte exterior de la ventana. A continuación, las gotas de condensación se deslizaron como lágrimas por el cristal.

Ella estiró su mano, empatándola con la del niño. Temblando, ella se alejó.

—No existen.

El reloj siguió su morbosa cuenta regresiva.

Conforme el popurrí de alcohol y drogas comenzaba a actuar, la habitación comenzó a girar y sintió arcadas. Inhaló profundamente. No podía permitirse el lujo de enfermarse. Sam estaba esperándola.

Las lágrimas se derramaron por sus mejillas.

—Estoy lista.

Gong...

Sin dudarlo, elevó la pistola a su sien.

—¡No! —Gritaron los niños.

Ella presionó el arma contra su piel. La punta del barril estaba fría. Al igual que sus manos, sus pies... su corazón.

Un sollozo estalló desde el fondo de su garganta.

El reloj dio un gong final. Entonces reinó un silencio sepulcral.

Era medianoche.

Los ojos de ella encontraron el rostro de Sam de nuevo.

—Feliz día de las Madres, Sadie.

Tomó una respiración estabilizadora, empujó el arma fuerte contra su piel y cerró sus ojos con fuerza.

—Mami ya está por llegar, Sam.

Apretó el gatillo.

1

Sadie O'Connell dejó escapar una risita burlona mientras miraba la etiqueta de precio del juguete en su mano.

—¿Con qué rellenaron esto, con dinero lavado? —Lanzó el conejito de nuevo en la bandeja y se giró hacia la alta, esbelta mujer junto a ella. —¿Qué le comprarás a Sam por su cumpleaños?

Su mejor amiga le dirigió una sonrisa arrogante.

—¿Qué *podría* comprarle? Tu hijo ya lo tiene todo.

—Ni siquiera empieces, mi amiga.

Pero Leah tenía razón. Sadie y Philip mimaban demasiado a Sam. ¿Por qué no? Habían esperado mucho tiempo para tener un bebé. O al menos, *ella* lo había hecho. Después de dos abortos, el nacimiento de Sam había sido un milagro. Un milagro que merecía ser mimado.

Leah gruñó en voz alta.

—Cristo, es un maldito zoológico aquí.

El Toyz & Twirlz en el centro comercial de West Edmonton estaba abarrotado de clientes entusiastas. La primera venta importante de la temporada de primavera siempre atraía a la gente en tropel. Los padres exhaustos irrumpían en la tienda de juguetes, dándoles un bofetón ocasional a sus caprichosas crías de la manera en que lo harían con una avispa molesta en una barbacoa. Un padre angustiado recorría los pasillos buscando a su hijo, quien al parecer se había despegado de él apenas se había dado la vuelta. En todos los pasillos, los padres gritaban a sus hijos, amenazando, halagando, rogando y luego previsiblemente cediendo.

—¿Quién dejó salir a los animales? —dijo Sadie, sondeando la tienda.

Los chirridos de las ruedas de los carritos y los constantes lloriqueos de cansados niños pequeños le daban dolor de cabeza. Deseó haberse quedado en casa.

—Disculpe.

Una mujer con mullido y crespo cabello decolorado le dio a Sadie una mirada de disculpa. Ella avanzó más allá de ellas, empujando un cochecito ocupado por un alienígena miniatura gritando. A unos metros, se detuvo, se inclinó y limpió algo que parecía flan cuajado de la esquina de la boca del niño.

Sadie se giró hacia Leah.

—Gracias a Dios que Sam ya pasó esa etapa.

A la edad de cinco años, que pronto serían seis, su hijo era la niña de sus ojos. De hecho, era todo su mundo. Un desgarbado granuja con alborotado cabello negro, ojos azul zafiro y perfectos labios arqueados, Sam era el vivo retrato de su madre y el opuesto exacto de su padre en el temperamento. Mientras Sam era dulce, bondadoso, amable y cariñoso, Philip era impaciente y distante. Tan distante que ya rara vez decía *te amo*.

Miró su anillo de bodas. *¿Qué nos sucedió?*

Pero ella sabía lo que había sucedido. Conforme el estatus de Philip como abogado había crecido, más dinero había llegado y la fama se le había ido a la cabeza. Él había cambiado. El hombre del que se había enamorado, el soñador, había desaparecido. En su lugar había alguien a quien apenas conocía, un extraño que había decidido demasiado tarde que él no quería tener niños.

O una esposa.

—¿Qué tal esto? —dijo Leah, dándole un codazo.

Sadie miró fijamente el camión de volteo amarillo.

—Llénalo con un murciélago de peluche y a Sam le parecerá increíble.

La fascinación de su hijo por los murciélagos era casi cómica. La televisión estaba siempre sintonizada en el Discovery Channel mientras su hijo buscaba incansablemente cualquier espectáculo en el que salieran esos animales peludos.

—¿Qué le compró Phil la píldora? —preguntó Leah secamente.

—Un nuevo módulo de Leap Frog.

—Todavía no puedo creer las cosas que ese niño puede hacer.

Sadie sonrió.

—Yo tampoco.

La mente de Sam era una esponja. Él absorbía la información tan rápido que sólo tenían qué mostrarle una vez. Sus poderes de observación eran tan profundos, que había aprendido a desbloquear la puerta con tan sólo mirar a Sadie hacerlo, por lo que Philip había añadido un cerrojo adicional en la parte superior. Para cuando Sam tenía tres años, había descifrado el control remoto y el reproductor de DVD. Sadie todavía tenía problemas para encender el televisor.

Sam...mi dulce, maravilloso, pequeño genio.

—Quizá le compre una película, —dijo Leah. —¿Qué tal *Batman Inicia*?

—Él va a cumplir seis, no 16.

—Bueno, ¿Yo qué sé? No tengo hijos.

A sus treinta y cuatro inviernos, Leah era una atractiva, esbelta morena morena con salvajes ojos castaños de vetas multicolores, espesas pestañas, una sonrisa coqueta y una predilección por los hombres jóvenes. Mientras que el pálido rostro de Sadie tenía una dispersión de pequeñas pecas a través del puente de su nariz y pómulos, la tez de Leah era bronceada y lisa.

Ella había sido la mejor amiga Sadie durante ocho años, eran *hermanas del alma*. Desde el día en que le había enviado un correo electrónico de la nada a Sadie para hacerle preguntas acerca de la escritura y la publicación. Se habían reunido en Book Ends, una popular librería de Edmonton, para lo que Leah había esperado sería un café rápido. Su conexión había sido tan fuerte y tan inmediata, que conversaron durante casi cinco horas. Todavía bromeaban sobre ello, sobre cómo Leah había creído que Sadie sería una escritora celebridad que no le daría ni la hora del día. Pero Sadie le había dado más. Le había dado a Leah un pedazo de su corazón.

Un hombre robusto y guapo, parecido a Colin Farrell pasó junto a ellas en el pasillo, y Leah lo miró alejarse con ojos brillantes.

—Quiero uno de esos —dijo con un suave gruñido. —Para llevar.

—No vas a encontrar al hombre correcto en una tienda de juguetes —dijo Sadie secamente. —Generalmente, todos están ocupados. Y por alguna razón tampoco creo que lo encuentres en el Karma.

El Klub Karma era una popular discoteca en la avenida Whyte. Contaba con la mejor noche de damas en Edmonton, llena de desnudistas musculosos llenos de esteroides. Leah era clienta habitual.

—¿Y por qué no?

Sadie rodó los ojos.

—Porque el Karma está lleno de cachorros sudorosos que sólo están interesados en una cosa.

Leah le dió una mirada en blanco.

—Tener sexo —añadió Sadie. —Sinceramente, no sé lo que ves en ese lugar.

—Qué, ¿eres tonta? —Leah arqueó una ceja y sonrió diabólicamente. —Estoy cumpliendo con mi deber civil. Alguien tiene que enseñarles a esos chicos jóvenes cómo se hace.

—Alguien debería enseñarle a Philip —Sadie murmuró.

—¿Por qué, no se le para?

—¡Jesús, Leah!

—¿Y bien? Confiesa.

—Más tarde quizá. Cuando nos detengamos para tomar café.

Leah miró a su reloj.

—¿Vamos a nuestro lugar habitual?

—Por supuesto. ¿Crees que Victor nos perdonaría si fuésemos a cualquier otra cafetería?

Leah rió.

—No. Empezaría a escatimar en la crema batida si lo traicionamos. Entonces, ¿qué le vas a comprar a Sam?

—Lo sabré cuando lo vea. Estoy esperando una señal.

—Te encanta esa cosa del *destino*.

Sadie se encogió de hombros.

—A veces hay que tener fe en que las cosas se resolverán.

Continuaron por el pasillo, ambas buscando algo para el chico más dulce que conocían. Cuando Sadie encontró una cosa que estaba segura de que a Sam le encantaría, dejó escapar un grito y le dirigió a Leah una mirada de te-lo-dije.

—Esta bicicleta es perfecta. Como su cumpleaños es en realidad el lunes, se la daré entonces. Él obtendrá suficientes regalos de sus amigos en su fiesta el domingo de todos modos.

No podía saber que Sam no podría ver su bicicleta.

Él no estaría ahí para recibirla.

—No las había visto en toda la semana —dijo Víctor Guan. —Un día más y habría llamado al 911.

—Ha sido una semana ocupada —respondió Sadie, dejando caer su bolso en el mostrador. —¿Cómo va el negocio, Víctor?

—Repuntando nuevamente con esta ola de frío.

El joven hombre chino era propietario del Cuppa Capuchino, a pocas cuadras de la casa de Sadie. La cafetería tenía una chimenea de gas, un ambiente relajado y a menudo destacados músicos locales como Jessy Green y Alexia Melnychuk. Víctor no sólo servía las mejores sopas caseras y ensaladas Cesar con queso feta, los mocha lattés eran absolutamente pecaminosos.

Leah hizo fila para el baño.

—Tú sabes lo que quiero.

Sadie ordenó un Chai y un moca.

—¿Viste la niebla esta mañana? —preguntó Victor.

—Sí, llevé a Sam a la escuela envuelta en ella. Apenas podía ver el coche delante de mí.

Ella tembló y Victor le dirigió una mirada preocupada.

—¿Un gato caminó sobre tu tumba, o algo así? —preguntó.

—No, sólo estoy cansada del invierno.

Ella agarró un periódico del estante y se dirigió hacia el nivel superior. El sofá junto a la chimenea estaba desocupado, así que ella se sentó y tiró el periódico sobre la mesa.

El título en la portada la hizo jadear.

¡La Niebla ataca de nuevo!

Su aliento se atoró en su garganta.

—Oh Dios. No otra más.

Una fotografía de una chica rubia, de ojos azules sentada sobre escalones de concreto dominaba la primera página. Cortnie Bornyk, de ocho años, del lado norte de la ciudad de Edmonton, había desaparecido. Según el periódico, la niña había desaparecido en medio de la noche. No había ninguna señal de entrada forzada y no había pruebas de quién se la había llevado, pero los investigadores estaban seguros de que era el mismo hombre que se había llevado a los demás.

Sadie abrió el periódico en la página 3, donde la historia continuaba. Ella se solidarizó con el padre de la chica, un papá que había salido de Ontario para encontrar trabajos de construcción en Edmonton. Matthew Bornyk se había trasladado allí para buscar una vida mejor. No era una mala decisión, considerando que el mercado de la vivienda estaba en auge. Pero ahora él estaba pidiendo el regreso de su hija.

—Aquí tienes —dijo Victor, colocando dos tazas sobre la mesa.

—Gracias —dijo, sin mirar hacia arriba.

Sus ojos estaban pegados a la foto más pequeña de Bornyk y su hija. El hombre tenía una sonrisa plasmada en su rostro, mientras su hija había sido congelada en una pose boba, con la lengua colgando por un lado de su boca.

La pequeñita de papá, pensó Sadie tristemente.

Leah se desplomó en un sillón junto a ella.

—¿Quién es el tipo?

—Su hija fue secuestrada anoche.

—Qué horrible.

—Sí —dijo Sadie, dando un tímido sorbo a su taza.

—¿Alguien vio algo?

—Nada —Ella fijó sus ojos en Leah. —Excepto la niebla.

—¿Piensan que es *él*?

Sadie echó un vistazo al artículo.

—No hay exigencias de rescate todavía. Suena como él.

—Mierda. Con ese van, ¿qué, seis niños?

—Siete. Tres niños y cuatro niñas.

—Falta un niño más —La voz de Leah goteó con temor.

La Niebla, como el secuestrador era conocido, se infiltraba durante la oscuridad de la noche o temprano en la mañana, bajo el manto de una niebla densa. Él mismo se envolvía alrededor de su presa y como una niebla, desaparecía sin dejar rastro, capturando las almas de los niños y robando las esperanzas y los sueños de los padres. Un niño, una niña. En la primavera de cada año. Durante los últimos cuatro años.

Sadie volteó el periódico.

—Vamos a cambiar de tema.

Sus ojos deambularon por toda la habitación, absorbiendo la diversidad de clientes de Victor. En una esquina del nivel superior, tres muchachos adolescentes jugaban poker, mientras que un cuarto observaba y se reía cada vez que uno de sus amigos ganaba. Frente a Sadie, una mujer pelirroja vistiendo una sudadera de color malva tecleaba en una computadora portátil, parando cada cierto tiempo para dirigir a los ruidosos muchachos una mirada frustrada. En el nivel inferior, uno de los habituales, el viejo Ralph, estaba leyendo todos los periódicos de atrás hacia delante. Le daba un trago a su café negro al término de cada página.

—Así que… —Leah arrastró las palabras mientras cruzaba sus largas piernas. —¿Qué está pasando con Phil la píldora?

Sadie frunció el ceño.

—Eso es lo que me gustaría saber. Él dice que está trabajando hasta tarde en la firma.

—Y tú estás pensando, ¿qué? ¿Que él está tonteando por ahí?

Leah nunca le daba rodeos a nada.

—Quizá él sólo está trabajando duro —su amiga sugirió.

Sadie sacudió la cabeza.

—Él llegó a casa a las dos de esta madrugada, apestando a perfume y alcohol.

—¿No está su empresa trabajando en ese caso de derrame de petróleo? Apuesto a que todos los socios están trabajando horas extras en eso.

Sadie bufó.

—Incluída Brigitte Moreau.

Brigitte era la *mano-derecha-mujer* de su marido, como él acostumbraba decirle a menudo. Aparentemente, la nueva adición a las oficinas legales de Warner Fleming era indispensable. La abogada esbelta, rubia, con un par de pechos por los que obviamente ella había pagado, nunca abandonaba el lado de Philip.

Sadie se preguntó qué haría Brigitte cuando tenía que orinar.

Probablemente arrastra a Philip en con ella.

—Podría ser algo perfectamente inocente —sugirió Leah.

—Sí, claro. Yo estuve en la conferencia post-celebración. Les vi juntos, y no había nada inocente acerca de ellos. Brigitte agarraba a Philip del brazo como si fuera su dueña. Y él se reía, susurrando en su oído. —Ella frunció los labios. —Sus compañeros me estaban mirando con ojos condescendientes, sintiendo pena por mí. Yo podía verlo en sus rostros. Incluso *ellos* lo sabían.

Leah se apenó.

—¿Le dijiste algo a él?

—Le pregunté si estaba engañándome de nuevo.

Justo antes de que Sam naciera, Philip había admitido otros dos amoríos. Ambos romances de oficina, según él.

—Ninguno significó nada —dijo él, antes de culpar por sus infidelidades a su vientre hinchado y su falta de interés sexual.

—¿Qué dijo él? —insistió Leah, con la determinación de un pit-bull babeando por un chuletón.

—Nada. Sólo se fue enojado de la casa. Me llamó desde el trabajo justo antes de que llegaras. Me dijo que estaba siendo ridícula, que mis acusaciones eran dolorosas e injustas. —Ella bajó el tono de su voz. — Él me preguntó si estaba bebiendo de nuevo.

—Bastardo. Y tú te preguntas por qué todavía estoy sola.

Sadie no dijo nada. En cambio, pensó en su matrimonio.

Había sido feliz una vez. Antes de su espiral descendente hacia el alcoholismo. En los primeros años de su matrimonio, Philip había sido atento y solícito, apoyando su decisión de concentrarse en su escritura. No fue hasta que empezó a hablar acerca de tener una familia que las cosas habían cambiado.

Ella echó un vistazo a Leah, agradecida por su fiel compañerismo y comprensión. El destino sin duda había intervenido cuando la llevó hacia Leah. Su amiga había ido más allá del deber de amistad, dejando todo en un parpadeo si ella la llamaba. Leah era su apoyo vital, especialmente en los días y las noches cuando la botella la llamaba. Ella había incluso asistido a algunas reuniones de AA con Sadie.

¿Y dónde estaba Philip? Probablemente con Brigitte.

—Venga, mi amiga —Leah dijo, sonriendo. —Sé que realmente quieres maldecir. Déjalo salir.

—Sabes que yo no uso ese lenguaje.

—Eres tan mojigata. Philip es un asno, un bastardo. Déjame oírte decirlo. *Bas...tar...do.*

—Voy a dejar que tú seas la de la boca sucia —dijo Sadie dulcemente.

—Jodidamente correcto. Maldecir es liberador. —Leah tomó un cuidadoso sorbo de té. —Entonces, ¿cómo va el libro?

Sadie sonrió.

—Terminé el texto ayer. Mañana voy a empezar con las ilustraciones. Estoy muy entusiasmada con eso.

—¿Ya tienes un título?

—"Volviéndose loco".

La ceja delgada como un lápiz de Leah se arqueó.

—Hmm…qué apropiado.

Sadie le dio una palmada juguetona en el brazo.

—Se trata de un pequeño murciélago que no puede encontrar su camino a casa porque su radar se descompone. Al principio piensa que está captando las señales de radio, pero luego se da cuenta que capta los pensamientos de otras criaturas.

—Eso es perfecto. A Sam le encantará.

—Lo sé. No puedo creer que esperé tanto tiempo para escribir algo especial para él.

Hacía unos meses, Sadie había decidido tomar un descanso de escribir otro misterio de Lexa Caine, especialmente porque su agente le había conseguido un acuerdo para escribir dos libros ilustrados para niños.

—Ha sido un bienvenido descanso —admitió. —Lexa necesitaba un año sabático. Unas vacaciones.

—Vaya descanso —dijo Leah. —Apenas te he visto. Has estado trabajando día y noche en el libro de Sam.

—Ha valido la pena.

—¿Es más difícil que escribir misterios?

—Aparte de la ilustración, creo que es más fácil —dijo Sadie, algo sorprendida por su propia respuesta. —Pero claro, Sam me inspira. Él es mi musa. Los niños ven las cosas de manera diferente.

—Ojalá tuviera una.

Sadie se quedó boquiabierta.

—¿Una niña?

—Una musa, idiota.

Sadie rió.

—¿Cómo va la candente novela romántica?

—Estoy paralizada. Tengo a Clara atrapada debajo de la cubierta del barco pirata, encerrada en la bodega de carga sin salida.

Dado el éxito de su primera novela, *Sweet Destiny*, Leah había encontrado su campo y estaba trabajando en su segundo romance histórico.

—¿Qué hay en la habitación?

Leah le dirigió una sonrisa irónica.

—Barriles de ron de las Bermudas.

—Bueno, ella no va a beberlo, así que, ¿qué más puede hacer?

—No sé. Ella no puede emborrachar a la tripulación, si eso es lo que estás pensando.

—¿Qué tal si el buque se incendiara?

La emoción se filtró en los ojos de Leah.

—Sí. Un incendio podría calentar realmente las cosas. El juego de palabras es intencional.

Ellas se quedaron en silencio por un momento, perdidas en sus propios pensamientos.

—Hey —dijo Sadie finalmente. —He estado tentada a cortarme el pelo. ¿Qué piensas?

Leah la miró.

—¿Quieres deshacerte de todo ese hermoso cabello? Jesús, Sadie, debes estar volviéndote loca. —En un espeso acento irlandés, dijo, — ¿Has perdido tu mente irlandesa sólo un poquito, lassie?

—Es demasiado trabajo —dijo Sadie con un mohín.

—¿Qué es lo que piensa Philip?

—Estaría feliz si lo mantuviera largo —ella contestó, frunciendo el ceño. —Quizá por eso lo quiero cortar.

Leah se rió.

—Entonces hazlo, chica.

Media hora más tarde se separaron, con Leah ansiosa por regresar a la inocente Clara y su guapo pirata armado con espadas, y Sadie no tan encantada de volver a una casa vacía. Cuando ella se subió a su deportivo Mazda 3, sonrió, aliviada como siempre de haber elegido algo práctico en vez del llamativo y pretencioso Mercedes que Philip conducía.

Miró el reloj y respiró con alivio. Casi era la hora de recoger a Sam de la escuela.

Su corazón omitió un latido.

Tal vez ha habido algún avance el día de hoy.

2

En el instante en que Sam la vio de pie en la puerta del aula, dejó escapar un grito salvaje y cargó hacia ella, casi haciéndola caer.

—Calma, pequeñín —dijo sin aliento. —¿Quién se supone que eres? ¿Tarzán?

—Recién terminamos de ver Pocahontas — dijo una voz de mujer.

—Hola, Jean —dijo Sadie. —¿Cómo fueron las cosas hoy?

Jean Ellis impartía una clase para niños con discapacidad auditiva.

—Como siempre —respondió la maestra de kinder. —Ningún cambio, me temo.

Sadie trató de ocultar su decepción.

—Tal vez mañana.

Estudió a Sam, quien podía oír todo bien.

¿Por qué no habla?

—¿Tuviste un buen día, cariño?

Haciendo caso omiso de ella, Sam se colocó encima una chaqueta de invierno y enfundó sus pies en un par de botas aislantes.

—Fue un gran día —dijo Jean, con voz cantarina. —Sam hizo un amigo. Uno real esta vez.

Sadie se asombró. El primer amigo verdadero de Sam. Bien, a menos que ella contara a su amigo invisible, Joey.

—Hey, pequeñín —dijo ella, agachándose para rodearlo con sus brazos. —Mamá te echó de menos hoy. Pero me alegro de que tengas un nuevo amigo. ¿Cuál es su nombre?

Cuando Sam no contestó, Sadie miró a Jean.

—Victoria —dijo la mujer con un guiño.

Sonriendo, Sadie alborotó el pelo de Sam.

—Okay, encanto. Vámonos.

Tras una rápida despedida a Jean, tomó la mano de Sam. Siempre le asombraba lo perfectamente que cabía en la de ella, cuán suave y cálida era su piel.

Fuera en el aparcamiento, desbloqueó el coche y Sam corrió hacia el asiento auxiliar en la parte de atrás. Ella se inclinó hacia adelante, abrochó su cinturón de seguridad, y besó su mejilla.

—¿Muy cómodo y tibio?

Él le dio los pulgares hacia arriba.

Saliendo de la escuela, ella echó una mirada en su espejo retrovisor. Sam miraba hacia el frente, desinteresado por la risa de los niños que esperaban a que sus padres los recogieran. Su hijo era un chico tímido, un solitario que inintencionalmente asustaba a los niños debido a su incapacidad para hablar.

Su falta de voluntad para hablar, ella se corrigió.

Sam no había sido siempre mudo.

Sadie le había enseñado el alfabeto a los dos años. A la edad de tres años, leía frases cortas. Entonces un día, sin razón aparente, Sam había dejado de hablar.

Sadie estaba devastada.

¿Y Philip? No había palabras para describir su comportamiento errático. Al principio parecía mortificado, preocupado. Luego gritó acusaciones contra ella, insinuando tantas cosas tan horribles que después de un rato incluso comenzó a dudar. Durante un intercambio desagradable, la había agarrado, sus dedos enterrándose en sus brazos.

—¿Bebiste mientras estabas embarazada? —le preguntó.

—¡No! —Ella gimió. —No he tomado una gota.

Sus ojos se estrecharon con incredulidad.

—¿De verdad?

—Lo juro, Philip.

Él la miró por un largo tiempo antes de sacudir la cabeza e irse.

—Tenemos que conseguirle ayuda —le dijo ella, corriendo tras él.

Philip giró sobre sus talones.

—¿Qué es exactamente lo que sugieres?

—Hay un especialista en el centro. El Dr. Wheaton me lo recomendó.

—El Dr. Wheaton es un idiota. Sam hablará cuando esté listo. A menos que lo hayas jodido para siempre.

Sus insensibles palabras cortaron dentro de ella profundamente, y después de que él regresara al trabajo, cogió el teléfono y reservó la primera cita de Sam. No se sentía bien actuando a espaldas de Philip, pero él no le había dejado elección.

Para cuando Sam tenía tres años y medio, había sido sometido a numerosas pruebas de inteligencia y audición, radiografías, ecografías y asesoramiento psiquiátrico, pero nadie podía explicar por qué no quería decir una palabra. Sus cuerdas vocales estaban perfectamente sanas, según un especialista. Y tenía razón. Sam podía gritar, llorar o chillar. Habían oído lo suficiente de *eso* cuando era más joven.

Sadie finalmente logró arrastrar a Philip a la cita, pero el psicólogo, un pequeño hombre tímido vistiendo una llamativa corbata de rayas rojas que gritaban *sobrecompensación*, no tenía buenas noticias para ellos. Estaba sentado detrás de una mesa metálica estéril, todo el rato viendo a Philip y temblando como si tuviera Tourette.

—Su hijo está sufriendo algún tipo de trauma — dijo el hombre, señalando lo que parecía obvio a Sadie.

—¿Pero qué podría haberlo causado? —preguntó consternada.

El doctor jugueteó nerviosamente con su corbata.

—Estos síntomas a menudo son el resultado de alguna forma de… de abuso.

Philip saltó a sus pies.

—¿Qué diablos está diciendo?

Todo el cuerpo del hombre se sacudió.

—Estoy diciendo que quizá alguien o algo asuste a su hijo. Como peleas entre los padres, o ser testigo de abuso de drogas o alcohol.

Sadie se encogió ante sus últimas palabras. La mirada que Philip le dirigió fue uno de puro odio. Y censura.

El médico tomó una respiración profunda.

—Y por supuesto, existe la posibilidad de violencia física o sexual.

Sin decir una palabra, Philip salió furioso del consultorio médico.

Sadie corrió tras él.

Él la culpaba a ella, por supuesto. Según él, era su bebida lo que había causado sus abortos. *Y* el retraso en el desarrollo verbal de Sam.

Esa noche, después de que Sam se hubo ido a la cama, Philip rebuscó en todos los cajones del aparador. Después buscó en el armario.

Ella lo observaba aprehensivamente.

—¿Qué estás haciendo?

—¡Buscando las botellas! —ladró.

Ella susurró en un suspiro.

—Ya te lo dije. *No* estoy bebiendo.

—Una vez que eres borracho…

Ella se acobardó cuando él se acercó a ella, su rostro inundado con ira.

—¡Es *tu* culpa! —gritó.

La culpa le hacía cosas terribles a las personas. Era una fuerza invisible, tan destructiva que ni siquiera Sadie podía luchar contra ella.

Miró en el espejo retrovisor y observó el rostro en forma de corazón y grave expresión facial de Sam. Se preguntó por millonésima vez por qué no quería hablar. Ella daría cualquier cosa por poder oír su voz, por escuchar una palabra. *Cualquier* palabra. Había estado orando por que el entorno escolar pudiera romper la barrera del idioma.

No hubo tal suerte.

De repente, se sintió desesperada por oír su voz.

—¿Sam? ¿Puedes decir mamá?

Él señaló la palabra *mamá*.

—Vamos, cielo —ella suplicó. —*Mma Maa*.

En el espejo, sonrió y la señaló a ella.

Las lágrimas inundaron sus ojos, pero ella parpadeado para alejarlas. Un día él *iba a* hablar. La llamaría mamá y le diría que la amaba.

—Algún día —le susurró.

Por ahora, sólo tenía que conformarse con el innegablemente fuerte vínculo que sentía. La conexión entre la madre y el niño se había forjado en el momento de la concepción y ella siempre sabía cómo se sentía Sam, incluso sin palabras entre ellos.

Giró hacia abajo al camino que conducía a la tranquila subdivisión en el lado sureste de la ciudad de Edmonton. Se detuvo en la entrada y pulsó el control remoto de la puerta del garaje, notando inmediatamente el elegante Mercedes plateado aparcado en el espacioso garaje para dos autos.

Su aliento quedó atrapado en la parte posterior de su garganta.

Philip estaba en casa.

—Okay, hombrecito —murmuró. —Papi está en casa.

Liberó a Sam del asiento de atrás y se dirigió a la puerta. Él se retorció hasta que ella lo bajó. Entonces corrió hacia la casa, directo escaleras arriba. Ella hizo una mueca cuando oyó azotar la puerta de su cuarto.

—Creo que ninguno de nosotros está demasiado emocionado por ver a tu papá —dijo ella.

Arrojó sus llaves en un plato de cristal sobre la mesa cercana a la puerta, dejó su bolso en el escritorio, pateó fuera sus zapatos, infló el pecho y se dirigió hacia la zona de guerra.

Pero la puerta de la oficina de Philip estaba cerrada.

Ella giró hacia la cocina en su lugar.

La guerra puede esperar. Siempre lo hace.

Al pasar por la puerta de su oficina una hora más tarde, oyó a Philip berrear a alguien en el teléfono. Quien quiera que fuera, estaba recibiendo una buena ración de gritos. Un minuto más tarde, algo golpeó la puerta.

Ella retrocedió.

—No agites el avispero, Sadie.

Philip permaneció encerrado en su oficina y se negó a salir para la cena, así que ella hizo una comida rápida de perritos calientes para Sam y una ensalada para ella. Ella dejó un plato de sobras de la noche anterior de jamón, patatas y verduras en la encimera para Philip.

Después, le dio a Sam un baño y lo vistió para ir a la cama.

—Tía Leah vino hoy —dijo ella, abotonando la parte superior de su pijama. —Ella me pidió que saludara a su niño favorito.

No había mucho más que decir, excepto que había terminado de escribir la historia de murciélagos. Ella no iba a decirle que había ordenado su tarta de cumpleaños y le había comprado una bicicleta, la cual había introducido con dificultad en la casa por sí misma y había ocultado en el sótano.

—¿Quieres que te lea un cuento? —preguntó.

Sam sonrió.

Ella se sentó en el borde de la cama y señaló hacia la biblioteca con su cabeza.

—Elige.

Él vagó por las filas de libros, mirándolos cuidadosamente. A continuación, se centró en un libro de columna blanca. Era la misma historia que elegía cada noche.

—¿Mi amigo imaginario de nuevo? —preguntó, divertida.

Él asintió con la cabeza y se metío en la cama, instalándose bajo las mantas.

Sadie se acurrucó junto a él. A medida que leía acerca de Cathy, una joven con un amigo imaginario que siempre la metía en problemas, ella no pudo evitar pensar en Sam. Durante el año pasado, había sido inflexible sobre la existencia de Joey, un chico de su edad que juraba que vivía en su habitación. Ella había captado con frecuencia a Sam sonriendo y asintiendo con la cabeza, como si se tratara de una conversación. Sin palabras, sin signos, sólo raras expresiones faciales. Algunos días él parecía perdido en su propio mundo.

—Lisa dice que debes cerrar los ojos —leyó.

Los ojos de Sam se agitaron y se cerraron.

—Ahora gira esta página y utiliza tu imaginación.

Él dio vuelta a la página, luego abrió sus ojos. Se iluminó cuando vio el colorido dibujo de Lisa, la amiga imaginaria de Cathy.

—¿Puedes verme ahora? —ella leyó, sonriendo.

Sam señaló a la niña en el espejo.

—Buenas noches, Cathy. Y buenas noches, amigo. El fin.

Ella cerró el libro y lo colocó junto al reloj de batiseñal en la mesilla de noche. Entonces ella se corrió fuera de la cama, se inclinó hacia abajo y besó la piel cálida de su hijo.

—Buenas noches, Yo-soy-Sam.

Su pequeña mano se estiró. Con un dedo, dibujó una *'S'* en el aire. Su ritual nocturno.

—S…de Sam —dijo ella suavemente.

Y como cada noche, ella dibujó el reflejo.

—S… de Sadie.

Juntos, ellos crearon un símbolo de infinito.

Ella sonrió.

—Por siempre y para siempre.

Ella apagó la lámpara de la mesilla de noche y salió fuera de la habitación. Cuando miró sobre su hombro, vio el angelical rostro de Sam iluminado por la luz del pasillo. Tras cerrar la puerta, presionó su mejilla contra ella y cerró los ojos.

Sam era el único que realmente la amaba, que confiaba en ella. Desde el primer día en que posó sus enormes ojos de pestañas negras en los suyos, ella se había enamorado completamente y sin lugar a dudas. El amor de madre no podía ser más puro.

—Mi hermoso niño.

Al apartarse, chocó con algo duro y alto. Su sonrisa desapareció cuando ella lo identificó.

Philip.

Y él no estaba feliz. Ni un poquito.

Él la miraba, con una mano fija contra la pared para impedirle la huida. Sus labios, los mismos que le habían sonreído a ella tan carismáticamente la noche en que se habían conocido, estaban curvados con desprecio.

—Podrías haberme dicho que Sam se iba a la cama.

Ella lo esquivó.

—Estabas ocupado. Como de costumbre.

—¿Qué diablos significa eso?

Ella se encogió por su tono abrasivo, pero no dijo nada.

—No te vas a poner paranoica conmigo de nuevo, ¿o sí? —La

agarró del brazo. —Ya te lo dije. Brigitte es una compañera de trabajo. Nada más. ¡Jesús, Sadie! No eres una niña. Tienes casi cuarenta años. ¿Qué diablos te pasa últimamente?

—Nada, Philip. Y voy a cumplir treinta y ocho este año. No cuarenta. —Ella jaló su brazo libre de él, luego pasó rozándolo rumbo al dormitorio.

Su matrimonio era una farsa.

—Condenado desde el principio —su madre le había dicho una noche cuando Sadie, un desastre sollozosante, la había llamado después de que Philip hubo admitido su primera aventura.

Pero ella había demostrado que su madre estaba equivocada. ¿O no? Las cosas parecían mejores el año después de que Sam nació. Luego, ella y Philip comenzaron a pelear de nuevo. Últimamente, se había convertido en un evento de cada noche. Al menos en las noches en que volvía a casa antes de que ella se fuera a dormir.

Philip entró en la habitación y cerró la puerta.

—Sabes, —dijo. —Has sido una perra durante meses.

—No es cierto.

—Una perra frígida. Y ambos sabemos que no es a causa del Síndrome pre menstrual, ya que no tienes eso más.

Estremeciéndose, ella miró su triste reflejo en el espejo del aparador. Ya debería estar acostumbrada a sus descuidados insultos. Pero no lo estaba. Cada vez, era como si un cuchillo perforara más profundamente en su corazón. Uno de estos días, no sería capaz de sacarlo. Y entonces, ¿qué serían? ¿Sólo otra estadística?

Philip esperó detrás de ella, nervioso, pasando una mano a través de su pelo castaño entrecano.

Por un momento, se sintió avergonzada de sus pensamientos.

—¿Siquiera me escuchas? —Farfulló él con indignación.

Y el momento pasó.

Ella suspiró, agotada.

—¿Qué quieres que te diga, Philip? Nunca estás en casa. Y cuando lo haces, estás ocupado trabajando en tu oficina. No hacemos nada juntos ni vamos a ningún…

—¡Cristo, Sadie! Acabamos de salir con Morris y su esposa.

—No me refiero a las funciones de la empresa —argumentó. — Nunca vemos a nuestros viejos amigos ya. Nunca vamos al cine, nunca nos sentamos a hablar, nunca hacemos… el amor.

Philip cruzó sus brazos y frunció el ceño.

—¿Y de quién es la culpa? Ciertamente no mía. Eres la única que se aleja cada vez que intento acercarme a ti. Sabes, un hombre sólo puede manejar cierto rechazo antes…

—¿De qué? —Ella se giró para enfrentarlo. —¿Antes de ir a buscar en otro lugar?

Él la miró durante un largo momento y el aire se volvió rancio por la tensión, enrollándose alrededor de ellos con el sigilo de una serpiente venenosa, con los colmillos expuestos, dispuesta a atacar.

Cuando él finalmente habló, su voz era tranquila, derrotada.

—Quizá si me dieras algo del amor que derramas sobre Sam a *mí de* vez en cuando, yo no estaría tentado a buscar en otra parte.

Él caminó fuera de la habitación, sus pisadas atronadoras escaleras abajo. Un minuto más tarde, una puerta se cerró de golpe.

Ella expulsó un suspiro tembloroso.

—Cobarde.

No estaba segura si lo decía por Philip...o por ella misma.

Corriendo las cortinas, miró a través de la ventana hacia la calle débilmente iluminada. Estaba desprovista de cualquier tráfico en movimiento, sólo unos pocos vehículos estacionados recubrían las aceras. El tenue murmullo de la puerta del garaje le hizo apretar las cortinas. Escuchó las desafiantes revoluciones del motor y, a continuación, vio como el Mercedes retrocedía por la cochera, el humo de escape helado detrás de él. La superficie de la calle brillaba por los nuevos cristales de hielo, y el coche salió huyendo a gran velocidad, los neumáticos girando sobre el pavimento.

Philip siempre parecía tener la última palabra.

Ella observó el brillo incandescente de las luces traseras mientras se desvanecía en la noche. A continuación, el parpadeo de la farola cruzando la carretera atrajo su mirada. Frunció el ceño cuando la luz se apagó. Uno de los perros de los vecinos comenzó a ladrar, tanto por la abrupta oscuridad como por la ruidosa salida de Philip. No estaba segura de cuál.

Y luego algo salió de los arbustos.

Una torpe sombra arrastrando los pies por la acera, a unos metros a la derecha de la lámpara. Era un hombre, de eso estaba segura. Podía distinguir una pesada chaqueta y algún tipo de sombrero, pero no podía discernir nada más.

El hombre se detuvo cruzando la calle desde su casa.

Sadie estaba segura de que él estaba mirándola.

Tembló y caminó fuera de la vista, corriendo las cortinas de vuelta a su lugar. Cuando su respiración se calmó, se acercó lentamente hacia la ventana de nuevo y echó un vistazo subrepticio.

Gail, la vecina de la calle de enfrente, estaba caminando con Kali, un Shih Tzu caniche. Pero aparte de la mujer y su perro, la acera estaba vacía.

Sadie cerró todas las puertas y ventanas, y activó la alarma de seguridad.

3

Después de que Sadie dejara a Sam en la escuela la mañana siguiente, manejó a Sobeys por leche y detergente para lavar la ropa. Al pasar por la sección de panadería, fue detenida por Liz Crenshaw, una demostradora de alimentos vivaz que hablaba más de una milla por minuto.

—¡Sadie! Estaba pensando en ti. ¿Cómo estás?

Aunque la pequeña mujer estaba en los comienzos de sus años cincuenta, se veía más cerca de treinta y cinco años de edad. Liz tenía tres hijos y cuatro nietos que vivían en el este. Sin su familia alrededor para consentir, ella era una ventosa con Sam. Y Sam la adoraba.

—¿Cómo le va a tu pequeño? —preguntó Liz, acomodando un rizo castaño rojizo suelto detrás de la oreja. —Será su cumpleaños pronto, ¿no es cierto?

Sadie metió la leche bajo el brazo y alcanzó una tarta de flan de muestra.

—El lunes. Pero su fiesta es el domingo. Está entusiasmado por todos los regalos de cumpleaños que va a recibir.

Liz le pasó una cuchara de plástico.

—¿Qué le compraste?

—Una bicicleta nueva —dijo Sadie entre bocados. —No se la daré hasta el lunes, sin embargo.

—Me gustaría darle algo. De parte de la tía Liz. ¿Qué le gustaría, cielo? ¿Juegos? ¿Libros?

Sadie sonrió.

—Un murciélago mascota.

La mujer tembló.

—Ugh. Ese muchacho tiene un gusto extraño.

Sadie frunció el ceño al plato de muestra vacío en su mano, luego vorazmente ojeó los demás sobre el soporte.

—Sí, estoy tratando convencer a mi marido de comprarle un cachorro como compromiso.

—Aw, apuesto a que a Sam le encantará.

—Sí, pero Philip no ha aceptado todavía.

Y probablemente no lo haga.

Después de dos muestras más, Sadie se dirigió a casa. Mientras manejaba, pensó en la relación de Philip con Sam. Él apenas veía a su hijo. Cuando lo hacía, siempre había una tensión incómoda en el aire. Nunca le decía nada a Sam, a menos que él quisiera que recogiera algo del suelo, y entonces la voz de Philip siempre era intolerante. Y él nunca jugaba con Sam. Siempre estaba demasiado ocupado, o no quería arrugar su camiseta o ensuciar sus pantalones.

Dejó escapar un suspiro. Daría cualquier cosa por ver a Philip en el suelo, junto a su hijo, ambos jugando con los dinosaurios o figuras de acción, cualquier cosa.

Al entrar en la casa, se dirigió directamente a la cocina y colocó leche en la nevera. En la lavandería, depositó una carga de oscuros y arrojó los blancos en la secadora. La mañana pasó rápidamente mientras se perdía en su rutina regular de los quehaceres domésticos.

Después de comer algo, se sentó en el pequeño escritorio en un rincón de la sala. Sacó algún papel acuarela y comenzó a trazar la portada para *Volviéndose Loco.* Para las dos de la tarde, había creado los contornos para la tapa y las primeras cuatro páginas.

—Tienes buen aspecto —le murmuró.

Empaquetó los dibujos y comenzó a enderezar las almohadas en los dos sofás. Echando una mirada alrededor de la habitación, frunció el ceño por su blanca y austera sencillez. Ella quería decorar la habitación espaciosa con flores frescas y coloridas. Pero Philip no lo toleraría. Le gustaban las cosas como estaban. Todo en su lugar, sin toques frívolos. La única habitación en la que le había permitido libre elección era la de Sam.

Sonó el teléfono. Era su agente en Calgary.

—Hey, Jackson —dijo ella. —Pensé que te habías olvidado de mí.

Hubo un suspiro fingido en el otro extremo.

—Yo nunca podría hacer eso. Eres una Starr, ¿recuerdas?

La Agencia Literaria Starr, dirigida por el nativo de Toronto Jackson Starr, daba dura competencia a los peces gordos en Nueva York.

—¿Has sabido algo de la gira de conferencias? —preguntó ella.

—Es por eso que estoy llamando. Te he reservado en cinco ciudades en septiembre, incluida la Conferencia de escritores de Crimen en Toronto y Mentes Criminales Trabajando, en Nueva York.

Ella sonrió al teléfono.

—¿Cuán rica me hiciste?

—Cinco mil, más el hotel y gastos de viaje.

—Bien, me hiciste el día. Gracias.

—No hay problema. Voy a depositar el cheque en tu cuenta esta tarde. —Hubo un revoloteo de papeles —Así que, ¿cuándo vienes a visitarnos?

La mirada de Sadie fue atraída hacia la puerta de la oficina de Philip. Él estaba en el trabajo, pero ella todavía sentía su presencia, su desaprobación. No le gustaba Jackson, estaba celoso de él.

—Lo siento, Jackson. No voy a poder alejarme por un tiempo. Quizás cuando termine el libro de Sam.

—¿Cómo va eso?

Ella le informó de su progreso, luego colgó.

El pensamiento del dinero extra en su cuenta privada la puso eufórica. Philip mantenía el control sobre la mayor parte de su dinero, que él había depositado en inversiones. Le daba una asignación semanal para el mantenimiento de la casa con el acuerdo que todo el dinero que ella ganara sería usado para sus gastos básicos y los de Sam. Gracias a Dios, ella tenía un ingreso decente. Quizás este verano podrían finalmente ir a Disneylandia.

Imágenes de unas vacaciones en familia, el sol, castillos y paseos llenaron su mente y prácticamente bailó en la lavandería. Cuando la tercera carga estuvo seca, dobló la ropa de Sam y la colocó en una cesta, junto con un par de calcetines de Philip que había descubierto detrás de la lavandería. Colocando el canasto debajo del brazo, marchó trabajosamente escaleras arriba.

En el dormitorio principal, abrió el cajón superior de la cómoda alargada y trató de ignorar las cinco pequeñas botellas de alcohol que resonaron juntas. Philip había realizado un intento flojo por ocultarlas bajo sus calzoncillos largos.

Cinco botellas, cinco bebidas.

Arrojó los calcetines dentro y cerró el cajón. Luego se movió hacia el pasillo, dudando fuera de la puerta del dormitorio de Sam. No estaba segura de por qué, pero cuando su mano tocó el pomo de latón, el pelo en la parte de atrás de su cuello se erizó. Con una risa nerviosa, giró la perilla y se adentró en el interior.

Una rápida mirada al dormitorio de Sam le dijo que no había nada fuera de lo normal, así que colocó la canasta de lavandería en la cama, junto a una camiseta de Batman que habían sido arrojada sobre la almohada.

Olió la camiseta.

—Limpia.

Tras doblarla, la colocó en la parte superior de la cesta. Entonces reunió los juguetes de T-Rex, Raptors y Pterodactilos que estaban dispersos en el suelo y los puso en el baúl. Unos minutos más tarde, la ropa de Sam había sido guardada en la cajonera, con la excepción de una chaqueta Oilers.

Avanzó hacia el armario, con la chaqueta en la mano.

Sss...

El sonido la hizo detenerse.

—Cálmate ya. ¿Qué diría Philip si te viera? —rió burlonamente. —Él diría que estás siendo una estúpida necia.

Abrió la puerta.

El armario era un revoltijo de juguetes y ropa. En el suelo, atascado entre dos animales de peluche, un globo rojo sobrante del desfile del Día de San Valentín silbaba, burlándose de ella.

Mientras se desinflaba, ella hizo eco del sonido.

—Idiota.

Colgó la chaqueta, tiró el globo en la basura y fue abajo. Una hora más tarde se dirigía a recoger a Sam, el globo completamente olvidado.

—Es viernes —dijo mientras salían de la escuela. —Día de parque.

Sam dejó escapar un whoop, su boca manchada con Kool-Aid de naranja.

Ella frunció el ceño.

—Tenemos que lavarte la cara antes de que papá te vea.

Cruzaron el estacionamiento y siguieron la acera hasta el patio de recreo. Una ligera capa de nieve cubría todavía la hierba, pero no disuadía a la docena de niños que jugaban en el parque.

Sentó a Sam en un columpio y cerró sus dedos sobre los de él.

—Sostente fuerte, cariño. No te sueltes.

Ella le dio un suave empujón. Y luego otro.

La luz del sol bailaba en el cabello negro de Sam, sus ojos se cerraron y se inclinó hacia atrás. Él subió más y más alto, sus piernas agitándose con alegría. Una de sus botas se deslizó fuera y aterrizó a unos metros de distancia. Sam ni siquiera se dio cuenta.

—Estás volando —dijo Sadie, sonriendo. —Como un murciélago, Sam.

Mirándolo, sintió una repentina necesidad de congelar el momento, saborearlo eternamente. Momentos como estos la hacían desear había traído una cámara.

Ella escuchó su suave risita. Se desarrollaba lentamente, luego explotó en un ataque de risa contagiosa.

Incluso la joven madre junto a ella no pudo evitar sonreír.

—Él lo está pasando muy bien —dijo la mujer.

Sadie asintió con la cabeza.

—Oh, quién fuera joven y desenfadado.

—Tienes razón… ¡Andrew!

Distraída por las payasadas de un desgarbado niño pecoso escalando por la parte superior de la cubierta de la resbaladilla, la mujer corrió, dejando a su hija todavía pequeña en el columpio para bebés junto a Sam.

Sadie miró tras ella con incredulidad. ¿Qué estaría pensando esa mujer? ¿Cómo podía ella dejar a su hija con una completa desconocida después de que una niña había sido secuestrada?

Su mirada se desvió hacia el patio de la escuela.

Un grupo de madres conversaban en una mesa de picnic, mientras que un muchacho de tez olivácea de aproximadamente cuatro años vagaba peligrosamente cerca del concurrido estacionamiento. A unos metros, un muchacho mayor de quizás trece empujaba a una niña regordeta fuera de los escalones de la resbaladilla, y un bebé de sexo indistinto jugaba en el arenero, comiendo polvo gourmet mezclado con Dios sabe qué más. Y todo eso era ignorado por las mujeres en la mesa.

La niña en el columpio para bebés dejó salir un grito suave.

Moviendo su cabeza con frustración, Sadie desaceleró el columpio de Sam. Mientras le ayudaba a bajar, ella estaba dividida entre el deseo de llevarlo a casa y no querer dejar a la niña sola.

Sus enormes ojos marrones capturaron los suyos.

—¿Mamá?

Sadie detectó su miedo.

—Tu mamá volverá pronto.

La niña sollozó, sus ojos inundados con lágrimas.

Unos minutos más tarde, la madre llegó corriendo.

—Caray, pensarías que estaba siendo asesinado, por cómo gritaba. —Ella señaló con su cabeza en la dirección del muchacho pecoso.

Los labios de Sadie se apretaron.

—Tu hija estaba preocupada.

La joven mujer abrió los ojos desmesuradamente y dejó escapar una risita burlona tosca.

—¿Hija? Ella no es mi hija. Ninguna de los dos lo es. Soy su niñera.

Sadie se horrorizó.

—¿Su niñera?

—Hey, la gente me confunde con su mamá todo el tiempo —dijo la mujer, como si la maternidad no fuera nada más que una insignia que podía comprar en el supermercado local.

Mientras la mujer ayudaba a la niña a bajar del columpio, Sadie le dirigió una mirada despectiva y poco más que una respuesta. Sin otra palabra, tomó la mano de Sam y lo llevó de vuelta al coche.

—Cómodo y tibio —dijo ella, encajando el cinturón de seguridad en su lugar.

Ella subió en el asiento del conductor. Cuando llegó a la puerta, algo hizo que mirara al otro lado de la calle.

Un hombre solitario usando gafas de sol reflejantes y un sombrero de vaquero echado sobre su rostro esperaba en un sedán gris con la ventana abajo hasta la mitad. Ella no podía distinguir sus facciones, pero sí vio la orgullosa sonrisa en su rostro mientras observaba a su hijo o hija jugando en el parque.

Desearía que Philip se tomara el tiempo para traer aquí a Sam.

Ella salió en reversa y enfiló hacia el estacionamiento para salir.

Fue entonces cuando notó al hombre en el coche de nuevo. Él ya no estaba mirando hacia el parque. Su ensombrecida mirada estaba dirigida hacia ella. Al pasar junto al hombre, se sintió aliviada cuando él apartó la mirada.

4

—Llámame y hazme saber si vas a estar en casa para la cena —dijo Sadie en respuesta al saludo de Philip en su correo de voz.

Desanimada, colgó el teléfono.

Eran casi las seis y necesitaba conversar con él antes de que las cosas se salieran de control.

Tal vez ayudaría ir a terapia.

Ella dejó escapar un huff.

El día en que Philip aceptara cualquier tipo de asesoramiento sería el día en que los cerdos, ovejas *y* vacas volaran.

Un *golpe sordo* llegó de la habitación de Sam.

—Cariño, ¿estás bien?

Ella escuchó desde la parte inferior de las escaleras, pero él no estaba llorando así que caminó hacia el salón.

Sonó el teléfono.

—¿Hola?

Todo lo que escuchó fue una respiración, una respiración pesada.

Ella colgó. Había estado recibiendo un montón de llamadas de broma últimamente.

El teléfono sonó una segunda vez.

Ella lo recogió.

—¿Hola?

Más respiración.

—¿Hay alguien ahí? —Ella suspiró, irritada por el silencio. —¿Es lo mejor que puede hacer? —Cuando todavía no hubo respuesta, dijo, —Espero que esto sea tan bueno para usted como lo es para mí.

Una risa divertida estalló en el otro extremo.

—Leah —ella murmuró.

—Hey, Sadie —dijo su amiga con un bufido. —¿Qué planes tienes para esta noche?

—No estoy segura. Esperaba que Philip llegara a casa temprano para variar. ¿Qué hay de ti?

—Necesito salir. Mi vecina tiene una fiesta cada viernes por la noche y te juro que el techo se va a caer encima de mí en cualquier momento. Por supuesto, esto no sería tan malo si me invitaran.

Sadie escuchó la frustración en la voz de Leah.

—¿Por qué no vienes a cenar? —dijo.

—¿No te molesta?

—Por supuesto que no, boba. —*Pero a Philip podría.*

Aunque ella nunca le diría *eso* a Leah, aún cuando su amiga ya sabía que Philip no era su fan número uno. Tenía problemas con Leah. No estaba de acuerdo con su estilo de vida, su estilo o su influencia sobre Sadie. Él había estado intentando durante años lograr que Sadie se hiciera amiga de algunas de las esposas de la empresa. Eso sería bueno para él.

—Bien… —Leah arrastró la palabra, pretendiendo meditar sobre la oferta de alimentos gratuitos. —Está bien, voy a ir. Estaré allí en 20 minutos. Pero tan pronto como Phil la píldora llegue, me largo. ¿Comprendes?

—Lo tengo.

—¿Qué hay para la cena?

Sadie sonrió.

—El favorito de Sam.

—¿KD? —se quejó Leah.

—No —dijo Sadie, riéndose. —Su otro favorito. KFC.

—¡Impresionante! Estaré allí en 10 minutos.

Leah apareció en la puerta, vistiendo un par de pantalones negros apretados que acampanaban en los tobillos y una blusa de estilo gitano extravagante en colores bronce y plata.

—Hey, es viernes por la noche —dijo cuando vio a Sadie levantar la ceja. —Voy a salir más tarde. Ahora, ¿dónde está el hombre de la casa?

—¡Sam! ¡La tía Leah está aquí!

Una bola de energía voló escaleras abajo y aterrizó en brazos de su amiga.

Leah gruñó.

—Estás creciendo, amigo.

Sam miró a Leah y esbozó una sonrisa traviesa.

—Mañana tendrás seis —dijo ella, besando su mejilla.

—Bueno, él los cumple oficialmente hasta el lunes —Sadie le recordó.

Leah levantó un hombro delgado.

—Semántica. —Bajó a Sam. —¿Estás emocionado por tu cumpleaños?

Él asintió con la cabeza, luego soltó una risita y corrió de vuelta arriba.

—La cena estará aquí pronto —dijo Sadie, rumbo a la cocina.

Leah la siguió.

—Supongo que el estimado abogado no está aquí todavía.

—No.

—Entonces aún piensas que él es…

Sadie la detuvo con una mirada punzante.

—Ah… —Leah murmuró. —Sabes, hasta tener pruebas, yo no me obsesionaría demasiado con esa idea. Por lo que sabes podría ser algo perfectamente inocente.

Sadie puso una cara agria.

—O podrías tener razón —añadió Leah rápidamente.

—No sé qué hacer.

—Tienes que hablar con el hombre. Pero debes estar preparada. Es posible que no te guste lo que oigas. La voz de Leah se ablandó. —Dios, tú no mereces…

Sonó el timbre de la puerta.

—Llegó Chow —dijo Sadie, agradecida por la interrupción.

Ella se dirigió a la sala, agarró un par de billetes de veinte de su bolso y abrió la puerta delantera. Un atractivo hombre mayor que llevaba un impermeable con capucha húmeda estaba de pie en el porche. Tenía una bolsa de papel en una mano y la cuenta en la otra.

—Gracias —dijo ella, entregándole el dinero. —Hey, ¿dónde está Trevor?

El hombre sonrió.

—Usted debe ordenar un montón de pollo si conocen por su nombre a los chicos.

—Mi hijo está enganchado a KFC.

El hombre asintió y le entregó la bolsa.

—Trevor está en el hospital, le están quitando el apéndice.

—Ouch. Esperamos que él se encuentre mejor pronto.

—Sí, bueno, que pase una buena noche —dijo.

Mientras cerraba la puerta, Leah se reía disimuladamente detrás de ella.

—Él te estaba revisando totalmente, Sadie.

Sadie se sonrojó.

—Creo que él te estaba revisando *a ti*, mi amiga.

—Nope. Él estaba decepcionado al verme aquí. Cielos, ¿acaso deberíamos luchar por él?

—Estoy casada.

Leah le dió una mirada dura.

—Casada, tal vez. Pero no estás muerta, amiga.

—Tú sabes que no voy a hacer *eso*. Le hice una promesa a Philip y tengo la intención de mantenerla. Incluso si él no lo hace.

—Te admiro por ello, Sadie. También tu marido debería.

Después de la cena, Leah metió a Sam en la cama, dejando que Sadie limpiara. Cuando terminó, miró fijamente el teléfono. Philip aún no había llamado.

—Creo que acaba de estacionarse —dijo Leah detrás de ella.

Unos minutos más tarde, Philip entró en la casa. Haciendo caso omiso de Sadie, tiró su maletín en la mesa del comedor y dirigió una mirada irritada en dirección a Leah.

—¿Qué hay para cenar? —preguntó, parpadeando.

—KFC —respondió Sadie. —Está en la nevera.

Su boca adelgazó mientras miraba a Leah, su mirada reprobadora moviéndose desde la cabeza a los pies y volviendo a subir. —¿Qué, otra sórdida fiesta esta noche?

—No —dijo Leah secamente. —No, a menos que *tú* sepas dónde hay una buena.

—Aw, muérdeme.

—Me gustaría, Phil, pero yo no como carne de cerdo.

Los ojos de Philip se estrecharon y él caminó fuera de la cocina.

—Es hora de que me vaya, Sadie —dijo Leah, con disgusto. —Me siento como una tormenta iniciándose. Lo siento, cariño.

—Yo lo siento. No sé por qué tiene que ser tan grosero contigo.

—Está celoso de nuestra amistad. Pero no te preocupes. Somos amigas de por vida. ¿Correcto?

Sadie la abrazó.

—Para toda la vida.

Mientras se cambiaba a una camiseta para dormir demasiado grande, Sadie lanzó una mirada vacilante en la dirección de Philip. Apenas le había dicho una palabra desde que Leah los había dejado. Ningún, "¿Qué tal tu día, Sadie?", o "¿Qué hiciste hoy?".

—¿Alguna novedad en tu caso? —preguntó vacilante.

Philip gruñó mientras se quitaba los pantalones.

—Sabes que no puedo hablar de eso.

Entonces habla conmigo sobre algo más.

Ella intentó de nuevo.

—Sam tuvo un gran día en la escuela hoy.

Philip se detuvo en la puerta del baño.

—¿Dijo algo?

Ella se mordió el labio inferior y sacudió la cabeza.

—Entonces no tuvo un gran día —dijo con el ceño fruncido.

Cuando la puerta del baño se cerró detrás de él, ella se desplomó en el borde de la cama. No entendía lo que estaba sucediendo con él. ¿Por qué estaba tan distante, tan cruel?

Deslizándose entre las frescas sábanas, ella miró fijamente el techo, preguntándose cuánta más indiferencia podría soportar. Philip siempre había sido impulsado por su pasión por el éxito. Él manejaba juicios corporativos multinacionales con facilidad, ganando su cuota justa de casos de alto perfil. Trabajaba hasta tarde y a menudo dormía en el sofá-cama en su oficina.

O eso decía.

La puerta del cuarto de baño crujió.

Ella rodó lejos, justo antes de que Philip apagara la lámpara y se subiera en la cama junto a ella. Un tufillo de perfume floral emanaba de su cuerpo. El perfume no era suyo. Había rastros de madreselva. Sadie odiaba la madreselva.

Fingiendo dormir, esperó a que su respiración se ralentizara. O que los ronquidos comenzaran. Durante un largo instante, se preguntó si debería decirle algo. Entonces ella sintió la pesada respiración en su oído, y una mano rebuscó bajo la camiseta y acarició su muslo.

—Necesito que me ayudes con un pequeño problema, Sadie.

No me has necesitado por un largo tiempo, ella estuvo a punto decir. *¿Ahora deseas sexo? ¿Qué pasa con mis necesidades?*

—Necesito hablar —dijo cuando Philip subió la mano.

Su mano se congeló.

—¿Sobre qué?

—Tú sabes sobre qué. Creo que necesitamos ayuda.

Él alejó su mano tan rápido como si sus palabras le hubieran quemado.

—Si quieres ver a un psiquiatra, ve.

—Los dos —insistió.

El colchón se desplazó.

Ella se sentó, encendió la lámpara.

Philip estaba al lado de la cama, vistiendo nada más que una erección que se reducía rápidamente. Le dirigió una mirada penetrante, observándola como si se hubiera vuelto loca.

¿Sería así?

—No necesito un maldito loquero, Sadie. No soy yo el que tiene un problema.

—Nuestro matrimonio está en problemas —dijo ella, luchando desde la cama. —Necesitamos asesoramiento. Si no lo haces por mí, entonces al menos hazlo por el bien de Sam. ¡Por favor!

—¿El bien de Sam? ¡Jesucristo, Sadie! Todo últimamente ha sido por el bien de Sam. Nos hemos trasladado fuera del apartamento a esta casa por él. Ahora tengo que conducir casi una hora, en lugar de quince minutos para llegar hasta la ofi…

—Ese apartamento no era adecuado para criar a un niño.

Philip levantó un dedo en el aire.

—Una vez pensaste que era el lugar perfecto para nosotros. Hasta que tu amiga entrometida se entrometió.

—¿Qué significa eso? Leah no tuvo nada que ver con el por qué quería salir de ese piso.

—Ella te ha cambiado, Sadie. También lo ha hecho Sam. Si no puedes darte cuenta… —se encogió de hombros.

Ella lo miró, desconcertada.

—Por supuesto que tener un niño me ha cambiado. ¿Qué esperabas? Hay alguien a quién considerar ahora, no sólo nosotros dos.

Philip apretó la mandíbula, pero permaneció en silencio.

—Dios mío —le susurró. —¿Estás celoso de él? ¿De Sam?

Philip dejó escapar un enojado huff, agarró una almohada y caminó ofendido hacia la puerta.

—*No estoy* celoso de mi hijo. No me gustan los cambios que veo en ti. —maldiciendo, él se marchó de la habitación.

—Y a mí no me gustan los cambios que veo en ti —balbuceó ella, recostándose sobre la cama. *¿Por qué estoy todavía con él?*

Esa era una pregunta estúpida, por supuesto. Se quedaba por Sam. Porque una pequeña parte de ella todavía creía que Philip podría cambiar. *Iba a* cambiar.

Recordó la noche en que su vida comenzó a desmoronarse.

—No quiero tener hijos —él le había dicho a ella. —Estoy satisfecho con la forma en que son las cosas. No entiendo por qué quieres poner en peligro todo.

—¿Qué estaría en peligro? —había preguntado, aturdida. —Todavía tendrías tu carrera y yo tendría la mía. Pero quiero tener niños también.

—Bueno, yo no.

Ese fue el fin de ese debate.

Creyendo que cambiaría su forma de pensar y sentir, ella no tuvo otra opción, dejó secretamente la píldora. Mal movimiento. Cuando

Philip descubrió la caja sin abrir, él se negó a hablar con ella por el resto del día. Una semana más tarde, descubrió que estaba embarazada. Ella estaba muy emocionada. Philip estaba enojado. Le gritó, llamándola perra conspiradora.

Ella abortó al día siguiente.

Sí, habían sido la pareja feliz, la envidia de todos sus amigos, especialmente para quienes pensaban que Sadie y Philip lo tenía todo. No sabían que ella estaba fingiendo. En público, sonreía y les decía a todos que las cosas eran maravillosas. Sin embargo, en privado...

No se podía negar. Ella era un miserable desastre.

Comenzó con un trago ocasional antes de ir a la cama. Para calmar sus nervios ya que Philip llegaba siempre tarde. Pero una copa se convirtió en dos. A continuación, tres. Antes de que ella lo supiera, comenzó a beber durante el día, escondiendo botellas donde Philip nunca las encontraría.

Un segundo aborto le ocasionó un episodio de depresión grave y estuvo segura de que estaba siendo castigada, que nunca volvería a tener un bebé. Pasaba la mayoría de las noches con su otro "mejor amigo", una botella de ron.

A continuación, Philip comenzó a quedarse fuera más y más tarde.

Su vida cambió para siempre la noche en que fue promovido a socio. En un banquete especial, un nuevo socio y su esposa estaban celebrando la llegada de un bebé. La atención recibida y los elogios de los socios mayores hicieron que Philip reconsiderara la idea de los niños. De repente, tener un hijo parecía ser la manera perfecta para elevar su condición social y profesional.

Un año más tarde, Sam nació.

Sadie dejó de beber en el momento en que descubrió que estaba embarazada. Había sido difícil al principio, pero con la ayuda de Leah y Sam como recompensa, ella había luchado contra todos sus demonios y había ganado.

Había estado sobria desde entonces.

Mientras se deslizaba en la cama, cerró sus ojos con fuerza, bloqueando las lágrimas que amenazaban con escapar. No iba a llorar. No por Philip.

Fuera, un perro ladró.

—Supongo que un cachorro para Sam está fuera de la cuestión.

Pareció como si apenas hubiera cerrado los ojos, cuando el sonido del cristal al romperse la despertó. Un grito ensordecedor aceleró su corazón y ella voló fuera de la cama.

Cuando salió de su habitación, lo primero que notó fue el frío que hacía en el pasillo. La segunda cosa que vio fue la puerta medio abierta de Sam.

La empujó.

—¡*Jesús!*

El dormitorio de su hijo arremetió contra ella con aire helado. Cuando ella miró hacia la pared, vio al culpable. Las persianas estaban abiertas y la ventana estaba destrozada. En el suelo, al pie de la cama de Sam, había un ladrillo.

—¿Qué está pasando? —exigió Philip, encendiendo la luz.

Boquiabierta, llevó una mano hacia su garganta mientras sus ojos recorrían la habitación, luego se detenían en la cama de Sam.

Su cama vacía.

El pánico la invadió, caliente y temeroso.

—¿Sam?

Detrás de ella, la puerta del armario crujió. Se acercó, pero Philip llegó primero. Cuando él abrió la puerta, ella se sintió abrumada por el alivio. Su dulce niño estaba acurrucado en la esquina, con lágrimas inundando su rostro.

Ella levantó a Sam en sus brazos.

—Sólo mi niño murciélago se escondería en el armario —murmuró, revolviendo su cabello. —Philip, ¿quién haría tal cosa?

—Mierda, no sé. Probablemente sólo fueron chicos de parranda. Mete a Sam de vuelta en la cama y vamos a limpiar esto.

—Voy a ponerlo en nuestra cama —dijo ella secamente. —No dormirá aquí esta noche.

—Bien. Supongo que voy a recoger el cristal entonces.

Sadie acomodó a Sam en su cadera y se dirigió a la puerta. Ella podía sentir su corazón latiendo rápidamente, y no se ralentizó hasta que llegó a su dormitorio y metió a Sam en la cama. Cuando él se enderezó, ella besó su frente.

—No te preocupes. Estás a salvo, cariño. Lo prometo.

Arrastrando la aspiradora detrás de él, Philip se detuvo en el umbral. Su mirada no se encontró con la de ella.

—Voy a reportar esto a primera hora de la mañana —dijo antes de desaparecer.

Un minuto más tarde, la aspiradora rugió a la vida.

Estos eran los momentos, aunque ya eran raros, que le recordaban por qué se había casado con Philip. Él siempre se encargaba de las cosas.

5

Leah llegó justo después la 1:30 el domingo por la tarde.

Sadie echó una larga mirada a la expresión alicaída de su amiga y supo instintivamente que algo andaba mal.

—¿Qué? —reclamó.

—No tenían la orden de tu pastel, Sadie.

—Pero los llamé la semana pasada. ¿Cómo podrían ellos...? —Ella notó la sonrisa taimada de Leah y el parpadeo de sus ojos. —¿Qué está pasando?

—¡Inocente paloma!

Leah volvió rápidamente por la acera, luego regresó un minuto más tarde trayendo un dulce regalo. La tarta de cumpleaños de Batman para Sam.

—El día de los inocentes finalizó a las 12.00 horas, sabes —murmuró Sadie.

—No en Canadá, tonta. Además, no me pude resistir.

Sadie le dio una sonrisa empalagosa.

—No hay problema. Me voy a vengar el próximo año.

Haciendo malabarismos con la torta, Leah arrojó fuera sus zapatos y se dirigió derecho a la cocina.

—No hay lugar en la nevera.

—Déjalo en la encimera entonces —dijo Sadie, vaciando una bolsa de palomitas de maíz para microondas en un recipiente. —¿Estás lista para esto?

—Es una fiesta infantil. ¿Qué tan malo puede ser?

Sadie abrió la boca, pero luego la volvió a cerrar. Leah no tenía hijos.

Y después de hoy, ella estará muy agradecida por eso.

Cuando entraron en el salón, ya estaba en un estado de caos. Los juguetes y los niños estaban dispersos en cada pieza de mobiliario. En una esquina, unos gemelos saltaban en el sofá, peleando por una espada de plástico. Victoria, la amiga de la nueva escuela de Sam, estaba de pie cerca de ellos con las manos en las caderas.

—¡Paren! —La niña exigió. —¡Bajen eso y dejen de pelear! —Sus coletas rubias rebotaban con cada palabra.

En medio de la habitación, un muchacho de pelo cobrizo estaba sentado en el suelo con los ojos pegados a una película. Junto a él, Sam estaba ocupado fingiendo ser un T-Rex, su voz compitiendo con los gritos de sus amigos y el volumen ensordecedor de la TV. Hasta ahora, él estaba a la cabeza.

La mirada de horror absoluto en el rostro de Leah era casi cómica.

—Oh...mi...Dios —dijo ella. —¿Cómo rayos vas a sobrevivir a todos estos monstruos?

Sadie sonrió y le pasó el tazón de palomitas de maíz.

—Para eso te tengo a ti.

Leah palideció.

—Hey, sólo me pediste que recogiera la tarta. Nunca dijiste nada acerca de que me quedara.

—Entonces no recibirás pastel.

—Pero eso es... ¡chantaje! —Leah balbuceó. —Está bien, pero me iré después del helado.

Sonó el timbre de la puerta.

Sadie limpió sus dedos con un trapo de cocina y se apresuró hacia la puerta delantera. Cuando abrió, se sintió aliviada al ver que el entretenimiento que Philip había contratado había llegado.

Clancy el payaso se situó en el porche, su rizado pelo naranja ondeando al viento. Su rostro estaba endurecido con pintura blanca y una nariz roja bulbosa cubría la suya. Una exagerada sonrisa carmesí cubría la mitad inferior de su rostro. A Sadie le pareció más grotesca que feliz.

—Hola, Sra. O'Connell —dijo el hombre en tono nasal. —Siento llegar tarde. Mi coche se descompuso, y...

Ella le hizo señas para que entrara.

—No te preocupes. Estoy agradecida de que llegaras. Te ves muy...uh...colorido.

El payaso lucía una chaqueta a rayas naranja y azul, una camisa blanca y pantalones holgados de color amarillo brillante sostenidos por tirantes color oro y verde lima. Un diminuto sombrero de copa estaba posado sobre su cabeza y una enorme margarita estaba encajada en su solapa izquierda.

Sadie sospechó que una olisqueada la dejaría empapada.

—¿Quieres un cheque, o dinero en efectivo? —preguntó.

—Efectivo, si dispone de él.

Ella sacó un fajo de billetes de veinte de su bolsillo. Contó trescientos dólares, hizo una pausa y luego añadió 40 extras.

Será mejor que valga la pena, Clancy.

Le entregó el dinero, y dijo:

—Tres horas, ¿cierto?

El payaso asintió, colocando los billetes dentro de un bolso de lona.

—Me iré a las… —Él revisó su reloj. —Cinco con quince. A partir de entonces estará por su cuenta.

—Vaya, gracias.

Clancy sonrió.

—¿Llamó a la agencia?

—He tenido las manos ocupadas con estos chicos.

La sonrisa carmesí se extendió aún más.

—Entonces el jefe no sabe que llegué tarde. Gracias.

Un bufido sonó detrás de Sadie.

—Si deseas agradecerle —dijo Leah irónicamente, —reúne a esos pequeños hooligans y haz lo tuyo.

Los ojos marrones del payaso pasaron a Sadie.

—No problema. Su casa es mi casa.

Con una inclinación de cabeza, Clancy y sus zapatos talla 14 color rojo neón marcharon hacia el salón. Fue recibido por un bullicioso Sam que dio alaridos de alegría.

—Oh, Jesús —gimió Sadie.

—Piensa cuán ruidoso será cuando Sam empiece a hablar —dijo Leah. — Una vez que comience, no podrás hacerlo callar.

—Ese será el mejor día de mi vida.

La expresión de Leah se volvió triste.

—Lo sé.

Sadie observó a Sam y sus amigos jugar con Clancy. Los niños estaban fascinados por el payaso, tirando de sus tirantes y pisando sobre sus enormes zapatos, y gritando cuando los rociaba con la margarita.

—Hey —dijo Leah, dándole un codazo. —Vamos por un vaso de leche con chocolate. Necesito algo para bajar estas palomitas de maíz.

Mientras la seguía hacia la cocina, Sadie miró sobre su hombro. La cara radiante de Sam trajo una sonrisa a la suya propia.

—Eres una mamá afortunada —le dijo Leah suavemente.

—Lo sé. Sam es lo mejor de mi vida.

Cuando la puerta se cerró detrás del último niño, Sadie y Leah lanzaron un suspiro colectivo, se miraron la una a la otra y se rieron.

—Los cumpleaños eran mucho más fáciles cuando él era un bebé —dijo Sadie.

Leah recogió hacia atrás su cabello.

—Sólo tengo una cosa que decirte, mi amiga. Voy a programar una endodoncia en esta fecha el año próximo. Va a ser un trozo de paraíso comparada con esto.

—Si puedes conseguir un dos por uno, iré contigo.

—Sí, pero eso significaría que Phil tendría que aparecer —dijo su amiga amargamente.

La sonrisa en el rostro de Sadie desapareció.

—Hey —dijo Leah. —Estoy segura de que él tiene una buena razón para no asistir a la fiesta de su propio hijo.

Sadie arqueó una ceja.

—¿Tú crees?

—Bien, debe tenerla. Él puede ser un idiota conmigo y tratarte como mierda la mayoría del tiempo…pero él ama a Sam.

—Lo sé, pero a veces creo que se ama más a sí mismo.

—Bien, anímate —dijo Leah, contemplando el desorden en la habitación. —La fiesta de Sam fue todo un éxito.

Sadie se desplomó en una silla.

—Sí. Gracias a Dios por Clancy. Él hizo un trabajo estupendo a la hora de mantener a los niños entretenidos. Yo estaba tan ocupada en la cocina intentando encender esas malditas luces de bengala que yo ni siquiera lo vi salir.

—Y afortunadamente para ti, tendrás qué hacerlo todo de nuevo mañana.

—Sí, la fiesta de cumpleaños para la familia. Estarás aquí, ¿verdad?

—No me lo perdería. Sam va a estar tan feliz cuando vea la bici que le compraste.

—Voy a llevarlo al parque a practicar con ella el próximo fin de semana. ¿Quieres venir?

—Seguro.

Leah desapareció en la cocina y Sadie la oyó hurgar en la nevera.

—¡Ah-ha! —exclamó su amiga. —El año perfecto.

Cuando reapareció, tenía dos vasos de té helado de durazno. Entregó uno a Sadie.

—Bebe. Después, voy a ayudarte a limpiar este desastre antes de que Philip lo vea.

Sadie dirigió una mirada lamentable alrededor del salón. Los platos de papel estaban apilados por doquier. De alguna manera, se habían esparcido y no habían llegado al bote de basura que tan cuidadosamente había colocado junto a la mesa del comedor. Vasos de plástico, algunos medio llenos de refresco, estaban en cada mesa y espacio en el mostrador. Había mayor cantidad de vasos que de niños.

—Ugh —dijo Leah detrás de ella.

Sadie siguió la mirada de su amiga.

Una mancha de tarta de chocolate con tan oscura que casi parecía sangre seca se estiraba a través de la pared de la cocina, a casi un metro del piso, con una pequeña mano estampada al final.

—Tu casa es un desastre — dijo Leah innecesariamente.

Sadie suspiró.

—Bueno, al menos está en silencio.

Sam había ido arriba a su habitación, cansado por toda la emoción y la comida chatarra. La última vez que lo había visto, yacía en su cama.

—Él probablemente está dormido —dijo Leah, leyendo sus pensamientos.

Sadie engulló su té helado, luego se puso a trabajar en la cocina, mientras que Leah se encargaba del salón. Una hora después, todo lo que faltaba era pasar la aspiradora sobre las alfombras y encender el lavavajillas.

—Todo listo —dijo Leah, limpiando una gota de sudor de su frente.

—Gracias. Me puedo encargar de lo que queda.

Mientras Sadie miraba a Leah subir en su coche, una parte de ella quería gritar, *¡vuelve!*

—Estás actuando como una tonta —murmuró.

Sadie cerró la puerta y deslizó el cerrojo de seguridad en su lugar. Luego aseguró el resto de la casa, programó la alarma para la noche y fue arriba para comprobar a Sam.

Cuando abrió la puerta de su habitación, ella sonrió. Sam estaba tumbado en su cama, por encima de las mantas. Su boca a medio abrir emitía un ronquido suave. Se había rendido por el agotamiento, su rostro cubierto con pastel de chocolate, betún blanco, negro y azul, y un bigote de refresco naranja.

—Feliz cumpleaños, hombrecito —susurró, acomodando una manta extra alrededor de él.

Cerró la puerta y se dirigió escaleras abajo a esperar a Philip.

Sadie fue despertada bruscamente de un profundo sueño. Se sentó de un salto, inhaló profundamente, y miró el espacio junto a ella. Estaba desocupado, la manta todavía acomodada debajo de la almohada. Había esperado por Philip durante horas. Finalmente, había renunciado y se había ido a la cama.

Miró el reloj en la habitación. Era media hora después de medianoche. Sólo había estado durmiendo durante unos cuarenta y cinco minutos. En la oscura sombra de la habitación, sintió una presencia extraña, un movimiento en el aire que era tan sutil que podría haber sido su propio aliento.

¿Una corriente?

Miró de reojo hacia la ventana. Estaba cerrada.

En algún lugar de la casa una tabla del suelo crujió.

Philip debe estar en casa.

Apartó las mantas, se deslizó fuera de la cama y caminó hacia la puerta. Recordando el ladrillo arrojado por la ventana del Sam, se congeló. Su estómago revoloteó al imaginar a una pandilla de matones adolescentes irrumpiendo en la casa.

Pero la alarma se activaría, tonta.

Aún así, presionó una oreja contra la puerta y se esforzó por escuchar.

Primero hubo silencio. Luego otro crujido.

—Philip —balbuceó.

Estaba a punto de abrir la puerta cuando escuchó un extraño sonido de golpeteo. ¿Philip habría comprado un reloj para el salón?

Escuchó de nuevo.

Tic tic tic….

Lo que fuera, se aproximaba.

Su corazón comenzó a martillar a un ritmo maníaco y su respiración se aceleró. Cuando una sombra pasó por debajo de la puerta, ella contuvo el aliento. Su corazón golpeó casi dolorosamente en su pecho.

A continuación, la sombra desapareció.

Cautelosamente, abrió la puerta. Sólo una ranura.

El salón estaba vacío.

Y no había ningún golpeteo.

Quizás lo he soñado.

Con una risa trémula, abrió de par en par la puerta, demostrando un valor que no sentía. Quizás Philip estuviera trabajando en su oficina. Tal vez hubiera ido a verificar a Sam.

—¿Philip?

Caminó por el pasillo y se detuvo frente a la habitación de Sam. Sus dedos hormiguearon y una corriente de aire le cosquilleaba los pies. Ella tembló, luego abrió la puerta.

La ventana que Philip había sustituido estaba abierta, negra y hambrienta como una boca esperando ser alimentada. Las cortinas ondeaban con el viento de la noche, como dos lenguas azotando hacia fuera.

Ella frunció el ceño. Philip no había dejado la ventana abierta. Él se había ido a trabajar temprano, sin decir una palabra a ninguno de ellos. Y Sam no podía haberla abierto. Él no era lo suficientemente alto.

¿La dejé yo abierta?

Ella cruzó la habitación, apenas mirando el montículo en la cama. Llegó a la ventana y la cerró. El pestillo encajó en su lugar, el sonido nítido rompiendo el silencio.

Entonces miró hacia la cama.

Sam ni siquiera se había agitado. Pero entonces, él nunca lo hacía. Estaba casi comatoso cuando dormía y nada podía despertarlo temprano, excepto un estampido sónico.

Ella caminó de puntas hasta la cama y tocó su cabello. Luego, cerrando sus ojos, se inclinó hacia abajo, besó a su cálida frente y aspiró su dulce aroma infantil. Él olía a chocolate y a sol.

—Cómodo y tibio —le susurró.

Cuando caminaba hacia atrás, su pie conectó con algo suave y peludo. Descendiendo, titubeó en la oscuridad hasta que encontró el perro de peluche que Philip le había dado a Sam la noche anterior. Ella se movió silenciosamente hacia el armario, abrió la puerta y arrojó el juguete en su interior. A continuación salió al pasillo, cerrando la puerta detrás de ella.

Su mirada voló hasta el final del pasillo, donde las sombras bailaban entre árboles de seda que se encontraban en la alcoba. Junto a los árboles, dos tercios arriba en la pared estaba una pequeña ventana oval y a través de ella se veía la luna llena. Colgaba en el cielo despejado, una perla colgante en una cuerda invisible.

Era una noche hermosa, una que estaba destinada a ser compartida.

La soledad la invadió, pero ella se encogió de hombros y caminó lentamente hacia la cocina para coger un vaso de zumo. Cinco minutos más tarde, regresó al piso de arriba, con toda la intención de meterse en la cama, ignorando el hecho de que Philip no se había tomado ni siquiera la molestia de llamar en la noche de la fiesta de cumpleaños de su hijo.

Cuando pasó por la puerta de Sam, un parpadeo de luz debajo de ella atrajo su mirada. Entonces oyó un suave golpe. Sam debía haberse caído de la cama de nuevo. Él había hecho eso en otras dos ocasiones. Usualmente se despertaba gritando.

Abrió la puerta y contuvo el aliento mientras su mirada era capturada por algo que carecía de todo sentido.

La ventana estaba abierta de nuevo.

Ella parpadeó.

—¿Qué?

La luz de la luna entraba a través de la ventana, iluminando la cama. Estaba vacía.

—¿Sam?

Alcanzó el interruptor de la luz.

—*Yo no haría eso si fuera tú.*

Ante el sonido de un susurro ronco extraño en el dormitorio de su hijo, ella hizo la cosa más natural.

Encendió la luz.

6

Un monstruo con capucha negra sostenía a su hijo en sus brazos.

Sam no se movía.

El oxígeno fue instantáneamente aspirado fuera de la habitación, haciendo imposible que Sadie pudiera respirar. El vaso se deslizó a través de sus dedos, el jugo de naranja hizo un charco a sus pies. Muda, dio un paso tembloroso hacia adelante.

—Por favor…

—¡No te muevas! —rugió el extraño desde las profundidades de la capucha. —Tienes 10 segundos para tomar una decisión. Déjame salir de aquí con el niño, o tu hijo muere. —reacomodó el cuerpo flojo de Sam en sus brazos y un destello de metal brilló.

Una pistola. Estaba apuntando a la cabeza de Sam.

Ella temblaba de manera incontrolable. *Oh, Jesús...*

—Déjalo ir —dijo en una voz temblorosa.

Él resopló, como si encontrara su comentario divertido. Cuando él giró la cabeza para mirar sobre su hombro hacia la ventana abierta, ella vio un rostro fantasmal con una nariz ganchuda que parecía que se había roto un par de veces. Una mancha roja resplandecía en el pliegue que iba desde un lado de la nariz a sus anchos, gruesos labios. Su mejilla era de un pálido alabastro y moteada con imperfecciones.

Marcas de viruela, ella adivinó.

El hombre se giró, examinándola igual de atentamente.

—¿Eres tan jodidamente estúpida? ¡Apaga la maldita luz!

Aunque su mano temblaba perceptiblemente, ella obedeció.

Vestido de negro, el hombre se fundió en la esquina oscura.

Ella susurró en un suspiro.

—¿Qué hiciste con mi hijo?

—Sólo le di algo para hacerle dormir. —El hombre suspiró, frustrado. —¿Por qué tenías que ir y estropearlo? Si hubieras permanecido dormida ya estaría lejos de aquí.

—Quiero a mi hijo —dijo ella con un quejido. —Simplemente dejarlo ir. Vete. No voy a decirle a nadie. Por favor. Sólo dámelo y sal por la puerta.

—Eso no va a pasar.

El hombre hizo algo inesperado. Se movió hacia la luz de la luna, se sentó en la cama y apoyó al niño en su regazo, como un muñeco de ventrílocuo.

—¿Será así, Sam? —Él se apoderó de la barbilla de Sam y giró su cabeza de lado a lado. —"No, Mamá" —dijo en una espeluznante voz infantil. —"Me voy con este hombre".

Sadie se tambaleó contra la pared.

—No, no lo harás.

El hombre echó a Sam sobre la cama.

—¡Mierda, mierda, *mierda!*

Ella tembló al escuchar locura pura en su voz.

—Voy a decirte cómo va a ser esto —le murmuró. —En primer lugar, vas a prometer no abandonar la habitación durante 20 minutos.

—¡Espera! —exclamó ella, lágrimas cayendo por su cara. —Llévame en su lugar. No lo necesitas. Me iré contigo, haz lo que quieras.

—No te necesito a ti. —él acarició el cabello de Sam con el arma. —Tengo lo que vine a buscar. Cinco segundos.

El aliento de ella se atascó, su corazón dolorido, quemando… muriendo.

—Eres un enfermo…*pervertido* —dijo entre dientes apretados.

—No soy un pervertido.

—Entonces, ¿qué quieres con mi hijo?

—¡Maldita sea, cállate! Ya has jodido las cosas lo suficiente. Nadie me ha visto jamás. ¡Nadie!

Ahí fue cuando ella comprendió.

La Niebla.

Ella se encogió de espaldas contra la pared.

—No dejaré que te lleves a mi hijo.

La Niebla se rió burlonamente.

—¿*Tú* no me dejarás?

Ella se puso de pie lentamente, temblando de pies a cabeza.

—No. No lo haré.

En un instante, ella arremetió buscando la pistola. El hombre le dio un golpe de revés a través de la cara. El dolor explotó en su sien izquierda. Enfurecida, ella rugió y se arrojó hacia él de nuevo. Esta vez ella logró sacar la pistola de su mano.

Ella se lanzó hacia el piso.

Él la pateó en las costillas.

—Perra estúpida.

Forzándola lejos de la pistola, la pateó nuevamente. Y de nuevo. Luego se agachó hasta ella, y arrastrándola por los cabellos la lanzó a través de la habitación. Una fuerte punzada atravesó su costado cuando ella aterrizó con un terrible golpe contra el aparador. Ella dejó escapar un angustiado jadeo. Cuando miró hacia arriba, Sam yacía indefenso en los brazos del hombre.

—Me iré de aquí —dijo la Niebla. —Con el chico. Y no vas a detenerme. ¿Sabes por qué?

Ella sacudió la cabeza, incapaz de moverse o hablar.

—Porque si intentas detenerme… —él apretó el arma contra la cabeza de Sam y simuló apretar el gatillo. —¡*Bam!*

—Puedo darte dinero — gritó ella. —Tengo veinticinco mil en mi cuenta de cheques.

Él se burló.

—¿Eso es todo lo que vale para ti?

—Te lo ruego… ¡*cien mil*! Lo que quieras, lo conseguiré. ¡Por favor! Sólo dime cuánto quieres.

La Niebla echó a Sam sobre su hombro con la facilidad con que alguien levantaría un saco de patatas. Entonces él caminó hacia ella y se inclinó hacia abajo, su rostro ensombrecido a unas pulgadas del suyo.

—Lo que quiero es no ver nada en los periódicos —dijo él, su aliento era un revoltijo de olor de cigarrillos, cebollas y cerveza. —Ninguna descripción, nada de nada. Quiero que vuelvas a la cama y pretendas que nunca me has visto.

—No puedo hacerlo.

—Sí puedes. Y lo harás.

—Pero la policía…

—¡Que se joda la policía! ¿Quieres que tu niño viva?

Sadie tembló.

—Sí, quiero que Sam viva.

—No abandones esta habitación en veinte minutos.

Ella extendió una mano temblorosa.

—No te lleves a mi bebé.

La Niebla se enderezó. Entonces él empujó la puerta abierta y la luz del pasillo lo iluminó por un breve momento.

—Por favor —lloró ella.

—*Por favor* —la imitó despectivamente. —Eres patética.

Ella cerró los ojos en acuerdo. Entonces, en un último esfuerzo, se arrastró a través del suelo, retorciéndose en agonía mientras una ola caliente amenazaba con dejarla inconsciente.

La Niebla la miró, y sus labios delgados se torcieron en una siniestra sonrisa.

—Si veo una descripción, o incluso dices que me viste, enviaré al chico de vuelta. En pequeños pedazos *sangrientos*. ¿Lo captas?

Ella no podía contestar.

—¡Dos segundos! —gritó él, elevando la pistola a la cabeza de Sam.

—¡De acuerdo! ¡Llévatelo! Sólo por favor…no le hagas daño.

Entonces Sadie hizo la única cosa que podía hacer. Dejó que un loco se llevara a su hijo.

Sola, lloró en la oscuridad, con miedo a moverse y miedo a no hacerlo.

—Dios, ayúdame —sollozó. ¡Ayuda a Sam!

Pero Dios no estaba escuchando.

Philip entró en la casa a trompicones a la una y quince minutos. Y decir que *tropezó* es poco. Arriba, en la habitación de Sam, Sadie escuchó el sonido del cristal al golpear el suelo. Seguido por una beligerante maldición.

Ella miró fijamente el reloj de batiseñal en la pared de Sam.

Los veinte minutos habían pasado. Hacía cinco minutos. Habían pasado lentamente, como un interminable Funeral para el Papa. Se había apagado mentalmente y se había desplomado en la cama de Sam en una neblina de gran dolor, sufrimiento y culpa.

Se puso de pie, ignorando los palpitantes espasmos en sus costillas. Sus piernas temblaron, su corazón se aceleró y su cabeza martilleó.

¿Qué puedo hacer? ¿Qué debo decirle a Philip?

Ella gritó.

—Oh Dios. Sam…

Salió al pasillo, con una mano en el marco de la puerta en busca de apoyo. Su garganta quemaba mientras pisadas pesadas subían las escaleras lentamente.

Philip dio la vuelta a la esquina y se tambaleó hasta detenerse cuando la vio.

—¿Sadie? —dijo confuso. —¿Qué haces? ¿Estás esperándome?

—Philip, n-necesito…

—Necesito que me la chupes. —Él sonrió lascivamente e intentó apoderarse de ella.

Ella golpeó su brazo lejos.

—¡Philip, para!

—Y qué si estoy un poco borracho —dijo, haciendo un mohín. —Aún podemos…

—Sam se ha ido —ella susurró. —Él se llevó a Sam.

—¿Qué?

—La Niebla…se lo…llevó, Philip. —Su voz se atascó en la parte de atrás de su garganta mientras que atroces, profundos sollozos hipaban a la superficie.

Philip la miró.

—¿Qué diablos estás diciendo? —Él la empujó a un lado y subió hacia la habitación de Sam. —Sam está durmiendo en su…

Se detuvo, confundido. Entonces él caminó hacia el armario y jaló la puerta abierta.

—¿Dónde está él, Sadie? —Giró rápidamente, casi chocando en ella. —¿Qué has hecho con mi hijo?

Ella estaba aturdida.

—No he hecho nada, Philip. Ya te lo dije, Sam fue secuestrado.

—¿Secuestrado? —Sus ojos vidriosos se volvieron inmediatamente sobrios y su rostro palideció. —Oh, mierda. —Parecía como si alguien le hubiera encajado puñetazos en el intestino.

Ella se trasladó lentamente hacia su dormitorio.

—¿Qué estás haciendo? —le preguntó, yendo detrás de ella.

—Llamar a la policía.

—¿No los has llamado todavía?

Ella cogió el teléfono inalámbrico.

—Yo apenas… me di cuenta que no estaba.

Philip se hundió en la cama y la vio marcar.

Cuando el operador del 911 contestó, la compostura de Sadie se derrumbó.

—Mi hijo ha sido secuestrado —lloró en el teléfono.

El hombre tomó su información, luego le dio instrucciones de no colgar.

—La policía estará allí pronto.

Teléfono en mano, se paró junto a la ventana y miró calle abajo. No había señales de vida. No había coches, no había luces.

Ni Sam.

Entonces oyó la sirena gimiendo en la distancia.

—¿Viste a alguien? —dijo Philip con voz ronca.

Ella vaciló y tragó con dificultad, recordando las palabras de despedida de la Niebla. "Si incluso dices que me viste, enviaré al chico de vuelta. En pequeños pedazos *sangrientos"*.

Ella le creía. Si ella decía algo, Sam podía darse por muerto. ¿Y cómo podría ella vivir con *eso* en su conciencia? Pero se dio cuenta de algo más. Una vez que ella comenzara a mentir, no habría vuelta atrás.

Ella se tragó un sollozo sordo.

—Oí algo. Pensé que él se había caído de la cama. Pero cuando fui a revisarlo… —Ella miró fijamente el teléfono. —Sam había desaparecido.

Las mentiras habían comenzado.

7

Dos detectives de la policía aparecieron en su puerta. El más joven de los dos, un hombre alto con cabello corto color arena parecía como si fuera recién salido de la universidad, mientras que el otro era calvo y probablemente estaba a punto de jubilarse. Fueron seguidos por tres investigadores de la unidad de la escena del crimen llevando cajas metálicas.

Philip les saludó con torpeza.

—Entren, oficiales.

—Sr. y Sra. O'Connell, lo sentimos mucho —dijo el detective mayor, ofreciendo su mano a Sadie.

—En realidad, mi apellido es Tymchuk —Philip lo cortó. —Mi esposa mantiene su nombre de soltera. Por sus libros.

El detective de los ojos arrugados arqueó las cejas.

—Sra. O'Connell, entonces. Soy el Detective Lucas, y este es mi compañero, el Detective Patterson. —Él buscó en su bolsillo de la camisa y le entregó a Sadie una tarjeta de presentación simple de color blanco.

Detective Jason Lucas, Unidad Anti Robo.

—¿Robo? —preguntó, confundida.

—Nos encargamos de secuestros también.

Ella les llevó arriba y se detuvo frente a la puerta de Sam.

—¿Ésta es la habitación de su hijo? —preguntó Patterson.

Cuando ella asintió con la cabeza, el joven detective entró en la habitación con los investigadores de la escena del crimen. Ella se inclinó contra la pared, con miedo a respirar o moverse, miedo de estorbar, y también temerosa de que si bajaba, pasarían algo por alto.

—Necesito un trago —murmuró Philip de manera vacilante, virando hacia las escaleras. —¿Quieres uno?

Ella arrugó el ceño.

—Creo que has tenido suficiente.

—Quise decir café. —se dirigió a la planta baja, con los hombros caídos.

El Detective Lucas aclaró su garganta.

—Sra. O'Connell, tengo que hacerle algunas preguntas. ¿Podemos ir abajo?

Ella sacudió la cabeza.

—Necesito estar aquí. Cerca de la habitación de Sam.

El hombre le dirigió una mirada comprensiva.

—¿Hay un lugar donde podemos sentarnos?

Ella asintió con la cabeza y lo llevó a su habitación.

—Lo siento por el desorden —dijo ella, apenada mientras recogía un camisón y una bata de color malva, regalo de Navidad de Leah, del suelo.

—No se preocupe. —Él la miró de cerca. —Sra. O'Connell, usted tiene sangre por encima de su ojo izquierdo.

Ella tocó su frente. Sus dedos se pusieron pegajosos.

—Es sólo un rasguño —dijo rápidamente. —Me caí por las escaleras. Después de que descubrí que Sam no estaba.

—¿Necesita ir al hospital?

—Iré más tarde. —Se encaramó en el borde de la cama, sus manos retorcían las sábanas junto a ella. —Usted *lo encontrará*, ¿verdad, Detective…? —Ella se interrumpió y miró hacia arriba. —Lo siento. ¿Cuál dijo que era su nombre?

—Llámeme Jay.

Jay, un hombre a principios de los cincuentas, arrastró una silla por el piso y la colocó frente a ella. Era de estatura promedio, con alrededor de 15 kilos de sobrepeso, y ralo cabello gris. Sus ojos marrones parecían cansados y las sombras debajo de ellos estaban surcadas por arrugas profundas, sugiriendo que él había presenciado demasiadas cosas terribles. No obstante, eran ojos amables.

—Las primeras 72 horas son críticas, Sra. O'Connell. Cuanto más pueda decirme, más tenemos para avanzar.

Ella exhaló una respiración lenta.

—Estoy lista.

Él sacó un cuaderno y un lápiz.

—¿Estaba sola en la casa?

Ella asintió con la cabeza.

—Philip estaba…trabajando hasta tarde.

—¿A qué hora se fue a la cama?

—11:45.

—Usted dijo que un ruido la despertó. ¿A qué hora fue eso?

—12:34.

Jay garabateado unas notas en el bloc de notas y, a continuación, miró hacia arriba.

—¿Qué hizo?

—Fui a abrir la puerta de mi dormitorio, pero oí algo.

—¿Qué?

—Un reloj marcando. —Hizo una pausa. —O al menos yo pensé que eso era. Pero no tenemos un reloj en la sala. Philip odia los relojes. Los que hacen tictac.

Ella sabía que estaba divagando, pero no le importó.

—Tal vez si yo hubiera encendido la luz la primera vez… —su mirada vagó por la habitación y aterrizó en la foto de Sam al lado de la cama.

—¿La primera vez? —Había sorpresa en la voz de hombre.

Sus ojos se trabaron con los de él. *Cuidado. No lo fastidies.*

—Fui a revisar a Sam cuando me desperté. Él estaba durmiendo, pero la ventana estaba abierta. Así que la cerré. Luego fui abajo por algo de beber. Cuando regresé de arriba, oí un golpecito. Pensé que Sam se había caído de la cama. Cuando abrí la puerta… —ella tomó aire. *Calma.* —Se había ido.

—El tiempo no cuadra.

—¿Qué? —Ella le dio una mirada en blanco.

—Usted llamó al 911 a la 1:18. —estudió sus notas. —¿Cuánto tiempo estuvo abajo consiguiendo su…bebida?

—No sé. —*¡La línea de tiempo, idiota!* —Quizás una media hora. Yo… limpié un poco la cocina también.

Jay se inclinó hacia adelante.

—¿Qué fue exactamente lo que tomó de beber?

Le tomó un momento para darse cuenta de lo que le estaba sugiriendo.

—Jugo de Naranja —dijo de manera uniforme. —Yo no bebo alcohol. Soy alcohólica. —Cuando el detective alzó una ceja, sus labios se adelgazaron. —He estado sobria casi siete años.

—¿No sabe de nadie que querría hacerle daño a usted o a su familia? —preguntó, escribiendo algo en el bloc de notas.

—No, pero unos chicos lanzaron una piedra hacia la ventana de Sam la otra noche.

—¿Lo denunció?

—Philip lo hizo —dijo ella, masajeando su frente. —Mire, el secuestro de Sam… no es personal. Fue la Niebla.

Jay levantó la mirada.

—¿Usted lo vio?

Ella tomó una respiración profunda, dándose patadas mentalmente a sí misma.

—¿Quién más secuestra a los niños en medio de la noche?

Patterson entró en la habitación.

—Necesitamos a la Sra. O'Connell para identificar algo. ¿Reconoce esto? Lo hemos encontrado debajo de la cama de su hijo. —Él sostenía una bolsa de plástico marcada como *evidencia*.

—Oh mi Dios —gritó Sadie, estirándose para alcanzarlo.

La bolsa contenía un objeto. El zapato rojo del Payaso Clancy.

Cuando ella le dio vuelta, un destello atrajo su mirada. Una chincheta de plata estaba atascada en el talón.

Tick, tick, tick.

—Contratamos a un payaso para la fiesta de cumpleaños de Sam —dijo en una voz ronca. —Clancy. Pero por supuesto que no es su verdadero nombre.

—Vamos a dar con él, señora —dijo Patterson.

—Voy a necesitar el nombre de la empresa donde lo contrató —dijo Jay. —Y el número de teléfono.

Ella miró fijamente el zapato en la bolsa.

—Philip tiene todo eso. Alquilar al payaso fue lo único que le pedí hacer. —Ella apretó sus ojos cerrados, luchando contra una oleada de náuseas.

Era su culpa. Ella había dejado entrar a la Niebla en su casa. Ella había hablado con él, le pagó trescientos cuarenta dólares para entretener a una habitación llena de niños inocentes. Ella le había visto jugar con su hijo, y obviamente él nunca había salido ya que la alarma no se había activado.

—Clancy debe haberse escondido en alguna parte —dijo.

—¿Dónde?

La respuesta llegó a ella en un instante.

—El clóset de Sam. Oh, Dios. Dejé entrar a la Niebla en mi casa.

—No creo que fuera él —dijo Jay, tomando la bolsa de ella.

—¿Qu-qué quiere decir? Por supuesto que fue…

Él sacudió la cabeza.

—No. El *modus operandi* es diferente. La Niebla nunca deja atrás evidencia. Él es demasiado inteligente para eso. Podría ser un imitador.

Eso no tenía sentido para Sadie. Ni un poquito. Ella había estado a pulgadas del hombre. Lo había visto inmutarse cuando ella mencionó a *la Niebla*. Pero no podía decirle eso a Jay.

—¿No podría él haber cambiado de M.O.?

—Confíe en mí, Sra. O'Connell. Investigaremos cada posibilidad. —Él sacudió su cabeza hacia la puerta. —¿Qué hay de su marido?

—¿Qué hay sobre él?

—Él es un abogado, ¿correcto?

Ella asintió con la cabeza.

—De Derecho Corporativo.

—¿Quizá alguien esté tratando de llegar a él?

—No —argumentó. —Fue él. La Niebla.

Los ojos de Jay se redujeron.

—¿Cómo lo sabe?

—Sólo lo sé.

Philip eligió ese momento para ser un caballero. Entró en la habitación, con una humeante taza en su mano.

—Aquí tienes, Sadie. He pensado que podrías necesitar un poco de café.

Ella miró la taza, haciéndola girar delante de sus ojos. Era la que Sam le había dado en su último día de la madre, la que Leah le había ayudado a escoger. En ella había un dibujo animado de un chico extraterrestre con su madre en una nave espacial. *Para la mejor mamá del universo.*

Ella sofocó un sollozo mientras las lágrimas corrían por sus mejillas.

—Oh, mierda — murmuró Philip. —Lo siento, Sadie. Yo…

—Sr. Tymchuk — añadió Jay. —Necesito saber dónde estaba esta noche. Entre la medianoche y una veinte de esta mañana.

—Sí, Philip —Sadie se burló. —Por favor, dinos dónde estabas. Y con quién estabas. A todos nos gustaría saber.

La cara de Philip enrojeció.

—Yo estaba en la oficina trabajando hasta tarde.

—¿Y dónde es eso exactamente? — preguntó Jay.

—Oficinas Legales Fleming Warner, en el centro de la ciudad de Jasper.

—¿Estaba solo?

Los ojos de Philip se desplazaron hacia Sadie.

—No. Yo estaba con Brigitte Moreau. —Hizo una pausa. —Ella trabaja allí también.

Jay aclaró su garganta.

—¿Y cuál es exactamente la naturaleza de su relación con la Sra.

Moreau?

Sadie cruzó sus brazos.

—Lo que el oficial te está preguntando tan amablemente, Philip, es si estabas hablando de los derrames de petróleo con ella o follándotela.

—Para el detective, dijo —he estado haciéndole esa misma pregunta durante meses.

—¿Qué tiene qué ver mi relación con Brigitte con que mi hijo fuera secuestrado? —Philip exigió.

—Sólo conteste la pregunta, por favor —dijo Jay.

—Brigitte y yo somos asociados. —Philip se desplomó en la cama junto a Sadie. —Y… amantes.

Allí. Finalmente lo había dicho. La respuesta a una pregunta que la había carcomido durante meses. Una respuesta que la habría destrozado ayer, tal vez incluso hacía unas horas. Curiosamente, a ella no le importaba ahora.

Se le escapó una risita burlona.

—¿Qué es tan gracioso? — preguntó Philip, señalándola.

Ella miró a su esposo, el hombre que la había menospreciado durante años, que la había descuidado. El hombre que la había engañado.

—No me importa, Philip.

—¿Que dormí con Brigitte? —preguntó, confundido.

Ella le sonrió como si él fuera un niño estúpido.

—No. No me importas, punto. No me importa lo que haces, o con quien. Mientras no sea conmigo. El único que me interesa es Sam. *Él* es importante. —Ella clavó un dedo contra su pecho. —No tú. No eres nada más que un…

—Sra. O'Connell —la cortó Jay. —¿Cómo encontró a Clancy?

Sadie miró a Philip.

—Mi marido lo contrató. De alguna compañía de fiestas en el centro.

Philip frunció el ceño.

—¿Qué estás diciendo, que esto es por mi culpa? Eres tú la que quería el maldito payaso en primer lugar.

—Bueno, tú deberías haberlo verificado con más cuidado.

Philip saltó a sus pies.

—¡No te atrevas a culparme, Sadie!

—Sr. Tymchuk —dijo Jay tranquilamente. —No se trata de culpar a nadie ahora. Se trata de encontrar a su hijo. Cada segundo que perdemos significa que será mucho más difícil encontrarlo. ¿Entiende lo que digo?

Philip se hundió en la cama.

—Entiendo. Lo siento.

—De acuerdo. Cuénteme sobre el payaso.

—Hace unas semanas, cuando llegué a mi oficina, había un folleto de una compañía de payasos en mi escritorio. Así que lo reservé.

—¿Todavía lo tiene?

—Eso creo.

Philip desapareció. Un momento más tarde, regresó con el panfleto y se lo entregó a Jay. El detective lo escaneó y, a continuación, marcó un número en su teléfono celular. Habló con alguien en voz baja. Unos segundos más tarde, colgó.

—Se trata de un teléfono celular. Y no está en servicio.

—¿No se puede rastrear el GPS? —Philip exigió.

Jay asintió con la cabeza.

—Lo haremos, pero es más que probable que lo hayan arrojado ya. Él está bien organizado.

—¿Entonces nos puso una trampa? —preguntó Sadie con incredulidad.

El detective asintió con la cabeza.

—Él ha estado planeando esto por un tiempo. Él sabía dónde trabajan, las rutinas, y él sabía que Sam tendría un cumpleaños próximamente.

Él abrió una bolsa de plástico e indicó a Philip.

—Deslice el folleto aquí. Voy a conseguir que lo analicen para buscar huellas dactilares. Es el único que lo ha tocado, ¿verdad?

Philip asintió con la cabeza.

—Yo y quien lo puso en mi escritorio.

—Éste es el número de servicios para las víctimas. —Jay empujó una tarjeta hacia Sadie. —Usted puede ponerse en contacto con ellos en cualquier momento si necesita hablar o… lo que sea.

—No necesitamos hablar con extraños —dijo Philip.

—Esa es su elección. Pero el servicio está allí si ustedes lo necesitan.

—A él no le gusta hablar de nuestros problemas —Sadie se burló. —¿No es así, Philip? Te gustaría mucho más que todos crean que somos la familia perfecta y que eres el marido perfecto. Bueno, te falta tu hijo, Philip. ¡Sam se ha ido!

Philip se levantó y avanzó hacia la puerta, pero no antes de que ella viera las lágrimas en sus ojos.

—Voy a estar en el piso de abajo —dijo sin mirar atrás.

Cuando él se marchó, ella lo miró alejarse, sintiéndose abandonada y ligeramente avergonzada de las palabras rencorosas que había expulsado de su boca. Independientemente de todo lo que había hecho en el pasado, todavía era su marido… y tenían un hijo juntos. Un niño que necesitaba de ellos.

—Creo que será mejor si los interrogamos por separado en la estación —dijo Jay tranquilamente. —Yo... yo siento haber tenido qué preguntarle acerca de Brigitte.

—No lo sienta. Antes, yo sólo tenía la sospecha de que mi marido me estaba engañando. Ahora lo sé. —Ella tomó una respiración profunda. —¿Cuáles son las posibilidades de encontrar a Sam?

El detective cambió de posición incómodamente.

—¿La verdad?

Ella asintió con la cabeza.

—Cada hora que pasa limita sus posibilidades. Pero tiene qué mantenerse positiva, creer que él volverá a casa y aferrarse a la esperanza.

—La esperanza es todo lo que tengo.

—Mientras tanto, vamos a verificar en la Sra. Moreau.

—Ella no tiene nada que ver con la desaparición de Sam.

—Los amantes celosos pueden llegar a hacer casi cualquier cosa —dijo el detective mientras se trasladaba hacia la puerta. —Pero no se preocupe, Sra. O'Connell. La verdad siempre sale al final.

Sus palabras le hicieron temblar. De ninguna manera podían la policía o Philip averiguar que ella había visto a la Niebla.

Sam moriría.

Y ella moriría también.

8

Después de que los detectives y los investigadores de la escena del crimen se fueron, la casa quedó en silencio. Philip se encerró en su oficina, negándose a hablar con ella. Así que ella hizo lo único que pudo. Tomó una pastilla para dormir, y se arrastró a la cama. Habían aparecido decoloraciones oscuras bajo sus pechos. Sus costillas estaban magulladas, tal vez rotas. Pero eso no era lo importante. Lo que importaba era Sam. ¿Estaría herido? ¿Tendría frío, hambre, miedo?

¡Por supuesto que tiene miedo, imbécil!

Se acostó despierta, luchando contra su creciente remordimiento. Veía las sombras de la habitación, media esperando que la niebla reapareciera.

¿Qué le estará haciendo a Sam?

Dos horas más tarde, todavía estaba despierta. ¿Cómo podría ella dormir con Sam desaparecido y un pensamiento único martilleándola?

Era lunes. *Era el cumpleaños de Sam.*

Se impulsó hacia arriba sobre sus codos, gruñó por la quemadura lenta en sus costillas y encendió en la lámpara. Eran las 4:35 y todavía estaba oscuro fuera. Bajó sobre su espalda, con la cabeza palpitando, y pensó en algo que Jay Lucas había dicho.

La verdad siempre sale al final.

Un cementerio de inquietos fantasmas caminaron sobre su tumba y ella se estremeció. Si la verdad salía a la luz, Sam estaría muerto.

—Tienes qué guardar silencio —susurró. —No digas una palabra.

Todavía no.

Su mirada se asentó en la mesita de noche. El maletín de cuero negro, una carpeta negra de piel con todos los dibujos preliminares para el libro de Sam se asomaba desde el cajón semi-cerrado.

Sam…

No hubo más horas de sueño para ella. Se tragó las lágrimas y se sentó. A continuación, alcanzó la carpeta. Abriendo la cremallera, estudió el colorido dibujo de un cómico murciélago marrón con ojos bizcos. Se estaba subiendo unos holgados shorts que continuaban deslizándose hacia abajo.

Ella sonrió, limpiándose una lágrima.

—A Sam le vas a encantar, Batty. —Hubo una traba en su voz, pero ella lo superó.

Ahora no es el momento para perder la calma. Sam me necesita.

Repasó los dibujos, lo que le permitió ir de vuelta a tiempos más felices. Hacía apenas unas horas. Recordó la risa de Sam, su cara sonriente mientras abría sus regalos de cumpleaños.

Ella gimió.

—Él no obtuvo su bicicleta.

Quizás nunca lo viera montado en ella. Quizás nunca lo vería…

—¡Para ya! —susurró. Sacudió la cabeza con fuerza. —Sam *volverá*. Lo encontrarán.

Tienen que encontrar a la Niebla primero, su conciencia le recordó. *Y sólo una persona sabe cómo es. Más o menos.*

Su mirada cayó sobre un trozo de papel en blanco.

La advertencia de la Niebla hizo eco en su mente. *"Si veo una descripción… si incluso dices que me viste…"*

¿Se atrevería?

Ella se esforzó por escuchar pasos o voces.

La casa parecía vacía.

Alcanzó un lápiz. A continuación, con una respiración irregular, empezó a dibujar el rostro de la Niebla. Un dibujo que nadie podría ver. Ella sombreó, borró y masticó el extremo del lápiz mientras se concentraba en crear su cara, su nariz ganchuda, ojos profundos encapuchados y la mejilla izquierda picada de viruelas. Rodeó su rostro con una capucha, y cuando la imagen estuvo terminada, la miró fijamente con enojo. Era un poco vaga, pero era él. La Niebla.

—No lastimes a mi hijo —susurró entre lágrimas.

Estuvo tentada a rasgar el papel en jirones. Impulsada por una necesidad de confesar, hizo notas de todo lo que el hombre había dicho y hecho, y lo que él había usado. Entonces escondió el dibujo entre dos hojas limpias y deslizó todo atrás en la carpeta. No tendría que preocuparse de que Philip lo encontrara. Él no estaba interesado en su trabajo.

O en mí, para el caso.

Cuando abrió el cajón para colocar la carpeta dentro, su mirada cayó en la foto escolar de Sam. De alguna manera, había caído en el cajón. Afortunadamente, el cristal no se había roto.

Ella la recogió, recordando el día que había descubierto que estaba embarazada, el día en que Sam nació, la mañana en que lo habían llevado a casa, sus primeros pasos, su primera risa, qué sonido tan alegre, y su primer día en la escuela. Muchas primicias. Muchas más por venir.

Apretó la foto contra su pecho y una inmensa tristeza la atrapó, enterrándola en una violenta tormenta de cálidas lágrimas y angustiados sollozos que desgarraban su alma.

—Sam… mi bebé. ¡Oh Dios…*Sam!*

A las seis treinta, dejó de intentar volver a dormir. Sus costados dolieron rebelándose cuando se sentó, alcanzado el teléfono para llamar a Leah.

—Hey —gruñó su amiga, medio dormida. —¿Por qué estás llamando tan temprano? ¿Philip se está portando como un imbécil…?

—Te necesito, Leah. —Eso fue todo lo que dijo.

La voz de Leah respondió, fuerte y reconfortante.

—Voy a estar allí en 15 minutos. Sea lo que sea, lo superaremos.

Se cortó la línea.

Sadie se dirigió a la ducha. Fue mientras estaba lavando su cabello que se dio cuenta que había olvidado quitarse las bragas. Después, ella se vistió con tanta rapidez que se puso el mismo par de calcetines que había usado el día anterior.

Caminó hacia el pasillo iluminado y mientras pasaba por la puerta del Sam, se detuvo. La puerta estaba abierta. Sam siempre la dejaba así en la mañana. Ella miró dentro, medio esperando ver a Sam sentado en su cama.

Pero la habitación estaba vacía.

Sam.

Dejando la puerta entreabierta, continuó hacia el piso de abajo. Se detuvo en el último escalón cuando oyó el ruido de platos.

—¿Leah?

—Oh bien, ya terminaste de ducharte —dijo su amiga mientras Sadie entraba en la cocina. —He preparado un poco de café y tostadas. Entonces, ¿qué está pasando? ¿Es Philip?

Sadie miró a su amiga y sintió el escozor de lágrimas nuevas. Ella parpadeó de nuevo.

—Es…Sam.

—¿Él está bien?

Sadie sacudió la cabeza.

—Él se ha ido, Leah.

—¿A dónde?

Un sollozo quedó atrapado en la parte posterior de su garganta.

—La Niebla se lo llevó.

Los ojos de Leah se desencajaron por el horror.

—¡No! No a Sam.

Sadie asintió con la cabeza, sin confiar en su voz.

—No, Sadie —Leah gimió.

Tan pronto como ella vio las lágrimas en los ojos de su amiga, los hombros de Sadie temblaron y perdió el control. Los sollozos estremecieron su cuerpo. Leah la abrazó con fuerza, meciéndola como a un bebé, acariciando su pelo y llorando con ella.

—Se ha ido, Leah. Sam ha desaparecido. ¿Qué debo hacer?

Leah no tenía una respuesta.

Cuando Sadie se tranquilizó, otro pensamiento la golpeó. Ola tras ola de recuerdos y angustia la agredieron, hasta que ella se perdió, naufragando… sin aliento.

—Yo… no puedo hacer… esto —ella sollozó. —Él tiene a Sam. Oh, Dios. ¿Por qué se llevó a mi bebé?

—No lo sé, cariño —Leah lloró. —Pero vamos a recuperarlo.

Tras un largo silencio, Sadie alzó su cabeza y miró a los ojos de su amiga. —¿Qué hicimos Philip y yo para merecer esto? ¿Estamos siendo castigados? ¿Soy *yo*?

—Sadie, no hiciste nada malo —dijo Leah, su voz temblando por la emoción. —No es tu culpa. Ninguno de ustedes está siendo castigado.

Sadie no le creía.

Leah la llevó a una clínica ambulante donde un médico aseguró a Sadie que sus costillas estaban magulladas, pero afortunadamente no rotas. Le dio una receta para Tylenol 3's, programó una radiografía '*sólo para estar seguro*' dijo, en el Hospital de la Monja Gris para el próximo día, y le dijo que tuviera más cuidado al bajar las escaleras.

Posteriormente, ella hizo que Leah fuera a casa.

—No hay nada más que puedas hacer ahora —le dijo. —Y tengo qué encargarme de un par de cosas.

—Si necesitas algo, Sadie, lo que sea, llámame.

—Todo lo que necesito es a Sam.

La tarde la pasó en el centro de la ciudad, en la estación de policía. Philip se reunió con ella allí, con media hora de retraso. Cuando se disculpó con Jay, el detective le dirigió una férrea mirada que hizo a

Sadie sentir mejor. A continuación, se dirigieron a una abarrotada oficina sin ventanas con montones de carpetas apiladas a un costado de un escritorio desvencijado.

Sadie miró las carpetas. *En algún lugar hay una sobre Sam.*

—Necesitamos saber si alguno de ustedes ha notado algo extraño los últimos días —dijo Jay, sacando su bloc de notas. —Así que nos gustaría interrogarlos juntos primero. ¿Eso está bien?

—Lo que sea necesario —dijo Sadie. —Sólo deseo que me devuelvan a mi hijo.

Un músculo saltó en la mandíbula de Philip.

—Lo mismo digo.

Jay se giró hacia Sadie.

—¿Ha notado a algún extraño merodeando por su casa? ¿O tuvo algún visitante?

Ella sacudió la cabeza lentamente.

—Nadie excepto a Leah. Y el payaso. Oh, y un repartidor de KFC.

—¿Y qué hay acerca de la escuela de Sam? ¿Vio a alguien allá?

—No. Sólo a su maestra.

—¿A dónde más fueron usted y Sam esta semana? —presionó Jay.

Ella vapuleó su cerebro, tratando de recordar todas las pequeñas cosas que ella y Sam habían hecho juntos. En la mayoría de las ocasiones, había jugado con él en la casa, ya que hacía mucho frío afuera. Excepto el día que le llevó hasta el parque.

Ella le contó a Jay.

—¿No pudo ver a nadie que no pareciera encajar? —preguntó.

Ella sacudió la cabeza.

—Eran principalmente padres, madres. Oh, y hubo un pad… —Ella miró hacia arriba y se quedó sin aliento. —Había un hombre en un coche. Pensé que era uno de los padres.

—¿Puede describirlo?

Ella hizo un gesto apenado.

—No sé. Él estaba sentado en su automóvil y tenía un sombrero y gafas de sol. No pude observarlo bien. Creo que él estaba en la mitad de la treintena, o a comienzos de los 40's. —Ella no estaba mintiendo exactamente.

—¿Pudo ver el auto?

—Lo siento. Yo no estaba prestando atención. Es gris oscuro o negro. Cuatro puertas. Eso es todo lo que puedo recordar. —Antes de que Jay pudiera preguntar, ella dijo, —y no vi la placa.

—¿Conoce la marca o el modelo?

—Sadie no puede distinguir un sedán de un coche deportivo —dijo

Philip en seco.

Ella le envió una mirada que lo hizo cerrar la boca.

Jay escribió algunas notas.

—¿Qué hay de la fiesta de cumpleaños?

—Sólo amigos de Sam, sin extraños —dijo.

—Veamos algunos antecedentes —dijo Jay, dando la vuelta a una nueva página en su cuaderno.

En cuestión de minutos, obtuvo un repaso de toda su vida: rutinas, amigos y toda persona que había entrado a su casa. Admitió que el payaso era la pista más fuerte, ya que ellos habían encontrado el zapato en la habitación de Sam. También estaban comprobando al repartidor.

Sadie y Philip fueron separados durante una media hora y entrevistados individualmente. A continuación, los dejaron ir.

Ella agarró el brazo de Jay en cuanto salieron de su oficina.

—¿Cuánto tiempo cree que pase antes de que tengamos a Sam de vuelta?

El detective echó una mirada inquieta a su marido. Philip estaba de pie a unos pocos metros, echándole un vistazo a su reloj como si tuviera algún lugar mejor dónde estar.

—Eso depende de quién se lo llevó, Sra. O'Connell —dijo Jay.

—Usted me dijo que los tres primeros días eran críticos. ¿Qué sucede después de eso?

—Debemos seguir buscando. Nos han dado un montón de pistas para revisar.

—¿Qué pasa si fue la Niebla? —ella insistió.

La boca de Jay se adelgazó.

—No hemos encontrado a ninguno de los niños que se ha llevado. Pero eso podría ser algo bueno. Es muy posible que todos estén vivos todavía. Incluido Sam. —Él miró a Philip de nuevo. —Pero eso *si* la Niebla se lo llevó. Sin testigos o una descripción, no tenemos mucho con qué trabajar, pero estamos estudiando todas las posibilidades".

"Sin testigos o una descripción...".

Las palabras del detective la hicieron encogerse, y se apresuró para dar la vuelta a la esquina, ansiosa por escapar de la comisaría. Cuando se acercaba a la zona de espera, se detuvo de pronto.

Unos ojos azules rodeados de pestañas gruesas se encontraron con los suyos.

¡Sam!

Estaba sentado en una silla, llorando. Cuando él la vio, sonrió y le hizo señas para que se acercase.

Extasiada y aliviada, se volvió hacia Jay.

—¡Usted lo encontró!

—¿Qué?

—¡A Sam! —Ella se dio vuelta, apuntando hacia la silla. —Él…

La silla estaba vacía.

Su mente se entumeció. Lo había visto. Le había sonreído, la había saludado.

Philip agarró su brazo, llevándola fuera de la estación.

—Eso no fue gracioso, Sadie.

—No se suponía que lo fuera —ella se quebró. —Pensé…oh, no importa.

No hablaron ni una palabra de camino a casa. O mientras Philip estacionaba el Mercedes en el garaje. Cuando ella entró en la casa, arrojó fuera sus zapatos, dejó su bolso en el suelo y se arrastró escaleras arriba. Dos analgésicos y una pastilla para dormir más tarde, ella se subió a la cama.

No eran aún las 6 de la tarde.

9

Sadie despertó lentamente, frotando sus ojos cansados. Se sentían secos, como si alguien los hubiera revestido con harina y frotado después. Lo más probable es que fuera uno de los efectos secundarios de las píldoras que había tomado la noche anterior.

Ella parpadeó.

Era el segundo día y un trozo de ella había desaparecido.

Sam.

Se sentó y balanceó sus piernas hacia un lado de la cama. Un quejido bajo surgió en lo profundo de su estómago y se arrastró hacia arriba, como una serpiente enroscada dispuesta a atacar. Quemó entre sus costillas, hasta su garganta y luego brotó de su boca en un aullido ansioso.

¡Sam!

Dondequiera que estuviese, él estaba asustado. Ella lo supo sin lugar a dudas y quiso consolarlo, quitarle su miedo. Él debería haber estado preparándose para ir a la escuela, justo como lo hacía todos los martes por la mañana. En su lugar, él estaba con...

El diablo.

—Oh Dios. ¿Por qué permitiste que se llevara a mi bebé? —golpeó el colchón. —¿Por qué?

Limpiándose las lágrimas de golpe, alcanzó el teléfono.

—Soy Sadie O'Connell —dijo ella cuando Jay Lucas respondió.

—Le iba a llamar. ¿Puede venir a la estación?

—¿Por qué? ¿Ha encontrado a Sam?

Hubo una breve pausa.

—No, pero necesitamos hablar con usted de nuevo.

—¿Philip debe ir también?

—No, sólo usted.

Ella colgó y se vistió rápidamente, distraída por sus pensamientos.

¿Por qué querría Jay hablar con ella a solas? ¿De alguna manera se había dado cuenta que ella había estado mintiendo? ¿Sospecharía que ella había visto al hombre que se había llevado a su hijo?

Después de registrarse en la recepción, fue escortada a una pequeña oficina donde se sentó con desasosiego. Jay entró en la habitación, llevando una carpeta gris. Él le estrechó la mano, luego se sentó detrás del escritorio.

—Sra. O'Connell —comenzó. —Lo que estoy a punto de decirle es muy delicado y no puede salir de esta sala. Incluso yo no debería estar hablando de esto, pero que podría ser pertinente para el caso de Sam. Una advertencia, sin embargo. Si usted menciona algo de esto a su marido o a cualquier otra persona antes de que se convierta en público, nos veremos obligados a arrestarla por interferir en nuestro caso. ¿Entiende?

—Y-yo… Sí, entiendo.

—¿Es consciente de que su marido está siendo investigado por fraude y malversación de fondos?

—¿Qué? —farfulló. —¿De qué está hablando?

—La División de Fraude lo ha estado investigando desde el año pasado. No vi la conexión desde el principio porque los tenía registrados bajo el nombre de O'Connell, ya que usted llamó. Pero cuando modifiqué el apellido de su marido, salió marcado.

—P-pero eso es imposible. Philip nunca…

—El socio de su marido, Morris Saunders, está bajo investigación también. Sospechamos que han estado desviando los fondos de sus clientes a cuentas en el extranjero. Alrededor de ocho millones de dólares en total.

¿Ocho millones de dólares?

No podía creer lo que estaba escuchando. Su marido, el Sr. Defensor de la justicia era un desfalcador, un ladrón.

—¿No se supone que se presuman inocentes? —preguntó alarmada.

El viejo detective le dio una mirada triste.

—Fraudes tenía a alguien encubierto. Alguien que conoce muy bien a su marido

—¿Quién?

—No puedo decírselo ahora. Pero lo sabrá muy pronto.

Sadie se quedó en silencio durante un largo momento.

—¿Sra. O'Connell?

—Yo…Yo pensé que quería hablar conmigo acerca de Sam. Pensé que tal vez lo habrían encontrado —su voz se quebró y ella se echó hacia delante, sus manos cubriéndole el rostro.

—Lo siento, Sra. O'Connell.

—Por favor —dijo entre sus manos. —Sólo me llámeme Sadie.

—Mire… Sadie. Sé que usted no necesita más malas noticias, pero…

Su cabeza se precipitó hacia arriba.

—Pero ¿qué? ¿Ocho millones de dólares son más importantes que mi hijo? ¿Eso es lo que me está tratando de decir?

Jay estiró una mano a través del escritorio.

—Por favor, escúcheme durante un minuto. La mayoría de los secuestradores están relacionados con la víctima. A menudo es un cónyuge. Philip podría haber escenificado el secuestro…

—¿Cree que él se llevó a Sam? ¿Por qué, por el dinero del rescate?

—Él podría haber pensado que el banco le prestaría el dinero, o que podía obtenerlo de su familia o el bufete. Si él pensó que podía conseguir el dinero para pagarles y salvarse, podría haberse llevado a Sam a alguna parte.

Sadie estaba indignada.

—¡No! ¡Philip nunca haría eso!

—La gente desesperada hace cosas desesperadas, Sra. O' Con… Sadie.

Empujando su silla hacia atrás, ella saltó a sus pies.

—Mi marido puede ser un cobarde y un ladrón, pero nunca podría poner en peligro la vida de Sam por dinero. ¡Nunca!

Jay se removió en su silla.

—Es posible que uno de los clientes de Philip se llevara a Sam. Su marido tomó dinero de personas muy peligrosas. Personas que harían cualquier cosa para recuperarlo. ¿Entiende lo que le digo?

Ella jadeó.

—¿Cree que se llevaron a Sam para vengarse de Philip?

—Es posible.

—¡No! Fue la Niebla.

Unos ojos agudos perforaron los suyos.

—¿Cómo lo sabe?

Ella abrió su boca, preparándose para decirle todo. Pero luego la voz ronca de la Niebla llenó sus oídos. *"Pequeños pedazos sangrientos"*.

Su estómago se trenzó en nudos.

¿Debería ella decir algo? ¿Decirle lo que sabía?

—Sra. O'Connell, si sabe algo…

—No —dijo ella, alejándose. —Yo no sé nada que le pudiera ayudar a encontrar Sam.

—Entonces, ¿por qué está tan segura de que fue la Niebla? —repitió Jay.

Cuidado, Sadie.

—Yo sólo lo sé. Llamémoslo instinto. —Hizo una pausa en la puerta y le echó una ojeada al detective. —Cuando encuentre a la Niebla, encontrará a mi hijo.

Posteriormente, Sadie condujo al hospital de las Monjas Grises. Se había estado sintiendo un poco mejor a medida que avanzaba el día, pero quería asegurarse de que nada estuviera roto. Sus costillas no estaban tan sensibles —hasta que el técnico le pidió que se removiera alrededor como un pez fuera del agua sobre la mesa de rayos x. Gire a su derecha. Luego, a su izquierda. A continuación, sobre su espalda. Ella estaba más adolorida cuando salió del hospital. Manejó la casa y tomó un par de Tylenols.

Con nada más que hacer, esperó.

Y esperó un poco más.

Cuando Philip regresó a casa esa noche, él se retiró a su oficina. Sadie lo observó alejarse con furia hirviendo en el fondo de su estómago. Estaba enfurecida de que la policía no estuviera buscando a la Niebla y aturdida por las revelaciones de las actividades delictivas de su marido.

Ella llamó, luego abrió la puerta.

—Philip, necesito hablar…

Las palabras quedaron atrapadas en la parte posterior de su garganta.

La Oficina estaba en el caos más absoluto. Parecía y olía como un departamento de soltero. El sofá junto a una pared estaba cubierto con sábanas y mantas revueltas, mientras que un montón de la ropa de Philip había sido arrojada a una esquina. Era imposible saber si estaban limpios o sucios. Cajas de pizza vacías y otros recipientes de comida para llevar cubrían una mesa cerca de la ventana, y dos tazas de café Fleming Warner a medio llenar con aglutinado de café de una semana atrás estaban sobre el escritorio de roble. Una de ellas había dejado un anillo de café en la superficie de la madera.

Pero lo que la conmovió aún más fue Philip.

Él tenía una pistola.

—¿Qué estás haciendo? —preguntó lentamente.

Philip limpió tranquilamente el arma con un trapo y la colocó en una caja de cedro.

—No te preocupes, Sadie. Es sólo para exhibición.

—¿Exhibición para quién? —Ella farfulló. —¿Estás loco? No podemos tener un arma de fuego en la casa. No con Sam… —Ella se interrumpió y miró al suelo.

—No está cargada —dijo, como si eso hiciera la diferencia.

—Es *ilegal*. ¿Cómo la conseguiste en primer lugar?

Ella lo observó alejarse del escritorio, caminar hacia el armario y guardar la caja en el estante superior.

—Alguien la consiguió para mí —dijo. —Él me debía un favor.

—Y tú piensas que necesitas una pistola.

Ella lo miró detenidamente, preguntándose por qué estaba tan nervioso, ¿por qué un hombre que había seguido todas las leyes —excepto la fidelidad— tenía un arma que estaba destinada para un solo propósito? Matar.

Su boca se adelgazó.

—Tienes miedo de quien tomaste el dinero, ¿no?

Philip pareció sorprendido.

—¿Contactaron contigo?

—No, la policía lo hizo. Me contaron todo.

—Eso es imposible —dijo con falsa bravuconería. —Ellos no lo saben todo. —Él se sentó en su escritorio.

—Ellos saben lo suficiente para arrastrarme a la estación y amenazar con arrestarme si te decía que hablaron conmigo.

—Entonces, ¿por qué me lo estás contando?

Ella se hundió en la silla enfrente de él.

—La policía cree que la desaparición de Sam está relacionada.

—No lo está —dijo, sacudiendo la cabeza con firmeza. —Mis socios no se lo llevarían. Me habrían llevado a dar un paseo en vez de eso, o tal vez rebanado mis neumáticos como una advertencia. No hay forma de que se llevaran a Sam. —sonaba como si estuviera tratando de convencerse a sí mismo de ello.

—Te creo, Philip. Pero no necesitamos que la policía pierda el tiempo con tus socios cuando deberían estar buscando a la Niebla. Que fue quien se llevó a Sam. Estoy segura de ello. —Ella frunció el ceño. —¡Espera! ¿Cómo *te enteraste tú* de la investigación? La policía dijo que era una operación secreta.

Philip se masajeó la sien.

—Recibí una llamada de uno de los inversores. Él tiene algunas conexiones en el departamento de policía y descubrieron que Morris y yo estábamos siendo investigados. Amenazó con matarme si yo decía algo acerca de sus transacciones comerciales. Y créeme, él lo haría antes que secuestrar a un chico.

—¿Quiénes *son* estas personas a las que les robaste?

Él se encogió de hombros.

—Traficantes de drogas principalmente.

Ella apretó los dientes, resistiendo la tentación ir hasta el escritorio y abofetearlo.

—¡Jesús, Philip! ¿De verdad creíste que te dejarían robar su dinero?

—Yo estaba desesperado. Tenemos una hipoteca pesada, facturas que se acumulan y tú siempre necesitas dinero…

—No pongas excusas —ella lo interrumpió, poniéndose de pie de un salto. —Y no te atrevas a ponerme como excusa. *Te robaste* el dinero. *Te metiste* con la gente equivocada.

Un millón de preguntas llenaron el silencio prolongado.

A continuación, Philip dijo,

—¿Qué quieres de mí? ¿Sangre?

—Yo no quiero nada de ti —dijo con firmeza, antes de salir apresuradamente de la habitación.

Finalmente, ella tenía la última palabra.

Al día siguiente todavía no había ninguna señal de Sam.

Frustrada por la falta de progreso del departamento de policía, hizo carteles con la cara de Sam. Tuvo cuidado de no mencionar a la Niebla. Ella pegó los carteles sobre buzones de correo, bancos, supermercados, tablones de anuncios y cualquier otro lugar en que pudo pensar. Luego los repartió en cada casa en un radio de cinco cuadras, esperando que alguien hubiera visto algo. Una placa, un coche… o a Sam. Cualquier cosa.

Dos veces cogió el teléfono para llamar a Matthew Bornyk, el padre de la última chica desaparecida. Pero, ¿qué podría ella decirle?

Hola, usted no me conoce, pero tenemos algo en común. Nuestros niños fueron secuestrados por un loco maníaco, y yo lo vi y hablé con él, pero no pude decirle a la policía.

—Jesús, Sadie —murmuró por lo bajo. —Él pensará que estás loca.

Una parte de ella anhelaba hablar con alguien que supiera exactamente cómo se sentía, alguien que estuviera tan asustado como ella, tan vacío. Cada vez que ella veía al padre de Cortnie en televisión o lo escuchaba en la radio, podía decir por sus ojos y su voz que él sentía la pérdida de su hija tan profundamente como ella sentía la de Sam.

Secretamente recortaba cada artículo de prensa acerca de la Niebla. Incluso fue al diario el *Sol* y *Journal* y compró periódicos viejos. Guardó todo en un recipiente de plástico en su armario, sacándolo cada pocas horas para ordenarlos y tomar notas. Sin embargo, se rehusó a mirar a los demás niños en las fotos.

Excepto a Sam. Lloraba cada vez que ella veía su rostro.

Su hermano y cuñada llamaron desde Halifax. Brad, que era marino en las Fuerzas Armadas Canadienses, se preparaba para ser desplegado en Afganistán. Se disculparon por no poder dejar todo, encontrar una niñera para sus dos hijos pequeños y volar a Edmonton. Sadie les dijo que no se preocuparan, que para cuando llegaran allí, la policía quizá ya habría encontrado a Sam y lo habría llevado a casa.

Ella quería creer esto desesperadamente.

Después, sus padres la llamaron. Querían volar desde Arizona, donde habían estado disfrutando el clima cálido, pero Sadie les convenció para no hacerlo. Sus preguntas ya la estaban volviendo medio loca.

—No hay nada que ustedes puedan hacer de todos modos —les dijo.

—Pero queremos estar allí para ti —dijo su madre entre lágrimas.

—Lo sé.

Y lo hacía. Su madre siempre era bien intencionada, pero Sadie simplemente no podría soportar escuchar a su madre sollozar cada noche.

—Llámanos si sabes cualquier cosa —suplicó su madre.

—Lo haré. Gracias, mamá.

—Y cariño, si necesitas algo…

—Los llamaré. Te amo.

Cuando Philip regresó a casa esa noche, él apestaba a Jack Daniels y a culpabilidad. Se despatarró en el sofá junto a ella.

—Creo que los inversionistas *sí* se llevaron a Sam —dijo con dificultad. —Si yo hubiera sabido que lo harían, nunca habría tomado su dinero. No sabía que se llevarían a mi hijo. —Él cayó al piso delante de ella y se aferró a sus piernas como un bebé. —Yo lo arruiné todo, Sadie.

—Sí, lo hiciste —dijo con rigidez.

—No sé qué voy a hacer si estoy encerrado —gimió. —No estoy hecho para la cárcel.

Ella estaba indignada.

—¿*Eso es* lo que te preocupa?

En ese instante, su marido pasó de ser una Divina leyenda legal a un llorica cobarde. Ella lo empujó lejos, luego cruzó furiosa la habitación. Haciendo una pausa en la puerta, estuvo tentada a dejarlo ahogarse en su culpabilidad.

—La Niebla se llevó a Sam —dijo amargamente. —Tú no tuviste nada qué ver con ello. Tampoco ninguno de tus clientes.

La cabeza de Philip se elevó, con una expresión medio enloquecida en sus ojos.

—¿Lo crees? —Él limpió su nariz y se puso en pie trabajosamente.

—Sí. Tienes razón, Sadie. No es mi culpa. No puede ser.

Ella lo dejó en el salón hablando solo, y cuando llegó a su habitación, cerró la puerta y la bloqueó.

Philip entendería el mensaje. *Si* él lograba subir las escaleras.

10

Después de que Philip salió a la mañana siguiente, ella encendió la televisión con la esperanza de encontrar noticias acerca de Sam. Pero el rostro de Philip apareció en la pantalla en su lugar. Debajo, dos palabras en negrita brillaban con alarma. *¡Investigación por fraude!*

Una reportera cepilló algo fuera de la chaqueta de su traje a medida, luego dio un breve anuncio diciendo que dos empleados de las oficinas legales de Fleming Warner estaban siendo interrogados por acusaciones de fraude. La mujer nombró a Philip y Morris y Saunders como co-conspiradores.

El siguiente segmento fue acerca del hockey, así que Sadie apagó el televisor. Con nada más que hacer, reunió el coraje para llamar a Matthew Bornyk. Él respondió al primer timbrazo.

—¿Hola? —Su voz era ronca, quizá naturalmente o por la falta de sueño, ella no lo sabía.

Ella contuvo el aliento.

—Sr. Bornyk, soy Sadie O'Connell. Usted no me conoce, pero…

—Sé quién es —Su voz sonó despierta de repente. —¿Hay alguna noticia sobre su hijo?

—No, Nada. —Hizo una pausa, avergonzada. —Yo no estoy segura de por qué lo llamé.

—Me alegra que lo hiciera. Yo le iba a llamar.

—¿De verdad? Me parece un poco… extraño. Hablar con alguien que nunca he visto, quiero decir.

—Tengo una idea. ¿Por qué no se reúnen conmigo para tomar café? Usted y su marido.

La oferta la sorprendió. No estaba segura de lo que había pensado que conseguiría con esa llamada, pero ella no tenía previsto reunirse con el hombre cara a cara.

—Diga dónde y cuándo —dijo.

—Borealis Café, en el centro de la ciudad, por la avenida Jasper —dijo. ——Puedo estar allí en una hora. ¿Necesita direcciones?

—No. Sé exactamente dónde está. —Ella colgó.

Borealis Cafe estaba enfrente de las oficinas legales Fleming Warner. Además, aparecía a menudo en el recibo de su tarjeta VISA. Philip llevaba a Brigitte allí a menudo. Para almuerzos de negocios, decía.

¡Sí, claro!

Matthew Bornyk había envejecido diez años desde la foto que había visto en el periódico. Aunque no había ni un rastro de gris en su pelo rubio arenoso, las líneas bajo sus ojos azul grisáceo y la palidez de su rostro hablaban de noches de insomnio y dolor insoportable.

—Tome asiento —dijo, indicando la silla enfrente de él. —¿Quiere un poco de café? Ellos hacen una mezcla deliciosa. O si tiene hambre, la tarta de manzana con caramelo aquí es excel... —él desvió la mirada, frunciendo el ceño. —Lo siento, estoy divagando.

Después de que un joven camarero llenara sus tazas con el café de la casa, Matthew se inclinó hacia adelante.

—¿Su marido no pudo venir?

—Él está atrapado en... reuniones de negocios.

Hubo un silencio incómodo antes de que el hombre dijera:

—Me enteré.

—No es difícil. Está en todas las noticias.

Matthew tomó un sorbo de café.

—Lo siento.

—Philip siempre quiso vivir como un rey. —Las palabras salieron de su boca antes de que ella se diera cuenta de lo que estaba diciendo.

—¿Qué hay de usted? —preguntó Matthew.

—Yo no soy ninguna reina. Sólo necesito una cosa. A mi hijo.

Su mano temblaba cuando ella levantó la taza, y Matthew hizo algo inesperado. Se estiró sobre la mesa y sujetó la mano de ella. Su cálido toque la hizo exhalar un suave jadeo. No sabiendo qué hacer, miró la mano que cubría la suya. Era fuerte y curtida, excepto el círculo pálido en la piel de su dedo anular izquierdo.

—Vamos a encontrarlos —dijo él. —A ambos. Tan pronto como recibamos una pista, un testimonio…

Ella retiró su mano.

¿Cómo podía mirar a este hombre a los ojos? Él quería un testigo y no tenía ni idea de que él estaba tomando café con uno. La humillación y la incertidumbre la estaban comiendo viva.

¿Qué pasaría si se lo digo?

La respuesta la golpeó inmediatamente.

Entonces, Sam moriría.

Matthew ladeó la cabeza, mirándola.

—Espero que sepamos algo pronto.

—Yo también —dijo ella cansinamente.

—¿No pudiste ver nada? ¿Cuando Cortnie fue secuestrada?

—Yo estaba dormido. Ni siquiera supe que ella no estaba hasta la mañana siguiente. —Él miró su taza de café. —Ella siempre tomaba café conmigo antes de la escuela. —Él sonrió. —Chocolate caliente para ella.

Durante la siguiente media hora, intercambiaron historias. Ella le contó de la obsesión de Sam por los murciélagos. Cómo él había renunciado a la liga infantil de beisbol porque creía que los bates se relacionaban con sus 'amigos peludos'[1].

—Al día siguiente, dibujó caras en un bate que Philip había comprado en eBay. —Ante la mirada perpleja de Matthew, ella sonrió. —Un bate de béisbol. Estaba autografiado por los Blue Jays de Toronto.

—Rayos. Eso probablemente no salió bien.

—No. Para nada.

Necesitando un momento para despejar su cabeza, ella le hizo señas al mesero e impulsó su taza hacia él. Matthew hizo lo mismo. El muchacho llenó las dos tazas y les dejó un puñado de sobres de crema.

—Cortnie está obsesionada con los libros —dijo Mathew, revolviendo su café. —Ha leído todos los de Harry Potter. A veces la encontraba leyendo bajo las mantas. Con una linterna. También leyó esos libros de Sopa de Pollo.

Sadie rió disimuladamente.

—¿Qué? —preguntó.

—Caldo de pollo.

Él le dio una mirada arrepentida.

—Debí suponer que sabrías sobre esos libros. Eres mujer.

Ella sacudió la cabeza.

—Soy escritora.

—¿Qué escribes?

---

[1] Juego de palabras del idioma inglés: «bat» en inglés significa «murciélago» en español. (N. del T.)

—Ficción. Principalmente misterios. Ahora mismo, sin embargo, estoy trabajando en un libro ilustrado para niños, para Sam... —su sonrisa desapareció.

—Él lo leerá —comentó Matthew suavemente.

Sadie apartó la mirada hacia la ventana.

Una mujer en una chaqueta de color verde azulado se paró en la esquina de la calle. Su pelo rubio platino brillaba con la luz del sol mientras esperaba a que la cambiara la luz de avanzar. Un niño pequeño sostenía su mano. Estaba de espaldas a Sadie, pero su pelo le recordó al de Sam.

Ella frunció el ceño. *Incluso su constitución es como...*

El niño se giró bruscamente, sus ojos familiares se encontraron con los suyos. Abrió su boca y articuló una palabra.

Mamá.

Su corazón se partió en un millón de pedazos minúsculos.

—¿Sam?

Ella se tambaleó hasta ponerse de pie, ajena al charco de café derramado sobre la mesa y a las miradas de extrañeza de Matthew.

—Sadie, ¿qué pasa? —preguntó él, poniéndose de pie rápidamente.

Pasó rozándolo hacia la puerta y se desvió dando la vuelta a la esquina. Al otro lado de la calle, la mujer de la chaqueta verde azulado se adentraba por la acera, mirando hacia los escaparates de vez en cuando. Sola.

Zigzagueando entre coches, Sadie ignoró el estruendo de bocinazos mientras corría hacia la mujer, agarraba su brazo y la hacía darse la vuelta.

—¡Hey! —Gritó la rubia. —¿Qué diablos estás haciendo?

—¿Dónde está él? — exigió Sadie.

—¿Quién?

—¡Sam! El niño con el que estabas.

La mujer la miró como si Sadie fueran un mendigo de la calle.

—¿Estás loca? Yo no estaba con ningún niño.

Sadie la miró boquiabierta, sin palabras. Algo andaba mal. El cabello de la mujer no parecía tan rubio de cerca, y ella parecía más joven que la mujer que Sadie había visto desde el interior del Café Borealis.

Pero ella llevaba una chaqueta de color verde azulado.

Ella giró alrededor, buscando en la acera. Pero no había otra mujer rubia de verde azulado.

—Sadie, ¿qué está pasando? —dijo Matthew, corriendo hacia ella.

Lágrimas amargas cayeron por sus mejillas.

—Yo lo vi. ¡A Sam! Caminaba con *ella*. —Ella sacudió su cabeza, pero la mujer había desaparecido. —¿A dónde se fue?

—Mira, Sadie, ¿por qué no te llevo a casa?

—¡No estoy loca, Matthew! Vi a Sam. Lo juro.

Él tomó su brazo suavemente.

—Yo te creo.

—Él me miró y dijo…*Mami*.

—Yo imagino ver a Cortnie a veces —él murmuró, dirigiéndola para cruzar la calle. —En el parque. En su escuela. Pero nunca es ella realmente.

—Yo no me lo imaginé —argumentó ella. —Era Sam.

Matthew suspiró.

—Sadie, ¿quieres hablar…?

—No. Sólo quiero ir a casa.

—¿Quieres que te lleve?

—No, estoy bien. —Ella rodó sus ojos. —Bueno, tan bien como puedo estar en estas circunstancias.

Él tomó las llaves de su vehículo de sus dedos torpes, desbloqueó la puerta del coche y esperó mientras ella subía. Luego le pasó las llaves y su tarjeta de presentación.

—Los números de teléfono de mi casa, la oficina y mi celular.

Ella le dio las gracias, luego salió huyendo a gran velocidad. Cuando miró a través el espejo retrovisor, Matthew Bornyk estaba inmóvil, con una expresión miserable en su bello rostro.

Ningún padre debería verse nunca de esa manera.

Incapaz de detenerse, dio vuelta a la manzana tres veces, buscando a la mujer del pelo rubio con la chaqueta de color verde azulado. Pero no había ni rastro de ella. O de Sam.

Cuando Sadie llegó a su casa, se sentó en los escalones de frío cemento del porche, tomando distraídamente una taza de café mientras escaneaba los coches que pasaban. Una hora después, ella podría haber jurado que había visto a Sam tres veces. Pero en su corazón sabía que no era él. Su bebé se había ido, secuestrado por un loco, y con cada momento que pasaba estaba más y más convencida de que necesitaba decirle a la policía lo que sabía.

Tal vez mañana.

El resto del día pasó lentamente. Ella caminó de un lado a otro alrededor dc la casa, con el teléfono inalámbrico conectado a su cinturón.

—En caso de que haya alguna noticia sobre Sam —le dijo a Leah, quien había ido de visita.

—No puedes sólo esperar junto al teléfono cada día, Sadie. Debes salir, tomar aire fresco.

Sadie la miró.

—¿Qué esperas que haga? ¿Ir a broncearme? ¿O a tomar café?

—No, no me refería a eso —dijo Leah, levantando sus manos a la defensiva. —Simplemente no quiero verte metida en tu casa todos los días. No es… saludable.

—No puedo actuar como si nada malo pasara, Leah. No cuando en algún lugar ahí fuera mi hijo está esperando ser encontrado.

—Ellos lo encontrarán.

Leah la abrazó, pero Sadie se sintió sofocada y se alejó.

Su amiga no lo entendía. Nadie lo hacía.

Esa noche, ella aspiró la habitación de Sam.

—Para cuando él regrese a casa —le dijo a Philip firmemente.

11

Al día siguiente, todavía no había ninguna señal de Sam.

Jay llamó para decir que el zapato del payaso era un callejón sin salida.

—Y no averiguamos nada de la hoja de papel —agregó.

No había huellas, ni ADN, nada que los condujera al secuestrador.

—Estamos tratando de rastrear al fabricante del zapato —dijo. —Tal vez encontremos la tienda donde lo compró.

El corazón de Sadie se hundió.

—Pero no servirá de nada si pagó con dinero en efectivo.

—Sí, pero podríamos tener suerte. La tienda puede tener una cámara de seguridad. Sólo necesitamos un golpe de suerte, Sadie. Una pista sólida y encontraremos Sam.

Durante todo el día ella había destrozado su cerebro tratando de pensar en maneras de ayudar a la policía a localizar Sam sin describir al hombre que había visto, pero nada se le ocurría, así que ella se aventuró fuera y pegó más carteles de Sam por todo el vecindario, hasta que sus ojos la siguieron a todos lados. Llamó a puertas, preguntando por un vehículo extraño en el barrio y mostrando la fotografía de Sam. Pero nadie había visto nada.

Ella incluso trató de confiar en el destino. Se había convertido en una broma habitual durante todos estos años, algo para jugar, como: *vamos a comprar la casa si el trato anterior se concreta*. O: *sabré que es el momento adecuado para escribir algo diferente cuando reciba una señal.* La suerte había sido su mejor amiga entonces, pero ahora que realmente necesitaba una intervención divina, la había abandonado.

Al día siguiente, esperó junto el teléfono. Para la hora de cenar no había sonado, así que ella llamó al número de Jay.

—Sadie, no tenemos ninguna noticia todavía. Lo siento.

—Usted me dijo que los primeros tres días eran cruciales —dijo ella, intentando contener el pánico en su voz. —¿Por qué están tardando tanto?

—Estamos haciendo todo lo que podemos —le aseguró. —Estamos esperando que alguien de su barrio nos llame. Alguien tuvo que haber visto algo.

Sí, yo lo hice.

Aunque las palabras estaban en la punta de su lengua, simplemente no las pudo sacar. Ella temía por Sam. No tenía ninguna duda de que la Niebla podría matarlo como él lo prometió. Y no había manera en que ella pudiera vivir con la muerte de Sam en sus manos.

Pasó una semana. Una semana de puro infierno.

Sadie no quería nada más que deslizarse en una nube de drogado olvido. Pero la terca parte de ella continuaba saliendo cada mañana para sustituir los carteles de Sam rotos, borrosos y salpicados de lluvia.

En la décima mañana, ella permaneció en la cama, negándose a levantarse y a comer nada. Había incluso ignorado el incesante timbre del teléfono, aunque Leah había llamado dos veces y dejado frenéticos mensajes en el contestador automático.

Sadie no quería hablar con nadie.

Excepto con Sam.

Lo extrañaba ferozmente, y no pasaba un momento en que ella no pensara en él. ¿Estaría vivo? ¿Estaría siendo abusado?

Las furiosas X que marcaban los días del calendario al lado de su cama la miraban de vuelta.

—Diez días…

La foto de Sam estaba presionada contra ella. La alejó, notando la huella roja que el marco había dejado en su brazo. Colocó la foto de nuevo en la mesilla de noche, alcanzó el cajón al lado de su cama y sacó la carpeta, la que tenía el dibujo de la Niebla.

La abrió.

Un fuerte jadeo escapó cuando sus ojos se fijaron en la cara del hombre que se había llevado a Sam. Ella sacó el papel de la carpeta y la puso encima del edredón.

—Cuando te encuentre, me aseguraré de que te pudras en prisión por el resto de su vida.

Era una promesa que pensaba cumplir, no importaba lo que costara. Este extraño había entrado en su casa, la había agredido y le había robado a su hijo. ¿Qué horrendo crimen había cometido para merecer tal terror en su vida?

Sus ojos volaban a través de la habitación hacia el cajón de los calcetines de Philip. Ella experimentó la conocida punzada de la necesidad y la incesante voz que desde hacía tiempo había silenciado comenzó su letanía de razones por las cuales una bebida estaría sin duda justificada.

Sólo un pequeño trago.

Ella sacudió la cabeza y miró hacia abajo a la imagen de la Niebla, pero sus ojos fueron atraídos contra su voluntad de vuelta al cajón que prometía alivio instantáneo.

Para calmar mis nervios. Nadie podría culparme.

Tembló cuando una corriente sopló hacia ella.

—Estás despierta.

Philip se situó en la puerta.

Ella escondió el dibujo debajo de las cubiertas y estaba a punto de leerle la cartilla por sorprenderla cuando notó algo peculiar. Su esposo estaba totalmente vestido, preparado para trabajar. Y llevaba el mismo traje que ayer.

—¿Estuviste fuera toda la noche? —preguntó, aturdida.

Sus hombros se levantaron en una contracción nerviosa.

—Sadie…

—¡No! No inventes más excusas. Ambos sabemos dónde estabas y con quién estabas. Yo creo que lo menos que podrías hacer es ser honesto por una vez en tu patética y miserable vida. —Ella se preguntó si la expresión de su cara coincidía con el sabor agrio, podrido en su boca.

Sin decir una palabra, Philip giró sobre sus talones y desapareció.

Tan pronto como se hubo ido, ella retiró el edredón y estiró el dibujo antes de colocarlo en la parte trasera de la carpeta, que deslizó en el cajón de la mesita de noche. Acurrucada en posición fetal con la foto de Sam apretada cerca de su corazón, cayó en un sueño inquieto y se quedó allí todo el día.

A la mañana siguiente, Philip oficialmente se mudó a su oficina.

Al principio, ella se sintió liberada. Después, el enojo la consumió. Cuando se iba a la cama cada noche, a solas y solitaria, permanecía despierta hasta altas horas de la madrugada. Parte de ella estaba resentida, y parte de ella estaba agradecida de que él estuviera tan ocupado. A veces se cruzaban en el pasillo y se dirigían miradas heladas uno al otro. Pero hablaban muy poco. ¿Qué había que decir?

Esa misma tarde, ella llamó a Jay y fue dirigida a su correo de voz.

—Sólo quiero saber si ha sabido algo —dijo. —¿Tiene alguna pista nueva? Han pasado casi dos semanas. Por favor, llámeme. —Ella colgó, sus hombros cayeron por la desesperación.

La desaparición de Sam la había dejado estéril. Sin hijos. Sin amor. Y llena de un remordimiento agonizante. Cada minuto, luchaba con su secreto. ¿Debía hablar, o permanecer en silencio? ¿Qué tal si la policía podía encontrar a Sam antes de que él le hiciera daño? A veces estaba a punto de confesar que había visto la Niebla, aunque vagamente. Y que lo había dibujado.

Cuando Jay la llamó, su voz sonaba cansada.

—No tenemos nada nuevo. Lo sentimos, Sadie. Ninguno de sus vecinos ha visto u oído nada.

—¿Qué hay sobre la Alerta Ámbar?

—No hemos obtenido nada, sólo pistas falsas hasta ahora.

—¿Como cuáles?

Jay suspiró.

—Un hombre informó sobre luces extrañas sobre Edmonton la noche en que se llevaron a Sam. Él jura que Sam fue secuestrado por extraterrestres con tentáculos iridiscentes. Y una mujer en Calgary, que jura que es psíquica, dice que fue secuestrado por una mujer con una sola pierna en un vestido de flores.

Él le dijo que Sam había sido avistado en Vancouver el parque Stanley, en las Cataratas del Niágara, en Texas, incluso tan lejos como México. Al final, todos los informes fueron desacreditados.

—Gracias de todos modos —dijo antes de colgar.

Hundiéndose en una silla, luchó contra las lágrimas de frustración. Sam había desaparecido de la faz de la tierra.

Salvo que sigo viéndolo.

Lo veía por todas partes. En el patio, en Sobeys, el banco, incluso en el asiento trasero del coche. A veces ella podría jurar que oía su voz, lo que era ridículo ya que Sam no hablaba.

Philip no ayudaba en absoluto. Seguía diciéndole que era más que probable que Sam estuviera muerto.

—El bastardo probablemente lo enterró en algún lugar —había dicho la otra mañana.

Sabía que Sam estaba vivo. Ella podía sentirlo, sentirlo a él.

Las huellas pesadas de Philip resonaron, recordándole que había algunos asuntos pendientes qué atender. Había una cosa que quería de su marido. Algo que seguía posponiendo.

—Sólo pídeselo —murmuró.

La habitación estaba en silencio cuando ella entró. Philip estaba sentado en la cama, de espaldas a ella, inmóvil.

—Philip —dijo ella, deteniéndose en la puerta. —Quiero el divorcio. —Cuando él no se movió, añadió, —creo que tú también lo quieres. Nuestro matrimonio está… acabado. —*Muerto.*

Philip inclinó la cabeza, su endurecida mirada la agarró fuera de guardia. ——¡*Perra*!

—Phil…

—¿Tú lo viste? —sostenía un pedazo de papel.

El rostro de la Niebla la enfrentó, el rostro que había dibujado cuidadosamente. Su pulso se aceleró y se aferró a la puerta en busca de apoyo.

—Y-yo lo puedo explicar.

—¿Puedes? Yo estaba buscando un pedazo de papel. En su lugar me encontré con *esto.* —Él agitó el papel frente a ella. —Y un relato completo de lo que sucedió aquella noche en el reverso.

Ella dio un vacilante paso adelante.

—Philip, yo…

—¿Tú qué? ¿Se te olvidó decirme? ¿Se te olvidó decirle a la policía que viste al bastardo que se llevó a nuestro hijo? ¿Qué diablos te pasa?

—No lo entiendes —ella balbuceó. —Él iba a matarme.

—¿A ti? ¿Qué hay de Sam? No puedo creer que estuvieras más preocupada por tu…

—¡Él tenía una pistola, Philip! Y me hizo daño. Es la razón por la que mis costillas estaban magulladas. No me podía mover. —Su voz se volvió ronca. —Y entonces él dijo mataría a Sam si le decía a alguien que lo había visto. O si lo describía. ¡Yo no sabía qué hacer!

—Deberías haber dicho la verdad.

Ella lo miró con incredulidad.

—No te atreves a sermonearme sobre la verdad, tú… imbécil.

—Mentiste, Sadie. Dijiste que no viste a nadie. —Él sacudió el dibujo frente a ella. —Este es el hombre que se llevó a nuestro hijo. La policía ha estado dando vueltas en círculos durante casi dos semanas, y todo el tiempo tenías esto. ¡Su rostro, por Dios santo!

—¡Él dijo que enviaría a Sam a casa en pedazos! —ella gritó.

Philip la miró como si *ella* fuera el monstruo. Entonces él sacudió la cabeza y sin decir una palabra, desapareció en el pasillo, con el dibujo en su mano.

Una puerta se cerró de golpe escaleras abajo y ella se encogió.

—¿Qué he hecho? —gritó ella con angustia.

12

A la mañana siguiente, el mundo entero de Sadie se derrumbó a su alrededor. Su engaño llegó a los titulares de las noticias. Cada canal emitió informes de cómo la madre del último niño secuestrado había sabido desde el principio cómo era la Niebla. Los periódicos de todo el país publicaron su dibujo. Los reporteros fueron mordaces en su desprecio por una madre que ocultaba tal pista vital. Incluso la policía la miraba diferente.

Excepto Jay.

—Eres una víctima en todo esto también —le dijo.

Aterrorizada, se había encerrado dentro de la casa, negándose a abrir la puerta. Cada vez que el teléfono sonaba, ella hacía un gesto de dolor, especialmente cuando vio el número de Matthew Bornyk. No podía enfrentarlo ahora.

Cuando Philip hizo las maletas y se trasladó a un hotel, ella supo que nada volvería a ser igual. Su vida era un desastre y no había sobrevivientes.

Más tarde esa mañana, Leah apareció en la cocina. Había entrado por sí misma a través de la cochera cuando nadie le abrió la puerta.

Sadie echó una mirada a las lágrimas en los ojos de su amiga y se rompió. —Él va a matar a mi bebé, Leah. Sam está muy asustado, puedo *sentirlo*. Y no hay nada que yo pueda hacer para consolarlo.

Leah la abrazó fuertemente.

—Jesús, Sadie. Lo siento mucho.

—Es mi culpa.

—No, no lo es. Hiciste lo que pensaste que era correcto.

Sadie sacudió la cabeza.

—Tal vez si yo le hubiera dicho a la policía cómo era la Niebla, alguien lo habría reconocido.

—Y quizá él hubiera hecho lo que dijo que haría —argumentó Leah. —Escucha. Nadie puede culparte. Te dio un ultimátum, ¿cierto?

Sadie la miró a los ojos.

—¿Tú te habrías quedado callada?

—Yo honestamente no sé lo que hubiera hecho si estuviera en tu posición. Tal vez le hubiera dicho a la policía y esperado que ellos lo mantuvieran fuera de los periódicos. Quiero decir, nadie lo vio. Tú viste su rostro. Eso es un pedazo de información muy importante.

Sadie retrocedió.

—¿No crees que lo pensé?

—Yo sé…

—No sabes nada. Tú no sabes lo que es amar a un niño, ser madre, celebrar la vida en tus manos y verla crecer y convertirse en algo hermoso. Tú no sabes lo que se siente ver a un monstruo llevarse lejos a tu hijo, sabiendo que quizá nunca puedas volver a ver a tu bebé. No pasa un solo día en que no me culpe a mí misma, preguntándome si debería haber dicho algo, hecho algo.

Leah elevó sus manos.

—Sadie, yo…

—¡No! No puedes juzgarme. Nadie puede. Ustedes no estaban allí. Quiero que mi hijo viva. ¿No puede entender eso nadie? Prefiero que Sam esté vivo y viva con ese… *monstruo*, a que esté muerto.

Sonó el timbre de la puerta.

—Voy a atender —dijo su amiga tranquilamente.

Sadie agradeció la incómoda tregua. Ella no había tenido mucha paz últimamente. Todos demandaban algo de ella. El Detective Lucas, Philip… incluso Leah. Como pirañas sedientas de sangre la desgarraban, despojándola de su confianza, de sus últimos restos de esperanza.

—Tu vecina del otro lado de la calle dejó esto —dijo Leah, entregándole un pequeño paquete envuelto en papel marrón.

—¿Mi vecina?

—Sí. Gail. La que tiene el perro escandaloso. Ella dice que alguien dejó esto en su porche por error.

La mirada de Sadie cayó a sus manos.

—No…

El paquete se burlaba de ella. Su nombre y dirección estaban escritos en marcador negro, pero eso era todo. No había ninguna dirección de retorno, ni sello, nada que indicara que el servicio postal de

Canadá lo había procesado.

Ella dejó escapar un chillido y lanzó el paquete sobre la mesa de la cocina.

Leah la sujetó.

—¿Cuál es el problema?

—Él dijo que enviaría a Sam de vuelta. En pequeños pedazos sangrientos.

Leah miró el paquete con nerviosismo.

—Realmente no creerás…

—No, no lo creo. Lo sé.

La respiración de Sadie se volvió superficial y tensa, y su lengua se pegó en su paladar como si estuviera recubierta de arena. Se movió hacia la mesa, medio esperando el paquete estallara en llamas cuando lo tocó. Como no fue así, tragó duro y su estómago agitado amenazó con rebelarse.

—Quizá deberíamos llamar a la policía —sugirió Leah.

Sadie sacudió la cabeza. No iba a esperar a la policía. Ella tenía que saber lo que había en el paquete *ahora*.

—Voy a llamar al detective —dijo Leah firmemente, alcanzando el teléfono.

Sadie la ignoró y luchó contra el papel del envoltorio.

Era una caja de tinte para el cabello. *"Rubia besada por el sol".*

Ella la abrió con cuidado y miró dentro. No había tarjeta, sólo un fajo arrugado de pañuelo negro. Cuando ella lo desplegó, algo rodó sobre la mesa.

Un pequeño dedo sangriento.

Un grito desgarrador destrozó el silencio.

Sadie tardó unos momentos en darse cuenta de que era de ella.

Después de que la policía se fue, Leah la metió en la cama.

—No sabemos si es de Sam — dijo ella.

—Yo sí.

Sadie miró fijamente una mancha en la pared. La había pasado por alto cuando limpió. Tendría qué recordar lavar las paredes en la mañana. Después de todo, no quería tener una casa sucia. Sam vendría a casa pronto y todo tenía que estar listo para él.

Leah se cernía sobre ella, preocupada por la mirada en sus ojos. Acarició suavemente el fleco de Sadie.

—Las píldoras harán efecto en cualquier momento.

Sadie sujetó su mano.

—¿Qué haría sin ti, Leah? Eres la única que ha permanecido a mi lado en todo esto.

—Necesitas descansar. Voy a estar en la planta baja si necesitas algo.

Sadie frunció el ceño, recordando sus anteriores palabras duras. ¿Realmente le había dicho esas cosas a Leah? Era algo muy inusual en ella. Estaba mortificada por su comportamiento.

Y avergonzada por esa mancha en la pared.

Hizo una nota mental. *Limpiar las paredes.*

—Te quiero, amiga —dijo Leah, ahogando un sollozo.

La puerta se cerró detrás de ella.

Sadie miró sus manos. Estaban temblando. Por un momento, se quedó mirando fijamente a ellos, a sus dedos. Estaba fascinada por su dedo meñique.

Tan pequeño...y cubierto de sangre. ¿De dónde había salido la sangre?

Ella sacudió la cabeza, recordando.

Del dedo cubierto de sangre de Sam. En el paquete.

La policía había dicho que lo mantendrían en hielo. Tardarían un día en comprobar el ADN, pero ella sabía que era el dedo de bebé de Sam. Ella había besado sus pequeñas manos un montón de veces. También sabía algo más. Este era sólo el comienzo. Sabía que podía esperar un pedazo de Sam en su puerta. Tal vez un dedo cada día.

¡No! ¡No pienses en eso!

Desesperada por ahogar aquellos horribles pensamientos, empujó la manta hacia atrás y tropezó hasta el cajón de los calcetines de Philip. Revolvió todo alrededor frenéticamente, luego volcó el cajón en el suelo. Tres mini botellas de whiskey cayeron junto a sus pies.

—Eso servirá.

Abriendo la primera, alzó la botella en un silencioso homenaje a años de sobriedad. Luego se tragó el whiskey. El amargo alcohol quemó al principio, luego se volvió cálido y relajante. *Familiar.* Un grato recuerdo de un amigo que había perdido hacía tiempo. Vació las últimas dos botellas, luego se tambaleó hasta la cama con un pensamiento en su mente.

Sin ti, Sam, no tengo nada por qué vivir.

Lloró hasta que hubo sólo un pozo vacío donde su corazón había estado. Luego el sueño se la llevó.

Cuando despertó unas horas más tarde, descubrió que Philip había vuelto.

—Temporalmente —afirmó. —Hasta que te sientas mejor.

Él le hizo algo de sopa para el almuerzo.

—Tienes que comer —le dijo, colocando la bandeja en su regazo.

Ella le dio una mirada en blanco.

—¿Por qué?

—Necesitas mantenerse fuerte.

—Pero yo no soy fuerte —dijo rotundamente. —Soy débil y…

—Eres la persona más fuerte que conozco. Esa es la triste verdad de Dios. Yo soy el débil. No tú. —Se inclinó hacia abajo y la besó en la frente. —Mantente fuerte, Sadie. Por Sam.

Después de que Philip se fue, ella picó la comida en la bandeja. Su estómago se estrujó en rebelión y apenas llegó al baño antes de ser superada por las náuseas.

¿Qué le estará haciendo la Niebla ahora a Sam?

Dos píldoras más le dieron el descanso sin sueños que ansiaba.

A las seis de aquella tarde, Jay apareció en la puerta.

En el minuto en que ella lo vio, se apoyó contra la pared y contuvo el aliento. Después gritó llamando a Philip, quien se encontraba trabajando desde casa.

—Hemos encontrado el coche, el sedán —dijo Jay. —Era de alquiler. Sin huellas dactilares, ni rastros del perpetuador, sólo algunas hebras de cabello de Sam en el asiento de atrás.

—¿Dónde lo encontraron? — preguntó Philip.

—En el aeropuerto. Comprobamos todos los vuelos. No se subió a un avión. Habría sido imposible de todos modos, pues Sadie dijo que Sam estaba inconsciente.

—Así que él debe haber obtenido otro vehículo —conjeturó.

Jay asintió con la cabeza.

—¿Qué pasa con el… dedo? —preguntó ella tímidamente.

La boca de Jay se adelgazó.

—El dedo fue adormecido antes de la amputación. Se encontraron rastros de un anestésico local, lo que nos lleva a creer que él tiene antecedentes médicos. Puede tratarse de un enfermero o de un médico. Algo como eso.

—¿Y?

—Y…el dedo es de Sam.

Sadie perdió el control. Aulló con angustia y se hundió hasta el piso, cayendo en tal frenesí que Philip no pudo calmarla.

—Quienquiera que haya hecho esto, sabían lo que estaban haciendo —dijo Jay, tratando de consolarla. —Eso significa que él se habría asegurado de que no hubiera infección. Creo que Sam aún está vivo.

No hubo consuelo en las palabras del detective.

Cuando él se marchó, ella se dobló, llorando.

—El bastardo lastimó a Sam, y todo es mi culpa.

No lo es, Mamá.

—Sí —sostuvo al fantasma de su hijo.

Sin decir una palabra, Philip se aisló en su oficina. Con ese movimiento, prácticamente se lavó las manos de ella. Y ambos lo sabían.

Ella subió a trompicones las escaleras hacia el dormitorio, alcanzó en el cajón de la mesilla de noche y sacó un sobre de papel manila. Dentro estaban los documentos que Philip había firmado la noche anterior.

—Sé que fui un pésimo marido —le había dicho. —Pero no quiero que me aborrezcas, Sadie.

Ella miró fijamente los papeles del divorcio, con la pluma lista, dispuesta a estampar su firma, cuando la incertidumbre se apoderó de ella. No estaba muy segura del porqué. Su matrimonio se había acabado hacía años.

Entonces, ¿*por qué* vacilaba?

Tal vez porque tenía miedo de que si ella firmaba, terminaba con su matrimonio, Sam nunca volvería. Quizás aferrándose a su matrimonio podría hacerle regresar. Quizás todavía había esperanza para ella y Philip.

Frunció los labios.

—¿A quién estás tratando de engañar?

Garabateó su firma en los documentos.

Por un largo momento, miró fijamente el trazo de la pluma que acababa con su condición de esposa. Había sido tan fácil, tan rápido. Su matrimonio había muerto.

Como Sam, se burló de ella su subconsciente.

—No —murmuró con un movimiento de su cabeza.

Se apresuró escaleras abajo. Philip todavía no se había ido.

—Aquí. —Dejó el sobre en la mesa frente a él. —Firmado, sellado y entregado. Dejaré la casa al final del mes.

Él al menos tuvo la decencia de parecer incómodo.

—¿A dónde vas a ir? —preguntó.

—No sé exactamente. Quizás me alojaré con Leah durante unas semanas, hasta que encuentre un nuevo lugar.

—Quise decir lo que dije antes. Puedes quedarte con la casa.

Ella sacudió la cabeza.

—No la quiero, Philip. Alguien se robó a nuestro hijo de esta casa. Está envenenado ahora, manchada. Pero sí necesito algo de ti.

—¿Qué?

—Asegúrate de que esto sea atendido. —Indicó el sobre.

—Haré que lo presenten de inmediato.

—Hazlo.

Él la miró, con una mirada salvaje en sus ojos.

—Traté de ser un buen esposo, pero simplemente no estaba hecho para eso. Yo… yo te amé, Sadie. De la mejor manera que supe. Pero luego llegó Sam, y… todo cambió. *Tú* cambiaste.

—Los dos cambiamos, Philip.

13

La Pascua solían ser la temporada vacacional favorita de Sadie. Aunque no este año. Nadie llamó para desearle "Felices Pascuas", como en años anteriores. No hubo flores de parte de Philip, aunque siempre las compraba apresuradamente en Sobeys. Y no estaba Sam. En cambio, el Domingo de Pascua llegó con una llovizna y cielo tormentoso, el clima perfecto para el triste estado de ánimo de Sadie.

Ella estaba limpiando la cocina cuando sonó el teléfono.

—¿Hola?

Una respiración pesada la saludó.

—Leah, realmente no estoy de hum…

—*Sam te ha dejado un regalo de Pascua* —chirrió una voz.

Su sangre se enfrió. Habían pasado dos semanas desde que había escuchado esa voz.

—*Está en el porche.*

Su respiración se aceleró.

—¡Espere! ¡Por favor! ¡No lastime…!

Clic

Tras colocar el teléfono en la mesa, ella se tambaleó hacia la puerta delantera, azotándola al abrirla y medio esperando ver a Sam. Todo lo que ella vió fue una pequeña caja para anillo.

Llamó a Jay.

—Estoy justo a la vuelta de la esquina —dijo. —Ya estamos buscando en el vecindario.

Llegó unos minutos más tarde en un coche de la policía sin distintivos. Patterson iba con él.

—Tenemos el teléfono intervenido —explicó Jay cuando notó su mirada interrogante.

—¿No pudo rastrear la llamada?

—Él no estuvo en la línea el tiempo suficiente.

El joven detective rápidamente recorrió con la vista el patio, revisando el perímetro de la casa, mientras que Jay la seguía hasta el porche.

—¿Lo movió? —preguntó.

Ella sacudió la cabeza.

—Ni una pulgada.

—Bien.

Él sacó un par de guantes de látex, se agazapó cerca del cuadro y cautelosamente levantó la tapa. Dejando salir una exhalación sibilante, le dio una mirada fugaz. Luego depositó la caja en una bolsa de plástico transparente y la selló.

—Lleva esto al laboratorio —le dijo a Patterson a cuando el hombre volvió. —Me quedaré con la Sra. O'Connell hasta que su marido regrese.

Patterson se alejó, chirriando los neumáticos.

—¿Qué hay en la caja? —preguntó ella, con el estómago tembloroso.

—Sadie, creo que deberíamos esperar…

—Sólo dígame, Jay. Es mejor que dejar volar mi imaginación. ¿Qué es eso?

—Un dedo del pie de niño.

Las rodillas de Sadie cedieron y colapsó contra la casa.

Jay se apresuró a su lado.

—Jesús, lo siento mucho —dijo, ayudándola a entrar. —Llamaré a los Servicios para las Víctimas por usted.

—¡No! —Ella sujetó su brazo. —Necesito estar sola.

Tan pronto como las palabras salieron de su boca, ella se dio cuenta de lo que había dicho.

—No me refiero a que se tenga qué ir. Simplemente no quiero estar rodeada de extraños. Necesito pensar. Necesito llamar a Philip. Necesito… ¡Oh, Dios!

Ella se hundió en una silla en la mesa de la cocina y se balanceó hacia delante y hacia atrás, tratando de no pensar en la caja. O en el dedo del pie de Sam. O en el monstruo que se lo había llevado. Ella apretó los brazos alrededor de su pecho.

¡Sammmm!

—¿Dónde guarda sus tazas de té? —preguntó Jay firmemente.

Una ráfaga de pensamientos bombardearon su mente. *¿Qué le cortará la próxima vez? ¿Otro dedo de la mano? ¿Otro dedo del pie? ¿Otra cosa?*

—¿Sadie? —Jay tocó su brazo.

Ella ahogó un sollozo.

—Lo siento. ¿Qué ha dicho?

—¿Las tazas de té?

—En el gabinete de la vajilla —dijo ella, mirándolo.

Jay encontró el hervidor, lo llenó y lo conectó. Cuando el agua hirvió, él la miró y ella señaló un armario donde guardaba la tetera y el té. Unos minutos más tarde, sirvió dos tazas cargadas de la bebida, complementándolas con un montón de nata y azúcar, y dejó caer su peso en una silla.

—No soy muy bueno en saber qué hacer en situaciones como ésta —se disculpó.

—El té está bien —dijo ella. —Gracias por la distracción.

—Mi madre siempre solía decir que los problemas del mundo podrían ser resueltos por una olla de té —balbuceó. —Es la única cosa que puedo pensar en hacer cuando las cosas van mal.

Ella estudió su cansado rostro arrugado.

—Y las cosas van realmente mal, ¿no?

—No sabemos si es el dedo del pie de Sam —dijo tranquilamente. —Voy a tener que analizarlo de inmediato.

Ella parpadeó rápidamente, reteniendo las lágrimas.

—Él dijo que enviaría a Sam en pedazos. Primero su dedo de la mano, ahora su dedo del pie. —Gritó y acunó la cabeza en sus manos.

—Me gustaría poder hacer algo, Sadie.

Escuchó la impotencia en su voz. Ella sentía lo mismo.

—Gracias, Jay.

—Siento que se esté burlando de usted de este modo —dijo. —Y lamento mucho que lastimara a su hijo.

Ella asintió, muda.

—Quiero que sepa que estamos haciendo todo lo… —Su voz se apagó. —Demonios, sé que no hay nada que pueda decir que la haga sentir mejor. —frustrado, pasó una mano a través de su delgado cabello gris. —Daría lo que fuera por un golpe de suerte en este caso.

Ella sintió una oleada de compasión por Jay. Su rostro estaba arrugado por las preocupaciones y los años de casos perdidos.

—Gracias.

—He pasado muchos años en el trabajo —confesó. —No se vuelve más fácil.

—Debe haber algo bueno en ello, algo gratificante.

Él sonrió sombríamente.

—Atrapar a los bastardos.

Bien, pensó. Eso es lo que ella quería también.

—Usted debe viajar mucho —dijo ella a la ligera.

—No mucho. Tengo un pequeño problema…

Ella levantó la ceja.

—¿Qué tipo de problema?

—Yo, uh… —Su boca se torció con ironía. —No me gusta volar.

—Largas esperas y aeropuertos abarrotados —adivinó. —O el nueve-once.

—Ninguna de las dos. Tengo miedo de volar. —Se paró lentamente y vagó hacia la puerta de la sala de estar. —Voy a llamar a su marido.

Por unos momentos —sólo un pocos, sin embargo —él había alejado su mente de la horrible realidad de que su hijo había sido brutalmente desmembrado. Presentía que Jay Lucas no estaba acostumbrado a mostrar su propia vulnerabilidad. Entonces pensó en la de ella, Sam. Él era su debilidad número uno.

Sin embargo, tenía una más. Y estaba llamándola.

—Jay —dijo ella, poniéndose de pie sobre sus piernas inestables. — Necesito recostarme un momento.

—Yo limpiaré —ofreció él. —Oh, y Philip está en camino.

Ella se excusó y caminó hacia el pasillo.

Su conciencia argumentó, "¡no lo hagas!", pero ella había dejado de escuchar. Todo lo que podía pensar era en la caja con el dedo del pie de Sam. Necesitaba algo para paliar su dolor, hacerle olvidar. Y había una cosa que estaba garantizada para hacer precisamente eso.

En la oficina de Philip, tomó un conjunto de llaves del cajón superior. Luego desbloqueó el cajón inferior del armario archivador, el que Philip siempre había dicho que era para negocios.

¿Negocios? ¡Sí, cómo no!

Ella había descubierto las botellas hacía un mes cuando estaba buscando una carpeta para archivos vacía. Philip había dejado el cajón desbloqueado. Cuando lo confrontó, él le dijo que las seis botellas del ridículamente caro Cabernet Screaming Eagle habían sido un regalo de uno de sus clientes ricos después de una exitosa fusión corporativa.

Ella nunca había tocado las botellas, hasta el día de hoy.

El vino la llamaba. *Sadie…bébeme… Yo te ayudaré a olvidar.*

Seducida por su promesa persuasiva, subió las escaleras con un sacacorchos en una mano y una botella en la otra. Tan pronto como llegó a su dormitorio, descorchó el vino rojo con increíble agilidad, y olió. El aroma era intenso y sulfuroso, como una mezcla de tierra, fruta concentrada y algo turbio que crecía debajo de la superficie.

Ella estrujó su rostro, preguntándose si había algún otro alcohol en la casa. Pero aparte del extracto de vainilla que sus padres habían comprado en México, esto era lo mejor que tenía.

—Aguántate, Princesa.

No se molestó siquiera con un vaso. Bebiendo directamente de la botella, casi no le tomó sabor al principio. El vino se deslizó hacia abajo por su garganta, dejando una estela de fuego detrás. Cuando sus papilas gustativas finalmente lo registraron, se sorprendió por la casi imbebible calidad del vino.

—Debe ser un gusto adquirido —balbuceó.

Tomó de nuevo el vino, forzando a su garganta a tragarlo. Mientras acogía la infusión caliente de alcohol en su cuerpo, unas gotas se derramaron de la esquina de su boca y cayeron en la moqueta de color crema. Se parecían a salpicaduras de sangre.

—¿Qué estás haciendo, Sadie? —susurró.

El vino encontró su camino hacia su boca de nuevo.

Olvidar.

Media botella más tarde, estaba más que un poco borracha. Ocultando el Cabernet detrás de su mesita de noche, se tambaleó hacia el cuarto de baño donde una botella de pastillas para dormir la esperaba. Sacudió algunas en su palma. Resultaba tentador tomarlas todas, caer en un sueño profundo y permanente, pero tomó una y guardó el resto.

Luego se desplomó de cara a la cama y perdió el conocimiento.

Los días pasaron sin novedades.

Mientras que Jay trabajaba horas extra en el caso de Sam, la investigación del fraude de Philip y Morris provocó que ambos fueran arrastrados a la comisaría para interrogarlos. Cuando Sadie acudió a encontrarse con Philip, él estaba en un estado de pánico.

—Gracias a Dios que estás aquí —dijo él, agarrando su mano.

Ella se zafó de él.

—No estoy segura de por qué quieres que yo esté aquí.

—Bueno, todavía eres mi esposa.

—No por mucho tiempo. Una vez que se ultimen los papeles de divorcio… —se interrumpió. —Ya los presentaste, ¿no?

Él apartó la vista.

—No tenemos prisa ahora. Tenemos cosas más importantes en qué pensar. Es sólo cuestión de tiempo antes de que presenten cargos en mi contra.

—Debiste haber pensado en eso antes.

—¡Maldita sea! ¡Te necesito, Sadie! ¿Por qué no puedes entenderlo?

—Me necesitas —dijo lentamente, paladeando cada palabra. Sus ojos destellaron peligrosamente. —No quieres que testifique contra ti. Quieres que te defienda, que te apoye.

—*Debes* apoyarme. ¡Estamos casados, por Dios! Te he dado todo.

Ella lo miró.

—¿Todo? Me has dado una vida de infidelidad y mentiras. Nuestro matrimonio ha sido una farsa, Philip. Desde el principio. Mi madre tenía razón.

Después de eso, se negó a hablar con él. Se sentó en la sala de interrogatorios mientras que él era cuestionado por los investigadores acerca de sus transacciones financieras. Un abogado con aspecto aceitoso con el cabello relamido hacia atrás y un traje que probablemente costaba un mes de sueldo, interrumpía ocasionalmente con un susurro al oído de Philip. En un punto, un oficial de la policía le hizo una pregunta directa, pero ella sacudió la cabeza. Ella no estaba obligada a contestar nada. Y no iba a hacerlo.

Al salir de la estación, caminó apresuradamente por delante de Philip, negándose a decir una palabra. Avanzó deprisa cruzando el aparcamiento, con el viento desdeñoso besando su piel. Odiaba el frío. El verano era lo que ella quería. El verano significaba llevar a Sam a los parques, nadar en la piscina descubierta del Millcreek e ir al zoológico.

Sacudió la cabeza. ¡*Alto!*

—Entonces, ¿qué pasará ahora? —preguntó, desbloqueando de la puerta del automóvil.

Philip subió en el asiento del pasajero.

—Mi abogado me dijo que me haga el tonto y deje que culpen a Morris.

—¿Cómo puedes siquiera pensar en hacer eso?

—Si no lo hago, podríamos perder todo.

Se sentía enferma.

—Ya hemos perdido todo.

El regreso a casa fue incómodo, pero afortunadamente en silencio. Cuando se detuvo en el garaje, vio una multitud de medios esperando en la puerta. Desde que la investigación del fraude se había hecho pública, una nube tóxica de fatalidad seguía a Philip a todas partes, generalmente en forma de reporteros que esperaban como tigres feroces por el momento adecuado para abalanzarse y despedazarlo.

Hoy, ella estaba dispuesta a darles una copa de vino.

—¡Sr. Tymchuk! —gritó un hombre, tropezando con sus pies para adelantar a los otros carnívoros.

Sadie frunció el ceño, empujó más allá de la multitud y cerró la puerta tras ella, sin sentir ninguna pena por Philip que quedó atrapado en el exterior.

—Tú hiciste este lío, Philip. Lidia con él.

La luz del contestador automático brillaba con impaciencia, exigiendo su atención. Dejando su bolso sobre la mesa cerca de la puerta, pulsó el botón.

—*Gracias por colaborar con nosotros en el pasado* —afirmaba una caridad a la que ella estaba bien segura que nunca había enviado dinero. Saltó al siguiente mensaje, un ronco vendedor ofreciendo servicios de cuidado del césped.

—Todavía hay nieve en el suelo —murmuró ella. *Eliminar.*

El siguiente mensaje la hizo detenerse.

—Sra. O'Connell, soy el Detective Garner. Estoy trabajando en el caso de su esposo. Por favor llámeme enseguida. —Él dejó un número.

Con un pesado suspiro, cogió el teléfono.

—Nos gustaría que volviera a la estación —indicó Garner cuando se comunicó con él.

—No creo que yo…

—Lo siento. No pretendo cortarla, pero ¿está consciente de que hubo un detective encubierto en el bufete de abogados de su esposo?

Responder a una pregunta no dañaría el caso de Philip.

—Sí.

—El detective quiere hablar con usted, extraoficialmente.

Sadie se turbó.

—¿Por qué quiere él hacer eso?

Garner debió haber colocado su mano sobre el receptor porque se escuchó un sonido amortiguado en el otro extremo, y otra voz ininteligible.

—No puedo hablar de esto por teléfono —indicó Garner finalmente. —¿Puede venir mañana por la mañana, alrededor de diez?

—Bien. Allí estaré.

Colgó mientras Philip irrumpía en la casa.

—¡Maldito montón de parias! —despotricó rumbo a su oficina. —No quiero ser molestado, Sadie. ¿Entendido?

—No tengo ninguna intención de molestarte —dijo ella secamente.

Lo que quería era una bebida, pero ya se había terminado la botella de Cabernet. Experimentó una punzada de vergüenza. Su sobriedad se había acabado. Pero no era igual que antes. Había tomado una copa antes de acostarse. Para ayudarla a dormir. Lo bueno es que esta vez estaba en control. Al menos, eso es lo que ella se decía.

Sus ojos vagaron por las paredes del salón, deteniéndose en un retrato de familia. Recordaba claramente ese día. Sam acababa de cumplir dos años. Lo había sostenido en su regazo y le había hecho cosquillas hasta que él se rió con regocijo. En ese momento perfecto, el fotógrafo había capturado el espíritu de Sam.

Y tal vez su alma.

Ella pensó en su problemático nacimiento. Las enfermeras dudaban que el pequeño niño sobreviviría, pero él había luchado, batallando por respirar con cada trabajoso latido de su corazón, y había vivido. Durante seis años. Un *breve período de seis* años.

Ella había amado a Sam más de lo que amaba a sus padres o a Philip o a cualquier otro, más que a la vida misma. Él era su milagro, su salvación. Fue el amor por su hijo lo que había hecho que quisiera levantarse cada mañana e hizo que su vida valiera la pena. Él había definido toda su existencia.

Y aún lo hacía.

14

La habitación en la comisaría donde esperó era pequeña, pero no tan sombría como había esperado. En una pared, había una pintura de una geisha japonesa paseando en un jardín de cerezos en flor. Un árbol de seda manchado de polvo se asentaba en la esquina lejana en un recipiente de plástico, y en el centro de la sala, sillas acolchadas y una pequeña mesa redonda demostraban poco carácter pero uso frecuente.

Se sentó y furtivamente miró el cristal oscuro en medio de la pared. Sabía lo que significaba un cristal tintado. Ella veía la Ley y el Orden.

Saludó sonriente a través de los dientes apretados.

—Adelante, muchachos.

Cinco minutos pasaron sin interrupción.

Ella tamborileó con sus dedos.

—Vamos a terminar con esto.

Se abrió la puerta y una mujer se introdujo en el interior.

Sadie la reconoció al instante.

—¿Qué estás haciendo aquí?

—Lo siento, Sadie. Acerca de Philip. Acerca de todo. —Una insignia cayó sobre la mesa.

—¿Tú? ¿Eres la detective encubierta?

Brigitte Moreau se sentó en la silla enfrente de ella.

Sadie estaba aturdida. La última cosa que esperaba era descubrir que la policía encubierta enviada a espiar a su marido no era otra que la mujer que había estado durmiendo con él. La mujer que ella había despreciado durante el último año.

Brigitte dobló sus manos.

—Tengo que admitir que es un poco incómodo. Mi verdadero nombre es Bridget Moore. Yo, uh… fui solicitada por la firma de Philip una vez que descubrieron que los fondos habían desaparecido. Mi tarea consistía en acercarme a Philip, para ver si él estaba en ello y averiguar dónde estaba el dinero.

—Acercarse a él no significa dormir con él.

Bridget separó su manos.

—Tenía qué tomar ventaja de su debilidad por las mujeres. Conseguir que él confiara en mí.

—Supongo que funcionó.

—Mira, Sadie, ambas sabemos que Philip no era el marido perfecto. Él me persiguió a *mí*… o a Brigitte Moreau. —Sus labios se curvaron en una sonrisa irónica. —Y créeme, el sexo no fue tan bueno.

Sadie la miró, preguntándose por qué el comentario burlón de Bridget no hacía que quisiera embestir al otro lado de la mesa y agarrar puñados de su perfectamente peinado cabello rubio. Irónicamente, sólo quería reír. Quizás hacer una fiesta para criticar a Philip y abrir una botella de *gimoteos*. Ciertamente tenía suficiente de qué quejarse.

—El sexo *nunca fue tan* bueno —admitió.

Bridget sonrió.

—Sabes, si puedo ser franca, estás mucho mejor sin él. No fui la primera, ya sabes.

Sadie fingió sorpresa.

—¿De verdad?

—Philip me dijo que empezó a ser infiel después de que se casaron. La última vez, antes de mí, quiero decir, fue con alguien cercano a él, dijo. Otra asociada, creo. Pero él dijo que fue cosa de una vez, un error.

Sadie pensó en Latoya Jefferson, la joven recepcionista que había trabajado en la empresa hacía unos años. Philip había demostrado un interés inusitado en ella. Cuando Sadie lo cuestionó, él se encogió de hombros, diciendo que ella era la hija de un amigo. Latoya se fue, en un frenesí de rumores acerca de un romance con uno de los socios.

Ella frunció el ceño.

Bridget notó su expresión.

—En mi defensa, Philip puede ser bastante encantador cuando quiere serlo. Además, era la única manera de rastrear el dinero.

—¿Y lo hiciste?

La mujer asintió con la cabeza.

—Me dejó en su oficina un día mientras que él fue a ver a Morris.

Encontré algunos documentos detrás de una imagen de Sam. Estamos en el proceso de localización de los fondos. Si tenemos suerte, podremos volver a colocarlos a una cuenta segura. Estamos hablando de millones de personas.

—Entonces, ¿por qué estoy aquí?

—Porque tenía que pedirte disculpas, Sadie. Y porque vas a oír algunas cosas desagradables durante el juicio.

—Si es que va a juicio.

Los ojos de Bridget de iluminaron.

—¿Crees que él acepte declararse culpable?

—No sé. Philip es básicamente un…

—¿Cobarde?

—Veo que lo conoces muy bien.

Bridget se sonrojó.

—Estamos planeando arrestarlo la semana próxima. Ah, y no te molestes en tratar de pagar una fianza. Existe demasiado riesgo de fuga. Él no se irá a ninguna parte.

—Y no quieren que yo me vaya a ninguna parte tampoco. ¿Es así?

—Esperamos mantenerte fuera de ello —dijo Bridget. —Por admisión de Philip, sabemos que no tenías conocimiento de lo que estaba haciendo. Él te mantuvo en la oscuridad. No necesitamos que testifiques, pero…

—Siempre hay un "*pero*".

Bridget aspiró una respiración profunda.

—La prensa será desagradable acerca de esto. Ellos llamarán a mi participación entrampamiento y convertirán su matrimonio en una farsa.

Sadie se puso de pie lentamente.

—Que digan lo que quieran. No pienso estar aquí por mucho tiempo.

—Probablemente es una buena idea empezar de nuevo —dijo Bridget. —Empezar una nueva vida.

Sadie hizo una pausa en el umbral.

—Van a tener razón, sabes.

—¿Qué?

—Mi matrimonio *fue* una farsa. Pero una cosa buena salió de él.

Los ojos de Bridget estaban llenos de compasión.

—Espero que encuentren a Sam.

—Yo también.

En el estacionamiento, Sadie se sentó en su automóvil durante casi quince minutos, dejando el motor al ralentí mientras asimilaba la última revelación. Si alguien le hubiera dicho que tendría una racional, casi simpática, conversación con la mujer con la que su marido había estado durmiendo, se hubiera reído.

La ironía *era* una extraña compañera.

—Estamos comprobando algunas pistas nuevas —le dijo Jay unos días más tarde. —Hemos tenido que sortear a través de llamadas de personas que afirman haber visto al hombre de su dibujo. En el ínterin, necesitamos que realice una entrevista, una súplica para la liberación de Sam.

Después del almuerzo, se reunió con él en la estación de televisión. Philip ya estaba allí.

—¿Está seguro de que esta es una buena idea? —le preguntó a Jay.

El detective le dedicó una sonrisa apretada.

—No tenemos nada que perder en este momento. —Cuando él vio a Sadie encogerse, añadió, —Si usted le hace una súplica personal a él, podría hacerle tener más cuidado con el bienestar de Sam.

—Si es que Sam está vivo aún —murmuró Philip.

—Le falta un dedo y un dedo del pie —lloró Sadie. —Eso no significa que él está muerto.

—No significa que esté vivo.

Las palabras de Philip la enfurecieron.

—¡Cállate, Philip! —gritó. —¡Él está vivo! ¡Lo sé!

Por un momento, nadie habló.

Jay le dirigió a Philip una dura mirada, luego se volvió hacia Sadie.

—Cuando usted le hable a la Niebla, asegúrese de mencionar el nombre de Sam un montón. Hágalo personal, Sadie. La mayoría de los secuestradores ven a sus víctimas como objetos impersonales, no como seres humanos. Muéstrele el lado dulce, juguetón de Sam.

—¿Cree que él podría dejar ir a Sam?

La boca de Jay se adelgazó y sus ojos se nublaron.

—No es por eso que quiere que lo convierta en algo personal, ¿no? —dijo ella.

—Mire, Sadie, —dijo. —Simplemente no queremos que él continúe lastimando a Sam. Queremos que él piense que sus advertencias han dado resultado, que vamos a desistir. Mientras tanto, seguiremos buscándolo.

En un borrón de movimiento, alguien colocó un minúsculo micrófono en su collar y un receptor a la cintura de sus pantalones.

—Hemos redactado un discurso para ayudarle —dijo Jay, dándole un pedazo de papel.

Ella exploró las palabras, mirándolas como si estuvieran escritas en un idioma extranjero. Una palabra se destacaba claramente. *Sam*.

—Estaremos al aire en cinco —dijo el camarógrafo, contando hacia abajo.

Sintió un sabor agrio en su boca.

El reportero Lance MacDonald la presentó.

A continuación, el tiempo se detuvo.

Se enfrentó a la cámara, su boca seca como papel de lija, su lengua floja. *¿Qué debo decirle a un secuestrador, a un hombre que dejé llevarse a mi hijo?*

Ella leyó las notas que Jay había preparado tan cuidadosamente.

—Quiero pedirle por el regreso seguro de nuestro hijo, Samuel James Tymchuk. Samuel… Sam, es nuestro…mi… —perdida en el dolor, ella no podía sacar las palabras.

Detrás de ella, Philip siseó:

—¡Jesús! ¡Sigue adelante!

—S-Sam tiene sólo seis años y él…

Sus ojos se llenaron de lágrimas y las palabras frente a ella se volvieron borrosas.

Ella lo intentó de nuevo.

—Sam tiene seis, y…

¿Por qué estaba leyendo las palabras de alguien más?

Arrugando el papel, ella miró fijamente a la cámara.

—Sam es mi hijo. Tiene seis años y es muy inteligente, aunque él no habla. Le encanta leer y dibujar. Él es un dulce, dulce niño, mi bebé, y yo lo amo más que a nada. Te lo ruego…devuélvemelo. —Ella se tragó un suspiro. —Pido disculpas por que mi dibujo de ti se hizo público. Lamento haberlo dibujado. Pero yo no fui responsable de entregarlo a la policía. Tampoco lo fue Sam. Él es inocente en todo esto y sé que no quieres hacerle daño. Te daré dinero, tiempo para desaparecer, lo que necesites.

Captó la sombría expresión de Jay. Él sacudió la cabeza, pero ella continuó.

—Si me das a mi hijo, me das a Sam, me aseguraré de que quedes libre. Sabes cómo llegar a mí. Llámame. Esto puede ser entre tú y yo. Simplemente no lastimes a Sam. —Ella contuvo un sollozo. —Por favor…

Philip la empujó a un lado.

—¡Escuche, fenómeno enfermo! ¡Devuélvanos a nuestro hijo! Sólo un maldito cobarde haría…

Sadie vieron con horror como Jay agarraba a Philip y lo lanzaba contra la pared. Incluso el reportero hizo una mueca. El camarógrafo tuvo la decencia de girar la cámara lejos y la tripulación retrocedió.

—¡Estúpido imbécil! —susurró Jay entre dientes apretados. —¿Qué está intentando hacer, conseguir que maten a su hijo?

—¡Por supuesto que no!

Sadie sujetó el brazo de Philip.

—Si has hecho algo para herir a Sam…

—¿Yo? ¿Qué hay de ti? —Él sacudió un dedo hacia ella. —Tú fuiste la que le permitió llevarse a Sam, por todos los cielos.

—¡Tú no estabas ahí! —gritó ella, desatando su furia. —Él iba a matar a Sam, justo delante de mí. ¡No tuve más remedio!

—¡Debiste haberlo intentado! —gritó. —¡Deberías haber hecho más!

Ella le dio una mirada helada.

—Siempre me pregunto si podría haber hecho más, Philip. Yo vivo con eso cada día.

Esa noche, ella vio su rostro plasmado en todas las estaciones de noticias locales. Llamó a Jay justo antes de las diez.

—¿Nada?

—Lo siento, Sadie. No hemos escuchado nada de él.

Ella colgó, decepcionada.

En el baño, se tomó una pastilla para dormir. Luego cepilló sus dientes y roció agua fría sobre su rostro. A tientas buscó una toalla, y la encontró. Después levantó la cabeza y aspiró una gran bocanada de aire.

Un niño estaba detrás de ella.

—¡Sam!

Giró de un salto, pero sólo había un espacio vacío.

—¿Sam? ¿Dónde estás, bebé?

Vagó en su dormitorio, apática y muerta de cansancio. Luego se desplomó en la cama y cayó en la inconsciencia, su sueño atormentado por visiones inquietantes.

Sam estaba de pie justo fuera de su alcance, rodeado por sombras negras. Al principio, él aparecía a gran distancia. Después se movía hacia adelante. Detrás de él, el vacío negro se ampliaba, un túnel aproximándose para reclamarlo. Él miraba sobre su hombro, y cuando él se volvía, el temor que irradiaba de sus ojos casi hizo que su corazón deja de latir.

—¡Date prisa, Sam! —gritó ella.

La negrura se cernía sobre él y ella corría hacia él, pero sus piernas eran retenidas por alguna fuerza invisible, malévola. Ella estaba a un brazo de distancia cuando sus rodillas cedían y se hundía en el suelo, clamando por la angustia.

—¡Vuelve a mí, Sam! Te extraño.

Sam se inclinaba, su rostro desdibujado y una ráfaga fría cepillaba su mejilla. Era entonces cuando despertaba con un sobresalto, su pulso latiendo furiosamente. Podría haber jurado que Sam la había besado. Cuando tocó su mejilla, se sentía húmeda.

Por la mañana, estaba segura de que lo había soñado.

Eso, o había perdido completamente la razón.

Una versión computadorizada de la canción 'Te quiero', de Barney —elección de Sam— interrumpió sus pensamientos.

—¿Está intervenida esta línea?

Su mano tembló.

—Yo… no lo creo.

—Te vi en la televisión —dijo la Niebla. —A ti y a tu marido.

—Él no debió haber dicho esas cosas —dijo ella rápidamente. —Él no lo decía en serio. Por favor, no lastime a Sam por ello. Lo lamento mucho, de verdad.

Hubo un quejido sordo, luego el azote de la puerta de un automóvil.

—Yo también —respondió la Niebla. —¿Conoces el Vivero Rafferty, al oeste de Beaumont?

Ella contuvo el aliento.

—Sí.

—Sam te está esperando. Ven aquí en media hora. Sola.

—¿Sola? —repitió ella.

Hubo un resoplido impaciente.

—Si quisiera matarte, Sadie, lo habría hecho esa noche. Oh, y si es necesario que lo diga, ningún policía.

—¡Espere! Yo…

Se cortó la línea.

El alivio la inundó. Iba a recuperar a Sam.

Dejó un mensaje en el contestador automático de Philip.

—Voy a volver pronto. Con Sam.

Miró fijamente el parpadeo de la luz de mensajes por un momento.

Bueno, no voy a decirle a la policía, pero si piensa que voy a salir y no decirle a alguien a dónde voy, definitivamente está loco.

El Vivero Rafferty estaba a veinte minutos en coche hacia el borde exterior del sur de Edmonton. La familia propietaria del negocio tenía un surtido de árboles y arbustos, con acres de tierras boscosas que se extendían mas allá de donde alcanzaba la vista.

Mientras manejaba, vislumbraba su reflejo en el espejo retrovisor. Era un desastre. Su largo cabello negro estaba seco y marchito, y no podía recordar si incluso lo había cepillado esa mañana. Los cráteres bajo sus ojos hablaban de poco sueño y mucho llanto. Incluso el azul de sus iris parecía descolorido.

—Te ves como la mierda, Sadie O'Connell.

Pero sabía que no importaba cómo se viera, mientras recuperara a

Sam. Podía sentir su esencia vital tirando de ella, pidiéndole que acelerara.

¡Date prisa!

Giró hacia abajo por una calle lateral, ignorando el cartel de propiedad privada, y la advertencia de que el lugar no estaría abierto para la temporada durante tres semanas más. El camino de tierra erosionada la hizo pasar entre ramas de árboles caducifolios de abedul plateado, álamos y álamos balsámicos. Mientras más se adentraba, más madura y espesa se volvía la vegetación, hasta que se vio rodeada por una arboleda de exuberantes siemprevivas de espinas largas.

—¿Dónde estás?

El camino llegó a un callejón sin salida, por lo que aparcó el coche y salió. Dos senderos llevaban a ambos lados de ella. A la derecha, un globo rojo se cernía en el aire, el cordel atado a la rama de un abeto azul. 'Por aquí', parecía decir.

Mientras pasaba, vio un trozo de papel atado al cordel.

Tirando de él, lo desdobló.

"¡TIENES 5 MINUTOS PARA SALVARLO!"

Una mezcla de adrenalina y terror la hizo moverse a alta velocidad.

Ella corrió.

Cuando un destello de metal atrajo su mirada, abandonó la ruta y avanzó entre los árboles, sin prestar atención a las ramas quebradizas que arrancaban su ropa y cabello. Sus piernas empujaron más fuerte, más rápido, hasta que se ardieron.

Por delante sonó una bocina.

Rodeó un pino y derrapó hasta detenerse a 9 metros del extremo posterior de un Chevy amarillo oxidado. Estaba estacionado entre dos árboles con sus ruedas traseras levantadas sobre bloques de cemento. La gran cantidad de nieve en el baúl y el parachoques indicaba que el automóvil había estado ahí durante un tiempo, lo cual no resultaba sorprendente, ya que ella había ido más lejos dentro del vivero de los clientes tenían permitido.

Hizo un amplio rodeo alrededor del coche. Sus ventanas laterales estaban asquerosas, el interior ensombrecido.

Entonces lo vio.

—Oh Dios.

Sam estaba desplomado sobre el volante, todavía vestido con su pijama, una gorra de béisbol de los Blue Jays sobre su cabeza. La boca estaba atada con cinta aislante.

—¡Sam! — gritó ella.

Él no se movía.

Horrorizada, corrió hacia el coche.

Un desafortunado error.

Su pie derecho se enganchó en un cable de metal fino antes de que incluso pudiera comprender de qué se trataba. A partir de ese instante todo se disolvió en una pesadilla infernal y su mundo entero se salió de su eje. Un estruendo ensordecedor sacudió la tierra, arrojándola al suelo mientras pedazos de metal candente destrozaban el aire.

—*¡Nooooo!* —gritó.

Un montón humeante y negro aterrizó cerca de su mano tendida.

La gorra de beisbol de Sam.

La Niebla había cumplido su promesa.

Sam.

—¡Oh Jesús, no!

Se incorporó de prisa, pero una segunda explosión la mandó volando hacia atrás a través del aire. Su cabeza golpeó contra una roca. Un dolor agudo surgió a través de ella y la cubrió, y cuando tocó la parte de atrás de su cabeza, sus dedos regresaron cubiertos de sangre.

Entraba y salía de la inconciencia.

—Sam…

Algo flotó por encima de ella.

El globo rojo.

Planeó, luego se elevó hacia el cielo lleno de humo, su delgado cordel colgando debajo de él.

Ella alzó una mano temblorosa.

—Regresa.

Una cara diabólica bloqueó la luz. Una sombra borrosa se inclinó hacia abajo y se rió de ella, su aliento rancio.

—¿Por qué? —gimió ella.

—Siempre cumplo mis promesas —susurró.

Entonces Sadie cayó en el olvido.

15

—¿Puedo pasar?

Vestido de uniforme, Jay Lucas se detuvo en la puerta de la habitación del hospital, un ramo de flores colgantes en una mano, un empapado impermeable en la otra.

Sadie adivinó que no era solo una visita de cortesía.

—Por supuesto.

—¿Cómo está? —preguntó, dejando las flores en una jarra de agua sobre la mesa lateral.

—Aparte de algunos rasguños y una conmoción leve, estoy...bien.

Y lo estaba. Físicamente. Mentalmente era otra historia.

Habían pasado dos días desde que Philip llevara a la policía al vivero después de escuchar su mensaje en el contestador. Ahí habían descubierto los restos humeantes del coche, y su cuerpo inconsciente cerca.

Ella tomó una respiración profunda.

—¿Encontraron a Sam?

Jay sacudió la cabeza.

—Él pudo haber sido arrojado lejos —dijo. —¿Revisaron los arbus...?

—Sadie, encontramos la sangre de dos víctimas.

—¿Dos? —Se sentó, haciendo una mueca de dolor. —Eso no tiene sentido.

—A menos que hubiera dos niños en el coche.

—Pero sólo vi a Sam.

—El otro podría haber estado en el asiento de atrás o…

—O en el maletero —terminó por él.

El detective asintió sombríamente.

—La sangre… ¿Están seguros que es de Sam? —preguntó, temerosa.

—Coincidía con el ADN del cepillo de dientes que usted nos dio.

Una lágrima escapó de un ojo.

—¿Y qué hay acerca de otras pruebas?

—Hemos encontrado fragmentos de detonador. De emisión militar.

—Eso es bueno, ¿verdad? —lloró ella. —¿Hace más fácil encontrarlo?

—Lamentablemente, hoy en día, la gente podría encontrarlo en internet, si buscan lo suficiente.

Ella contuvo un suspiro.

—Tengo que hacer arreglos. Para enterrar a Sam.

—Sadie, yo, uh…

—¿Qué?

Su rostro se contrajo.

—No hay nada qué enterrar.

Ella parpadeó sin comprender.

—No quedó nada de él —dijo suavemente. —Hubo dos bombas. Se desintegró casi todo. Les va a tomar semanas a los analistas forense tamizar a través de los restos. E incluso entonces, éstos serán tan diminutos…

Ella tembló.

—Pequeños pedazos sangrientos.

—¿Eh?

—Algo que la Niebla me dijo. —Se alejó, agotada. —¿Qué hay del globo?

—Lo encontramos en un árbol, a pocos metros de la escena. Se ha enviado a analizar. Si tenemos suerte, podremos obtener una impresión de ADN de la saliva.

Sadie estudió el techo por un momento y se encontró a sí misma reviviendo la explosión, el infierno ardiente del coche, el olor a carne quemada…los gritos. *Sus* gritos.

Ella limpió sus ojos.

—Si sólo no me hubicra movido.

—Usted no sabía sobre el cable.

—Pero yo debería haberlo llamado, esperado…

Jay alcanzó su mano.

—Vamos a atraparlo, Sadie.

Ella lo miró a los ojos, confortada por la férrea promesa de justicia.

No dudaba del hombre. Él iba a cazar a la Niebla...o a morir en el intento. Esperaba en Dios que no fuera lo último. Se había encariñado con el viejo.

—Gracias, Jay —susurró.

El rostro de él se arrugó con preocupación.

—He oído que Philip está...eh...

—En una celda de 2 por 4 metros —dijo ella irónicamente.

Bridget había sido fiel a su palabra, aunque lamentaba la mala elección del momento. Philip había sido detenido oficialmente esa mañana.

—Se declaró culpable —le dijo Sadie a Jay. —Pero su abogado piensa que obtendrá una reducción de la sentencia.

Jay asintió con la cabeza.

—Porque encontraron el dinero.

—Hasta el último centavo. Philip contaba con eso como su plan de jubilación. —Ella sacudió la cabeza. —Aunque no creo que haya planeado retirarse en prisión.

—Tiene suerte, Sadie.

Su quijada cayó.

—¿Suerte? ¿Cómo puede decir eso?

Jay se removió incómodamente.

—Lo que quiero decir es que podrían haber tomado su casa, sus vehículos, congelado sus cuentas bancarias.

—Esas cosas no significan nada —dijo ella en tono muerto. — Podrían habérselo llevado todo si eso significara que tendría a Sam de vuelta.

Hubo un momento de silencio incómodo.

—¿La dejarán salir pronto? —preguntó Jay eventualmente.

—Justo antes de la cena.

—¿Necesita que alguien la venga a buscar?

Ella sacudió la cabeza.

—Mi amiga va a venir.

Jay se trasladó hacia la puerta.

—Si necesita algo avísame.

Ella escuchó el eco de los pasos de detective en el pasillo. A continuación, se levantó de la cama y avanzó a trompicones hacia el baño. Oleadas de náuseas sacudieron su cuerpo dolorido y ella se derrumbó frente a la taza de baño. Descansando su ardiente frente sobre sus brazos, se imaginó a Sam atado y amordazado en el coche.

"No quedó nada de él", había dicho Jay.

Entonces ¿por qué siento como si Sam estuviera todavía conmigo?

Ella vomitó. Gimiendo suavemente, anheló arrastrarse dentro del escusado, enjuagarse junto con el agua sucia. Una enfermera la encontró con su frente apoyada sobre el asiento del inodoro y le ayudó a volver a la cama.

Esa misma tarde, Sadie salió del hospital. Leah estaba esperando en el vestíbulo para llevarla de vuelta a la casa. El regreso a casa fue tan interminable como la lluvia torrencial y el cielo gris mate, que coincidían con su triste estado de ánimo. Le dijo muy poco a Leah. Había demasiadas cosas en su mente.

—Gracias por el aventón —dijo, desbloqueando la puerta delantera.

Leah la miró con los ojos llenos de preocupación.

—¿Quieres que me quede contigo esta noche?

—No. —Caminó dentro de la casa y comenzó a cerrar la puerta, pero el brazo de Leah se interpuso.

—Sadie, no me evites. Quiero ayudar…

—No hay nada que puedas hacer. Sólo quiero estar sola.

—¿Estás segura?

—Sí, estoy segura. Gracias de cualquier forma. —Cerró la puerta y se apoyó contra ella. —No hay nada que nadie pueda hacer para ayudarme.

Fue de una habitación a otra, calmada por los anti-depresivos que el hospital le había dado y por el incesante golpeteo de la lluvia contra las ventanas. Cada vez que pasaba por delante de la puerta de la habitación de Sam, hacía una pausa y descansaba una mano contra ella. Pero nunca reunió el coraje para abrirla. Finalmente, tendría que guardar sus juguetes, su ropa…su vida.

No todavía. Más tarde. Cuando esté lista.

Decidieron tener un servicio completo, con entierro.

—Para tener un cierre —dijo Philip cuando ella lo visitó en la cárcel.

Al principio Sadie había estado vacilante. Un funeral haría que la muerte de Sam fuera más real. Y ella no quería que fuera real. Luego estaba el asunto de un ataúd. Philip había argumentado que podrían simplemente enterrar una caja de madera contrachapada, algo simbólico.

—Una caja. —Ella lo miró como si hubiera perdido la razón. —Sam merece algo más que una caja de madera barata.

Se aventuró a salir sola y compró un ataúd de tamaño infantil.

La mañana del funeral de Sam fue debidamente lúgubre y llena con un aluvión de bien intencionados pero no deseados visitantes que llevaron indistinguibles cazuelas de comida y obligatorias cestas de fruta. A mediodía, Sadie se había quedado sin espacio en el mostrador y no había espacio en la nevera.

Luego había qué lidiar con la familia. El hermano, hermana y padre de Philip se habían trasladado en autobús desde Seattle, mientras que sus padres, luciendo bronceados y saludables, habían volado desde Yuma. Su hermano había partido hacia Afganistán la semana anterior, dejando a su cuñada Teresa con los niños.

—Maldita sea, Sadie —dijo Teresa en el teléfono. —Daría lo que fuera por estar allí. Sé que Brad lo haría también. Yo… lo siento mucho. Voy a extrañar tanto a Sammy. Su carita, su risa, su…

Sadie colgó el teléfono.

Ella sintió un destello de remordimiento. No había pretendido ser grosera, pero al oír hablar a Teresa sobre extrañar a Sam la hizo apretar sus manos en forma de puños. Esta es *mi* pérdida, quería gritar. *¡No la tuya!*

Philip llamó a la hora del almuerzo.

—¿Cómo te va?

—¿Cómo crees? —dijo ella, intentando contener el resentimiento de su voz.

—Una corona se entregará en el cementerio a las 2:30.

—Deberías estar aquí para esto, Philip.

—Lo intenté, pero no me dejaron salir. No es justo.

—Sam está muerto —ella se quebró. —¿Qué tan *justo* es eso?

Hubo una pausa vacía. Entonces ella le oyó aclarar su garganta.

—Di adiós a mi niño por mí, Sadie.

—Ni siquiera puedo decirle adiós por mí —dijo ella, desolada.

Dos horas más tarde, permitió que su padre la metiera en el asiento trasero del Mazda y se dirigieron al cementerio, su madre junto a ella sollozando en un pañuelo. Chuck, su suegro, llevó al hermano y hermana de Philip en el Mercedes.

El servicio fue doloroso pero breve. Aparte de la familia, Leah, Liz, Jean, Bridget y Jay asistieron. Matthew Bornyk envió sus condolencias, aunque Sadie no había pensado invitarlo. Y ¿por qué debería? Su hija todavía podría estar viva.

Después de una breve oración de un pastor que su padre había encontrado, ella esperó mientras todos colocaban un capullo de rosa blanco sobre la tapa del ataúd. Dado que no existían restos humanos, estaban enterrando un solo objeto, la gorra ennegrecida de béisbol. Lentamente, el pequeño ataúd blanco con su forro de satén blanco que sólo Sadie había visto fue bajado hacia un hoyo en el barro en la sección para Niños Atesorados en el cementerio de Hope Haven. Ella lo vio desaparecer dentro del agujero y su corazón se hundió con él.

Lágrimas cayeron por su rostro, y ella se acercó despacio. Mientras se mantenía en el borde, anheló que alguien la empujara. Ella ni siquiera lucharía contra ellos si lo hicieran.

Cerró los ojos, inhalando el olor suave de una rosa blanca.

Luego la arrojó a la fosa.

—Duerme, hombrecito —dijo con voz trémula. —Cómodo y…

Ella se rompió, sollozando histéricamente.

—Vamos, cielo —dijo su madre, tomando su brazo suavemente.

—Lo siento mucho —gimió Sadie. —¡Perdóname, Sam!

—Dejarlo ir, Sadie.

—¿Cómo hago eso, mamá? ¿Cómo puedo decirle adiós a mi bebé?

—No lo sé, cariño —dijo su madre, secándose una lágrima. Ninguna madre debería nunca tener que enterrar a su hijo.

Caminaron trabajosamente hacia el coche, cada uno sumido en la miseria.

Esa noche, Sadie no pudo más. Las constantes presencias y conversaciones mundanas en cada habitación la irritaban. Ella no quería nada más que estar sola, y se lo dijo a su madre. Por fin, la familia de Philip regresó a su hotel, y sus amigos regresaron a sus hogares, a sus propias vidas.

Ella se enroscó en el sofá y descansó la cabeza en el regazo de su madre.

—He perdido todo, mamá. Todo.

Su madre acarició su cabello.

—Yo sé que se siente de ese modo, Sadie, pero *mejorará*. Lo prometo. Te dolerá menos con el tiempo.

—Tiempo. Eso es todo lo que me queda.

—El tiempo es un regalo, cariño. Utilízalo sabiamente. Haz algo por Sam, algo para recordarlo.

Pero Sadie no estaba escuchando. Otra voz le hablaba, y era mucho más convincente.

"Mamá, ¿dónde estás? No puedo encontrarte".

Tan pronto como sus padres se fueron a la cama, ella se armó con otra botella del Cabernet de Philip y se encerró en el dormitorio. En el transcurso de una hora, había terminado la toda la botella y bajó tambaleándose para deshacerse de las pruebas.

De regreso en su habitación, perdió el conocimiento sobre una silla.

A la mañana siguiente, caminó inestablemente hacia la cocina. Despeinada, apestando a vino rancio y sufriendo de la más horrible resaca que había tenido, casi no vio a sus padres sentados en la mesa de la cocina. Estaban esperando por ella, y la mirada de desaprobación en el rostro de su madre le dijo que algo pasaba.

—¿Qué sucede? —preguntó.

Su madre frunció el ceño.

—Te ves terrible.

—¡Gracias, mamá!

Una botella de vino blanco fue agitada delante de su nariz.

—Encontré esto —dijo su padre. —En el contenedor de basura en la parte trasera.

—¿Qué diablos estás haciendo, Sadie? —preguntó su madre.

Sadie masajeó su cabeza palpitante, luego se trasladó a la ventana y cruzó sus brazos.

—Estoy olvidando.

¿Qué otra cosa podía decir? No lo entendían.

—Necesitas ayuda —dijo su madre con firmeza. —Asesoría, Alcohólicos Anónimos, lo que necesites, hazlo. Nos quedaremos contigo por un tiempo. Hasta que estés mejor.

—No necesito una niñera, mamá.

—No, pero necesitas ayuda. —Su madre se trasladó hacia ella, con las manos extendidas, suplicantes.

—Permítenos ayudarte. Has ido por este camino antes, Sadie. No lleva a nada bueno. Tú lo sabes.

—¡No me digas lo que sé! ¡Sé que mi hijo está muerto! Sé que es por mi culpa. Sé que beber me hace adormecer. Y eso me *gusta*.

—Estás diciendo eso porque estás de duelo —lloró su madre. — Todos estamos sufriendo. Has perdido a tu hijo. Hemos perdido a nuestro nieto. No queremos perderte a ti también.

—Sólo váyanse a casa, mamá. Estaré…

—No nos iremos —interrumpió su padre. —No hasta que te se comprometas a consultar a un psicólogo y vayas a AA.

Sadie apretó los dientes.

—¿Me estás dando un ultimátum, papá? Ya no soy una niña. Soy un adulto y puedo tomar mis propias decisiones. Para bien o mal, tengo que hacerlo a *mí* manera. Si eso significa beber para olvidar, entonces beberé. Ahora sólo quiero estar sola.

Ella hizo una mueca de dolor por el sufrimiento que vio en los ojos de su madre.

—Denme algo de espacio, mamá. Te llamaré si te necesito.

—¿Lo prometes? —Su madre estaba llorando.

—Vuelvan a Estados Unidos. No hay nada más que puedan hacer.

Sus padres se fueron a la mañana siguiente, deprimidos y derrotados.

Sadie pasó el día navegando a través de papeleo. Después, llamó al agente de bienes raíces que Philip había contratado.

—¿Alguna noticia sobre la casa?

—Tenemos un comprador —dijo el hombre. —El trato ha concluido y el dinero estará en el banco por la mañana. ¿Cuánto tiempo necesita?

—Estaré fuera de aquí en unos pocos días.

Jay llamó más tarde ese día.

—Ese bastardo nos tiene por las bolas —soltó. —El globo, la nota, las bombas… son todos callejones sin salida. Pero aún estamos esperando que algo surja.

Sintiendo su frustración, Sadie le agradeció y colgó. Había visto suficiente del programa 'Desaparecidos' y 'Sin rastro alguno' para saber que, con cada día que pasaba, había menos posibilidades de que la Niebla pudiera ser capturado.

Al día siguiente, se quedó de pie delante de la puerta de Sam. Conteniendo la respiración, la abrió y una oleada de emociones la bombardearon. Este era el último lugar en que había visto a Sam con vida, donde había visto a un asesino llevárselo. Ella debía haber luchado con más fuerza. Debería haber hecho algo más. El remordimiento la carcomía, hirviendo en su estómago y amenazando con derramarse.

Caminó en un lento círculo, percibiendo las pantuflas de peluche de Sam, el bate de béisbol autografiado, su ropa... su cama vacía. Se sentó sobre ella. Luego se echó hacia atrás y contempló el mismo techo que su hijo había mirado durante seis años. Con el dedo, ella dibujó un símbolo de infinito invisible en el aire. Una y otra vez.

—Te echo de menos, Sam.

Giró de costado, agarró la manta preferida de él y lloró hasta que se despojó de todo, hasta que una idea que había ido tejiendo desde el día en que Sam había muerto se convirtió en la única cosa en que podría centrarse. Ella no podía —*no podría*— vivir sin Sam, y sólo había una manera de estar con él.

Con un corazón pesado, comenzó la ardua tarea de embalar todo en su habitación. Cada objeto parecía estar atormentado por un recuerdo, cada uno de ellos cortaba aún más profundo dentro de su corazón que el anterior. Le llevó horas de luchar contra las emociones, los recuerdos y las lágrimas antes de que hubiera terminado.

Entonces vagó por la casa. La casa a la que habían traído a Sam cuando las cosas habían sido felices. Los recuerdos de él estaban por doquier. Como conejitos fantasmales de polvo, él se aparecía en cada rincón. Ella quería hacer caso omiso de ellos, pero no podía. Sus primeros pasos, su primera caída por las escaleras, su primera fiesta de cumpleaños.

Su última.

—Todo es diferente ahora —susurró.

Sam se había ido. Philip se había ido. Su vida como ella la conocía se había ido. Todo se había disuelto en torno a ella.

La ira burbujeó rebelándose hacia la superficie, como una tableta de antiácido en el agua. *Plop, Plop. Fizz, fizz…*

Pero no había ningún alivio a la vista. Salvo en una cosa.

¡No lo hagas, Sadie!

Pero ella no podía resistirse a al destino.

16

Agarró otra botella de Cabernet Screaming Eagle del alijo secreto de Philip. Eso dejaba tres en el cajón. Consideró tomarlas también, pero luego cambió de opinión.

—Las guardaré para algo especial.

Arriba, en el dormitorio, se dejó caer miserablemente en la silla junto a la ventana y maniobró la antigua radio en el alféizar de la ventana. Necesitaba algo pesado, algo para darle impulso, de modo que giró el dial hasta que oyó los golpes graves de una canción de rap bombeando un rítmico compás. Una voz profunda bramaba letras apenas reconocibles acerca de una mujer dejando a su hombre.

—*Yo't pregnt por qué...* —cantó el rapero.

Sadie alzó la botella en el aire.

—Por una vida bien vivida.

Se había acostumbrado a beber directamente de la botella y se inclinó hacia atrás, tomando un largo trago. El sabor amargo inicial del vino no la impactaba ya, y saboreó su calidez mientras se arrastraba hacia abajo en su garganta. Cada trago la envolvía en una calma entumecedora.

—¿Y ahora qué? —murmuró.

En una ráfaga repentina de claridad, tomó dos decisiones.

En primer lugar, llevó un par de tijeras al baño y se paró delante del espejo. Entre tragos de vino, cortó sus largos rizos negros justo por debajo de sus orejas. No sintió remordimiento alguno mientras veía las hebras flotar hacia el suelo. Cuando terminó, había más pelo en el piso que sobre su cabeza.

Observó sus ojos vacíos, ensombrecidos.

—No soy nada. Sólo una cáscara vacía.

Después de barrer el cabello y depositarlo en la basura, se alejó de vuelta a la habitación para preparar su segunda decisión. Tras colocar la botella sobre la mesita de noche, sacó dos maletas del armario y las arrojó sobre la cama.

—Queda una cosa que hacer —masculló. —Pero no puedes hacerla aquí. —Hizo una pausa, su mano flotando cerca de la cremallera de la maleta. —Bueno, podrías, pero no les gustaría a los nuevos propietarios. —Ella soltó una risita ebria.

Hubo un inesperado golpe en la puerta.

Sadie dejó caer la botella de vino medio vacía en la papelera de reciclaje, pocos segundos antes de que Leah asomara su cabeza dentro.

—¿Puedo pasar…? ¡Sadie! ¿Qué le hiciste a tu cabello?

—Lo corté.

—Sí, puedo verlo — respondió Leah, entrando en la habitación.

La paciencia de Sadie se estaba acabando.

—No escuché el timbre de la puerta.

—Timbré un par de veces, pero cuando no contestaste, me preocupé. Entré a través del garaje. —Leah detectó las maletas sobre la cama. —¿Qué diablos estás haciendo?

—¿Qué parece que hago? Me voy.

—Pero no puedes sólo irte.

—Obsérvame.

—¿Qué pasará con Philip? ¿Y el juicio?

Sadie arrojó tres pares de pantalones vaqueros en una de las maletas.

—No hay nada para mí aquí ya. Necesito irme.

Un silencio incómodo penetró en la habitación.

Leah se sentó en la cama. Cuando finalmente habló, su voz denotó aceptación tranquila.

—¿A dónde irás?

—A cualquier parte, excepto aquí.

Colocó la fotografía de Sam y un gran álbum de fotos encima de su ropa. Luego cerró la cremallera de la maleta. En la segunda maleta, empaquetó el recipiente de plástico donde guardaba todos los recortes de periódico. Por último, guardó el portafolio.

—¿Vas a terminar el libro de Sam? —preguntó Leah.

—Va a ser la última cosa que haga por él.

—Quizás *sea* una buena idea. Tomar algún tiempo, alejarte un poco.

Sadie asintió con la cabeza.

—Has sido una gran amiga, Leah. Una mejor que yo.

—No, para eso son los amigos. Estoy aquí para ti. Voy a cuidar tu casa mientras estés ausente, hasta que vuelvas.

Sadie sacudió la cabeza.

—Se ha vendido.

Las cejas de Leah se arquearon en shock.

—¿Qué? No sabía que la estabas vendiendo. —Había un borde acusatorio en su voz.

—Mira, no puedo explicarlo. Las cosas son diferentes ahora. Ahora que Sam se ha… ido.

—Sí, pero huir no resolverá nada. ¡Jesús, Sadie! ¿Qué está pasando?

En su enojo, Leah retrocedió hasta la papelera de reciclaje. Cuando miró hacia abajo y detectó la botella de vino, sacudió la cabeza con decepción.

—Sadie, esto no es lo que quie…

—¡No me sermonees! Estoy cansada de que todo el mundo me diga cómo actuar, qué hacer, cómo sentir. Mi hijo me fue arrebatado, estalló delante de mis ojos. Y es mi culpa. Así que si tengo que largarme, es lo que haré. Si necesito beber, beberé. No lo comprendes, Leah. Nunca lo harás.

Leah parpadeó entre lágrimas.

—Tienes razón. No lo entiendo. Porque no hablas conmigo. Te cerraste, me dejaste fuera. ¿Y ahora estás bebiendo de nuevo? Sam no querría esto, amiga.

Sadie apretó su mandíbula.

—No me digas lo que mi hijo querría. —Luego agregó, — Asegúrate de cerrar la puerta delantera cuando salgas.

Leah se fue sin decir una palabra.

Después de que se hubo ido, Sadie experimentó un destello de arrepentimiento.

Leah no se merece esto.

Parte de ella quería disculparse, pedir perdón. Pero eso sólo empeoraría las cosas al final. Leah nunca iba a perdonarla por lo que iba a hacer.

Caminó a través de la habitación hacia el armario, agarró un par de suéteres y los añadió a la maleta. No tenía idea de dónde iba, pero quería estar preparada. En el baño, revisó las botellas dentro del gabinete de medicina. Tuvo suerte. Tres botellas de relajantes musculares y pastillas para dormir. Al menos un centenar de pastillas.

Bajó las escaleras directo hasta la oficina de Philip. La puerta estaba cerrada y dudó frente a ella. Había dos cosas más que necesitaba. Ambas estaban del otro lado de la puerta.

Caminó dentro. Cerrando la puerta detrás de ella, sorteó el desorden y se dirigió al archivador, donde agarró las últimas tres botellas de Cabernet. Las envolvió en una de las camisetas de Philip y las acomodó en una pequeña bolsa que Philip utilizaba cuando iba a jugar al golf.

Se apresuró hacia el armario.

La caja de cedro todavía estaba allí.

—Ok, Sadie. ¿Y ahora qué?

Alcanzó la caja. Era más pesada de lo que ella esperaba, y sus manos temblaron cuando levantó la tapa. Temblaron aún más cuando tocó el frío metal de la pistola. Cogió el tambor y lo estudió. Contenía una sola bala.

—Espero en Dios que sepas lo que estás haciendo.

Guardó la pistola de nuevo en la caja, la colocó en la bolsa, luego buscó en el estante del armario por más balas. No encontró nada. Ella miró en el escritorio de Philip, en el archivador, en un viejo maletín. Siguió sin encontró nada.

—Bueno, no es como si necesitara práctica de tiro —murmuró. — ¿Cuán difícil puede ser? Apuntar y disparar.

Agarró la maleta y se dirigió a la puerta.

La perilla giró antes de que la tocara.

¡Maldita sea!

La puerta se abrió.

—¡Sadie! —exclamó Leah. —Yo, eh…

—¿Qué estás haciendo aquí? Pensé que te habías ido a casa.

Los ojos de Leah revolotearon a través de la habitación.

—Yo iba a hacerlo, pero… Luego me acordé que dejé un libro aquí.

Sadie frunció el ceño.

—¿En la oficina de Philip?

—Bueno, pensé que tal vez alguien lo había movido aquí. No está en la cocina. Ni en la sala.

—¿Cómo se llama? Te ayudaré a buscar.

—Ah, no te preocupes. De hecho, creo que lo dejé en mi coche.

Sadie observó a su amiga, intrigada por su extraño comportamiento.

¿Por qué estaría Leah allí, en la oficina de Philip?

La respuesta cayó sobre ella con la fuerza de un tsunami, bajando silenciosamente, luego azotando con venganza.

¡Malditos fueran, ambos!

Philip debía haberle contado a Leah sobre su alijo oculto de Cabernet. Y ya que ella había visto una botella en el dormitorio de Sadie, había regresado para deshacerse de las demás.

Leah dijo algo en voz baja.

—¿Perdón?

—Ya no sé qué más decir —dijo Leah. —O hacer.

—No te preocupes.

—Pero no quiero que las cosas sean así entre nosotros. Sólo dime qué puedo hacer para ayudar y lo haré.

—No hay nada que *puedas* hacer. —Sadie se dio la vuelta para irse, pero Leah la tomó del brazo.

—Sadie, yo…

—¿Qué?

El aire estaba cargado de tensión.

—Nada —dijo Leah finalmente. —Olvídalo.

Cuando Sadie pasó junto a ella, la bolsa golpeó a Leah en las piernas.

—¿Qué hay en la bolsa? —preguntó su amiga.

—Documentos legales. Lo siento, pero no estoy de humor para charlar. Me voy a tumbar un rato. Te acompañaré a la puerta primero.

—Bien —dijo Leah con un suspiro audible. —Déjame saber si necesitas algo.

Sadie miró la bolsa.

—Tengo todo lo que necesito.

Justo después de seis esa noche, Philip llamó desde la cárcel.

—La casa se vendió —dijo él. —Les dije que la desocuparíamos al final del mes.

—No hay ningún problema. Voy a llamar a una empresa de mudanzas. Todo se almacenará, incluidos los muebles, ¿verdad?

No todo.

Ella echó una mirada nerviosa a la bolsa. Estaba junto a la mesa cerca de la puerta. Lista, esperando.

—Sí, pon todo en almacenamiento —accedió.

—¿Qué hay de tus cosas, Sadie?

—Yo, eh, no he pensado en dónde…

—Puedes ponerlo con mis cosas. No me importa. De esa manera tendrás acceso a todo, en caso de que cualquiera de nosotros necesite algo.

—¿Estás seguro?

—Hey, no es como que vaya a necesitar algo pronto.

Philip tenía razón. Había hecho un trato y pasado por encima de su compañero Morris, quien había ideado el desfalco. Con la cooperación de Philip y una declaración de culpabilidad, no había habido necesidad de un juicio. Su condena se había reducido de 20 a 10 años.

—Así que, ¿vas a quedarte con Leah durante unos días? —preguntó.

Ella mintió.

—Quizá una o dos semanas.

Hubo una larga pausa y cuando finalmente habló, su voz languideció.

—¿Sadie?

—¿Sí?

—¿Vendrás a visitarme mañana?

Por un segundo, ella consideró su solicitud.

—No. Necesito algún tiempo…lejos. De ti, de esta casa, de todo.

—Bien. —Él suspiró. —Lo siento, Sadie. Por todo.

—Yo también.

—Es sólo que me involucré con las personas equivocadas. Sé que me cambió… *nos cambió.* Quizás con el tiempo podamos ser amigos.

—Escucha, Philip. Estoy agotada. Tengo que ir a la cama.

—¿A dónde irás después de Leah?

A ningún lado, Philip. No iré a ninguna parte.

Cuando ella no respondió, Él suspiró.

—Cuídate, ¿vale?

Ella miró la bolsa.

—Sí.

Dos días más tarde, todo estaba en su lugar. Ella había conseguido empacar sus objetos personales por sí misma. Leah había ofrecido su ayuda, pero Sadie la rechazó. No quería ningún testigo del desmoronamiento de su vida.

Esa mañana, un camión de mudanzas se estacionó en su entrada. A ambos lados se leían las palabras, *Dos hombres pequeños con grandes corazones.* Ella había visto los camiones alrededor de la ciudad, y el nombre siempre la había hecho sonreír.

Pero no esta vez.

Hizo pasar a la mudanza dentro de la casa, agradecida por que ellos empaquetarían todo lo demás. Agotada, se dejó caer en el sofá.

—Déjenme saber cuando quieran que me mueva —dijo ella, sofocando un bostezo. —¿Les molesta si enciendo la radio?

El más joven de los dos hombres sonrió.

—No, en absoluto.

Alcanzó el control remoto de la mesa de café, encendió el equipo estéreo y buscó su emisora favorita, una nunca podía escuchar cuando Philip estaba alrededor.

—Ah, 91,7 El rebote —dijo el hombre mayor.

—A menos que quieran que la cambie por música country.

—¡No! —ambos hombres dijeron con horror.

Una sonrisa apareció en sus labios. Hasta que se dio cuenta de lo que estaba haciendo. Reprendiéndose por tener algún placer en la vida, observó mientras ellos empacaban toda su existencia.

Y la de Sam.

Los dos hombres envolvieron, guardaron en cajas y cubrieron todos los elementos simbólicos de su vida: los platos que había recibido como regalo de boda, el nuevo horno que Philip le había comprado por Navidad, el jarrón de cristal que su madre le había dado cuando Sadie completó su primer año de sobriedad.

—¿Todo irá al almacenamiento? —El hombre mayor preguntó, curioso.

Ella asintió con la cabeza.

Dentro de unas horas, los mozos se habían ido, junto con el camión lleno de muebles y cuadros. En el suelo cerca de la puerta, las maletas y la bolsa con el vino y la pistola reclamaban su última posición en una casa vacía que una vez estuvo lleno de alegría, pero ahora hacía eco de la tragedia.

Le tomó dos viajes para arrastrar todo hasta el garaje. Caminó automáticamente hacia el Mazda, hasta que un rayo de plata atrajo su mirada.

El Mercedes de Philip.

—Este es *mi* coche, Sadie —insistió el día en que lo compró. —Soy el único que lo conduce. ¿Entendido?

Ella se acercó al coche.

¿Se atrevería?

—Bien, Philip no va a usarlo —murmuró.

Abrió el baúl del Mercedes y dejó de lado una bandeja de plástico llena de archivos y cartas. Acomodó las dos maletas al lado de la bandeja y dejó la bolsa en el asiento del pasajero. Luego subió en el coche y echó un vistazo a la bolsa a su lado. La forma de la caja de la pistola era visible. Cediendo a una repentina necesidad, abrió la bolsa, sólo para estar segura de que el arma estaba todavía dentro de la caja.

Lo estaba.

—Bueno, vamos a poner este show en camino.

Giró la llave del encendido. El coche rugió, luego ronroneó a la vida. Ella miró en el medidor de gas y sonrió.

—Y un depósito lleno para arrancar. Gracias, Philip.

Poniendo el coche en reversa, retrocedió por la calzada y salió a la calle. Por un momento se detuvo frente a la casa, el lugar que había llamado hogar durante más de seis años. Contra su voluntad, su mirada fue atraída hacia arriba, a la ventana vacía en el segundo piso y vio la cara suplicante de Sam apretada contra el cristal.

—Yo sé que no eres real. Adiós, Sam.

Avanzó a gran velocidad sin mirar atrás.

—Aquí —dijo, entregando a Leah tres llaves. —Coche, casa y almacén. Después de pasar por mi coche, simplemente deja la llave de la casa debajo del felpudo del frente para el agente inmobiliario.

Leah echó un vistazo sobre su hombro y captó un vistazo del Mercedes.

—Yo pensé que estaría almacenando el coche de Philip.

—Decidí llevármelo.

Leah parpadeó.

—¿No irá a enojarse?

Sadie ignoró la pregunta y sacó unos billetes de su billetera. Cuando Leah le dio una mirada interrogante, ella dijo.

—Mi coche, probablemente necesite gasolina.

—Oh, seguro. —Leah le dio una herida en la mirada. —No hay problema.

—Gracias.

Sadie sintió la incomodidad de su conversación, pero era un mal necesario. Tenía qué alejarse de todos. Eso era parte de su plan.

—Sadie…

—Lo siento, Leah. Realmente. Pero esto es lo que tengo que hacer. Espero que un día lo entiendas. Tengo que irme ahora. Asegúrate de que el abogado de Philip reciba la llave de almacenamiento, ¿vale?

Leah asintió con resignación.

—Seguro.

Sadie subió al Mercedes y se alejó. Fue sólo cuando salía de los límites de la ciudad de Edmonton que ella misma se permitió examinar el plan. Trazó las medidas que habría que tomar, haciendo una lista mental de todo.

—Pronto, Sam.

Echó un vistazo al asiento de atrás, medio esperando verlo devolviéndole la mirada a ella. El asiento estaba vacío. Alcanzó la radio, luego cambió de opinión. Lo dejaría a la suerte.

—Voy a conducir en silencio. Cuando se interrumpa, pararé.

El tráfico estaba enfilándose hacia la hora pico vespertina mientras ella navegaba por las congestionadas calles de Edmonton. Media hora más tarde, el tráfico había disminuido y la bulliciosa ciudad fue reemplazada por tierras de cultivo. Campos lodosos de heno muerto revestidos con el derretimiento de la nieve pasaron zumbando, fundiéndose con un desenfoque de interminables llanuras interrumpidas por alguna finca ganadera ocasional. El silencio y la paz eran impresionantes.

Dos horas pasaron sin novedades.

Pronto apareció el letrero de Edson. Ella condujo a través de la pequeña ciudad sin apenas un segundo pensamiento. Pero luego, más abajo en la carretera, el tráfico se paralizó.

El silencio había terminado.

17

Las luces intermitentes y sirenas la recibieron.

Sadie miró de reojo la bolsa en el asiento del pasajero.

—¡Mierda!

Obedeciendo a un policía de tráfico vistiendo un chaleco color naranja, desaceleró el Mercedes hasta casi detenerse detrás de un vagón de madera lleno de roqueros tatuados que, entre los cuatro, tenían cada característica facial perforada con fragmentos de metal. Un joven en el asiento de atrás giró su cabeza, sonrió e hizo gestos lascivos con su lengua. Haciendo caso omiso de él, ella se centró en la carretera.

—Venga. ¡Muévanse!

Un minuto más tarde, vio el problema. Más adelante, un camión petrolero se había volteado a través del meridiano. El tráfico estaba siendo re-dirigido.

Dejó escapar un suspiro frustrado.

—¿A dónde voy? Necesito una señal. Venga, Sam, muéstrame dónde…

Un cuervo la observaba en silencio desde la parte superior de un poste de madera. Suspendido debajo el pájaro estaba un señalamiento. Algunas de las palabras se habían desvanecido, pero todavía se podía leer.

¡Cabañas de alquiler! ¡Cueva de murciélagos! Siga los señalamientos hacia Cadomin, Alberta.

Allí estaba. Su señal. Una vez más, el destino había intervenido.

Giró en la autopista 16 y siguió la carretera sur hacia Robb. Estaba agradecida por la falta de tráfico, tras haber visto un vehículo —un viejo remolque Airstream— cuando llegó al punto donde la carretera pavimentada desaparecía y era sustituida por la grava.

—¿Podría estar más lejos de la civilización?

En respuesta, los neumáticos de invierno del Mercedes hicieron saltar rocas y trozos de hielo derritiéndose. El sonido de metal raspado la hizo hacer una mueca.

—A Philip no le va a gustar esto.

Dirigió el Mercedes bajando por la carretera hasta que pasó la pequeña ciudad de Cadomin. Siguiendo las indicaciones de las cabañas de alquiler, sorteó los cráteres en la carretera y redujo la velocidad en una curva cerrada.

El sonido de una bocina estalló.

¡Jesucristo!

Una camioneta de caja negra con vidrios polarizados salió de la nada. Avanzó rápidamente hacia ella, forzando el Mercedes precariamente cerca de la zanja.

Pisó los frenos con fuerza.

Mientras el camión pasaba a toda velocidad, vio la silueta de un hombre con un sombrero de vaquero. Él agitó un puño enojado hacia ella.

—¡Idiota! —Gritó ella, aunque él no podía oírla.

En el espejo, vio desaparecer la camioneta en un rastro de polvo. Intentó calmar sus palpitaciones, todo el tiempo preguntándose por qué incluso le habría importado si le hubiera pegado. Habría sido una bendición.

Pero no has terminado el libro de Sam, instó su conciencia.

De vuelta en la carretera, manejó otros quince minutos antes de que el paisaje cambiara de plano, de terrenos arbolados a plateadas crestas de colinas en la distancia. Mucho más allá, las Montañas Rocosas se alzaban majestuosas, tan pálidas que parecían flotar en el cielo.

Desaceleró cuando llegó a otro cruce.

Un señalamiento leía, *Cueva Cadomin, izquierda. Cabañas Armonía, a la derecha.*

Condujo a la derecha y se dirigió hacia abajo por un camino estrecho que pasaba a través de los árboles. Unos minutos más tarde, vio una pequeña cabaña de madera tallada a mano. Un letrero apostado en el suelo cerca de la puerta delantera del edificio la designaba como *Oficina de Cabañas Armonía.*

Dejó escapar un suspiro de alivio, aparcó el coche y salió, estirando sus piernas doloridas.

—¿Recorrió un largo camino? —chirrió una voz.

Sadie saltó.

Una anciana delgada como un lápiz con cabello color gris paloma corto como el de un hombre estaba de pie cerca del costado de la cabaña. Sus jeans desgastados, chaqueta de invierno delgada y bronceado rostro pecoso eran evidencia de que pasaba un montón de tiempo al aire libre.

—¿Te comió la lengua el gato? —preguntó la mujer, balanceando un hacha hacia delante y hacia atrás en una mano mientras caminaba.

Sadie retrocedió con un jadeo.

—Yo, eh…

—Eres de la ciudad. —Sus ojos negros juntos bizquearon.

—De Edmonton.

La mujer buscó en el bolsillo de la chaqueta y sacó un delgado paquete de cigarros. Sacudió uno. Con el giro de un encendedor lo encendió, y el humo fluyó desde la esquina de su boca.

—Y necesitas una cabaña —dijo.

Sadie asintió con la cabeza.

—Para el resto de este mes y el próximo.

La mujer aspiró una calada reflexiva e irrumpió en un ataque de tos. El traqueteo que brotó de su pecho sonaba como un viejo tren de mercancías en una vía destartalada.

—Quedan cuatro días de este mes —dijo. —Voy a cobrarte sólo por Mayo. Me queda una cabaña libre, así que estás de suerte. No se ha limpiado, sin embargo.

—Así está bien —dijo Sadie rápidamente. —La tomaré.

La mujer giró y balanceó el hacha profundamente. Se enterró en un tocón al lado de la puerta de la cabina con un resonante *thwack*. Para Sadie, fue como si la guillotina del destino acabara de descender sobre su cabeza, rebanándola limpiamente.

—Soy Irma, —dijo la mujer, elevando una mano huesuda.

Sadie la estrechó con precaución.

—Sadie O'Connell.

—Un gusto conocerte. —La mujer echó un vistazo al Mercedes. —Si vas a la ciudad, asegúrate de conducir con cuidado. Esta carretera no es segura, especialmente con Sarge ensuciándola.

—¿Por casualidad conduce una camioneta negra?

Irma frunció el ceño.

—Ese viejo cacharro pertenece al montón de chatarra.

Sadie contuvo una respuesta mientras sus ojos se fijaban en un prehistórico tráiler para ganado estacionado detrás de la cabaña de la oficina. El trailer parecía un candidato para la chatarrería también. Pero ella no lo mencionó.

—Vamos, Sadie. Te voy a mostrar tus alojamientos de cinco estrellas.

Irma rió de su propia broma, luego le señaló un camino bastante usado. A los pocos metros, la mujer hizo una pausa para desechar el cigarro.

—Estarás en la última cabaña —dijo, utilizando la punta de tus bota para aplastar el cigarro en el suelo. Inmediatamente encendió otro. —¿Quieres uno?

—No, gracias. Yo no fumo.

—Sí, yo tampoco. —Irma sonrió, mostrando una boca llena de abandono y deterioro. —Cada día juro que me lo voy a dejar. Luego, enciendo otro. Estás jodida cuando haces del diablo tu mejor amigo.

Sadie tragó saliva.

—A veces, él es tu único amigo. Ya sabe lo que dicen, "más vale diablo conocido…" —los ojos oscuros de Irma la miraron con intensidad, así que cambió el tema. —¿Es aquí?

Más adelante, una cabaña con cortinas de margaritas se asentaba en medio de álamos desnudos.

Irma sacudió la cabeza.

—La tuya es hacia abajo, por el río.

—¿Hay un río por aquí?

—Bueno, es más bien un arroyo en algunas partes.

A medida que pasaban por la cabaña, Sadie notó un letrero en la puerta de atrás. Había una sola palabra en él. *Paz.*

Ella sonrió.

—Buen nombre.

—Fue idea de mi hija. Les puso nombre a todas. Dijo que iba a hacerlas más atractivas. —Irma miró sobre su hombro. —¿Es así?

—Funciona conmigo —dijo Sadie, divertida.

—La mía es la oficina, Armonía —dijo Irma. —Luego, hay dos en la parte de atrás. La Esperanza está cerca de la carretera y la Inspiración está más profundo en el bosque. Aquí abajo, están Paz e Infinito.

Sadie tropezó. ¿Habría oído bien?

—¿Infinito?

Irma sonrió.

—Tiene la mejor vista. Puedes verla para siempre.

—¿Y esa es la mía?

—Sip, sólo esa me queda.

Sadie tomó una respiración profunda. La coincidencia era inquietante.

"No existen las coincidencias", su madre siempre decía.

—¿Su hija vive con usted, Irma?

—Nah, ella solía dirigir este lugar. Antes de ella y el marido de ella huyeran a la *gran ciudad*. La vida del campo simplemente no fue lo suficientemente bueno para ella una vez que lo conoció. Especialmente después de que nacieron los niños.

—¿Cuántos nietos tiene?

—Cinco. Brenda simplemente no pudo detenerse una vez que empezó. Tuvo uno cada año durante cinco años. —Irma inhaló. —Ahora los educa en casa. En Edmonton, por Dios, donde hay escuelas en abundancia. Señor todopoderoso, a esa chica le faltan unas cuantas células cerebrales. —Ella sacudió la cabeza lentamente. —Salió a su padre, que Dios guarde su miserable alma.

Sadie le dedicó una mirada compasiva.

—Clifford está muerto —dijo Irma. —Solía montar toros en el Calgary Stampede. Fue atropellado hace 18 años por el viejo Diablo. Ciego como un murciélago, ése.

—¿El toro?

Irma gruñó.

—No. Clifford. El hombre no podía ver ni sus propios pies.

Siguieron caminando, perdidas en sus pensamientos.

—¿Así que estás aquí sola? —Sadie preguntó finalmente.

—Sí, sólo yo y los trabajadores petroleros. Están en las otras cabañas. Por suerte para ti, casi nunca están ahí. Vuelven para dormir, a menos que consigan una habitación en la ciudad. Pero seguramente no te molestarán. Probablemente no verás a nadie, excepto a mí.

Sadie se detuvo cerca de un tronco de árbol de desarraigado. Una corriente constante de hormigas desfilaban a lo largo de la parte superior de una raíz expuesta, mientras que una araña de panza bulbosa se deslizaba acercándose a la línea del buffet. Se estremeció cuando la araña arrebató una hormiga rezagada y la devoró.

La supervivencia del más apto, pensó.

Irma le hizo señas a Sadie para que avanzara.

—Casi llegamos.

El camino descendía hacia árboles más angostos, luego se abría tras un sinuoso río que fluía sobre rocas, tocones de árboles alrededor, entrelazándose y ondulando a través de los bosques y los últimos bancos de nieve desafiantes. En algunos lugares, era tan estrecho que el agua era superficial. En otras zonas, el río era oscuro y profundo.

A Sadie, la vista le pareció impresionante.

—Este de aquí es el río Kimree —anunció Irma.

Una brisa de abril saltó sobre el agua, acariciando el rostro de Sadie's con una neblina fría. El aire estaba perfumado con un suave olor pantanoso no realmente desagradable, solamente húmedo y terroso. Hizo pensar a Sadie en el Cabernet Screaming Eagle.

—Puedes seguir este camino a través del bosque o tomar las escaleras. —Irma señaló unos ásperos escalones encajados en la tierra helada. —Es más fácil caminar por el agua si estás llevando cosas. Pero ten cuidado. Esos escalones son resbaladizos.

En la orilla del río, caminaron lado a lado en silencio mutuo. No había otros edificios a la vista, ningún pueblo. Una vez que Irma regresara a su propio camarote, Sadie estaría por su cuenta.

Justo como lo deseo.

—Ahí está —dijo Irma, con orgullo.

Aproximándose por el costado, Sadie obtuvo la primera vista de su nuevo hogar. La cabaña estaba posada sobre un montículo de hierba seca, su techo gris claro brillante en la luz del sol. Dos ventanas en un lado estaban enmarcadas por pesadas persianas blancas y una pequeña terraza con su extremo delantero sobre soportes colgaba sobre el río. Un enfriador Coleman azul y blanco, dos sillas de madera desgastada y una mesa hecha de un tocón de árbol eran el único adorno de la veranda, excepto por un cedro enano en una maceta de barro, cerca de la puerta corrediza.

Sadie evaluó su nuevo hogar. No había mucho qué mirar desde fuera y lo más probable es que no fuera mucho mejor en el interior. Pero el sonido calmante del río lo haría soportable.

—No estaba bromeando cuando dijo que la cabaña estaba cerca del río —dijo, riéndose.

—Sólo reza para que no tengamos una inundación — advirtió Irma.

—¿Una inundación?

—Sí. Unos años atrás, tuvimos una riada y un relámpago que iluminó el cielo por millas. Ahora, *eso* fue una tormenta. Si tenemos otra igual será mejor que cierres las persianas. Aquí fuera llegan algunos terribles vientos y los truenos se oyen bastante fuerte.

Subieron los escalones adosados en la tierra y caminaron alrededor del costado de la cabaña. Pilas de leña, cubiertas con una lona verde bosque desgastada estaban apiladas contra una pared. Una caña de pescar y una lámpara de aceite yacían abandonadas en el pasto.

Consternada, se volvió hacia Irma.

—¿No hay electricidad?

—Aquí no, querida. ¿Eso va a ser un problema?

—La necesito para cargar la batería de mi ordenador portátil y mi celular.

—Bueno, yo iba a poner uno de esos elegantes generadores como el de Sarge, pero simplemente no puedo pagarlo. Lo siento.

—Está bien. Iré a cargar mis cosas en la ciudad entonces.

Irma gruñó.

—No será en Cadomin. Sólo hay una tienda, y esa Louisa es una verdadera maniática controladora. No te permitirá siquiera mear en los aseos "porque eres una forastera". —Enjugó una asquerosa mano por su frente. —Tendrás que ir a Hinton, al bar de Ed. Simplemente dile que te he enviado yo. Él es mi hermano.

A medida que se acercaban a la parte posterior de la cabaña, Sadie divisó el rótulo sobre la puerta. *Infinito*. Le hizo pensar en Sam, en sus rituales nocturnos.

—Sam —susurró.

—¿Quién es Sam? —preguntó Irma. —¿Tu hombre?

—No, eh…

—Está bien, querida. Él no va a encontrarte aquí.

Sadie sacudió la cabeza.

—¿Qué? No, usted me ha entendido mal.

Irma sacudió la cabeza.

—Nah, no lo creo. ¿Por qué otra razón estarías aquí en el medio de la nada? Está en tus ojos, querida.

—¿Qué cosa?

Irma caminó hacia la puerta y deslizó una llave dentro de la cerradura.

—Cuando te vi por primera vez, me dije, 'Irma, esa niña está huyendo de alguien. O algo terrible.' Lo puedo ver en tus ojos. Y los ojos no mienten. —Ella miró sobre su hombro. —Pero no es de mi metiche incumbencia.

La anciana empujó la puerta. Ésta gruñó en rebelión, luego se abrió, liberando una nube de moscas negras.

Y el olor de la muerte.

—¡Dulce María, Madre de Jesús! —dijo Irma con horror.

Sadie se atragantó.

—¿Qué es ese olor?

18

Sus huellas perturbaron el suelo cubierto de barro, y una ráfaga de partículas finas de polvo, telarañas y Dios sabe qué más, ascendió en el aire viciado, junto con el insoportable hedor de piel de pollo descompuesta, pescado podrido y leche agria. Le recordó a Sadie el tiempo en que el triturador de basura se había obstruido y derramado en el fregadero de la cocina.

Irma se apresuró a abrir las ventanas.

—Lo siento mucho, querida. Quedé atrapada en los problemas de Brenda y seguí posponiendo la limpieza de este lugar. Supongo que debí haberlo hecho antes.

Sí, yo diría que sí, quería decir Sadie. Pero no lo hizo.

Conteniendo su respiración, cruzó la habitación, abriendo las pesadas cortinas y abriendo la puerta corrediza de la veranda. La luz iluminó cada esquina sucia, y por un momento, ella estuvo tentada a dar la vuelta e irse.

¿E ir a dónde?

Su boca se curvó con repugnancia mientras su mirada barría el desorden de los platos sucios apilados en el fregadero y en el mostrador de laminado astillado. En una esquina, un basurero contenía dos infestadas cabezas de pescado y un baboso, negro cúmulo de ensaladas verdes de lechuga o espinacas, tal vez. Una estufa de dos quemadores Coleman se asentaba en el mostrador cerca del lavabo, con una olla de hierro fundido abandonada en la parte superior de ésta. Ella miró dentro, luego deseó no haberlo hecho. Algo marrón y peludo cubría el fondo de la olla, un festín negro de moscas, larvas de moscas y gusanos blancos que se agitaban y retorcían sobre él.

Ella luchó duro para no sentir náuseas.

—¿Cuándo se fue el último inquilino?

—Hace aproximadamente dos semanas. Tenía prisa, ése.

—Yo también tendría prisa, si viviera en un lugar que oliera tan mal. El tipo era un cerdo.

Ella miró fijamente el revoltijo de sábanas en el sofá cama y calcetines sucios y camisetas manchadas esparcidas por el suelo.

—¿Por qué no se llevó sus cosas?

Irma se encogió de hombros.

—Dijo que tenía una emergencia familiar.

—¿Era un trabajador de petróleo también?

—Nah, algún tipo de médico, dijo. Pero ya te digo, no querría que él me pusiera ni una inyección. Temblaba mucho. —Irma echó un vistazo a la habitación. —Creo que necesitaba una mujer en su vida.

—O una sirvienta — murmuró Sadie.

—Déjame mostrarte el lugar, querida. Aquí está el dormitorio.

Cuando Irma abrió la puerta. Sadie se impresionó por el estado de la habitación. Estaba prístina, limpia, ni una cosa fuera de lugar. Sólo una fina capa de polvo sobre la cama doble, armario y mesita de noche. Había un pequeño armario sin puertas al pie de la cama y una ventana rectangular hacia el bosque se alineaba en la pared exterior.

—Supongo que no utilizó mucho esta habitación —dijo Irma innecesariamente.

—Me pregunto por qué.

—No sé. Ésta cama aquí es más cómoda que el sofá. No tiene mucho sentido para mí. —Ella se entretuvo en el armario. —Hay una bandeja con sábanas limpias en la estantería. Sólo deja cualquier cosa que necesite lavarse, y lo llevaré con Ed.

En la parte principal de la cabaña, Sadie notó algo en la esquina de la sala que ella no esperaba. Un antiguo reloj de pie. Una gruesa telaraña se balanceaba por encima de él, y aunque el cristal delantero faltaba y había unas cuantas astilladuras en la madera, el reloj parecía estar funcionando.

—Era de mi suegra —dijo Irma con ceño. —No puedo soportar el ruido, aunque la maldita cosa no suena cada hora como debiera. No te molestará, ¿o sí?

—No lo creo.

—Bien, porque no pienso moverlo.

Irma le mostró el baño, justo al lado de la cocina. Ella se jactó de una antigua bañera con patas de garra y un escusado flamante nuevo que traicionaba la rústica simplicidad del resto de la cabaña.

—Tienes qué calentar el agua del baño —dijo Irma con arrepentimiento. —No hay calentador de agua.

—Está bien. Sólo estoy agradecida de que haya un escusado.

Irma alzó la barbilla.

—Sigo diciendo que no hay nada mejor que la comunión con la Madre Naturaleza en un retrete externo.

Puede quedarse su letrina, pensó Sadie. *Y la naturaleza.*

—No puedo creer que su inquilino anterior le dejara este desorden.

Irma emitió una risa profunda en su garganta.

—*Tú* desorden ahora, querida. —le entregó a Sadie la llave de la cabaña. —Debe haber una linterna en cada habitación y aceite bajo el fregadero. ¿Podrás traer tus cosas hasta acá? Sé que es un camino largo.

—Puedo manejarlo.

—Sí, has pasado por cosas peores. —Una frágil mano descansó sobre su hombro. —Como dije, está en tus ojos, querida.

Sadie frunció el ceño. Tendría que ser muy cuidadosa en torno a Irma.

—Hay una chimenea para calentarse y cocinar —la anciana continuó. —¿Sabes cómo encender un fuego?

Sadie asintió con la cabeza.

En cuanto a fogatas, ella era la reina de las chispas. Tres años en las Guías Exploradoras y un sinfín de viajes de acampada con su padre y su hermano le habían enseñado bien. Las pocas veces que ella y Philip habían llevado a Sam de campamento, ella era la que siempre conseguía encender la fogata, para disgusto de Philip.

Irma se detuvo en la puerta y encendió otro cigarro. El dulce humo se mezcló con el popurrí de olores ofensivos, enmascarando el olor…ligeramente.

—Antes de irme, Sadie, ¿tienes alguna pregunta?

—Sólo una. ¿Cómo puedo almacenar alimentos perecederos?

—Hay un viejo congelador fuera de mi cabaña. Puedes utilizarlo. No está conectado, pero lo lleno con hielo de vez en cuando. Ed lo hace, en realidad. Y hace todavía bastante frío durante la noche para mantener las cosas mayormente congeladas. Etiqueta tu comida, sin embargo, o los hombres se la comerán. Ah, y también hay un sótano debajo de *eso*. —Señaló una desgastada alfombra cuadrada cerca de un sillón de orejas. —Bueno para guardar las verduras.

Sadie echó una mirada aprehensiva a la alfombra. No había manera de que fuera a bajar a gatas a una bodega rancia. Sólo Dios sabía lo que estaba creciendo allí abajo.

—Por supuesto, siempre puedes usar el refrigerador de fuera para las cosas pequeñas —añadió Irma. —Voy a traerte un par de cosas. Y si necesitas algo más, ven a verme.

—Voy a estar bien, Irma.

—Estoy segura de que sí. Pero estos bosques pueden llegar a ser muy solitarios y tranquilos. Especialmente para la gente de la ciudad. No hay restaurantes de comida rápida abiertos toda la noche por aquí. Pero tampoco tenemos ese tráfico terrible.

—Hablando de tráfico, ¿mi coche se puede quedar frente a tu cabaña?

—Sí, sólo bloquéalo durante la noche. No tenemos vehículos tan finos como ése por aquí. Y no querrás tentarme. —Irma dio un paso hacia fuera y destelló sus dientes amarillos. —Siempre he querido conducir un coche deportivo.

Cuando la mujer se hubo ido, Sadie se sintió extrañamente abandonada. Un vistazo al interior de la cabaña le hizo comprender que pronto estaría demasiado ocupada para sentirse sola. Con las manos en las caderas, estudió la habitación con pavor, y su expresión se tornó en ceño.

—Apuesto a que extrañas tu aspiradora central y la barredora ahora.

Encontró una caja de bolsas de basura bajo el fregadero de la cocina. Las sábanas, las toallas y la ropa del hombre entraron en una. La basura y tres ratoneras ocupadas en otra. Cuando abrió la puerta media hora después para sacar las bolsas, descubrió una caja con productos de limpieza, una voluminoso linterna azul con una pegatina que ponía *"cabaña infinito"*, combustible para la estufa, un mapa y una nota de Irma.

Sady,

He aquí algunas cosas para limpiesa. Si necesitas más sólo grita. La linterna dispone de nuevas batrías. El mapa's nuevo, muestra la ruta a Hinton y Edson. Hinton es más cerca. El mejor lugar para cmpras es la tienda Sobeys. El bar de Ed tiene el mejor hígado y cebollas, pollo frito y el pescado y patatas fritas en la ciudad.

P.d. Teniendo en cuenta el lío y que tú limpias, sólo paga la mitad de Mayo.

Irma.

Casi dos horas más tarde, Sadie se dejó caer en el sillón, exhausta pero satisfecha. El interior de la cabina brillaba, los olores de la decadencia sustituidos por un fresco olor a naranja.

—No te puedes detener ahora, sin embargo —dijo con un suspiro.

Le llevó dos viajes al Mercedes llevar las maletas y la bolsa. Debatió sobre dejar el arma en el coche, pero tuvo visiones de Irma haciéndole un puente al Mercedes y llevándolo a dar la vuelta, arrastrando a la policía.

La caja de la pistola encontró un hogar bajo la cama doble.

Durante un momento fugaz, se permitió a sí misma a pensar en su propósito. Examinó el piso, imaginándolo salpicado con…

Su cabeza chasqueó.

—No vayas allí.

Estaba hambrienta. La única cosa que había comido en todo el día era una dona caducada y café en una gasolinera. Abriendo un armario, inspeccionó las tres latas, dos de atún y una de frijol. Su estómago gruñó y ella miró a la pared sobre el lavabo. El reloj floral leía *6:10*. Tenía un montón de tiempo para ir a la ciudad y viceversa.

Tras asegurar la puerta de la cabina, caminó a través del bosque, se subió al Mercedes y enfiló hacia Hinton. Siguiendo el mapa de Irma, se apoderó del volante, los ojos fijos en la angosta carretera de grava. Afortunadamente, nadie intentó arrollarla esta vez.

Se dirigió hacia abajo para tomar un callejón sin salida. La carretera inesperadamente bajaba en una pendiente, que discurría paralela al río. Mientras cruzaba un destartalado puente de madera, frenó el coche para admirar las vistas. El río fluía unos metros más abajo, cortando una ruta a través del suelo congelado todavía, alrededor de una curva y fuera de la vista. A su derecha, un techo gris sobresalía entre los árboles.

Ella bizqueó. Era su cabaña. Estaba segura de ello.

Un movimiento repentino en la orilla opuesta atrajo su mirada.

Un hombre con un sombrero de vaquero negro y chaqueta hasta la rodilla negra salió del bosque. Él caminó hacia el río, agachándose a lavar sus manos, quizás, luego se puso de pie y se estiró con tranquilidad.

Estaba segura de que era el propietario del camión negro.

Sarge, Irma lo había llamado.

La cabeza del hombre giró hacia el puente. Hacia *ella*. Estaba demasiado lejos para ver su rostro, pero tuvo la impresión de que él no estaba sonriendo. Luego se adentró en los arbustos.

—¡Genial! —murmuró mientras aceleraba. —Pensará que soy una vecina metiche. Oh, espera, Sadie, lo eres.

Dejó el puente detrás, agradecida por el hecho de que el hombre vivía al otro lado del río. La última cosa que necesitaba eran visitantes.

El bar de Ed era tranquilo, salvo por la extravagante rockola estilo de los años 50's que emitía *"Walk the line"* de Johnny Cash, y el puñado de clientes, algunos recién salidos de la escuela preparatoria, que jugaban en las tres mesas de billar en el extremo. En una mesa cerca de la puerta, dos hombres de aspecto primitivo vestidos con overoles manchados de tierra estaban bebiendo cerveza, sus barbas greñudas cepillando la superficie húmeda de la mesa. Tenían el aspecto de los buscadores de oro de la era Klondike.

Cuando notaron a Sadie en la puerta, sus mandíbulas cayeron y el murmullo comenzó. Hizo caso omiso de ellos y se dirigió a la barra, donde un hombre estaba de espaldas a ella, reorganizando las botellas contra una pared con espejos. Cuando se volvió, supo sin ninguna duda que él era el hermano de Irma.

—¿Qué le sirvo, señorita? —preguntó.

—Té helado, por favor.

La boca del hombre se curvó en una sonrisa arrugada.

—¿Qué hace una chica bonita como tú en un lugar como este?

Ella se rió.

—Veo que la originalidad no es uno de sus fuertes.

—Es difícil ser original cuando eres un gemelo.

El hombre era una copia al carbón de su hermana, desde la constitución delgada, el corto pelo gris y ojos oscuros. Pero donde los ojos de Irma eran graves y sabios, los de él efectuaban un peligroso baile con el coqueteo mientras se inclinaba hacia abajo, agarraba un vaso de debajo del mostrador y lo llenaba con té helado.

Lo deslizó por la barra hacia ella.

—Entonces, ¿qué estás haciendo aquí, además de acelerar mi corazón?

—Estoy terminando un proyecto. Necesitaba un lugar tranquilo para hacerlo, así que me alojo en una de las cabañas de su hermana. —como una ocurrencia tardía, añadió, —Y si estoy acelerando su corazón, quizás se olvidó de tomar la medicación esta mañana.

—Tsk, tsk —dijo él, riéndose. —Eres una listilla.

—Eso es lo que mi marido dice.

Ed se desanimó y ella casi estalló en risas.

—Dang. ¿Estás casada?

Ella no iba a contarle sobre el divorcio pendiente, así que elevó una mano.

—Sadie O'Connell.

—Ed Panych. —Él sonrió. —Bien, Sadie O'Connell, acabas de terminar con todas mis esperanzas.

Ella sonrió y estrechó su mano manchada de hígado, la que llevaba una alianza de oro en su dedo anular.

—Estoy segura de que su esposa se sentirá aliviada.

Una carcajada estalló desde detrás de ella. Los hombres en la mesa estaban escuchando descaradamente cada palabra.

—Sí, Martha va a estar muy feliz, Ed — gritó uno de ellos. —No creo que quiera compartirte. —Especialmente desde que acaban de celebrar su 50 aniversario.

Ed agitó su mano en el aire.

—Ah, déjalo, Bugsy. Sólo estaba bromeando con la dama.

Bugsy murmuró algo a su compañero. El otro hombre dejó salir una estruendosa carcajada que hizo eco en el pequeño bar.

—Lo siento —le dijo Ed tranquilamente.

—No hay nada de qué avergonzarse. —Ella sonrió, elevando su voz. —Si no estuvieras casado, Ed…

—Ah, soy demasiado viejo para una chica bonita como tú — balbuceó él, avergonzado. Se tambaleó hacia la trastienda.

Sadie se sentó en el bar, perdida en sus pensamientos mientras una tristeza nostálgica se apoderaba de ella. Siempre había pensado ella y Philip envejecerían juntos, celebrarían sus 50 y 60 aniversarios y se sentarían en mecedoras conjuntas en el porche de atrás.

Ella tomó un largo sorbo de su té, vaciando el vaso.

Nada de eso iba a suceder ahora.

Ed reapareció.

—¿Otro?

—No, gracias. —Se estiró hacia su bolso y dejó algunas monedas sobre la barra. —Irma dijo que no le importaría si conecto mi portátil de vez en cuando. Para cargar las baterías. ¿Eso está bien?

—¡Usted puede cargar mi batería en cualquier momento! —gritó Bugsy.

—¡Hey! —vociferó Ed. —Nada de eso, chucho sarnoso. O te dejaré seco.

Bugsy cerró su boca bigotuda.

—Cuando necesites electricidad, ven a verme —le dijo Ed. —Di a Irma que le dejaré más hielo en la mañana.

Ella asintió con la cabeza, luego caminó hacia afuera. Por encima de ella, el sol brillaba intensamente, haciendo resplandecer el pavimento y algo de metal, pero el aire aún se mantenía frío.

No había mucha actividad en Hinton. El tráfico era ligero, sólo unos pocos coches. El supermercado Sobeys estaba justo al cruzar la calle, bajando una cuadra, así que ella decidió abandonar el Mercedes en el estacionamiento del bar. El paseo le haría bien.

Ella paseaba cruzando la calle sin prisa, disfrutando de la tranquilidad, cuando una risa infantil le hizo mirar por encima de su hombro. Un grupo de jóvenes caminaban hacia ella, las chicas riendo, mientras que los muchachos intentaron parecer alivianados. Un joven — un chico punk con el pelo negro y rayas de color violeta— caminaba con una arrogancia que hubiera avergonzado a John Travolta. Su brazo descansaba sobre los hombros de una anoréxico chica esquelética rubia que parecía destinada a una estancia en un centro de rehabilitación.

—¿Tienes algún problema, señora? —El chico preguntó mientras pasaban.

—No —balbuceó ella, preguntándose si Sam hubiera hablado así.

Se apresuró hacia Sobeys.

Media hora más tarde, se dirigió de regreso al coche con cuatro bolsas de provisiones y una bolsa de la cercana tienda de licores. Dejándolas en el suelo, abrió la puerta del pasajero y colocó las bolsas en el asiento y el piso.

Cuando salió del aparcamiento, una camioneta negra aceleró dando vuelta a la esquina frente a ella. Pasó junto a ella a toda velocidad, rociando rocas en su parabrisas, y se detuvo con un polvoriento rechinido cerca de las puertas del bar. Ella vió en el espejo retrovisor como un hombre con sombrero de vaquero y chaqueta larga saltaba de la camioneta. Incluso de espaldas a ella, supo que era Sarge, el idiota que casi la había sacado de la carretera.

Y mi vecino del otro lado del río.

Estuvo tentada a ir tras él, decirle un par de cosas, pero se acobardó. Los enfrentamientos no eran lo suyo. Lo había demostrado más de una vez.

19

—Allí. Eso me bastará durante un tiempo.

Sadie colocó el último paquete de carne en el decrépito congelador fuera de la cabaña de Irma. Las bisagras oxidadas de la tapa rechinaron cuando la bajó. Ella hizo una mueca y miró a Irma. La anciana estaba recostada contra la cabaña, fumando un cigarro como de costumbre.

—Ed dijo que traerá más hielo mañana —dijo Sadie.

Irma gruñó.

—Así que… ¿te coqueteó?

—Sólo un poco.

—No hay tal cosa como un poco de coqueteo, querida. Ed es un viejo loco lascivo. No sé cómo Martha lo aguanta. —Irma levantó un hombro huesudo. —Es bastante inofensivo, sin embargo. Pura palabrería.

—Puedo cuidarme, Irma.

—No lo dudé ni por un minuto. Sólo ten cuidado con los aldeanos. Especialmente con Sarge.

—¿Se refiere al idiota del Ford negro?

Irma irrumpió en un ataque de tos.

—Sí, a él.

—¿Vive cerca de aquí?

Los viejos ojos de mujer se desplazaron a la mano izquierda de Sadie.

—¿Sin anillo?

—Divorciada. Bueno… —Ella realizó un rápido encogimiento de

hombros. —Casi.

—No hay tal cosa…

—Como casi divorciado —Sadie terminó por ella.

—Podrías ser mi hija —Irma balbuceó. —Eres más rápida que la mayoría. —Ella frunció los labios cuidadosamente. —Sarge vive cruzando el río hacia abajo. No está casado, si ibas a preguntar.

Sadie se sonrojó.

—No iba a hacerlo.

—Seguro que no. Mantente alejada de él, querida. Es un solitario y no le gusta la gente. Especialmente desde que su esposa e hijos murieron.

—Eso es terrible.

—Una terrible tragedia, eso fue.

—Hay mucho de eso circulando. ¿Los conocía bien?

Irma tomó una calada de su cigarro.

—Su esposa Carrie era amiga de mi Brenda. Excepto que Sarge no quería que hablara con nadie, incluso cuando él estaba en Irak. Un tipo de posesivo, ese hombre. Y los niños…pobres corderitos.

—¿Qué pasó?

—La casa se incendió hace cuatro años, la noche de la gran tormenta. Sólo Sarge logró escapar con vida. Perdió todo. A Carrie. A los niños. No estaba asegurado. El hombre estaba tan enfermo de dolor después de eso, que ni siquiera niveló la casa.

—¿Qué hizo?

—La dejó como está, lo que quedó de ella. Ed dice que no deja que nadie se acerque a él o a su propiedad. Ese Sarge… no es el mismo. No puedo imaginarme lo que debe sentirse, no ser capaz de salvar a los seres queridos.

Sadie tembló.

—Yo sí puedo.

—Oh, querida. Lo lamento mucho. ¿Tu marido?

—Mi hijo. —Sadie se apartó, regresando al coche. —No puedo hablar de ello. Lo siento.

—Me dicen que soy buena oyente, querida.

—Gracias, Irma. Pero estoy aquí para olvidar.

Orando por no había ofendido a la mujer, tomó el resto de las bolsas del coche y las arrastró por el camino hasta que llegó a los escalones. Los atravesó con cuidado y después disfrutó del paseo a orillas del río. En la cabaña, hizo malabares con las bolsas y desbloqueó la puerta. Después de guardar las latas de conservas y almacenar las frutas y verduras en el refrigerador, preparó un rápido sándwich de ensalada de atún, se envolvió en una manta de lana y se sentó en una de las sillas de madera en la veranda. Mordisqueó el sándwich y miró hacia el río, observando al sol perezoso comenzar su lento descenso.

Pensó en Sam, en cuánto amaba él la vida al aire libre.

—Te habría encantado aquí, Sam.

No supo cuánto tiempo se quedó sentada allí viendo las pacíficas ondas en el agua y pensando en Sam. Él nunca estaba lejos de sus pensamientos. A veces, se sentía casi asfixiada por una culpa cancerosa y maligna.

Se sacudió las sombras.

—Te extraño, Sam.

Algunas aves acuáticas revoloteaban en la orilla, ocasionalmente llamándose entre sí. El aire frío acariciaba su rostro, haciéndola sentir viva y libre mientras inhalaba el fresco aroma de los pinos y abetos, escuchando la resonancia de la Madre Naturaleza. Todo a su alrededor era paz pura. *El cielo.*

Cerró los ojos… sólo por un momento.

—*¡Cawwww!*

Sadie abrió los ojos de repente. Se quedó sin aliento.

Un cuervo estaba posado sobre la rampa de madera de la veranda, sus ojillos como cuentas a no más de tres pies de distancia de ella. La miraba fijamente, inmóvil.

—Desaparece.

Él inclinó su cabeza hacia un lado, dirigiéndole una mirada inquisitiva.

—Estúpido pájaro, ¡shoo!

Ella agitó su mano, pero el pájaro sólo saltó arriba y abajo. Comportamiento extraño para un cuervo, pensó.

El cuervo emitido otro áspero alarido.

—Para que lo sepas, odio las aves —dijo. —Excepto cuando están cocinadas y horneadas. —Sonrió estúpidamente.

—*¡Squacckkk!*

Se levantó, esperando que sus movimientos espantaran a la molesta plaga. No lo hicieron. Estuvo tentada a acercarse al ave, pero entonces el sentido común se impuso. ¿Porqué querría ella hacer eso?

Quizás esté enfermo. Quizás tiene la gripe aviar.

Ignorando al cuervo, se estiró. Entonces frunció el ceño. La luz del atardecer le hizo echar un segundo vistazo hacia el agua.

Era tarde. Debía haberse dormido durante un rato.

—Debe ser el aire del campo.

Caminó hacia la puerta corrediza, consciente del cuervo. Observaba cada uno de sus movimientos, y eso era preocupante, así que liberó un aliento retenido y entró en la casa. Encendió una lámpara de aceite y comprobó el reloj en la pared. Eran las *8:55*.

Con un suspiro, miró alrededor de la habitación y, a continuación, se dedicó encender un fuego. No había televisión qué ver ni mucho que hacer nada excepto dormir. Pero estaba despierta ahora y sombríos pensamientos estaban infiltrándose en su mente.

Lo que necesitaba era una bebida.

Llegó en un armario, su mano flotando sobre las tres botellas de vino tinto.

—No. Las guardaré.

Se movió hacia el refrigerador y sacó la botella de ron de Jamaica que había comprado en la ciudad. Lo abrió y vertió una buena cantidad en una robusta taza de viaje plateada, aderezándola con una lata de Coca-Cola. Luego se enroscó en el sofá delante de la chimenea.

El ron bajó rápidamente. Quizás demasiado rápido. Su tono suave la hizo sentir cálida, con una sensación de hormigueo. Disfrutó de su efecto adormecedor en la mente, un bienvenido respiro del constante tormento y aflicción que la seguía a todos lados.

Se levantó, y se sirvió otra bebida.

—Yo tengo el control esta vez.

La voz condenatoria de Philip le vino a la mente. *"No te auto engañes, Sadie. Eres una alcohólica. Un trago nunca es suficiente".*

—Puedo parar cuando quiera, Philip. Simplemente no quiero. — Rió. —¿Hablar solo es un signo de locura?

Sólo si te respondes a ti mismo.

Eso es lo que su madre siempre decía.

Sadie terminó su segunda taza de ron y se sirivó otro.

El resplandor de la lámpara y la relajante chimenea irradiadaban sobre las paredes de madera, envolviéndolas en un brillo dorado. Pero la habitación carecía de algo tangible, algo que ella no lograba identificar.

—¿Qué falta aquí?

La respuesta le llegó, tan clara como el agua del deshielo.

Avanzó torpemente hacia el dormitorio. Cuando regresó a la sala unos minutos más tarde, llevaba tres fotografías enmarcadas en la mano. Una pequeña de Sam encontró un lugar en la mesa de café, y una de Leah decoró la mesa ovalada cerca del sillón.

Sadie dio a su amiga una sonrisa triste.

—Lo siento, mejor amiga.

Leah la odiaría cuando todo terminara.

Sujetando el retrato de Sam en sus manos, tragó con fuerza.

—Tú necesitas un lugar especial, hombrecito. —Su mirada fue atraída hacia el espacio vacío encima de la chimenea. —Perfecto.

Deslizó una silla hacia la chimenea, luego colgó el retrato por encima de la repisa. El dulce rostro sonriente de Sam la miraba, lleno de vida. Besó las puntas de dos dedos, presionándolas luego contra los labios de Sam.

—Te quiero —dijo suavemente.

Una tabla del suelo crujió detrás de ella.

Echó una mirada sobre su hombro y casi se cayó de la silla. Cruzando la habitación, ella escuchó. Nada. Miró hacia la puerta del dormitorio. Estaba cerrada. ¿Ella la había dejado de esa manera?

Dejó escapar un resoplido.

—Estás paranoica, Sadie.

Abrió la puerta, se introdujo en el interior y colocó la lámpara en el aparador. Cayendo de rodillas sobre el piso de madera, levantó la colcha y echó un vistazo debajo.

La caja de cedro todavía estaba allí.

Mientras se ponía de pie, su cabeza flotó y su cadera pegó en la esquina del aparador, casi derribando la lámpara.

Soltó una risita.

—Estás un poquito borracha, ¿no?

Una tenue risa infantil hizo eco en las cercanías.

Sadie saltó.

—¿Hola?

Otra risa suave.

Voló fuera del dormitorio, sosteniendo la lámpara por encima de su cabeza. Giró sobre sus talones en el centro de la cabaña.

—¿Sam?

No había nadie allí.

Media docena de pasos desiguales la llevaron a la ventana de la cocina. Todos lo que pudo ver afuera fue una niebla espesa abrazando los troncos de los árboles robustos y un pedacito de luna guiñando entre nubes amenazadoras.

Se escuchó un ruido sordo.

Ella giró. Una sombra distorsionada se movió al otro lado de las cortinas de la puerta corrediza. Corriendo a través de la habitación, abrió bruscamente las cortinas.

—¿Quién está ahí?

Estaba tan oscuro afuera que ella sólo podía distinguir la forma de la mesa y dos sillas. Aparte de eso, la terraza estaba vacía.

Deslizó la puerta abierta y dio un paso hacia fuera.

Directamente en un montículo de tierra fresca.

Inmediatamente divisó al culpable. El cedro enano yacía sobre su costado, con montículos de tierra suelta saliendo de la maceta de barro.

Un escalofrío serpenteó por su columna vertebral.

Alguien o algo lo había golpeado.

Intranquila, miró hacia las sombras, pero nada se movía excepto el río. El aire estaba frío, pero tranquilo. Sin viento. Cerca del bosque, una fina cortina de niebla flotaba suspendida a unos centímetros sobre el suelo.

Una racha de color blanco pasó volando a través de los árboles.

Entornó los ojos.

—¿Qué diablos?

Algo *se estaba* moviendo allí fuera.

Su chaqueta estaba colgada en una estaca justo dentro de la puerta. La agarró y se enfundó un par de botas. Luego buscó a tientas la linterna en el estante por encima de su cabeza.

—Bien, —susurró. —¿Dónde te estás escondiendo?

¡Allí!

Se movió con cautela por la veranda, la luz de la linterna arqueado hacia el bosque. Lo que quiera que fuera la cosa era blanca, parpadeó, luego reapareció detrás de un árbol a unos metros de distancia.

—¿Hola? —llamó ella. —¿Quién es?

Una pequeña figura envuelta en un manto blanco fantasmal surgió de los remolinos de niebla. Un niño. Sadie no podía distinguir si era niño o niña. No veía características distintivas, ni siquiera un brazo o una pierna.

Otra risita flotó en el aire.

Ella avanzó hacia los escalones que llevaban a la hierba y se dirigió hacia la figura de blanco, rezando por que fuera humana.

¿Qué pasa si no lo es?

Envalentonada por el alcohol que fluía por sus venas, alumbró la luz sobre el bosque.

—¡Irma! Si es usted, esto no es gracioso.

La figura se había ido.

—Quizás lo imaginé. Quizás sólo estoy borracha. —Dejó escapar un resoplido burlón y subió los escalones tambaleándose. —¿Qué estabas pensando, Sadie? ¿Que podías ir a socializar al bosque, tras un fant…?

Algo yacía delante de la puerta corrediza.

Sadie acercó la lámpara.

—¿Una barra de chocolate?

Perpleja, cogió la barra de chocolate y la examinó. Era su favorito. Una barra de Hersheys.

Pero, ¿quién le dejaría esa golosina?

20

Cuando despertó a la mañana siguiente, tenía dos cosas en mente. Encontrar la botella de Tylenol y deshacerse del horrible sabor que cubría su lengua.

—Boca de bacinica —balbuceó, revolviéndose fuera de la cama.

Tembló y se colocó su bata encima de la enorme y raída camiseta que había usado para dormir. A continuación, caminó hacia el pequeño cuarto de baño. Se detuvo de una sacudida cuando captó un vistazo de su demacrado reflejo en el espejo sobre el lavabo.

—Te... ves... *horrible*.

Cautelosamente tocó su cabello enmarañado. Los rizos cortos eran extraños y ella no podía decidir si la hacían parecer mayor o menor. Independientemente, se veía terrible.

—Gracias a Dios, Philip no puede verte ahora.

Se acercó, levantó su flequillo y siguió el rastro de la cicatriz que resplandecía en lo alto de su pálida frente, cortesía de la Niebla. Los ojos, del mismo azul que los de Sam, la miraron de vuelta, desgastados y cansados, con bolsas debajo que estaban tan hinchadas que parecían almohadas para Barbie.

—Parece que esto va más allá de un mal peinado.

Como no había desempacado sus maletas todavía, agarró el tubo de dentífrico dejado por el inquilino anterior y exprimió un poco en su dedo. Lo esparció a lo largo de los dientes y la lengua, escupiendo el exceso. Alcanzando una toalla, maldijo bajo su aliento cuando su mano sujetó sólo aire. Había olvidado poner las sábanas y toallas limpias.

Limpió su boca en su manga.

—Es hora de hacer de este lugar un hogar, aunque sólo sea temporalmente. Podría necesitar un par de cosas.

La Sadie del espejo frunció el ceño.

—Como un cirujano plástico, por ejemplo.

Después de un rápido baño de esponja con agua tibia de la caldera, sacó los jeans del día anterior, una camiseta limpia y un suéter que su madre había tejido. En la sala principal, añadió algunos troncos y madera a las brasas ardiendo en la chimenea. Luego preparó una olla de café y comenzó la ardua tarea de desempacar, todo el rato tratando de ignorar la barra de chocolate que permanecía sobre en el mostrador.

¿Irma la habría dejado para ella?

En el dormitorio, dejó caer una maleta sobre la cama. Llenó los tres cajones del aparador. La otra maleta fue arrastrada hacia la cocina. Ella abrió y sacó el material de arte y el manuscrito para "Volviéndose loco". El recipiente de plástico con los recortes encontró un lugar en la mesa de café.

Luchando contra un furioso dolor de cabeza, se dejó caer en el sillón y levantó la foto de Leah. Su mejor amiga, su *hermana del alma* le sonreía, sus ojos verde-avellana brillando malvadamente. Por encima de su cabeza colgaba una colorida pancarta de cumpleaños.

La foto había sido tomada hacía tres años, la noche en que Sadie le había organizado una fiesta sorpresa. Leah no había sospechado nada cuando Sadie la había invitado a cenar, afirmando que no podía conseguir una niñera para Sam. Algunos de los amigos de Leah y la familia se escondieron en la cocina antes de que ella llegara, pero una vez que Leah estuvo sentada en el sofá, la emboscaron. Leah lucía como si alguien le hubiera dicho que se había ganado la lotería. La única uva amarga fue la llegada inesperada de Philip luego de que una reunión de negocios fue cancelada, pero afortunadamente él se retiró a su oficina. Mientras tanto, Leah se puso tan borracha tuvo que descansar arriba mientras Sadie entretenía a los huéspedes. Luego se fue temprano, diciendo que no se sentía bien. Sadie tuvo qué convencer a Philip de llevarla a su casa.

Un agridulce suspiro escapó. "Casa".

Ella no tenía casa. Ahora ya no. La vida en Edmonton le parecía tan lejana, de mucho tiempo atrás.

Devolvió la foto de Leah a la mesa y, a continuación, se inclinó hacia atrás y cerró los ojos.

—Ahora, ¿qué vas a hacer?

La respuesta llegó con un golpe en la puerta de atrás.

Irma se situaba en el porche, con un gorro de marina echado sobre su cabeza y orejas.

—Pensé que quizá querrías ir a dar un paseo con una vieja viuda.

—Si quieres caminar con una escritora divorciada —respondió Sadie irónicamente mientras agarraba su chaqueta.

Un cigarro encontró su camino hacia la boca de Irma y una bocanada de humo fue expulsado en el aire fresco.

—¿Qué es lo que escribes, Sadie? ¿Romances de zorras?

—No, esa es el área de mi amiga. Escribo misterios principalmente.

—Ah —dijo Irma, asintiendo con la cabeza. —Nada mejor que un buen misterio.

Una imagen de la barra de Hersheys cruzó la mente de Sadie.

—He encontrado una barra de chocolate en el porche, —soltó abruptamente.

Irma rió disimuladamente.

—Debe ser de uno de los hombres. Tienes un admirador.

Caminaron en silencio por el bosque. Sadie se sentía sorprendentemente en paz y su dolor de cabeza desapareció rápidamente. Rejuvenecida por el aire del campo, reunió el coraje para preguntarle algo a Irma.

—Usted dijo que tiene nietos. ¿Están de visita ahora?

El cigarro se agitó en la esquina de la boca de Irma.

—Ellos están en Edmonton. No vendrán hasta las vacaciones de verano. ¿Por qué lo preguntas?

Sadie miró fijamente las heladas rocas bajo sus pies.

¿Debería contarle a Irma lo que había visto la noche anterior?

—¿Qué hay de los trabajadores petroleros? —preguntó. —¿Alguno de ellos tiene hijos de visita?

Irma agitó el muñón de su cigarro sobre el río.

—Nope. El niño más cercano está en la ciudad. —Ella la miró con recelo. —¿Por qué todo este interés en niños?

—Creí ver a alguien. En el… oh, no importa. —Sadie gimió. —Creo que bebí demasiado anoche. —Pero no pudo evitar pensar en la barra de Hersheys que había arrojado al refrigerador.

—El licor te matará —dijo Irma, encendiendo otro cigarro.

Se pasearon por la orilla del río, conversando sobre el clima y cosas intrascendentes. A medida que se acercaban a una curva en el río, Sadie notó un patrón de losas de piedra semi-sumergidas, quizás a medio metro de distancia. Le parecieron demasiado perfectamente alineadas para ser naturales.

—¿Un camino de piedras? —preguntó.

Irma echó un vistazo al puente de piedras.

—Sí. Sarge las puso ahí. Así sus hijos pueden visitarnos a Brenda y a mí. Es más rápido que rodear por la carretera.

Sadie se paró en la orilla del río y se hizo sombra sobre los ojos con una mano para bloquear el sol penetrante.

—El agua se ve bastante alta —señaló.

—Por el deslave de primavera. ¿Ves aquel peñazco? —Irma apuntó al otro lado del río. —Si el agua llega a esa línea naranja, es hora de empacar e irse directo a Cadomin. Antes de que el puente hacia el pueblo quede cubierto.

Sadie miró hacia el río.

—¿Con qué frecuencia se inunda?

—Aproximadamente una vez cada tres o cuatro años.

Mientras caminaban de regreso, las palabras de Irma resonaban en la mente de Sadie. Ella tendría que estar alerta. Una inundación destruiría sus planes.

—Gracias por el paseo—dijo ella cuando regresaron a la cabaña infinito.

Irma la miró de reojo.

—Eres demasiado joven para estar encerrada dentro, querida. La vida es para vivirla. No olvides eso. —Tras decir adiós con la mano, trotó hacia abajo por el camino.

El resto de la tarde, Sadie trabajó en la edición del manuscrito para "Volviéndose loco" en su portátil hasta que se apagó. Frunciendo el ceño, lo empujó a un lado e hizo una nota mental para ir a la ciudad al día siguiente a cargar la batería.

La cena fue una generosa ensalada chef con queso cheddar canadiense desmenuzado y trozos de tocino. Sentada en el sofá delante de la chimenea, pensó en Philip. Él se habría quedado atónito si ella hubiera hecho una ensalada para la cena. Él era un hombre de carne y papas. La comida comprada le disgustaba. Y Dios no permitiera que ellos no comieran en la mesa del comedor, como la gente *normal*.

Una sonrisa traviesa cruzó su rostro.

—Al infierno con lo normal.

Una vez que los platos estuvieron lavados, ella se tumbó en el sofá y miró fijamente las llamas. Era difícil resistirse al impulso de sumergirse en ellas. En una mano, sostenía su teléfono celular. En la otra, un vaso de ron con cola.

—Tú puedes hacerlo. Sólo una copa esta noche.

Primero, llamó a sus padres. Ellos estaban preocupados por ella, naturalmente, pero les aseguró que estaba tomando unas pequeñas vacaciones y descansando un montón.

—Bueno, suena bien —dijo su padre.

Curiosamente, se sentía bien. De hecho, su mente nunca había estado más despejada.

—Te quiero, Papá. A Mamá también.

Después de intercambiar unas palabras con su madre, colgó y miró fijamente la copa en su mano, agitándola tranquilamente.

—Una llamada más —dijo, ingiriendo el último trago.

Pero simplemente no podía marcar el número.

Media hora más tarde, terminó su tercera copa, luego hizo la llamada. Después de explicar al hombre en el otro extremo que su llamada era un asunto familiar urgente, se quedó en suspenso mientras un guardia localizaba a Philip y lo escoltaba al teléfono.

—¿Sadie? Me preguntaba cuándo…

—Sólo quería decirte que no podrás ponerte en contacto conmigo por un tiempo, Philip. No tengo electricidad.

—¿Qué significa eso? ¿Dónde estás?

Tomó un largo, reflexivo sorbo de su bebida.

¿Dónde estaba ella? *En ninguna parte.*

—Sadie, ¿estás bien?

Miró fijamente la foto de Sam.

—Sí, estoy bien.

—He oído que te llevaste mi coche. —Su voz era firme, medida.

—¿Cómo diablos…? Hablaste con Leah. ¿Por qué?

—No importa por qué. Escucha, Sadie. He dejado algunos documentos importantes en el maletero. ¿Crees que podrías embalarlos en una caja y enviármelos por correo enseguida?

—Seguro —dijo ella, molesta. —La próxima vez que viaje a la ciudad.

—Maldita sea, casi se me olvida. Hay un problema con el motor de arranque.

—¿El motor de arranque?

—Del coche. Si falla tendrás que llevarlo a una tienda.

Hubo una larga pausa.

—Sadie, ¿necesitas…?

—No. No necesito nada. Tengo que irme ahora.

—¡Espera! Dime dónde te…

—Mi celular se está descargando —mintió ella. —Adiós, Philip.

Ella colgó, preguntándose por qué lo había llamado en primer lugar. Tal vez para que él no presentara un informe de persona desaparecida o enviara a alguien a buscarla. Estuvo tentada en llamar a Leah, decirle lo que pensaba. Pero la valentía no era su segundo nombre.

Al final, ella encontró consuelo en otro vaso de ron.

Sin mezclar.

Un pájaro chilló afuera de la ventana del dormitorio, sin preocuparse por el ocupante en su interior. Mientras el estridente trinar se abrió camino hasta los sueños inquietos de Sadie, ella rodó sobre su estómago y estiró la manta por encima de su cabeza.

—¡*Cawww!*

—¡Cállate!

Tan pronto como las palabras salieron de su boca, ella gimió y se cubrió el rostro. Su cabeza palpitaba como si la estuvieran atornillando. Apartó la manta y cuando abrió sus ojos doloridos, se sintió aliviada al encontrar que la habitación estaba oscura, excepto por el tenue resplandor del reloj de baterías sobre la mesita de noche. Las cortinas dobles de la ventana eran un regalo del cielo. Pero no silenciaban el incesante graznido del pájaro.

Se apoyó sobre sus codos y miró el reloj.

—¿Las dos de la mañana? Tienes que estar bromeando.

Otro chillido la hizo ponerse de pie tambaleándose.

—¡Bueno, ya basta!

Encendió la lámpara y caminó hacia la ventana con la intención de espantar a la irritante plaga. Enganchando un dedo entre las cortinas, las apartó un poco y se sorprendió por la oscuridad que asomaba más allá. Lo que la asustó aún más fueron los dos ojos negros al otro lado del cristal.

El cuervo, el *mismo* de la noche anterior, la miraba.

—¡Lárgate! —Ella golpeó la ventana, pero el pájaro no se movió. —¡Jesús! ¿Qué pasa contigo?

Otro chillido del cuervo. A continuación, su pico golpeó el vidrio. *¡Toc! Toc!*

Ella resistió las ganas de estrangular a la maldita cosa. Apenas.

—No me tientes, esbirro de negro plumaje.

Estaba a punto de alejarse de la ventana cuando algo se movió en los arbustos cerca de las escaleras traseras.

—Hay alguien ahí fuera.

Al instante, estaba completamente sobria. Caminó hasta el salón donde se puso su chaqueta y botas. Luego caminó de puntillas a la puerta corrediza.

—Así que me espían. No lo creo.

Deslizó la puerta abierta y salió a la veranda, acompañada por una linterna y un atizador de hierro. Esperó. A continuación, dio un tímido paso hacia adelante y el haz de luz barrió un objeto cerca de su pie.

Un sobre blanco de tamaño carta.

Ella lo recogió y lo examinó. Estaba en blanco. Sin dirección, sin sello, nada. Lo abrió cautelosamente, pero estaba vacío.

Pensó en la barra de chocolate en el refrigerador.

—¿Qué diablos está pasando?

Alguien cerca soltó una risita.

Sadie apagó la linterna. Había suficiente luz de la Luna y su reflejo en el río para que ella pudiera ver mientras bajaba los escalones hacia la hierba por debajo. Dio la vuelta hacia la puerta de atrás, permaneciendo cerca del costado de la cabaña. Sus botas emitían crujidos silenciosos, y contuvo el aliento, esperando que quien estuviera ahí fuera no pudiera oírla. Incluso con el fresco aire de la noche, sus palmas estaban sudorosas y resultaba difícil sujetar el mango del atizador. Casi lo dejó caer, dos veces.

Se quedó pensativa, escuchando.

Hubo un tenue susurro del follaje no muy lejos de donde ella estaba. A continuación, atisbó un voluble destello de color blanco a través de los árboles.

¿El niño fantasma de anoche?

Ella avanzó hacia delante con persistencia temeraria, plantando una bota delante de la otra. Cuando el suelo se inclinó, se tambaleó hacia delante, sus pies flotando en el aire durante un segundo. Desequilibrada, enganchó un brazo alrededor del tronco de un árbol, girando alrededor de éste en un semi-círculo, como un bailarín en un baile de granero.

Recuperando el aliento, entornó los ojos en la oscuridad.

¿Dónde estás, maldita sea?

Entonces vio al niño, si eso es lo que era, medio oculto por un árbol. En cuclillas, Sadie esperó hasta que la forma blanca se alejó corriendo hacia el bosque. Ella avanzó sin contratiempos y se apoyó contra un árbol.

—Esto es una locura —se reprochó a sí misma. —¿Qué estás haciendo?

Cubrió su boca, en parte para amortiguar el sonido, y también para ocultar el vaho que su aliento estaba generando. Su corazón golpeaba en el pecho tan fuerte que estaba segura de que podría ser escuchado.

La forma blanca estaba justo delante.

Guiada por la luz de la luna, Sadie continuó a través de los árboles.

Seis yardas más por avanzar.

Miró sobre su hombro para asegurarse de que aún podía ver la luz de la cabaña. Parecía estar a una gran distancia. Aún así, avanzó hacia adelante, el sonido del río fluyendo sobre las rocas ocultando su progreso. Con el atizador levantado por encima de su cabeza, dio otro paso más y una ramita crujió debajo de sus botas.

Más adelante, alguien murmuró algo ininteligible.

Sadie encendió la linterna.

Una cara con etéreos y grandes ojos de ciervo la miró.

—¿Qué estás haciendo aquí? —preguntó Sadie, desconcertada.

21

Frente a ella estaba una niña de ocho o nueve años de edad quizás, llevando una toalla blanca sobre su cabeza y cuerpo. Debajo, tenía puesto un camisón de algodón blanco con un signo de paz amarillo en la parte delantera.

Piscinas de líquido azul parpadearon una vez, dos veces, por debajo de las pestañas gruesas y oscuras.

—Lo siento —dijo la niña dijo con voz trémula.

—¿Por qu…?

Un peso sólido golpeó a Sadie en la espalda. El atizador y linterna volaron por el aire, y mientras ella caía hacia la tierra, lanzó sus brazos hacia fuera y se preparó para la caída. Impactó contra el suelo congelado, las rodillas primero, y se deslizó hasta su estómago, sus palmas derrapando, quemándole. Dejó escapar un jadeo angustiado, luego cerró sus ojos, su corazón latiendo frenéticamente contra su pecho.

Sería tan fácil yacer aquí…morir aquí.

Escucho fuertes pisadas a través del bosque, alejándose de ella. Alzó su cabeza, pero sólo vio sombras fugaces. La punta de sus dedos rozó el frío metal. Recuperó el atizador, se puso de pie con dificultad y buscó la linterna.

Pero no estaba por ninguna parte.

—¡Espera! ¿Quién eres? —Ella inclinó su cabeza, escuchando, pero el bosque estaba en silencio. —No te haré daño. Sólo quiero…

¿Qué era lo que ella quería?

Se dio la vuelta en la dirección en que esperaba en Dios estuviera la cabaña. En la oscuridad envolvente, no podía decirlo. Mientras maniobraba cuidadosamente entre los arbustos y árboles, hacía pausas de vez en cuando para escuchar el río. Cuando salió del bosque, se encontró en la rivera, a pocos metros de la cabaña. Caminó hacia ella, lanzando ansiosas miradas sobre su hombro.

Alguien la había atacado. Pero ¿quién?

Había percibido un cuerpo fuerte detrás de ella, pero no había visto nada, ni escuchado a nadie. Salvo a la chica.

—No hay niños alrededor —murmuró. —Sí, cómo no, Irma.

Alguien que vivía cerca, obviamente tenía una hija.

La cabaña infinito le dio la bienvenida, imperturbable en su existencia solitaria. Maldiciéndose a sí misma por perder la linterna, titubeó en la oscuridad y encendió la lámpara de aceite. Con determinación, caminó hacia la puerta trasera y deslizó la cerradura en su lugar. Mirándola fijamente, no se sintió segura. Ni un poquito. Así que empujó el sillón en frente de la puerta.

—¡Veamos cómo atraviesan *eso*!

Como medida final, atascado el palo de una escoba contra el bastidor de la puerta corrediza. Nadie sería capaz de abrirla sin quitar primero la escoba. Se sirvió otro ron con cola y arrastró el edredón del dormitorio. Luego se enroscó en el sofá, con el atizador al alcance de la mano.

Sólo por si acaso.

La mañana se deslizó dentro de la cabaña, y un ominoso sonido resonó por el aire, luego menguó hasta un zumbido bajo.

Con la cabeza neblinosa, Sadie se sentó. Arrojó fuera la manta y aspiró una respiración profunda mientras el dolor se disparaba por sus rodillas y manos. Miró fijamente sus palmas, observando los rasguños recientes y la sangre seca. Su mirada pasó de su ropa, —la misma que había usado ayer— al reloj de pie, y luego a la chimenea.

Frunció el ceño.

—Bueno… ¿Por qué estoy aquí?

El reloj emitió un gong nuevamente. Se detuvo a medio camino, como si alguien se había apoderado de sus entrañas, asfixiándolo.

Sadie miró su reloj.

—¿Son las 10 en punto y todo lo que pudiste lograr fueron dos gongs? —Tomó conciencia del sillón junto a la puerta. —¿Qué demonios estuve haciendo anoche?

Frotó su frente, tratando de recordar.

Una niña, había visto a una niña en el bosque.

¿O no?

La duda la invadió, especialmente cuando notó que la botella abierta de ron en el mostrador. Se tambaleó hasta el baño, echó un vistazo a su reflejo desaliñado e hizo una mueca. Cogió el cepillo, con la intención de desenredar su cabello, luego frunció el ceño y dejó el cepillo en el mostrador.

¿Para qué molestarse? Nadie iba a verla de todos modos.

Excepto quizás la chica...

—Estás viendo cosas. Eso es lo que pasa. No habías probado alcohol durante tanto tiempo, que estás alucinando. —Inhaló. —Y hablando sola.

Segura de que había desentrañado los hechos de la noche anterior, ella decidió darse un lujoso baño. Tuvo qué hervir agua en la estufa Coleman y en la chimenea, tres ollas al mismo tiempo. Tomó quince ollas de agua caliente y unas cuantas frías para llenar la bañera hasta la mitad. Qué demonios, no era como si tuviera algo mejor que hacer.

Sadie estuvo en remojo por un largo tiempo, permitiendo que la ansiedad de la semana pasada se derritiera. Lavó su cabello, luego lo enjuagó en el agua de la bañera. Cerrando sus ojos, se deslizó bajo el agua hasta que estuvo completamente sumergida. Contuvo su aliento mientras pudo, y cuando emergió inhalando con desesperación, estaba decepcionada. Ahogarse estaba definitivamente fuera de la cuestión.

Después de secar su cabello con una toalla, se enfundó su chaqueta y se dirigió hacia la puerta corrediza. El palo de escoba en el marco le hizo detenerse. Tiró de él, su frente surcada con perplejidad. ¿Qué estaba tratando de mantener fuera?

Barriendo sus pensamientos bajo una alfombra imaginaria, agarró su ordenador portátil y bolso, y se dirigió hacia el camino. Una vez que llegó a la cabaña de Irma, pudo oír la anciana cantando en el interior. No era un sonido armónico.

Sadie dudó. *¿Debo invitarla a ir a la ciudad conmigo?*

Tan pronto como el pensamiento floreció, ella lo aplastó. Involucrarse demasiado en una amistad ahora no sería justo. No para Irma.

El Mercedes estaba justo donde lo había dejado. Ella subió, y el motor ronroneó cuando lo encendió. El sonido era reconfortante, y retrocedió el coche fuera del claro manejando sin prisa hasta la carretera. Cuando miró en el espejo retrovisor, Irma estaba parada cerca del congelador, viéndola.

—¿De vuelta tan pronto, Sadie O'Connell? —Ed le dedicó un astuto guiño y dejó el vaso que estaba secando. —Simplemente no pudiste mantenerte alejada de mí, ¿cierto?

Ella miró sobre su hombro. La mesa en la esquina estaba vacía. No había espectadores molestos.

—Sí. Además, mi laptop está muerta y tengo que cargar mi celular.

—¿Tu celular?

Ella sacó su teléfono.

—Ah —dijo Ed con un asentimiento. —Nunca me compré una de esas cosas. Dan cáncer de cerebro, escuché. Tenga cuidado, señorita. —Él señaló con su cabeza hacia el final del mostrador. —El enchufe está allá en el poste.

Ella le agradeció, sacó su portátil del maletín y la colocó en el mostrador. Una vez que el ordenador portátil y el teléfono estuvieron conectados y cargándose, se sentó en un taburete, con los codos apoyados sobre la madera pulida de la barra.

Ed deslizó una humeante taza hacia ella.

—Parece que necesitas esto. No pudiste dormir mucho anoche, ¿verdad? Sus ojos vagaron por su pelo húmedo desordenado y demacrado rostro.

—Podría decirse que no —tomó un sorbo de café y dejó salir un suspiro satisfecho. —Esto es el cielo, Ed. Gracias. Todavía no he descubierto cómo hacer café en la cabaña. Las cafeteras de filtro fueron un poco antes de mi tiempo.

Ed balanceó un trapo de cocina sobre su hombro.

—El truco es usar media cuchara menos y una pizca de canela. Y que no hierva demasiado tiempo.

—Qué tal si mejor me entregas una garrafa de café cada mañana —sugirió ella en broma.

La sonrisa que se propagó a través de la cara del hombre pudo haber iluminado a toda una ciudad. —Esa es la mejor oferta que he tenido en…bueno, décadas. —Su cara enrojeció, como si él apenas se diera cuenta de que había hablado en voz alta.

Por encima de la taza, ella dijo,

—¿Cómo está tu esposa esta mañana?

—Tenías que ir y estropearlo —se quejó. —Martha está bien. Ella trabaja en la biblioteca.

Él lo pronunció "*bibloteca*".

Sadie tuvo una idea. Necesitaba algo qué hacer durante una hora mientras esperaba a que sus cosas se cargaran.

—¿Cómo puedo llegar allí?

—Bajando por la calle principal, doble hacia el sur y dos cuadras después de la Esso a la derecha.

—¿Está bien si dejo estos aquí para cargarse? —preguntó, indicando el portátil y teléfono celular.

—Claro, estoy aquí hasta la medianoche. Nadie va a tocarlas.

Una ráfaga de aire frío la hizo temblar. Detrás de ella, alguien había entrado en el bar. Cuando miró sobre su hombro, vio a un hombre calvo dando vuelta por el pasillo hacia los lavabos.

Ella se volvió hacia Ed.

—Gracias. Estaré de vuelta en una hora.

—Tome tanto tiempo como desee.

Cuando se dirigía hacia fuera, los versos de *Pretty Woman* llegaron a ella desde la rocola. La voz áspera de Ed cantaba también. Él sonaba igual que su hermana. Igual de mal.

Sadie condujo hacia la "bibloteca". En el aparcamiento casi vacío, se estacionó en un espacio cerca de la puerta, junto a un abollado Cadillac de color marrón con unas placas que ponían BUKS4U, que podría haber significado *dólares para usted* o *libros para usted*.

Ella rodó sus ojos.

—Apuesto diez *dólares* a que es el auto de Martha.

La Biblioteca Pública Hinton tenía una modesta colección de libros y las paredes mostraban un montaje de coloridos carteles, pintados por los niños del pueblo, sin duda. En la esquina del extremo derecho había un acogedor rincón infantil con mullidas almohadas y estanterías bajas. Por encima, un murciélago de juguete realista colgaba del techo. Una brisa, quizás desde una ventana abierta, lo envió ondeando en el momento en que Sadie entró. Ella lo miró fijamente y su boca tembló.

—¿Puedo ayudarle?

Sadie giró. Una bien vestida mujer de 60 años se precipitaba hacia ella, con una pila de los libros ilustrados para niños en sus brazos. La mujer estaba agradablemente redondeada, con rizado cabello negro grisáceo que enmarcaba una cara regordeta, ojos color avellana y una alegre sonrisa. Unidas a una cadena de plata alrededor de su cuello, un par de gafas descansaban contra su pecho. Una etiqueta de identificación en la solapa de su chaqueta, leía *'Martha V'*.

—Estoy en la ciudad por un día —Sadie, explicó. —Y pensé en echar un vistazo a su biblioteca, Martha.

—Bueno, déjame saber si necesitas algo, señorita…eh…

—Sadie O'Connell. Estoy…

La mujer casi dejó caer los libros.

—¡No Sadie O'Connell, la autora!

Sadie hizo un gesto apenado.

—De hecho… sí, la autora.

La mandíbula de Martha cayó.

—¡Santo cielo! No te reconocí. Te ves… —la mujer se interrumpió, esbozó una sonrisa brillante, y le hizo señas a Sadie hacia una mesa en la esquina. —¿Puedo traerte un café o algo?

—Gracias, pero creo que ya tuve suficiente café. Acabo de estar en el bar de su marido.

Martha dejó los libros abajo y se sentó en una silla.

—Por favor, siéntese, señorita O'Connell. ¿Se siente bien? Parece un poco desmejorada.

Desmejorada era un eufemismo, y Sadie sabía muy bien que la mujer estaba siendo cortés.

—No he estado durmiendo bien.

—Eso es terrible. —Martha dobló sus manos regordetas con delicadeza en su regazo. —Entonces, ¿qué la trae por aquí?

Una cita con la muerte, quiso decir Sadie.

—Me voy a quedar en Cadomin por un tiempo.

Una rápida sonrisa iluminó el rostro de mujer.

—Sabe, no tenemos demasiados autores de su nivel por aquí. ¿Consideraría hacer una lectura?

Una lectura era la última cosa que Sadie quería hacer. Esto significaría socializar con gente, muchas sonrisas y nada de tiempo para terminar el libro de Sam.

—Lo siento, pero estoy sólo de paso. Tengo una… Fecha límite qué cumplir.

La sonrisa de Martha se redujo.

—Quizá después. En el verano, quizás. ¡Espere! ¿Cuánto tiempo se quedará?

—No mucho. Otro mes quizás.

—Bien, si cambia de parecer…

No lo haré.

—Yo le avisaré.

—Entonces, ¿qué puede hacer la Biblioteca Pública de Hinton por usted?

Sadie se encogió de hombros.

—Estoy intentando matar el tiempo mientras espero a que mi portátil y teléfono se carguen. Están con Ed.

Martha se puso de pie con gracia.

—Bueno, ¿qué tal si le doy una pequeña gira, entonces? Tenemos algunos recuerdos históricos que podrían ser de interés para usted. —Deslizó sus gafas sobre su nariz y caminó hacia una pared con fotografías. —Esta es nuestra pared histórica. Hinton se convirtió en un verdadero asentamiento cuando el Tren Tronco Grande del Pacífico pasó a través un centenar de años atrás. Luego, en 1931, la mina de Hinton abrió. Diez años más tarde, Hinton era una ciudad fantasma. Hasta 1955, cuando llegó la primera planta de celulosa. —Hizo una pausa, sin aliento. —¿La estoy aburriendo?

—No, en absoluto.

Y era la verdad. La historia siempre había fascinado a Sadie, y a menudo la incluía en sus novelas.

Martha se dio golpecitos en la boca con un dedo.

—¿Se está hospedando en Cadomin, dijo usted?

—En las Cabañas Armonía.

—Qué maravilloso. Ed siempre está inquieto porque su hermana está ahí fuera sola. Bien, si no tenemos en cuenta a los hombres en las otras cabañas. Será agradable para Irma tener otra hembra alrededor.

La atención de Sadie se desvió a una foto de una cueva.

—¿Esto está cerca?

—La Cueva Cadomin, uno de los principales lugares de interés turístico por aquí. No está demasiado lejos. Simplemente siga las indicaciones en el camino de vuelta a las cabañas. Está bien señalizada.

Sadie suspiró.

—A mi hijo le hubiera encantado.

—Lamentablemente, está cerrada. No se puede ir hasta mayo, o molestará a los murciélagos y eso los mataría.

—¿Matarlos?

—Si se despiertan demasiado temprano en la primavera, morirían de hambre —explicó la mujer.

Sadie pasó a la siguiente serie de fotos. Muchas habían sido restauradas, en blanco y negro con bordes curvados, ilustrando la progresión del desarrollo del pueblo. En algunas de ellas, esforzados agricultores araban campos de cebada y heno.

—La agricultura siempre fue muy importante en esta zona —Martha continuó. —Todavía lo es. Muchas familias han sido agricultoras en Hinton durante generaciones.

Más abajo, una hilera de retratos de mujeres adornaba la pared.

Sadie movió la cabeza en su dirección.

—¿Quiénes son?

—Todas nuestras bibliotecarias.

—¿Cómo es que no estás allí arriba?

—Yo soy sólo una voluntaria —dijo Martha, pareciendo decepcionada.

Sadie acarició su brazo.

—Estoy segura de que eres mucho más que eso.

Estudió los retratos, admirando las técnicas de los artistas. Era interesante ver la progresión de la moda en estilos y expresiones faciales. En las pinturas anteriores, las mujeres miraban directo a la cámara, y nunca sonreían. A mitad de camino hacia abajo, eso había cambiado.

Pero fue el retrato en el extremo el que la hizo detenerse.

La mujer le parecía vagamente familiar. Estaba sentada en una silla de orejas de tela verde a cuadros, su pelo rubio pálido envuelto en un moño suelto. Lucía una media sonrisa en su rostro, pero ésta no alcanzaba sus vacantes ojos azules.

Martha aclaró su garganta.

—¿Conoció a Carissa?

—Me parece... familiar. Creo que la he visto recientemente.

—Eso no es posible. —La respuesta de Martha fue rápida, casi sin aliento.

—No, estoy segura de que la vi. En alguna parte.

—Se ha ido.

—¿Ido? —Sadie captó la expresión melancólica en los ojos de Martha. *Está muerta, idiota. Como Sam.*

—Sí. Hace cuatro años.

—Por casualidad no tendrá alguno de mis libros aquí, ¿verdad? —preguntó Sadie, cambiando hábilmente el tema.

—Claro que sí —respondió Martha con orgullo. —Los tenemos todos. Carissa fue quien los descubrió, cuando se trasladó a la ciudad el año antes de que ella muriera. —Caminó con andares de pato hacia una estantería y tiró de un libro de la estantería. —Aquí estamos. *Diamantes mortales*. Es uno de mis favoritos.

Sadie buscó en su bolso una pluma.

—¿Puedo firmar algunos de ellos?

—¿De verdad? ¡Oh, cielos! Sería maravilloso.

En la página del título de *Diamantes mortales*, Sadie escribió una dedicatoria a la biblioteca y firmó su nombre. Luego firmó tres libros más y los entregó a Marta.

—El resto han sido prestados —dijo la mujer. —Por supuesto, tendremos que mantener un ojo sobre estos, asegurarnos de que nadie los saca *permanentemente*. —Dejó escapar una risita tonta y su doble mentón tembló. —Tal vez usted podría firmar uno de los míos en algún momento.

—Voy a estar de vuelta en dos días. Mi portátil no durará mucho más que eso. Intentaré pasar por aquí.

—Estoy aquí todos los días hasta dos.

Sadie echó un vistazo a su reloj. Su portátil se había estado cargando durante casi una hora. Ahora era después de la una, pasado el almuerzo. Tenía hambre. Era hora de volver a casa y comerse el Bologna y queso que tenía en el refrigerador.

—Bien, es mejor que vuelva al bar. —En el camino, recordó algo. —Marta, ¿qué tipo de vehículo conduce usted?

—Un Cadillac rojo —respondió a la mujer. —¿Por qué?

—Sólo por curiosidad.

Sadie sonrió. ¡Diez dólares! Compraría comida para llevar.

En el bar de Ed, recogió su portátil, su teléfono y una orden de pescado y patatas fritas. Compró una pequeña linterna de color amarillo, la única que tenían, y baterías extra en la ferretería y volvió a la cabaña. Pasando el cartel de la Cueva Cadomin, sintió el impulso de girar hacia abajo por el camino, pero recordó la advertencia de Martha, la cueva estaba cerrada hasta mayo.

Pensó en la bibliotecaria de pelo rubio en la foto.

No fue hasta que ella estaba comiendo su almuerzo en la terraza que ella recordó dónde la había visto antes. Era la mujer llevaba una chaqueta de color verde azulado.

Y sostenía la mano de Sam.

22

Aturdida de confusión, luchó contra la idea imposible de que había visto a una mujer muerta.

Y a Sam.

—Entonces, ¿estamos viendo fantasmas ahora? Veo y oigo gente muerta. Genial. Ahora, ¿qué diría Philip sobre eso? —Al escuchar el nombre de su marido, recordó algo. —¡Maldita sea! —Había olvidado llevar al correo sus documentos.

Con la intención de empaquetar todo en una caja y llevarla a la ciudad al día siguiente, se apresuró por el camino y desbloqueó el Mercedes. Agarró la bandeja de plástico, la apoyó en su cadera y cerró de golpe el maletero. Entonces comenzó el regreso, caminando con cautela ya que no podía ver sus pies.

En el momento en que llegó a la cabaña, estaba cubierta con una fina capa de sudor y todos los músculos de sus brazos dolían. Empujó hacia un lado la puerta de atrás con su cadera, dándose cuenta demasiado tarde de que había empujado un poco demasiado duro. La puerta golpeó la pared interior. Luego rebotó de regreso y la sacó de balance. El contenedor voló de sus manos y se volcó sobre el terreno, dispersando los documentos, archivadores y carpetas por todos lados.

—¡Mierda!

Alarmada por su inusual arrebato, cubrió su boca y soltó una risita. Leah tenía razón. Maldecir *era* liberador.

—¡Mierda, mierda, mierda!

Sonriendo, juntó el desorden de papeles y archivos en un montón, y mientras volcaba todo de nuevo en la bandeja, una sobre blanco simple atrajo su mirada. Estaba dirigido a Philip. En su oficina. Aparte del hecho de que no había ninguna dirección de retorno, había algo peculiar sobre el sobre, pero no lograba descifrar qué.

Lo abrió.

La Carta contenía un párrafo impreso y estaba fechada hacía más de dos años.

Philip, —comenzaba. *¡Déjame en paz! Te dije que esa noche fue un error. Nunca puede volver a ocurrir. ¡Nunca! Jamás voy a perdonarme a mí misma si Sadie lo descubre.*

Estaba firmado "*L*".

—LaToya, —dijo ella, frunciendo el ceño. —Lo sabía. Sólo otra muesca en el cinturón de Philip.

Dado que no había tiempo para rendirse a los celos y lamentarse, escondió la carta dentro del sobre y la tiró dentro del contenedor, que dejó caer sobre una silla de la cocina y rápidamente la sacó de su mente.

Pasó la tarde afuera en la terraza, pintando y empapándose del cálido sol. Los dibujos habían evolucionado hasta acuarelas, y el tiempo voló mientras se perdía en su trabajo.

—Pronto estarás terminado, Batty.

Más y más, se encontró a sí misma hablando con el cómico pequeño roedor en el papel. Alrededor de cuatro, terminó de sombrear la entrada de una cueva prohibida y habría continuado pintando, si no hubiera sido por una fuerte brisa que le hizo mirar hacia arriba. El zafiro del cielo estaba siendo engullido por voraces nubes de carbón.

—Maldición. Hora de empacar.

Llevó todo al interior, y en el momento en que cerró la puerta, el viento la pateó, aullando en rebelión como un niño con una rabieta. Inmediatamente, el cielo desató un aguacero torrencial que golpeó el techo. Entre la lluvia, el viento, el crepitar del fuego y los ocasionales gong del reloj, Sadie sintió como si estuviera sentada en primera fila de una sinfonía que estaba a sólo segundos de un crescendo ensordecedor.

Como no había mucho que pudiera hacer, se enroscó en el sofá con una taza de chocolate caliente y un álbum de fotos. Era el momento perfecto para hacer algo que había estado posponiendo durante semanas: un melancólico pero necesario viaje por el carril de la memoria.

Tomando una respiración profunda, abrió el álbum.

Su boca se elevó.

—Eras tan diminuto, Sam. Tan perfecto.

Las fotos habían sido tomadas en el hospital el día en que Sam había nacido. Sus ojos estaban abiertos y su piel emanaba un sano rubor. Recordaba cómo su corazón había dolía durante nueve meses preguntándose si él nacería sano, o si lo abortaría como a los demás. Después de que Sam nació, les preguntaba a las enfermeras,

—¿Estás completamente segura de que él está bien? —Ellas le aseguraron que sí lo estaba.

—Él va a llevar novias a casa bastante pronto —dijo el doctor con una carcajada.

Sadie le había creído.

La siguiente página mostraba a Sam sobre sus rodillas poco gordito, una línea de baba colgando de su sonriente boca desdentada. Estaba gateando hacia mamá. Otra foto mostraba a Philip dormido con un Sam lleno de cólicos junto a él. Ninguno de ellos había dormido mucho esa noche.

Sadie gira la página y soltó una risita. Había tomado la foto unos meses antes de que Sam cumpliera tres años. Estaba sentado en el suelo del baño, con una caja abierta de tampones dispersos en frente de él. Para cuando lo descubrió, él había desenvuelto diabólicamente cada tampón y los había lanzarlo como dardos hacia la puerta.

La página siguiente contenía una de sus fotos favoritas. Habían llevado a Sam al Parque de Diversiones Galaxyland en el centro comercial de West Edmonton. Los tres lucían felices en la foto, especialmente Philip quien estaba sonriendo de oreja a oreja. Se veía tan relajado y juvenil, de pie en el carrusel detrás del semental negro que Sam montaba. Sadie estaba de pie junto a él, después de pedirle a una niña que tomara su foto. Había sido un raro momento en el que habían sido una *verdadera* familia.

Sam los había unido a todos. Érase una vez.

Ella suspiró.

—¿Qué nos sucedió?

La última página del álbum tenía fotos tomadas hacía un par de meses. En el Día de San Valentín, en el desfile en el centro de la ciudad. Las personas estaban alineadas a ambos lados de la calle. La clase de Sam había ido allí en un viaje de campo, y Sadie se había ofrecido para ir con ellos y ayudar. En el momento en que él la había visto entre la multitud, Sam había sonreído ampliamente y le había lanzado un beso. En ese instante Sadie había tomado la foto.

Sadie le arrojó un beso.

—Siempre serás mi Valentín, Sam.

Su sonrisa se congeló. Miró fijamente la foto. Había un hombre en la multitud. Sería difícil no verlo. Estaba vestido con un traje de payaso. No lucía exactamente igual que Clancy, pero había algo sobre él que activaba las alarmas. Quizás porque mientras todo el mundo estaba viendo el desfile, él parecía estar viendo a Sam.

Como la foto era demasiado pequeña para distinguir cualquier detalle, se apresuró a su laptop y abrió el archivo donde se guardaban todas las fotografías de la familia. Mordiendo su labio inferior, se desplazó hacia abajo hasta que encontró una de Sam en el desfile. La amplió hasta que llenó la pantalla.

Dejó escapar un sordo jadeo.

Aunque su rostro estaba medio oculto por las sombras, el hombre estaba definitivamente mirando en la dirección de Sam. Sin sonreír. Intensamente. Familiar.

Y sosteniendo seis globos rojos.

—Te tengo, *bastardo*.

Sentada a la mesa de la cocina con una lámpara de aceite y la chimenea para alumbrarla, Sadie trató de comer su cena, pero apenas probó la ensalada que había preparado. La picó solamente, incapaz de sacar a la Niebla de su cabeza. Él había estado vigilando a Sam durante semanas, quizás meses, trazando su secuestro, y ella no había tenido ni idea.

Tenía qué hacerle llegar la foto a Jay, y sólo había una manera en que podría hacerlo sin tener que conducir todo el camino de vuelta a Edmonton.

Hurgando en su bolso, encontró la tarjeta de Jay. Bajo su número de teléfono de la oficina estaba una dirección de correo electrónico.

—Mañana —murmuró.

Miró el contenedor sobre la silla enfrente de ella. La carta LaToya estaba encima, burlándose de ella. Llegó hasta allí, luego vaciló, resistiendo la tentación de volverla a leer.

Su bolso sonó.

Sin detenerse a pensar, sacó su teléfono celular y lo abrió para contestar.

—¿Sí?

—¿Estás bien, Sadie? —La voz de Leah sonaba vacilante, lejana.

—Estoy bien.

—Yo estaba…preocupada por ti, amiga. Te fuiste muy repentinamente.

Sadie no sabía qué decir, y no tenía ganas de explicar su comportamiento. Ni siquiera a Leah. O cualquier persona, para el caso.

—Así que… —dijo Leah. —¿Cómo va el libro?

—Está casi listo. Quizás una semana más.

—¿Quieres que vaya a hacerte compañía, estés donde estés?

Estaba insinuando, tratando de obtener información, pero la última cosa que Sadie quería era compañía. Ya estaba un poco enojada consigo misma por ser amistosa con los lugareños. Irma, Ed, Martha…todos eran buena gente.

Demasiado buenos para ser expuestos a lo que estoy planeando.

—¿Sadie?

—No estoy lista para tener compañía. Tengo cosas qué atender.

—¿Por qué me dejas fuera? —La voz de Leah tembló. —Yo soy tu amiga, o se supone que lo soy. Pero desde Sam…

—Mira, no puedo hablar de esto ahora. Lamento que las cosas sean como son. *Pero son así.*

Leah intentó de nuevo.

—Se supone que las amigas se mantienen juntas en los malos momentos. Sabes que yo estoy aquí para ti. A cualquier hora del día o de la noche. Si necesitas hablar con alguien, sólo llámame. —Una callada desesperación hizo eco en su voz.

—Tengo que colgar, Leah. No te preocupes por mí. Voy a estar bien.

Sadie colgó y apagó su teléfono. Para preservar la batería, se dijo. En realidad, no quería tener más interrupciones.

Molesta por la llamada de Leah, lavó los platos y limpió los mostradores. Cuando terminó, cogió la botella de ron, con la intención de mezclar un trago fuerte. Quedaba menos de la mitad de una onza.

—No tiene caso desperdiciarlo.

Terminó el ron y limpió su boca con el dorso de la mano. Luego escondió la botella vacía en el armario, fuera de la vista.

El Cabernet de Philip se burló de ella, llamándola.

—De ninguna manera. Te estoy guardando para el final.

Resuelta a pasar una noche sin la comodidad de un sueño inducido por el alcohol, se desplomó sobre el sofá, miró hacia el fuego y trató de mirar el lado positivo.

—Al menos no verás niñas fantasma si estás sobria.

Una hora más tarde, estaba aburrida. Sin nada mejor que hacer, se sentó en la mesa de la cocina y cedió al seductor tirón de la carta de LaToya. La leyó de nuevo, preguntándose por qué se sentía tan mal. Después, ordenó las carpetas y las colocó en prolijas pilas, ojeándolas. Eran documentos legales, nada emocionante.

Hasta que encontró una carta que Philip había escrito hacía dos años, pero nunca envió por correo.

Estimada L.

No puedo dejar de pensar en ti. Sé que lo querías tanto como yo, así que no te molestes en amenazarme con contárselo a Sadie. Voy a decirle que me provocaste, me sedujiste. Después de todo, tú me besaste primero. Sadie nunca te mirará de la misma manera otra vez. Especialmente si le digo lo de Sam. Estoy ansiando tu próxima fiesta de cumpleaños, y estoy seguro de que podré disponer para llevarte a casa de nuevo.

Philip.

Sadie releyó la última línea.

—¿Qué diablos?

La verdad la golpeó, duro y rápido.

Barrió de los montones de papel hasta que encontró la primera carta, la que ella había pensado que LaToya le había enviado a Philip. Luego se apropió de su bolso, husmeando alrededor para localizar una tarjeta de pésame que ella había recibido en el funeral de Sam. Puso la tarjeta y la carta lado-a-lado, ampliando sus ojos horrorizados de comprensión.

Ella dejó escapar un angustiado jadeo.

—¿Qué?

Allí estaban. Todas las pruebas que necesitaba. El nombre de Philip en letras mayúsculas. Exactamente el mismo que el de la tarjeta. Eso es lo que la había molestado en los rincones de su mente, algo retándola subliminalmente para reconocer la escritura de Leah.

Un grito desgarró su garganta.

—¡No! ¡Ellos no!

Pensamientos sórdidos surcaron su mente, riéndose de ella, y cada uno de ellos compitiendo por su atención. Philip había llevado a Leah a su casa y habían tenido relaciones sexuales. Su marido y su mejor amiga. Su traición cortaba como un cuchillo, resistiendo al principio y, después cortando en rodajas limpias a través de su corazón.

Philip y Leah.

Se levantó de la silla y paseó por la cabaña. Apretando sus manos, golpeó el mostrador.

—¡Maldito seas, Philip, maldito idiota! —Ella rechinó los dientes. —Y maldita seas, Leah. Se suponía que eras mi mejor amiga.

Dejando la lámpara de aceite ardiendo sobre la mesa, caminó en una neblina hacia el baño. La botella de pastillas para dormir esperaba en el mostrador. Sacudió dos y se las tragó en seco. Luego hizo su camino hacia el dormitorio. En la oscuridad, subió a la cama y se enroscó en una bola.

No pasó mucho tiempo antes de que sus desanimados sollozos llenaran la habitación.

23

Sadie no se despertó hasta casi la hora del almuerzo. Después de una taza de café instantáneo, agarró su bolso y su portátil y se puso en camino por el sendero. Cuando llegó al Mercedes, subió y giró la llave del encendido. El coche echó fuera un áspero farfullido. Luego murió.

—¡Ahora no, maldita sea!

Le llevó dos intentos más antes de que el motor finalmente arrancara.

El camino hacia Hinton fue tranquilo, y Sadie mantuvo su mente lejos de Leah y Philip pensando en la foto del payaso y Sam.

—Nada te traerá de vuelta, Sam —le dijo al vacío asiento de atrás. —Y probablemente nunca encontrarán a la Niebla. Pero no puedo simplemente ignorarlo. Tengo que decirle a alguien. Después, estará fuera de mis manos.

—¿Hora de volver a cargar? —preguntó Ed cuando ella entró al bar.

—En realidad, necesito preguntarle algo.

Ed sonrió.

—Pregunte, querida.

—¿Hay acceso inalámbrico a internet en algún lugar de Hinton? Él le dedicó una mirada asustada.

—Sí, en Cuppa Joe's. Es una cafetería cerca de la tienda de licores. Hay un letrero grande enfrente. No puedes perderte.

—Gracias.

Ignorando sus miradas de preocupación, Sadie dijo adiós y huyó rápidamente hacia la carretera. Como había dicho Ed, un letrero anunciando internet inalámbrico gratuito con la bebida del día estaba en el suelo delante de Cuppa Joe, una pequeña cafetería con cuatro mesas. El chico detrás del mostrador le dirigió una mirada vacante cuando preguntó acerca del internet.

—Tienes que pedir café, sin embargo —le dijo. —¿De vainilla está bien?

—Lo que sea que tengas —le respondió, entregándole cinco dólares.

Un minuto más tarde, ella tenía su laptop abierta en una mesa y la fotografía de Sam y el payaso fue enviada a la computadora de Jay. La taza de café de poliestireno estaba aún sobre la mesa, intacta, cuando ella salió.

Antes de regresar a casa, tomó un desvío hacia la tienda de licores y compró otra botella de ron, la más grande que pudo encontrar, y una botella de Coca-Cola. Una cajera vistiendo una camiseta de la Universidad de Alberta le echó un vistazo con recelo y pareció conmocionada cuando Sadie sacó una tarjeta VISA.

—Tendré que ver alguna identificación —dijo la chica, masticando un enorme chicle de color rosa. —Hemos tenido un montón de tarjetas de crédito falsas últimamente.

Sadie deslizó su licencia de conductor a través del contador.

La chica del chicle arrugó su rostro.

—No se parece a usted. Su cabello es mucho más corto ahora y te…

—Y estoy teniendo un mal día de cabello. Lo sé.

La ironía era que Sadie ni siquiera se había molestado en cepillarse el pelo esa mañana. O los dientes. No se había bañado ni colocado ningún maquillaje. Desde el mes pasado, había perdido al menos siete kilos, quizá más cerca de diez, y su ropa colgaba flojamente sobre su delgado cuerpo.

La chica del chicle se movió con una aburrida velocidad zombi, como la de una persona joven que no tiene a donde ir ni nada mejor qué hacer que respirar. Incluso eso parecía tomar cierto esfuerzo.

Por último, le entregó las tarjetas. Una a la vez.

—¿Quiere una bolsa de papel para eso? —preguntó la chica, apuntando al ron.

—No.

Sadie le arrebató el ron y la cola, y caminó hacia la salida. Estaba casi fuera de la puerta cuando un estallido resonó detrás de ella. Asustada, saltó, casi dejando caer la botella. Cuando se dio la vuelta, vio a la chica quitando chicle rosa pegajoso de su boca.

—Lo siento —dijo la chica con una risita. —Rayos. Te ves como si alguien te hubiera disparado o algo así.

Sadie abrió la boca para contestar, luego la cerró con fuerza.

Dentro del coche, bajó la visera y se miró en el espejo.

—Bueno, el veredicto es claro, señores. Sadie O'Connell, éxito en ventas del New York Times, se ve horrible. No, se ve como la *mierda*.

Eso de maldecir era pan comido.

Cuando volvió a la cabaña, llamó a Jay.

—Recibí la foto —dijo él, sonando muy lejos.

—Es él, Jay. La Niebla.

—Estamos comprobándolo, Sadie. Hay algunas cámaras de vigilancia en la zona. Esperamos que quizás alguna de ellas captara su placa o la marca de su vehículo. Algo. Todavía podemos atraparlo.

—Genial —dijo ella, con voz hueca. —Más vale tarde que nunca, supongo.

—Sadie, estamos haciendo todo…

—Lo sé. —Sus ojos aburridos vagaron alrededor de la cabaña y se asentaron en la foto de Sam en la pared. —Pero es demasiado tarde. No importa lo que haga, no traerá a Sam de vuelta. ¿Verdad, Jay?

Ella lo oyó suspirar.

—Le llamaré tan pronto como sepamos algo —dijo.

Jay llamó tarde al día siguiente con malas noticias.

—No hay nada en la cámara. Vamos a preguntar en las calles, a ver si alguien se acuerda de él. Podría llevar algunos días.

—Haga lo que tenga que hacer, Jay.

Sadie arrinconó sus pensamientos sobre la Niebla. Encontrarlo significa muy poco para ella. No quería pensar en un largo pleito en la corte, el frenesí de los medios que crearía, y simplemente no podía imaginarse sentada frente al hombre que había asesinado a su hijo. O testificar ante un jurado que ella lo había observado irse con Sam.

Y lo había dejado.

A veces sus pensamientos fluctuaban hacia Matthew Bornyk. Cuando lo hacían, sacudía su cabeza. Si la Niebla había mutilado y asesinado a Sam tan brutalmente, entonces seguramente Cortnie estaba muerta. Matthew tenía suerte, pensó ella. Él no había tenido qué ver a su hija morir antes sus propios ojos.

Durante los dos días siguientes, se enfocó en terminar las ilustraciones para su libro. Cada vez que vislumbraba el título, volvía a reír en voz alta. En verdad, se trata más bien de una carcajada ronca.

—Sí, te estás volviendo loca —dijo ella.

Por la noche, ignoraba el implacable graznido de los cuervos y caía en una neblina inducida por el ron antes de acostarse. En la mañana, abría la puerta corredera de la terraza, preguntándose qué extraño regalo estaría esperando por ella. Después de la barra de chocolate y el sobre, había encontrado un trozo de regaliz. El día después de eso, nada. Esta mañana había encontrado una lapicera, que dejó en un frasco cerca de su material de arte.

Durante el día, luchaba contra las imágenes de Leah y Philip.

Con tranquila resolución, volvió a leer la carta de Leah. Presintió un profundo remordimiento en cada palabra. Pero eso no compensaba por traicionar a su mejor amiga.

¿Acaso no sabe que los secretos sólo destruyen las cosas?

—Durante tres años fingiste ser mi amiga, mientras que todo el tiempo mantenías este horrible secreto. Tú y Philip. Podrías habérmelo dicho, Leah. Quizá lo hubiera entendido. Quizás podría haberte perdonado. ¿Pero ocultármelo? Eso no lo entiendo.

Pensó en el día en que Leah había aparecido en la oficina de Philip, el día que estaba buscando un libro perdido.

Otra de las piezas del rompecabezas cayó en su lugar.

—Ah, apuesto a que estabas buscando *esto*.

Dobló la carta de Leah y la puso sobre la mesa de café. Desanimada, cogió la foto de Leah.

—¿Cómo pudiste dormir con mi esposo? ¿Cómo *pudiste*? —La furia se apoderó de ella y sin dudarlo tiró la foto de Leah a la basura.

Sintió que las paredes se estaban cerrando a su alrededor.

—Tengo que salir de aquí.

Así que se escapó a Hinton para cargar su ordenador portátil y teléfono.

Se sentó en el bar de Ed, bebiendo lentamente un ron con cola y haciendo garabatos en una servilleta mientras planificaba los últimos cuadros para el libro de Sam. Estaba prácticamente terminado. Con un suspiro cansado, se inclinó hacia atrás en la silla y cerró los ojos. El dulce sonido de Sara Westbrook se filtraba a través de la habitación. Inocente, puro…y esperanzador.

Pero hay esperanza para mí.

—¿Quieres otro? —preguntó Ed suavemente.

Ella abrió los ojos y sacudió la cabeza.

—Tienes una selección ecléctica de canciones en esa cosa. —Señaló con su cabeza hacia la rocola.

Ed sonrió.

—Me gusta apoyar el talento Canadiense.

Mientras se ponía de pie para irse, comenzó a arrugar la servilleta, pero algo que ella había dibujado inconscientemente hizo temblar su mano. La servilleta estaba cubierta con símbolos de infinito, y una palabra estaba escrita en medio.

SAM.

—Mi hombrecito —le susurró.

—¿Está todo bien, Sadie? —preguntó Ed desde detrás de la barra.

—No, pero lo estará.

Él le dio una mirada triste.

—La bebida va por mi cuenta.

Con un asentimiento rápido, guardó la laptop y el cargador del teléfono celular. Por curiosidad, y no porque tuviera intención de llamar a nadie, comprobó sus mensajes. Dos de sus padres, uno de Leah y cuatro de Philip.

—Debe estar preguntándose dónde están sus documentos.

El teléfono desapareció en el bolsillo de sus vaqueros.

Furiosa por no ver lo que había estado sucediendo justo debajo de su nariz, aceleró de vuelta a la cabaña. Para cuando llegó, se había convencido a sí misma de que Leah y Philip habían estado viéndose durante años, que todo su matrimonio y su amistad con Leah era una farsa.

Dejó el maletín para el portátil cerca de la puerta e irrumpió en la cocina. Sacó una de las botellas de Cabernet Sauvignon de la alacena y se sirvió un vaso lleno. Al infierno con Philip. Celebraría su libertad de él bebiendo el preciado vino del bastardo.

Sadie sonrió sardónicamente.

—Por la verdad y la libertad.

Dejó de contar después de la cuarta copa. ¿Cuál era el punto? Sabía lo que era.

Débil.

Acogió con beneplácito la modorra infusión de alcohol en su sangre. Casi le hizo olvidarse de su marido infiel y su mejor amiga traicionera. Casi bloqueó sus visiones de ellos teniendo sexo salvaje. Casi la hizo olvidar a Sam.

Casi.

Esa noche, deseó estar muerta.

La asaltaron imágenes aterrorizantes. El dedo sangriento. El dedo pequeño del pie de Sam. La horrible carnicería en el vivero. Los rostros revoloteaban ante ella, mezclándose con estrofas de conversaciones enojadas que se colaban a través del estupor de su mente. Philip, culpándola por la muerte de Sam. Leah, dudando de su decisión de permanecer en silencio acerca de ver a la Niebla. Sus padres, avergonzados por su alcoholismo. Todos ellos la señalaban con un dedo acusatorio.

—Todo es tu culpa —gritaban.

Entonces ella *lo vio*.

A la Niebla.

Él merodeaba en las sombras de un rincón del dormitorio, sus ojos brillantes en la tenue luz emitida por la lámpara de aceite hirviendo al lado de la cama. Cuando salió a la luz, su rostro estaba pintado como el de Clancy.

Ella gimió y retrocedió contra la cabecera de la cama.

—Shh —le susurró él, como si reconfortara a un niño.

—¡Manténgase alejado de mí!

Él no le prestó atención y avanzó silenciosamente hacia la cama. Mantenía una mano en alto blandiendo un reluciente cuchillo de carnicero, y en la otra mano, dos pequeñas canicas blancas y azules rodaban en la palma de su mano.

Pero no eran canicas. Eran ojos, los ojos de Sam.

Sadie los miró y se horrorizó.

—¿Sam?

—Tu hijo está muerto. —La Niebla se acercó, su boca tenía un aliento a podrido como aguas residuales. —Ahora voy a cortarte en pedazos. Pequeños pedazos sangrientos.

Mientras el cuchillo trazaba un rápido arco descendente, ella apretó los ojos cerrados y gritó.

—¡No!

Una brisa flotó sobre ella. Pero eso fue todo. No hubo dolor lacerante, ni muerte agonizante. Sólo el silencio.

Cuando abrió los ojos, él se había ido. La inundó la confusión. ¿Dónde estaba él? ¿Ocultándose en las sombras?

Estiró la mano y tocó la lámpara de aceite.

Estaba fría.

La Niebla no había sido nada más que un horrible sueño.

—Pero parecía tan real.

Un sollozo quedó atrapado en la parte de atrás de su garganta y tembló incontrolablemente. Luego frunció el ceño. *¿Por qué hace tanto frío aquí?*

Con un gruñido se sentó, y sus ojos se fijaron en lo que estaba fuera de lugar.

La ventana abierta.

Pensó en la noche en que Sam había sido secuestrado, la noche que había estado llena de señales, si tan sólo ella las hubiera visto. Su ventana había estado abierta también, al igual que la suya ahora.

Pero la Niebla no está aquí. Así que, ¿quién juega trucos conmigo?

Se sentía como una participante en un demencial juego del gato y el ratón, y no se hacía ilusiones, ella era el ratón. Y estaba enferma y cansada de jugar.

—¿Qué quieres de mí? —Gritó.

Cada pulgada de su cuerpo se tensó. Sus manos se apretaron en puños y ella quería golpear algo. A alguien. A Philip. A Leah.

A él.

—¡Basta! —gritó. —¡No más, joder!

Con una respiración profunda, saltó de la cama. Llegó hasta la ventana y la cerró de golpe. Afuera, la luna brillaba por encima de los árboles, su forma de medialuna irradiaba una tenue luz. Una niebla brillante flotaba por encima del suelo. Ella la miró fijamente, preguntándose si eso era lo que había inspirado su pesadilla.

Recargó su frente contra el frío vidrio.

Nada se agitaba ahí fuera.

Pero alguien abrió mi ventana.

—Bueno, no hay manera en el infierno en que vuelva a dormir ahora.

Rebuscó por su manto. Cegada por la oscuridad, hizo su camino a través de la lúgubre sala y se acercó a la chimenea donde los rescoldos encendidos brillaban débilmente. Tomó los leños de la cesta a su izquierda. Cuando lanzó unos pedazos dentro, las chispas lamieron el envés de la madera. Colocó dos troncos en la parte superior, pero simplemente ardieron y crujieron, burlándose de ella. Sabiendo que prenderían más tarde o más temprano, ella echó un vistazo a las dos ventanas, las puertas corredizas y la puerta de atrás.

—Para cuando termine, esta cabaña estará bloqueada como el Fuerte Knox —murmuró. —Pero primero, necesito una linterna.

Arrastró los dedos por la mesa de café, buscando la linterna que había comprado en la ciudad. Todo lo que encontró fue espacio vacío.

—Estoy segura de que la dejé aquí. —*Se debe haber caído.*

Sus manos barrieron el piso.

Nada.

—¿Qué diablos hiciste con ella?

Una deslumbrante luz la cegó.

Con un alarido saltó hacia atrás, con el corazón acelerado.

—¿*Bushcas eshto?*

24

Un niño de unos seis años con el pelo muy corto estaba sentado con las piernas cruzadas en el sofá. Cubierto por una manta, él la miraba con una curiosa expresión en sus ojos insondables.

Tenía algo en sus manos.

—¿La quieres?

Era la linterna azul. La que Irma le había dado. La que Sadie había perdido en el bosque.

Ella sacudió la cabeza, confundida.

Estaba ocurriendo de nuevo. Las alucinaciones. El muchacho era un engendro de su imaginación demente. O un espejismo, cortesía del maldito vino de Philip. Pero ella no había bebido tanto. ¿O sí?

—¿Cuál esh tu nombre? —El muchacho ceceó alegremente, como si fuera perfectamente normal para él estar sentado en su cabaña en medio de la noche.

Ella tragó con dificultad. Los productos de su imaginación no deberían hablar, o ser escuchados.

El muchacho bufó.

—Sheñora, ¿no habla? —Él agitó la linterna y la luz rebotó en las paredes.

—No hay niños aquí —dijo ella.

El muchacho sonrió.

—Shí hay. Yo.

Ella se deslizó hacia adelante. Con una mano extendida, alcanzó el fantasma del muchacho, segura de que iba a tocar su mejilla y -¡*puf*!, se desvanecería en el aire.

Pero él no se desvaneció. Su mano tocó la piel suave.

Ella retiró su mano rápidamente.

—¿Quién eres? Y ¿qué estás haciendo aquí?

El muchacho no respondió. En vez de eso, se deslizó fuera de la manta, revelando un par de pijamas de franela azul marino y rayas de color gris claro.

Ella frunció el ceño.

—Deberías estar en casa, en la cama. Es tarde.

—Mi hermana me hizho venir —dijo.

Ella miró fijamente al muchacho, su mente aturdida. ¿Qué tipo de hermana haría a su pequeño hermano pasear por el bosque en la noche?

—Ella quería que te diera algo —él continuó con un suave ceceo. —Ella iba a venir a shí misma, pero Padre la envió a la mazhmorra porque shalió la otra noche.

Poniéndose de pie de un salto, metió la mano profundamente en el bolsillo de sus pantalones y sacó algo redondo.

—¿Tu hermana te envió fuera en mitad de la noche para darle a una completa extraña una *cebolla*? —Ella lo miró boquiabierta. ¿Tus padres saben que estás aquí?

—Padre está durmiendo. No se supone que salgamos a menos que él esté con nosotros.

—Entonces, él estará muy preocupado si descubre que te has ido. Vayamos a tu casa. —Ella se movió hacia él.

—Pero no quiero irme.

El miedo en sus ojos la hizo contener la respiración. Le recordó cómo Sam solía reaccionar cuando Philip se enfadaba con él.

El niño comenzó a sollozar.

—No me hagash volver. ¡*Por favor*!

Alarmada, ella lo alzó en sus brazos y lo sostuvo cerca. Su cuerpo caliente se sentía bien, como si perteneciera ahí.

Como el de Sam.

Ella se abofeteó mentalmente.

Este muchacho está vivo y a salvo. Y él no es Sam.

Cuando los sollozos del niño se calmaron, se hundió en el sofá.

—Está bien. Podemos quedarnos aquí. Un rato. ¿De acuerdo?

El muchacho inhaló.

—De acuerdo.

Ella acarició su cabeza rapada.

—Mi nombre es Sadie.

—A-adam.

—¿Dónde vives, Adam?

El muchacho echó un vistazo a la puerta corrediza.

—Ah, cruzando el río —ella adivinó.

Él asintió con la cabeza, sus ojos húmedos mirando arriba hacia ella. A punto de decir algo, él abrió su boca, como un polluelo esperando para ser alimentado. De repente, él cambió de opinión y la cerró.

—¿Qué tal un chocolate caliente? —dijo ella, deslizándolo en el sofá.

—¿Tienesh algunosh *malvavishcosh?*

Ella sonrió.

—Extra grandes.

Después de encender de la lámpara, preparó el chocolate caliente en la estufa Coleman. Por el rabillo de su ojo, estudió al muchacho sentado en las sombras. Adam era pequeño y delgado y mortalmente pálido. No era de extrañar que hubiera creído que era un fantasma.

—¿Todavía no está listo? —preguntó él, brincando en el sofá.

—Casi.

Minutos más tarde, estaban sentados uno al lado del otro, bebiendo chocolate caliente y mirando hacia el fuego. Ninguno dijo una palabra.

Sadie sabía que tendría que llevarlo a su casa eventualmente.

Pero no todavía.

—Esto es *tan* bueno —dijo él, dejando caer un malvavisco derretido en su boca. —Ashley va a estar celosa. Hey, ¿Quieres escuchar un poema que me enseñó?

—Seguro.

Adam sonrió.

—"Un buen día en medio de la noche, dos niños muertos se levantaron para luchar. Espalda con espalda, uno frente al otro, sacaron sus espadas y se atacaron uno al otro. Un policía sordo oyó el ruido, se levantó y disparó contra los dos niños muertos. Si no creen que esta historia es verdad, pregúntenle a mi tío ciego. Él lo vio también".

—Bueno, eso fue… interesante —dijo ella. —Pero quizás la próxima vez Ashley podría enseñarte algo mejor.

Incluso en la débil luz, ella pudo ver que él era un muchacho guapo. En algún lugar había una madre afortunada.

—¿No estás preocupado por tu mamá? —soltó ella.

Una sombra cruzó los ojos de Adam.

—Está muerta.

—Lo siento mucho, cariño.

Impávido, elevó su taza.

—¿Puedo tomar más?

Cuando ella regresó con una taza llena, Adam estaba durmiendo en el sofá. Curiosa, lo observó, notando el bigote de chocolate por encima de su sonrisa satisfecha y el suave ascenso y caída de su pecho.

No se podía negar. Ella tenía a un niño real en su cabaña.

—Genial —balbuceó. —¿Ahora qué se supone que debo hacer?

El reloj de pie marcó las cuatro de la mañana.

Ella miró a Adam. Quizás sería bueno que le dejara dormir, llevarlo de vuelta en unas pocas horas. Con suerte, podría llevarlo de regreso antes de su papá se despertara. Pero a ella seguro le gustaría intercambiar unas palabras con su hermana, quien sospechaba era la chica había visto en el bosque.

Sentada al lado de Adam, recordó algo que él había dicho antes, algo que no había registrado porque él la había distraído con la cebolla.

"Padre la mandó a la mazmorra".

Seguramente, con 'la mazmorra' no se estaba refiriendo al sótano.

Ella no podía culpar a un padre por no querer dejar que sus hijos hablaran con extraños o salieran por la noche. Pero, ¿por qué la estaban buscando a ella en primer lugar? ¿Por qué le dejaban regalos? Y, ¿quién la había derribado en el bosque, su papá?

Sus ojos vagaron hacia el niño dormido.

¿Qué sucederá cuando su papá descubra que se escapó?

Ella tiró la manta sobre los hombros de Adam. Cuando él se elevó hacia adelante en el sueño y colocó su cabeza en su regazo, ella contuvo su aliento, alarmada por el contacto cercano. Un anhelo profundo en su corazón hizo que sus ojos se llenaran de agua. Ella los cerró, consciente de la pequeña mano cálida de Adam deslizándose en la de ella antes de quedarse dormida también.

Cuando despertó unas horas más tarde, él se había ido, junto con la manta gris. Ella habría pensado que lo había soñado todo, si no fuera por la linterna azul sobre la mesa de café y cinco elementos alineados en la mesada de la cocina. La barra de chocolate, el sobre, el regaliz, la lapicera, y… una cebolla.

—Tú y tu hermana son muy raros, Adam.

Sin dudarlo, le quitó la envoltura al chocolate, la arrugó y la tiró a la basura.

—Chocolate caliente y una barra de chocolate para el desayuno. Dios, Sadie, vas a engordar.

Devoró el chocolate en cuestión de segundos.

Después de vestirse, enfiló hacia fuera.

—Hora de tener una pequeña charla con mi casera.

El interior de la cabaña de Irma estaba decorado en una salvaje mezcolanza de estilo country y vaquero. Había herraduras antiguas clavadas en las ásperas paredes de troncos, así como fotografías de artistas del rodeo enmarcadas en el umbral, los remanentes de la carrera de su marido como jinete.

Irma le dio un golpecito a una foto.

—Este de aquí es el viejo Diablo.

Sadie se asomó y miró al desaliñado toro. La ira que destellaba en los ojos del animal era temible y brutal. ¿Por qué habría alguien de entrar en un rodeo con un animal así, un asesino?

—Clifford amaba la emoción de derrotarlos —murmuró Irma, como si leyera su mente. —Clavaba sus talones y se sujetaba con fuerza para el viaje. Hasta la última vez. Diablo lo arrojó en el aire como un escupitajo. —Ella miró pensativamente la foto.

—Yo quería hablar con usted acerca de algo —dijo Sadie.

—¿'cerca de qué?

—Los niños cruzando el río.

Irma caminó hasta la mesa de la cocina, vertió un poco de té y plantó una taza de porcelana en frente de Sadie.

—Toma asiento —dijo. —Estoy un poco preocupada por ti.

—¿Por qué?

—Vi el licor que has estado comprando. Y conozco las señales.

—¿Señales?

La boca de Irma se adelgazó.

—De un alcohólico. Sé lo que puede hacer contigo, con tu mente. Destruyó a mi Clifford. Es por eso que Diablo lo tiró. La bestia podía oler el alcohol a una milla de distancia. Y la vista de Clifford era tan pobre que no pudo escapar. Diablo lo pisoteó hasta la muerte.

—Mire, lo siento, pero no he venido aquí a hablar de su marido. O de mi bebida ocasional. Vine por el niño y la niña que viven cruzando el río.

—¿Qué niño y niña? Te dije que no hay ningunos niños aquí.

—Por supuesto que hay —argumentó Sadie.

Irma le dio una mirada triste y sacudió la cabeza.

—Yo supe desde el momento en que te vi por primera vez, Sadie, que algo horrible te perseguía.

—Los he visto.

—Bueno… entonces dime sus nombres.

—Ashley y Adam.

La taza en la mano de Irma tembló.

—¿Esto es una broma?

—Por supuesto que no. Los *vi*, hablé con ellos. Me encontré con Ashley en el bosque la otra noche. Y la noche anterior, Adam vino a visitarme.

Los ojos de la mujer se llenaron de lágrimas.

—Eso no es cierto, querida.

—¿Por qué es tan difícil para usted creerme?

Irma bajó apresuradamente su taza al platillo y té se derramó sobre un lado.

—Sadie, no pudiste haber visto a Adam y Ashley.

Sadie dejó escapar un suspiro frustrado.

—¿Por qué no?

—Porque, querida… ambos están muertos.

25

La revelación de Irma envió oleadas de incredulidad a través de su cuerpo.

—Pero yo los vi, Irma. Hablé con ellos.

—No puede ser —la mujer insistió. —Adam y Ashley murieron en el incendio con Carrie.

Sadie se quedó sin aliento.

—¿Los hijos de Sarge?

—Murieron hace cinco años.

Sadie se desplomó hacia adelante, acunando su cabeza entre sus manos. Una de ellas había perdido completamente la cabeza. Y ella sabía que no era Irma.

—Estoy viendo gente muerta —gritó. —¿Qué está sucediendo conmigo?

—Quizás tiene que ver con la razón por la que estás aquí, Sadie. Sola. ¿Sam, quizás?

Sadie levantó la cabeza, sus ojos hinchados con lágrimas no derramadas.

—Mi hijo. Fue secuestrado…asesinado. Pero todavía lo veo. Sueño con él todo el tiempo. —Su rostro se retorció de dolor. —Y ahora estoy viendo a otros niños muertos.

—Suena como si tú no dejaras que tu hijo se vaya.

Sadie tragó saliva.

—¿Cómo puedo hacer eso? Él era mi bebé.

—Sí, lo fue. Y siempre lo será. Pero él se ha ido, Sadie.

Hubo una pausa asfixiante.

—Estoy tan cansada, Irma —susurró Sadie.

Irma acarició su mano.

—Lo sé, querida. Pero la vida continúa. Tiene qué hacerlo. Y tu hijo necesita que la vivas plenamente, con todos sus altibajos, no importa lo que la vida te depare. No hay paz en renunciar.

Sadie se crispó. ¿Irma sabía sobre el arma?

—T-tengo qué volver —dijo, poniéndose rápidamente de pie. —Lo siento, Irma.

—¿Por qué, querida?

—Por traer mis problemas a tu casa.

—No te preocupes por eso ahora. No todo ha sido rosas en mi vida tampoco. Nosotras las chicas tenemos qué apoyarnos.

Sadie sonrió trémulamente.

—Su hija es muy afortunada.

—Ahora no me hagas comenzar a hablar de Brenda —Irma refunfuñó. —¿Necesitas algo, querida?

—Sólo algo de sueño ininterrumpido.

Irma la siguió al exterior y enciendió un cigarro.

—Sabes, —dijo ella, —incluso después de la peor tormenta, el sol siempre sale y brilla de nuevo.

—Dejó de brillar para mí el día en que Sam murió —respondió Sadie.

Irma gruñó, luego volvió al interior.

La ruta de regreso a la cabaña infinito pareció tomar más tiempo de lo normal y Sadie reflexionó sobre las palabras de la anciana. Irma estaba equivocada. No habría sol. Nunca. No había nada por qué vivir. Sam estaba muerto, Philip se encontraba en la cárcel, y Leah…Bueno, ella no significaba nada ya.

Estimaba que faltaban dos o tres días antes de que Batty estuviera terminado. Planeó su tiempo restante, enumerando las cosas que necesitaba atender. Nada de cabos sueltos.

Zummm...

Su bolsillo vibró.

Sacó el teléfono celular y frunció el ceño a la pantalla.

Philip.

—Mierda. —Abrió el teléfono. —¿Qué quieres?

—¿Estás bien? —sonaba preocupado.

—Sí. ¿Por qué llamaste, Philip?

—Leah está preocupada por ti. Yo pensaba que ibas a quedarte con ella. —Pausa. —¿Dónde diablos estás?

—Eso no es de tu incumbencia —dijo ella, furiosa ante la mención del nombre de Leah. —Perdiste el derecho a cuestionarme cuando empezaste a engañarme. —*Con mi mejor amiga.* —¿Ese es el único motivo por el que me llamaste?

—No…Yo, eh, esperaba que vinieras a visitarme.

—¿Por qué tendría que hacer eso, Philip?

Ella lo oyó suspirar.

—Mira, —dijo. —Sé que me equivoqué. Y sé que no merezco tu perdón, pero necesito hablar contigo.

—Me harté de hablar. No tenemos nada más que discutir.

—Sadie, sé que la tienes —dijo en un susurro apretado. —Sé que tienes la pistola.

Su aliento tembló hasta detenerse.

—¿Por qué crees que la tengo?

—Porque no estaba en mi oficina cuando empacaste.

—¿Cómo lo…? —Ella se interrumpió, furiosa. —Leah.

Su amiga no había estado buscando las malditas botellas de Cabernet Screaming Eagle. Ni las cartas. Ella quería la pistola.

—Le pedí que la buscara —dijo Philip. —Para deshacerse de ella.

—Increíble. Pedirle a mi *amiga* que haga tu trabajo sucio. Ahora bien, ¿por qué habría ella de hacer algo por ti?

Él no contestó.

—Quizá debería preguntarle a ella —dijo amargamente.

—¿Dónde está la pistola?

—Me he deshecho de ella —dijo apretando los dientes. —Junto con tu carta y la suya.

Hubo silencio en el otro extremo.

—¿Qué tienes que decir sobre esto, Philip?

—Sadie…Yo… nosotros…

—¡Ahórratelo, Philip! No quiero escuchar cómo mi marido se follaba a mi mejor amiga a mis espaldas.

—Fue una vez —dijo, como si *eso* lo hiciera mejor. —Hace tres años.

—Sí. La noche de su fiesta de cumpleaños.

—Ella estaba borracha —insistió. —Y se avalanzó sobre mí.

—Ah, claro. Así que es culpa de Leah, ¿verdad?

—No, es mía. Yo sabía que ella estaba borracha y me aproveché de ella. Debí haberme ido.

—Pero no lo hiciste, Philip. Te acostaste con mi mejor amiga. Y ninguno de los dos tuvo las agallas de decírmelo.

Todo empezó a caer en su lugar. La flagrante animosidad entre Leah y Philip, sus feroces pullas, su incapacidad para estar en la misma habitación.

—Esa es la razón por la que has intentado tan duro que deje de verla —dijo ella, disgustada. —Tenías miedo de que fuera a confesar sus pecados mutuos.

—Nunca te lo dirá. Ella no quiere lastimarte. Sí, se siente culpable. Yo también. Por lo tanto, acordamos olvidarnos de ello.

—Bueno, obviamente, *no* fue así. Su carta hace sonar como si la hubieras estado persiguiendo desde entonces. ¿Qué estabas haciendo, Philip? ¿Chantajeándola para tener sexo contigo porque no podías obtenerlo de mí?

Más silencio.

¿Qué podría decir? Ella los había descubierto, a él y a Leah, igual que si los hubiera encontrado juntos. Le dolía hasta el núcleo. Philip acostándose con Brigitte, LaToya o cualquier otra compañera era una cosa. ¿Pero Leah? Era la más dura de las infidelidades.

Pensó en Leah, recordando su última conversación tensa. Había sabido que algo estaba raro. Ahora sabía el qué. Leah tenía miedo de que en todo el caos de la desaparición de Sam, su asesinato y la venta de la casa, la verdad saldría.

Philip aclaró su garganta.

—Nosotros nunca dormimos juntos después de esa vez. Lo juro sobre la tumba de nuestro hijo.

—¡No te atreves a meter a Sam en esto! —gritó ella. —¿Cómo…?

—Él nos vio, Sadie.

Ella casi dejó caer el teléfono.

—¿Qué diablos estás diciendo?

—Sam nos encontró juntos.

—¿Cómo pudo haberlos encontrado si estaban en su…?

El aire fue aspirado fuera de la habitación.

—Asumí que sucedió cuando la llevaste a casa —dijo ella, aturdida. —Pero eso no es cierto. ¿Verdad, Philip?

—No.

Ella cubrió su boca, horrorizada, enferma del estómago.

—Ambos desaparecieron de la fiesta durante casi media hora. Leah me dijo que ella había ido a recostarse.

—Lo hizo, pero…

—Y tú dijiste que estuviste en tu oficina.

—Fui escaleras arriba para buscar mis gafas —balbuceó.

—Por lo tanto, tuviste relaciones sexuales con mi mejor amiga. En nuestra cama.

Hubo una breve pausa. Entonces él dijo:

—Una vez, Sadie.

—Una vez es más que suficiente —le respondió. —Hemos terminado, Philip. No me llames de nuevo.

—¡Sadie, espera! ¿Qué hay acerca de la…?

Ella cerró el teléfono tranquilamente y lo metió en la mochila del portátil. Tomando una respiración profunda, lenta, dijo.

—Sin cabos sueltos.

Decidida a terminar el libro de Sam, se encogió de hombros sacudiéndose su estado de ánimo sombrío y se puso a trabajar en las ilustraciones. Dentro de poco, había terminado una pintura de Batty volando de reversa hacia un árbol. A continuación, comenzó una de él volando alegremente hacia la cueva. Por la noche, estaba terminado.

Miró la foto de Sam.

—Pronto.

Agotada, agarró la botella de vino. No había forma de que fuera a arriesgarse. No iba a ver niños muertos. No esa noche.

No otra vez.

Más tarde, ella cayó en la cama y durmió profundamente… sin sueños.

Hasta que un grito estridente la hizo ponerse de pie tambaleándose.

26

En la oscuridad, el pulso de Sadie se aceleró.

—¿Qué diablos fue eso? —balbuceó, todavía intoxicada.

Después de un largo momento de silencio, dejó escapar una sonrisa despectiva. Había sido la tempestad enfurecida de fuera la que la había despertado. O al menos de eso intentó convencerse a sí misma. La lluvia golpeaba el techo, mientras el viento azotaba contra la cabaña y sacudía las ventanas. Las cortinas atrajeron su mirada. Revoloteaban como si alguien estuviera soplándoles por detrás.

—Sólo mira fuera, cobarde.

Cruzó la habitación de dos ligeras aunque inestables zancadas, y jaló hacia atrás la cortina.

Pequeños ojos negros parpadearon en su dirección.

—¡Santo cielo! ¿No duermes nunca?

En respuesta, el cuervo voló hacia la noche.

Estaba a punto de apartarse cuando dos apariciones surgieron de la tormenta. Se movieron alrededor del costado de la cabaña, hasta que estuvieron fuera de la vista.

Ella se pellizcó. Dolía.

—Bueno, no estás soñando. Pero sin duda estás viendo cosas. Nadie estaría fuera con este…

¡Toc, toc!

—¿Quién es? —Soltó una risita ebria. *Estoy loca.*

Sosteniendo la linterna, abrió la puerta de atrás.

Dos niños temblorosos la contemplaron mientras se apiñaban bajo una manta empapada.

—¿Podemos entrar? —preguntaron al unísono.

Al parecer, incluso los muertos necesitaban guarecerse de la lluvia.

Sadie abrió la puerta aún más, esperando que los niños desaparecieran. Cuando no lo hicieron, ella señaló con su cabeza y caminaron hacia el interior. Mientras ayudaba al niño más pequeño a quitarse la manta de los hombros, ella reconoció su cabeza rapada inmediatamente.

—Adam.

Él le dio una breve sonrisa.

La niña tenía que ser su hermana. Ashley. La chica del bosque.

Entonces ella recordó lo que Irma le había dicho. Adam y Ashley estaban muertos.

Entonces, ¿Quiénes son ellos?

Los observó mientras se ponían cómodos en el sofá. Eran una peculiar pareja. El cabello rubio húmedo de Ashley era malditamente corto, demasiado corto para una chica, y no había sido cepillado en un tiempo, mucho menos lavado. Estaba vestida con un camisón de algodón rosa esta vez. El pijama azul de rayas de Adam había sido sustituido por uno gris sólido y vestía botas como las de su hermana. Él parecía más delgado y más pálido que la otra noche. Pero seguro que caminar a través del bosque durante una tormenta no era muy sano.

Su presencia no tenía sentido.

A menos que esté teniendo alucinaciones.

—Tengo frío —se quejó Adam.

Ella se apresuró al baño, volviendo un minuto más tarde con algunas toallas, todo el rato diciéndose a sí misma que los niños no existían. Que habrían desaparecido cuando ella regresara a la sala.

Pero aún estaban allí.

Sadie le pasó una toalla a Adam.

—Asegúrate de secarte bien, o cogerás un resfriado. —Ella le entregó la otra toalla a la chica. —Ashley, ¿verdad? ¿La hermana de Adam?

—Sí —dijo Ashley en una voz apagada.

—Soy Sadie.

—Lo sabemos —dijo Adam. Él sonrió y ella vio que le faltaba un diente frontal.

—Espero que el hada de los dientes llegara anoche —dijo ella.

Su sonrisa se desvaneció.

—No existe el hada de los dientes.

—Por supuesto que…

—A Padre no le gusta que hablemos de cosas inventadas —

interrumpió Ashley. —Estamos demasiado grandes para esas cosas.

—Suenas como una anciana —Sadie dijo con una carcajada. —No tengas tanta prisa por crecer.

—Tengo casi nueve —dijo la chica, enderezándose.

—Yo tengo seis —aportó Adam.

Ashley le devolvió la toalla mojada.

—Gracias.

—¿Por qué no te cepillo el cabello? — ofreció Sadie. —Es un lío.

—No importa. Siempre es un lío.

—Prometo que tendré cuidado.

La niña marchó reticente hacia el baño detrás de ella, y cuando Sadie la tocó, medio esperó que su mano pasara a través de ondas insustanciales, pero su mano tocó el cabello mojado.

¿Cómo pueden estos niños ser reales?

Estoy borracha, así es cómo.

Separó cuidadosamente las hebras de cabello descuidado de Ashley, mientras Adam se encaramaba sobre el asiento del inodoro, viéndolas.

—¿Puedo tomar chocolate caliente? —preguntó.

—Seguro. Con malvaviscos extra.

Él hizo una mueca.

—¡Puaj! Yo odio los malvaviscos.

—Bueno, los comiste la última vez —dijo Sadie, sorprendida.

—No, no lo hice.

—Adam no sabe lo que le gusta —añadió Ashley. Ella sonrió al espejo. —Hey, mi cabello luce…bonito.

Y así era. El suave resplandor de la luz sacaba destellos dorados del pelo rubio natural de la niña, y como era tan corto, estaba casi seco.

—Deberías dejar que crezca un poco — sugirió Sadie.

La sonrisa de Ashley desapareció.

—No puedo. Padre…

—No lo permite —terminó Adam.

Hubo un silencio incómodo.

—Vayan a sentarse junto al fuego —dijo Sadie. —Voy a hacer el chocolate caliente.

Ella salió a la veranda para traer la jarra de leche del refrigerador. Un viento ártico azotó su cabello, pero el saliente la protegió de la lluvia. En la cocina iluminada por la luz, vertió chocolate en polvo de manera vacilante en un recipiente, lo llenó con leche y lo colocó en la estufa Coleman. Le tomó tres intentos encender la maldita cosa, pero finalmente lo consiguió.

Su mirada se desplazó hacia los niños. La hermana mayor, Ashley, había agarrado la manta de Sadie, la que había dejado en la silla. Estaban sentados uno al lado del otro, cubiertos con ella, esperando ansiosamente su regreso. Ocasionalmente, sus cabezas se acercaban y susurraban entre ellos, con expresiones graves.

Sadie se frotó los ojos.

Los niños estaban todavía allí cuando ella los abrió.

Cuando el chocolate caliente estuvo listo, les entregó una taza a cada quién y le ofreció a Ashley un tazón de malvaviscos. La chica cogió dos y los dejó caer en su taza. Cuando tomó el primer sorbo, la sonrisa con la que Sadie fue recompensada era de completa felicidad.

—Este *es* el mejor chocolate caliente —dijo Ashley con asombro. —Adam tenía razón.

—Sí, Adam tenía razón —balbuceó su hermano entre sorbos.

Sadie frunció el ceño. No muchos niños se refeían a sí mismos en tercera persona. Era más que un poco raro.

Ashley y Adam.

¿Por qué mentían sobre sus nombres?

El vino que había tomado antes aún hacía su mente confusa y ella tomó una respiración profunda.

—Escuchen, esta broma ha ido suficientemente lejos. Sé que sus nombres no son realmente Ashley y Adam.

Ashley saltó a sus pies, con una aterrorizada mirada en su rostro.

—¡Eso es una mentira! Mi nombre es *Ashley*.

—Ashley y Adam están muertos —dijo Sadie suavemente. —¿Quiénes son ustedes realmente?

Adam, su boca temblando, tiró del brazo de Ashley.

—Tenemos qué irnos. —Él tiró de ella hacia la puerta trasera, la abrió y caminó al exterior.

En la puerta, Ashley se volvió.

—Nos dijo que había venido por él. Por nosotros. Hemos pensado que era la indicada. No sé cómo pudimos habernos equivocado tanto.

Sadie se tambaleó hacia ellos.

—¡Esperen! ¿Quién…?

Pero era demasiado tarde.

Los niños corrieron sobre la hierba. En el borde del bosque, Adam frenó de repente y se dio vuelta.

—¡Saa-deeeee! —Su voz sonaba desesperada y clara, sin ceceo.

De hecho, ahora que ella lo pensaba, él no había ceceado durante toda la visita. Ni una sola vez.

—¿Qué diablos está pasando? —murmuró.

Ella bajó los escalones, pensando en llamarlos para que volvieran, pero luego lo más extraño sucedió. Ante sus ojos, Adam y Ashley se multiplicaron en cuatro pequeñas formas. Luego, en 6. Al igual que las células humanas se duplicaban y separaban.

Sadie parpadeó, pero permanecieron, envueltos en sombras, indistinguibles. Seis niños fantasmas.

—Jesús…

Las voces comenzaron a gritar.

—*Un buen día, en medio de la noche, dos niños muertos se levantaron para luchar…*

—¡Paren! —gritó.

El canto murió instantáneamente.

En la distancia, la observaron, causando que su piel se erizara.

—¡Déjenme sola! —gritó ella.

Al principio, ninguno de ellos se movió. Luego, uno a uno, los niños se retiraron, fundiéndose con el vacío incoloro de noche.

Sadie retrocedió hacia la cabaña, cerró la puerta y se apoyó contra la pared. Su aliento entró en rápidos jadeos y hundió sus uñas en sus palmas.

¿Qué querían esas ilusiones, estos niños, de ella?

Cediendo a la tentación, agarró la penúltima botella de Cabernet y volvió tambaleándose a la cama. Para cuando casi había terminado el vino, se había convencido a sí misma de que la visita de Ashley y Adam había sido sólo otra alucinación inducida por el alcohol. Esa era la razón por la que había visto a seis de ellos. Ella los había conjurado, a causa de su propia culpabilidad y pérdida.

—Los viste porque quieres hacerlo, porque no eres nada más que una alcohólica, Sadie. Y una inútil borracha. No hay otra explicación.

Pero la había.

27

Seis objetos sobre la mesada de la cocina fueron las primeras cosas que vio cuando consiguió salir del baño a la mañana siguiente. Permaneció inmóvil, a unos centímetros del lavabo, y contempló la envoltura de la barra de chocolate arrugada, el sobre, el regaliz, la lapicera, la cebolla y una nueva adición, un puñado de Smarties. Algo acerca de su cuidadosa alineación la molestaba.

¿Eran meras apariciones?

Estiró la mano de manera vacilante y sujetó los Smarties en su mano caliente. Comenzaron a fundirse.

—Bueno, estos al menos son reales.

Ella los comió, feliz de camuflar el sabor agrio del vómito.

Antes de su viaje al baño, donde había vomitado hasta quedar sólo con arcadas secas, se había despertado pensando en los extraños niños. Sólo había una explicación que hiciera algún sentido. Como Irma juraba que no había niños alrededor y que Ashley y Adam estaban muertos, Sadie —en un perpetuo estupor ebrio— lo había inventado todo.

Frunció el ceño.

Eso significaba que *ella* era la responsable de los objetos sobre el mostrador.

Los arrastró a la basura, y procedió a hacer una olla de café. Recordando el consejo de Ed, añadió media cucharada extra de café tostado oscuro. Sin querer luchar con la estufa temperamental, deslizó la parrilla sobre el fuego y puso el percolador sobre ella.

Luego preparó su material de arte.

Mientras el sol se apartaba para hacer espacio a la luna, Sadie drenó el ron, bebiendo de la botella, acogiendo el vértigo que traía consigo. Había sido atrapada por un frenesí de actividad e intoxicación todo el día. Iluminada por dos lámparas de aceite, había trabajado sin descanso pintando la última de las ilustraciones para el libro de Sam y luchando contra la sensación de pánico que retumbaba en el fondo de su estómago.

Ahora, ella trataba de ignorar las desesperadas voces en su cabeza.

Pero no podía.

'Te necesitamos'

—La única persona que me necesitaba está muerta —lloró.

Echó un vistazo al calendario cerca del lavabo.

Habían pasado ya dos semanas de mayo.

Miró de reojo el reloj. Eran las *9:50.*

—En unas pocas horas será el día de la madre —dijo con dificultad. —Bien, si alguna vez hubo una señal, ésta es. —Rodeó la fecha con un rotulador negro. —El día D. Día del Deceso.

Dejó escapar una risa borracha, luego se tambaleó hasta el dormitorio, teniendo cuidado de no mirar la fotografía de Sam. Dejó una linterna en la mesilla de noche y dirigió el haz de luz hacia la parte inferior de la cama.

—*"Oh, es tiempo de morir de nuevo, voy a dejarte",* cantó fuera de mientras se ponía de   rodillas. —*"Puedo ver ese lejano mirar...en tus ojos".*

Revolvió debajo de la cama y jaló la caja con la pistola hacia ella. Una vez que estuvo fuera de la cama, la recogió y la escondió debajo de su brazo. Luego se levantó. Demasiado rápido. El cambio repentino de equilibrio hizo girar su cabeza y cayó contra la mesita de noche. La caja cayó al suelo, la tapa se zafó y la pistola se deslizó debajo de la cama.

—¡Mierda!

De rodillas de nuevo, levantó el borde de la colcha y miró hacia las sombras debajo de la cama. El arma estaba alojada contra de una de las patas de la cabecera. Inclinó su cabeza hacia un lado y extendió su brazo, pero todavía no podía alcanzarla. Se acercó aún más, su cuerpo bloqueando toda la luz. El suelo estaba frío y áspero, y encontró un puñado de pelusilla de polvo. Pero ningún arma.

Una inesperada luz se encendió desde el lado opuesto de la cama, como si alguien hubiera entrado en la habitación detrás de ella y movido la linterna. Luego, poco a poco, la colcha comenzó a levantarse.

Lo que Sadie vio a continuación prácticamente detuvo su corazón.

Una cara familiar y dos ojos de zafiro solemnes.

¡Los ojos de Sam!

—¿Sam?

La colcha cayó nuevamente en su lugar.

Revolviéndose desde debajo de la cama, se tambaleó a sus pies, y lanzó una mirada asustada a la linterna. Estaba justo donde la había dejado, apuntando exactamente hacia donde ella la había destinado.

—¿Qué está sucediendo aquí? —susurró.

Se estabilizó a sí misma con una mano contra el aparador, sus ojos fueron atraídos hasta el final de la cama.

—Sam, sal de ahí.

Nada se movía.

Se forzó a sí misma a caminar alrededor de la cama. El espacio en el otro lado estaba vacío, ninguna señal de que alguien había estado allí, excepto por una tenue capa de polvo que había sido perturbada. Un rastro de suelo limpio desaparecía bajo la cama.

Ella se puso en cuclillas y echó un vistazo debajo.

Había una sola cosa.

La pistola.

Destellaba en la tenue luz, amenazadora en su promesa letal.

Ella esperó, ansiando ver los ojos de Sam mirándola desde el otro lado. Cuando no sucedió nada, alcanzó cautelosamente la pistola y la retiró, su frío metal tranquilizador. Estaba a punto de levantarse cuando una perturbación en el aire hizo que su pecho se apretara. Conteniendo su respiración, se enderezó lentamente, la pistola en la mano.

Alguien o algo había movido la linterna. Ahora estaba apuntando a la puerta del dormitorio abierta.

Ella frunció el ceño y caminó hacia ella, pero no vio nada fuera de lugar. Entonces, como último pensamiento, empujó la puerta cerrada.

—¡Oh, Jesús!

Detrás de la puerta, alguien había tallado un símbolo de infinito.

Ella se desplomó contra el aparador.

—¡Paren!

Un sollozo desgarrador escapó de su garganta, seguido por otro. Ella quería golpear su cabeza contra la pared.

Fulminó con la mirada la foto de Sam, y la furia aumentó desde las profundidades de su alma.

—¿Por qué me acosan? —Frotó su cara, embarrando cálidas lágrimas por sus mejillas. —¿Por qué, Sam?

No hubo respuesta. Pero entonces, ella realmente no la esperaba.

Tambaleándose hacia el salón, iluminó con la linterna todas las superficies. Cuando el haz de luz rozó la encimera de la cocina, su mano tembló. Todo lo que había tirado a la basura estaba nuevamente dispuesto en una línea sobre el mostrador.

En un aturdimiento incomprensivo, se acercó.

En el sobre alguien había dibujado un símbolo de infinito. El regaliz había sido torcido en la misma forma.

Fue entonces cuando su mente quedó completamente destrozada.

En la pequeña habitación, su angustiado grito hizo eco, brutal y salvaje.

—¡No más! No puedo hacer esto más. ¡Dios! —Sacudió la cabeza, llorando y riéndose histéricamente. —Espera, ¿qué estoy diciendo? No hay Dios. Porque si existe, él se ha llevado a todos los que he amado lejos de mí. —Los sollozos sacudieron su cuerpo y ella cedió a su miseria. —No...*Yo* dejé que un monstruo se llevara a mi bebé. Lo dejé torturar a Sam... *matar a* Sam. Es *mi* culpa. Lo reconozco. ¡Pero estoy harta de esto! ¿Me oyes? ¡Se acabó!

No tenía idea de si estaba hablando con Sam, los niños fantasma o con Dios. No importaba, de todos modos. Nadie la oía. A nadie le importaba. Estaba sola, muerta por dentro.

—¡Hazlo! —gritó, apretando los dientes. —Matarme ahora o déjame morir. ¡No... me... importa!

Una hora más tarde, Sadie se sentó a la mesa de la cocina.

Estaba lista. Preparada para morir.

Se había tragado dos puñados de pastillas surtidas y la mayor parte del Cabernet Screaming Eagle. Su mente giraba con pensamientos al azar, mientras que la pistola con su única bala esperaba en la mesa.

En el mantel por encima de la chimenea, un sobre dirigido a Leah se burlaba de ella, un relato de la locura que se apoderó de ella, como una soga aplastando el aire de sus pulmones. Junto a la carpeta con el libro terminado de Sam, había una carta para Philip. Era una especie de testamento, aunque no estaba segura de que un juez no impugnaría su cordura. Le había dejado el libro a Philip, para hacer con él lo que deseara, publicarlo o quemarlo. Estaba fuera de sus manos.

—Te amé, Philip —dijo, entumecida. —Pero tenías razón. Amé a Sam mucho más. Fue una parte de mí que tú nunca entendiste. La *mejor* parte de mí. Él me mantuvo completa. Sobria. Cuerda.

El reloj de pie emitió otro gong indescifrable.

Es casi la hora.

Volvió sus ojos vidriosos hacia el periódico sobre la mesa. Se encogió al ver al hombre en la primera página. Su rostro había acosado sus pesadillas y asolado su cordura. Este demonio se había infiltrado en su casa, secuestrado a su hijo, para luego masacrarlo despiadadamente, quemarlo vivo.

—Monstruo.

Arrancó la página frontal y destrozó el rostro de la Niebla, desgarrando el periódico hasta que sus manos estuvieron negras. Su brazo barrió la mesa con furia, enviando los pedacitos de papel al aire. Mientras la tormenta de hojuelas grises muertas flotaba hacia el piso, dio voz a su ira.

—¡Espero que te pudras en el infierno!

Las lágrimas resbalaron por sus mejillas mientras miraba la escasamente amueblada cabaña. Lo que vio fue, en cambio, la cama vacía de Sam, la enorme ventana en su habitación y el oficial de la policía con el zapato de payaso. Cerró los ojos y cuando los abrió, vio a Sam en el coche, atado y amordazado. Toda la explosión se reprodujo como una película de terror que había sido mal colocada en el proyector, con tirones y saltos hasta que se congeló en una foto de la chamuscada gorra de béisbol.

Sadie recogió la pistola. Era como si un extraño la sostuviera.

—Lamento no haber podido salvarte, Sam —lloró.

A través de la ventana de la cocina, los vio. Seis cuerpos pequeños.

"Un buen día, en medio de la noche…".

Fuera, una mano pálida alcanzó la ventana.

—No son reales —lloró, aun cuando su mano se presionó contra el cristal helado. —No existen.

Ella miró hacia abajo a la pistola en su mano y la acarició.

"¡No!"—Gritaron los niños fantasmas.

Un último gong retumbó en la pequeña habitación. La medianoche había llegado.

—Feliz Día de la madre.

Ella tomó una respiración estabilizadora, presionó el arma contra su cabeza y quitó el seguro, estremeciéndose ante el leve clic.

—Mamá está por llegar, Sam.

Contra su voluntad, sus ojos se fijaron en los regalos en el mostrador.

¿Por qué estaban siempre dispuestos en el mismo orden?

En nanosegundos antes de que ella apretara el gatillo, la respuesta fue clara.

28

La muerte de Sadie no fue de acuerdo al plan.

Ella esperaba escuchar un ruido ensordecedor, tal vez sentir una punzada de calor y luego hundirse en un abismo negro. Sin embargo, sólo hubo silencio. Ninguna floreciente explosión, ni dolor, ni salpicaduras de sangre. Sólo un clic débil.

Ella apretó el gatillo de nuevo, esta vez con más fuerza.

Nada.

Se limpió una lágrima extraviada.

—No puedes hacer nada bien, Sadie. Ni siquiera matarte con una maldita pistola cargada.

Si no fuera tan trágico, se habría reído.

Con una mano temblorosa, abandonó la pistola sobre la mesa, esperando que se disparara y terminara el trabajo que ella no había podido. Se observó, preguntándose por qué se sentía sobria de repente. La sobredosis de drogas y alcohol debería haberla noqueado por lo menos.

Quizá estoy inconsciente. O en estado de coma.

Pero ella sabía que no lo estaba.

—Quizás estoy muerta —dijo con voz ronca, esperanzada.

El sonido de su voz le aseguró que esto no era verdad, tampoco.

Sintiendo que estaba siendo observada, se volvió hacia la ventana. Afuera, los niños habían cesado su canto. Con el velo de niebla cambiante detrás de ellos, se mantenían inmóviles, viéndola…

esperando.

Ella echó un vistazo al mostrador, al mensaje, porque eso es lo que era. Ella podía verlo claramente ahora.

Hershey, sobre, regaliz, pluma, cebolla.

"*H...E...L...P.*" Ayuda.

Viendo la cebolla, frunció el ceño.

—Alguien tiene que aprender a deletrear. Un-yun. *U.* Y me comí los Smarties. *S.*"

Help us. Ayúdanos.

En un trance conmocionado, caminó hacia la puerta de atrás. Cuando la abrió, tres varones casi idénticos y tres niñas casi idénticas avanzaron silenciosamente al interior. Ninguno dijo una palabra, pero se movieron como uno, casi deslizándose hacia el calor de la chimenea. Observó a cada niño, notando el cabello oscuro casi rasurado de los niños y el mal cortado rubio de las niñas. Los chicos vestían pijama dos piezas en gris, amarillo y azul marino, mientras que las niñas vestían camisones correspondientes en malva, aqua y rosa.

—¿Quiénes *son*? —graznó ella.

La niña vestida de malva dio un paso adelante.

—Yo soy Ashley.

—No, no lo eres. —Sadie señaló a la niña en rosa. —Ella lo es.

La chica en aqua sonrió.

—Todas somos Ashley.

—Y todos somos Adam —dijo el chico de gris.

—Adam y Ashley están muertos —dijo Sadie en tono aburrido.

—Lo sabemos, Shadie —dijo el Adam de azul.

¡El muchacho al que le gustan los malvaviscos!

Ella gimió, confundida.

—¿Por qué sus padres los nombraron como los niños muertos? Y ¿por qué les dieron a todos el mismo nombre?

—Padre nos nombró —dijo Ashley rosa firmemente.

—Yo no entien…

—¡Ven con noshotrosh! —suplicó Adam Azul. —Pero tienesh qué apurarte.

Sin dudarlo, ella cogió una linterna y los siguió hacia la tempestad. Los vientos rugían y las nubes dejaban caer un aguacero torrencial, pero el dosel de encinos los albergaban un poco de la tormenta. El haz de su linterna iluminaba el suelo mientras hacían su camino a través del bosque y hacia la orilla del río.

Sadie notó el puente de piedra. Antes de que supiera lo que estaban planeando, dos de las niñas comenzaron a avanzar a través de la superficie resbaladiza, los brazos extendidos para mantener el equilibrio. Fueron seguidas por dos de los muchachos.

—¡Esperen! —gritó.

—¿Qué pasa? —preguntó Adam Azul, alcanzando su mano.

—Es demasiado peligroso. Alguien podría caerse.

—No nos caeremos.

—Debemos quedarnos en este lado —argumentó. —El río se va a inundar.

Alumbró con su linterna sobre la roca en la orilla. El nivel de agua había aumentado casi hasta la línea naranja.

—Confía en mí —dijo él, tirando de su mano.

Ella resopló y lo siguió hasta la primera piedra. Estaba seca y rígida, lo cual facilitó las condiciones. La siguiente estaba húmeda y cubierta con una fina baba de algas. Encontró la manera de cruzar, orando para que no se le cayera la linterna o se sumergiera en el turbulento río. Minutos más tarde estaba en el otro lado, corriendo a lo largo de la orilla, jadeando y tratando de mantener el ritmo. Estaba casi sobria, casi cuerda por primera vez en semanas.

Quizás meses.

—Por aquí —llamó el Adam Gris, haciéndole señas.

Ella gimió.

—¿No pueden bajar la velocidad un poco?

Ashley Rosa tuvo compasión de ella y esperó.

—No tenemos mucho tiempo. Vamos.

Sadie le dedicó una breve sonrisa.

—No soy tan joven como ustedes. Y estoy un poco fuera de forma.

—No, no es eso —dijo la niña. —Es la bebida y las drogas.

Sadie tropezó. *¿Cómo lo sabe?*

—Sólo lo sé —dijo Ashley Rosa.

—Así que eres adivina ahora, ¿no? —dijo Sadie, algo divertida. —¿Qué estoy pensando ahora?

Ashley Rosa se apartó unos pasos, luego dudó.

—Estás pensando que deberías haber comprado más balas.

A medida que la niña desaparecía entre los arbustos espesos, Sadie se arrastró detrás, reflexionando sobre sus palabras. Ashley tenía razón acerca de las balas.

Pronto, el murmullo del río desapareció. Cuando los árboles se separaron, un campo de hielo se extendía ante ellos. A unos metros a la izquierda se situaba un oxidado cobertizo con costados de metal y un techo corrugado. Mientras la lluvia hacía un sonido metálico, un extraño zumbido emanaba desde dentro del cobertizo.

Sadie avanzó hacia ella, pero algo llamó su atención.

En el otro extremo del campo, el casco ennegrecido de lo que una vez fue una casa de dos pisos creaba un fuerte contraste con el hielo opalescente alrededor de ella. La casa parecía un falso frente en una ciudad fantasma, los marcos de las ventanas vacías abrasados por un fuego previo que había avanzado hasta el techo. El umbral colapsado revelaba una deteriorada escalera que subía a un inexistente segundo piso. La pared posterior había cedido y casi desaparecido.

Sadie tembló.

—La casa de Sarge.

Ashley Malva asintió con la cabeza.

—Sí.

—¿Así que Sarge es su vecino?

—No exactamente —respondió suavemente Ashley Rosa. —Sígueme.

Sadie la siguió de vuelta a los arbustos, lejos del campo. Los demás las siguieron de cerca. Una vez que hubieron saltado por encima de un tronco de árbol desarraigado y subido por una pendiente pronunciada, Ashley se detuvo en una gran zona boscosa. Los niños se agolparon alrededor de ella, luciendo expectantes mientras ella forcejeaba con el tocón de un árbol. Habría sido cómico, excepto que era mitad de la noche y la lluvia los enfriaba a todos hasta los huesos.

Sadie la miró, desconcertada.

—¿Qué estás…?

Ashley Rosa gruñó y tiró del muñón.

—¡Ayúdame!

La desesperación en la voz de la niña hizo a Sadie reaccionar con rapidez. Entregó su linterna al Adam más cercano, luego se unió a Ashley.

—¡Tira de él! —Ordenó la niña.

Sadie tiró del muñón con todas sus fuerzas. Para su sorpresa, se volteó, llevándose un perfecto rectángulo de césped con él, junto con una puerta de metal con bisagra.

Ella se quedó sin aliento, aturdida.

—Un bunker subterráneo.

Recuperando su linterna, se movió hacia delante y alumbró el orificio. Una escalera de madera conducía hacia abajo a las profundidades mohosas y acababa en un piso de tierra varios metros más abajo.

Sólo Dios sabe adónde conduce.

—Es nuestra puerta trasera —dijo Ashley Aqua.

Sadie quedó boquiabierta.

—No pueden hablar en serio. Realmente no esperarán que yo crea que ustedes viven *ahí abajo*. Eso es ridículo.

—Pero así es — insistió Adam Amarillo.

Perpleja y consternada, miró a los niños.

Nada tenía ningún sentido. Nada, salvo el hecho de que ella había dado vuelta a la curva y estaba de pie fuera en mitad de la noche, mirando hacia un foso que desembocaba en la clandestinidad.

No puedo ir allí abajo.

—Tienes que seguirnos — suplicó Ashley Rosa. —Si lo haces, entenderás todo.

Sadie, exhausta, dejó escapar un gemido.

—¿Por qué no puedes decirme de qué se trata?

—Tratamosh —dijo Adam Azul. —Pero hemosh hecho una promesha y no podemosh romperla.

—Entonces, ¿de qué sirve si voy allí abajo? —preguntó.

Él tiró de la mano de ella.

—Podemos *mostrarte.*

—Confía en nosotros —dijo Ashley Rosa antes de desaparecer por el hoyo.

Sadie dudó cerca del borde, confrontada por una repentina imagen del ataúd de Sam siendo bajado hacia la tierra. Reuniendo coraje, balanceó la linterna hacia el orificio y se movió hacia delante, cautelosa y alerta a la textura del suelo bajo sus pies. Sus botas golpearon un manojo de tierra húmeda y ella lo vio caer al vacío. No escuchó la tierra aterrizar.

Tanteando el escalón superior con su pie, pisó sobre él, temerosa de que se derrumbara bajo su peso y la enviara desplomándose a su muerte. Cuando el escalón aguantó, dijo una oración silenciosa y comenzó el descenso.

Adam Azul la seguía.

—¿No tienesh claushtrofobia, ¿verdad?

—Hasta ahora. —Ella intentó reír, pero salió un quejido.

Aguántate, princesa. Si ellos pueden hacerlo, también yo.

Para mantener el equilibrio, se sostuvo de la baranda que alguien había anclado a las paredes de madera suave. Mientras los costados se cerraban a su alrededor, trató de no pensar en cuán profundo debajo del suelo iban, y concentrarse en el penetrante olor a tierra húmeda y madera contrachapada que flotaba en el aire, atrapado por el silencio y la oscuridad. Después del décimo escalón, ella perdió la cuenta y estaba empezando a relajarse, cuando un repentino ataque de vértigo le hizo perder un escalón.

Adam Azul la agarró del brazo.

—Cuidado.

Ella miró sobre su hombro, más allá de los niños, y vio el menor atisbo de luz de luna. Por un segundo, ella entró en pánico.

Oh, Dios mío, ¿en qué me estoy metiendo?

—No puedo hacer esto.

—Eshtá bien —ceceó Adam Azul. —Mientras Padre no te encuentre aquí, eshtás a shalvo.

—Genial —murmuró ella. —Eso me hace sentir mucho mejor.

—Sólo unos pocos pasos más —prometió.

Cuando ella finalmente conectó con tierra firme, soltó un aliento reprimido. Los niños se reunieron alrededor de ella, mientras que ella echaba un último vistazo a la luz en la parte superior de las escaleras.

—Bueno, eso no estuvo tan mal —dijo. —¿Ahora qué?

—Esho —dijo Adam Azul, apuntando.

Una puerta de metal impedía su camino.

—Está bloqueada —dijo, indicando el sistema de seguridad de deslizamiento de tarjeta por encima del picaporte.

—No lo está —dijo Ashley Rosa. —Padre no tenía ninguna razón para hacerlo.

—Bueno, aquí vamos entonces.

Sadie abrió la puerta y la luz repentina la cegó.

29

"Oh… mi Dios…"

Sin embargo, habían sido manos humanas, no divinas, las que habían construido el búnker subterráneo. Alguien había gastado un montón de tiempo, energía y dinero en equiparlo con todas las necesidades básicas de la vida, incluida la electricidad, el agua corriente y aire bombeado. Por qué alguien querría vivir bajo tierra, lejos de la luz solar y el aire fresco, iba más allá de la comprensión de Sadie.

Con el corazón hundido, ella dio un paso adelante, se recargó en un cubículo divisor y evaluó el extraño espectáculo. Paneles de madera cubrían todas las paredes del búnker, y la suave iluminación le daba a la habitación un ambiente cálido, acogedor que chocaba con la escasez de muebles y la falta de cualquier otro color que no fuera marrón o tonos de gris. En el extremo opuesto de la habitación, otra puerta de metal destellaba. Cerca de ella, una mesa de cartas y 3 sillas acolchadas se asentaban en una cocina abierta. En medio de la habitación, un sillón de cuero marrón camel con trozos de cinta adhesiva en los reposabrazos enfrentaba una televisión y un microondas. Estaban dispuestos uno al lado del otro en una banca de mesa de picnic.

Ella frunció el ceño.

—¿Qué vamos a ver? ¿El televisor o el microondas?

Avanzando al interior, notó un escritorio, una silla, un ordenador y otros dispositivos electrónicos detrás del cubículo divisor. Una puerta abierta al lado de éste conducía a un pequeño baño con ducha.

—Todas las comodidades del hogar —dijo con incredulidad.

Salvo que algo faltaba.

No había un solo juguete, ni un libro de imágenes, nada que indicara la existencia de niños.

Cautelosamente, se acercó a la puerta al final de la sala. Se detuvo y olió, arrugando la nariz por el olor acre del humo.

—Esa es la puerta del frente de nuestra casa —dijo Ashley Rosa.

Sadie detectó otra puerta, una estrecha que se confundía con la pared de la cocina. Junto a ella había un teclado alfabético.

Mucha seguridad para una casa.

—¿Qué hay ahí? —preguntó.

—La *mazhmorra* —dijo Adam Azul. —Donde dormimosh. Tú…

—Ese es el dormitorio de padre — interrumpió Ashley Rosa, apuntando a otra puerta medio escondida entre dos estantes.

Sadie giró en un lento círculo, asimilando las excentricidades del búnker. Era mucho más complejo y amplio de lo que ella había pensado.

—No lo entiendo —dijo. —¿Por qué están viviendo aquí abajo?

Ashley Malva caminó adelante.

—Es nuestra casa.

—Pero no pueden vivir aquí. Es malsano. Tienen que irse.

—No podemos salir —dijo Adam Amarillo. —Él no nos deja.

—¿Quién, su papá?

Adam Amarillo tiró de ella hacia el escritorio. Señaló un dibujo colgado en la pared junto al ordenador. Cuando sus ojos se posaron sobre él, su mundo se volcó fuera de control.

Era su dibujo.

La Niebla.

El estupor de su mente se despejó, al igual que el sol quemaba la niebla de la mañana, dejándola con una terrible revelación.

Había encontrado a la Niebla. *Y* a los niños que había secuestrado.

Fijó la linterna sobre el escritorio y miró a los recortes de periódicos que rodeaban su dibujo. Fotos desgastadas de los niños la miraban a ella, cada una enmarcada con un círculo en marcador rojo. Sus nombres estaban todos allí, en los titulares de la prensa, junto a las caras angustiadas de sus padres.

—Oh, Jesús —gritó. —Tenemos que salir de aquí.

Mientras se alejaba, sus ojos se detuvieron en otro rostro familiar. El de Sam. Su foto, junto a un artículo relativo a su muerte, había sido también circulada.

—Mi hermoso niño.

Era demasiado tarde para Sam. Pero no para los demás.

Se enfrentó a Ashley Rosa.

—Tu nombre es Marina Fisher.

Luego se dirigió a las Ashleys vistiendo camisones aqua y malva.

—Y ustedes son Brittany Atherton y Kimber Levine.

Las chicas le dirigieron una mirada en blanco.

—Holland Dawes, Jordan Jaremko y Scotty McIntyre —Sadie añadió, indicando a los chicos de azul marino, amarillo y gris. Ella sacudió la cabeza, aturdida. —¿Por qué no me lo dijeron?

Ashley Rosa —*Marina*—, caminó adelante.

—No podíamos. Padre nos hizo jurar. Dijo que nos mataría si decíamos nuestros verdaderos nombres en voz alta.

—O si alguna vez intentábamos dejarlo —añadió Holland. —Él dijo que nos cazaría y nos cortaría como al otro niño.

Frunciendo el ceño, Kimber cruzó los brazos sobre su pecho.

—Padre no nos haría daño. Él nos ama.

Al principio la observación defensiva parecía extraña, sobre todo viniendo de una niña que había sido mantenida como rehén durante tres años, hasta que Sadie recordó que no era infrecuente que un rehén desarrollara un vínculo con su captor. Había un nombre para ello. El síndrome de Estocolmo. Como Patty Hearst y Elizabeth Smart.

Más piezas del rompecabezas cayeron en su lugar y ella se reprendió a sí misma por no haberlo visto antes. Los verdaderos Adam y Ashley habían muerto en un incendio, uno que había dejado a su padre con grotescas *cicatrices*, no picaduras de viruela.

—Este hombre —dijo ella, tocando el dibujo —los robó de sus hogares. De sus padres. —Sus ojos fueron atraídos de nuevo a los recortes de periódicos.

Kimber, de ocho años de edad y Jordan, de seis, habían sido los primeros dos niños secuestrados por la Niebla, en abril de 2003. Brittany y Scotty fueron tomados en abril del año siguiente. El año pasado, Marina y Holland. Y este año, Sam y...

—¡Esperen! —dijo ella, agarrando el brazo de Marina. —¿Dónde está Cortnie?

—No sabemos —dijo la chica. —Ella se escapó.

—¿Cuándo?

—Un par de noches atrás. Ella se llevó a Adam con ella.

Sadie sacudió la cabeza.

—¿Qué?

—El otro Adam —dijo Brittany. —Ella lo tomó y corrió.

Sadie estaba completamente confundida.

—¿Qué otro Adam?

Holland tocó una foto en la pared.

—Él.

Sadie se desmayó.

Las sombras alrededor de ella cambiaron, haciéndose más claras. Ella gimió. Cuando su visión se aclaró, seis rostros preocupados la observaban.

—¿Qué pasó? —preguntó con voz atontada.

—Te desmayaste —agregó Kimber. —Cuando viste la imagen.

Sadie agarró la mano de Holland.

—¿Qué dijiste? Antes de que me desmayara. —Se trasladó hacia la foto de Sam. —Dijiste que estaba…

—Cortnie se lo llevó —interrumpió Marina.

—Al Niño en esta foto —dijo Sadie cuidadosamente.

—Sí, *ese* chico. El que no habla.

El corazón de Sadie se saltó un latido.

—¿Y eso fue hace unos días?

—Sí.

Sam está muerto, argumentó su mente. Ella había visto el coche explotar.

Pero tú nunca creíste realmente que se hubiera ido.

—¿Donde está Sarge ahora, Marina?

—Fue a buscarlos de nuevo.

Sadie liberó la mano de Holland.

—Tenemos qué volver a mi cabaña y a llamar a la policía.

Y tengo que encontrar Sam.

—Antes de *que él* lo haga —susurró Jordan.

Sin advertencia alguna, escucharon el eco de pesadas pisadas bajando las escaleras ocultas detrás de la puerta lejana. El sonido se volvía más amenazador con cada paso.

—¡Él ya viene! —dijo Holland.

—Vamos entonces —los instó. —Volvamos por la escalera.

—Te seguimos —dijo Marina.

Sadie trepó dos escalones a la vez, ignorando la llovizna que caía por la puerta abierta de la trampa.

—¡Cuidado! —advirtió. —Los escalones son resbaladizos.

A mitad de camino, se dio cuenta de que había olvidado la linterna. Casi se volvió, pero la seguridad de los niños la impulsó hacia adelante, hacia la débil luz.

—Casi llegamos.

Trepando hacia la hierba resbaladiza, rodó estirando los brazos hacia el primer niño.

—¡Date prisa!

El pozo estaba tranquilo, en silencio.

—¡Marina! ¡Holland! ¿Donde están?

No hubo respuesta.

Ella comenzó a temblar.

¿Los habría descubierto la Niebla —*Sarge*—tratando de escapar? ¿Los había ella dejado atrás con un asesino?

Su estómago se encogió y enrolló.

—¡Piensa, Sadie!

Si él los tenía, no había forma de que ella pudiera obligarlo a dejarlos ir. Tenía que dejarlos atrás, llegar a su cabaña y llamar a la policía.

—*¿Quién está ahí arriba?*

Ante el retumbante sonido de la voz de un hombre, Sadie corrió por su vida. Se apresuró por el bosque, sintiendo su camino, tratando de recordar el camino que había seguido con los niños. Pero todo era igual en la oscuridad.

—Tienes que ir hasta el río —jadeó.

Corrió como un rayo alrededor de árboles y arbustos, haciendo pausas para escuchar el sonido del agua corriendo. Pero no podía oír nada sobre su respiración irregular y el sonido atronador de su corazón.

—Ayúdame —lloraba suavemente. —Tengo qué salvarlos.

Un rayo de luz la ayudó a salir de los árboles. Cuando dejó atrás el bosque y patinó hasta las rocas de la orilla empapadas por la lluvia, exhaló un suspiro de alivio y a continuación, lanzó una mirada nerviosa sobre su hombro, medio esperando que Sarge saltara fuera de los árboles. Mirando al río, encontró el puente de piedra a unos metros a su derecha. Pero había un gran problema. El río Kimree había crecido rápido. Muchas de las losas estaban sumergidas y el agua que corría entre ellas se movía con rapidez.

—Oh, Dios —gimió.

Sabiendo que no tenía opción, se subió a la superficie resbaladiza de la primera losa. Con un pie, tanteó el agua hasta el próximo, y gritó cuando su bota invernal hasta el tobillo se llenó con agua helada. Encontró la roca y caminó hacia adelante. Sintiendo la tercera losa, se desplazó precariamente.

—Firme, Sadie. —Saltó a la siguiente losa, con los brazos estirados hacia fuera para mantener el equilibrio.

Hay cuatro más...en algún lugar.

Oteó la superficie del agua.

—¿Dónde estás?

Su bota golpeó algo sólido y se movió hacia adelante, con el agua ahora hasta las pantorrillas.

—Dos más.

Pero no lo logró. Calculó mal y su pie resbaló entre dos losas. Se hundió en las gélidas aguas. Arrastrada por la corriente, agitó sus brazos para mantener su cabeza por encima de la superficie. El río tiraba de ella en todas las direcciones y la arrojaba de un lado a otro como si no fuera más que un trozo de madera muerta.

Luego su cabeza se sumergió.

Presa del pánico, tragó un bocado de arenisca. Arañó el agua, tosió y escupió hasta que finalmente salió a la superficie y aspiró una bocanada del aire. Su pelo estaba pegado a su cara y lo apartó de golpe. Luego comenzó a avanzar en diagonal hacia la orilla, permitiendo al mismo tiempo a la corriente arrastrarla río abajo.

Más adelante, algo brillaba con la luz de la luna.

El techo de cabaña Infinito.

30

Mientras el río la arrastraba alrededor de la curva, Sadie fue atraída hacia la orilla. Arrancó mechones arbustos secos que colgaban sobre el banco. Tambaleándose, maldijo y lo intentó de nuevo. Se apoderó de una raíz nervuda y tiró de su cuerpo doliente hacia la tierra seca.

Se acostó en el pasto, jadeando. Cuando su respiración se desaceleró, se arrastró a sus pies y dolor expansivo estalló en su tobillo izquierdo. Lo examinó en la tenue luz. Estaba amoratado e hinchado, tal vez roto y definitivamente esguinzado. Apretando los dientes, se alejó de la orilla y estudió el agua agitada.

En algunas zonas, el río había inundado ya los bancos.

—El puente.

Recordando la advertencia de Irma, supo que tenía qué darse prisa. De repente tuvo una horrible visión de Sarge arreando a los niños a su camioneta y llevándoselos lejos. ¿Y qué pasaría con Sam y Cortnie?

Tomó una respiración fortalecedora, luego saltó hacia la cabaña, ignorando el dolor agudo en su tobillo. Se apresuró hacia adentro, cerró la puerta y encendió la lámpara con manos temblorosas.

—De acuerdo, llama a la policía.

Su bolso estaba dispuesto sobre la mesa de café. Lo comprobó, pero no había ningún teléfono celular. Abrió los cajones de cocina y hurgó a través de ellos.

—Bueno, ¿donde pondrías tu celular?

El miedo se deslizó dentro de su mente, pero ella lo empujó lejos.

—Concéntrate.

¿Cuándo lo había usado por última vez? ¿Hacía unos días, una semana? No podía recordar.

En su pánico, tropezó con el maletín del portátil.

—¡Ajá! Aquí estás.

Lo lanzó sobre la mesa de la cocina y sacó el teléfono. El alivio la inundó. El teléfono celular estaba justo donde lo había dejado, en el bolsillo interior. Abrió el teléfono y dejó escapar un gemido. No tenía batería, ni señal…nada.

—¡Vamos! —apuñaló el botón de encendido. Encendió, luego murió. —¡Lo dejaste encendido, idiota!

Dejó el teléfono inútil en la mesa, sabiendo que tendría que conducir a la ciudad y traer a la policía. Estimulada, se cambió la chaqueta. Al menos la de invierno estaba cálida y seca. Arrojó la correa de su bolso sobre un hombro, luego rebuscó en los bolsillos de la chaqueta y sacó un juego de llaves.

—Gracias a Dios algo va bien.

Escondiendo la cabeza contra el viento aullador y otro diluvio de lluvia, caminó hacia fuera, con la pequeña linterna en una mano y las llaves del coche en la otra. Cojeó por el camino y a los pocos minutos, estaba en la cabaña de Irma. Casi golpeó a la puerta antes recordar que Ed había llevado a su hermana a Edmonton.

El Mercedes de Philip estaba tristemente aparcado al lado de la carretera. Gruesas gotas de lluvia lo golpeaban, luego caían por el capó. Abrió la puerta, arrojó la linterna y su bolso en el asiento del pasajero y subió. Murmurando una rápida oración, metió la llave en el encendido y la giró. Un tenue sonido áspero la saludó. Luego, como el teléfono celular, también quedó fuera de circulación.

—¡Por todos los cielos! —exclamó. —¡Denme un maldito descanso!

Furiosa, lo intentó de nuevo.

Esta vez, el motor permaneció en silencio mortal.

Por un momento, se quedó allí sentada. Luego se desplomó sobre el volante y derramó lágrimas, de forma espontánea e incontrolable. El sonido de un trueno hizo su cuerpo estremecer. Se enderezó con un sobresalto, aterrorizada, y apretó el volante hasta que sus nudillos se pusieron blancos. Las ventanillas estaban empezando a nublarse y limpió la de un costado con su manga. Cuando un relámpago iluminó el cielo, vio un armatoste negro a su izquierda. Otro destello irregular iluminó la zona circundante, alumbrando un sedán de color indistinguible. Estaba estacionado al lado de la otra cabaña, la que estaba cerca de la carretera.

Empujó la puerta abierta, reunió sus pertenencias y saltó fuera del coche. Luchando contra la tormenta, corrió hacia la cabaña.

Prácticamente saltó fuera de su piel cuando un rectángulo de luz apareció.

Una voluminosa sombra se movió frente a la puerta abierta.

—¿Hay alguien ahí fuera?

—¡Hey! —Ella agitó la linterna en el aire. —¡Por aquí!

Para el momento en que llegó a la cabaña, estaba sin aliento y luchando contra las lágrimas.

—Ayúdeme…por favor…Tenemos que ayudarlos.

Ella miró el letrero sobre la puerta. Decía *Esperanza*.

Sadie fue conducida al interior por un hombre fornido de barba roja usando una lúgubre y manchada camiseta y jeans descoloridos, sostenidos en su lugar por un cinturón de cuero que estaba medio oculto por su vientre colgante. Era quizá una década mayor que ella y tenía amables ojos color verde pálido.

—¿Qué te pasó, muchacha? —preguntó en un espeso acento escocés. —Parece que viste un fantasma.

—Necesito utilizar su teléfono —jadeó ella.

Intentó no mirar los ciervos y alces que estaban montados en las paredes de la cabaña de troncos o las latas de cerveza vacías que yacían en el suelo.

—Eso va a ser un problema, entonces. No tengo uno.

—¡Pero tenemos qué llamar a la policía!

El hombre frunció el ceño.

—Ahora, ¿por qué haríamos eso?

Ella tomó una respiración profunda.

—Sarge secuestró a algunos niños. Los mantiene en un bunker subterráneo.

—¿Sarge tiene un bunker? ¿Bajo tierra, dice usted?

Sadie gimió con frustración.

—¡Él es la Niebla!

—Sí hay un poquito de niebla allí fuera —dijo el hombre, distraído. —¿Por qué no descansas un poco, muchacha? Tu tobillo se está hinchando. Deberías levantarlo, ponerlo en una silla. Vuelvo enseguida.

Él desapareció, volviendo un minuto más tarde con una bolsa de hielo. La llevó a una silla.

—Pon el hielo en tu tobillo.

Ella se sentó y miró hacia la cocina.

—Tenemos qué hacer algo… —su aliento quedó atrapado en su garganta.

Unos ojos saltones la observaban. Ocho peces en distintas etapas de limpieza estaban colocados vientre arriba en el mostrador. Algunos todavía estaban vivos, abriendo y cerrando la boca, jadeando, tratando de respirar. Finalmente, se dieron por vencidos.

El hombre cogió un cuchillo de pesca, su hoja curva brillando peligrosamente. Cuando notó su mirada, sonrió.

—Una vez que termine esto, voy a preparar sidra caliente. A menos que prefieras cerveza.

Sadie estaba fascinada por el cuchillo.

—Yo no quiero nada.

—La sidra te calentará. Me llamo Fergus, por cierto.

—Yo soy Sadie.

—Seh, sé todo acerca de ti. —Fergus rebanó a través de la barriga de un pez pequeño y raspó las agallas en una bandeja de metal para galletas ennegrecida que descansaba en la parte superior del fregadero. —Irma dijo que tenías problemas con un hombre y estabas escondiéndote aquí.

—No me estoy escondiendo.

—¿Cómo lo llamamos, entonces?

Ella abrió su boca, buscando las palabras. Pero como los peces medio muertos, se dio por vencida rápidamente.

Después de un minuto, dijo:

—Tenemos que ayudar a los niños.

—Los niños de Sarge están muertos. No sé por qué pensarías lo contrario.

—No me refiero a ellos. Estoy hablando de mi hijo y los otros que él se llevó. Vinieron a mí en busca de ayuda. Tengo que hacer algo.

—Es mejor esperar hasta la mañana, muchacha. Hasta que esta borrasca haya pasado.

—No puedo esperar. Mi hijo está allí fuera en alguna parte. Necesitamos a la policía *ahora*.

Una ráfaga de viento sacudió la puerta. Sadie saltó.

Fergus frunció el ceño.

—¿Planeas conducir el Mercedes a la ciudad con este tiempo?

—La batería está muerta. Tengo qué tomar prestado su coche.

El hombre enjuagó el cuchillo y limpió sus manos en una toalla.

—Quizás es el alcohol hablando.

—Yo *no estoy* borracha. Estoy perfectamente sobria.

Él ladeó su cabeza.

—Seh, no parcces borracha.

—Por favor. Ayúdeme, Fergus.

—Te diré qué… Voy a llevar mi coche a la ciudad y llamaré a la policía por ti.

Ella le dio una sonrisa agradecida.

Fergus alcanzó una chaqueta colgada junto a la puerta.

—Descansa aquí y mantén ese hielo sobre el tobillo.

Él estaba fuera de la puerta antes de que ella pudiera parpadear.

Un motor de automóvil cobró vida y los faros barrieron la ventana en la parte trasera de la casa. Luego, todo quedó en silencio.

Ella saltó fuera de la silla.

—No hay manera en el infierno en que me vaya a quedar sentada sin hacer nada.

Especialmente cuando tenía un arma. *La pistola.* Antes de abandonar la casa, la había guardado de nuevo en la caja y la había escondido debajo de la cama.

Se dirigió a la puerta, pero se detuvo cuando sus ojos aterrizaron en el cuchillo de la pesca. Lo deslizó en su bolsillo de la chaqueta.

—Es mejor prevenir que lamentar.

31

La cabaña Infinito estaba en peligro de ser arrastrada. O al menos la veranda lo estaba. El río había subido más de un metro por encima de los soportes. Otros quince centímetros y el agua llegaría al banco, convirtiendo la hierba en un pantano.

Una vez dentro, Sadie bloqueó la puerta de atrás, arrojó su bolso y la linterna en la mesa, apuntándola hacia el centro de la sala. La cabaña estaba helada y oscura, iluminada solo por destellos de luz desde el exterior. El hogar se había convertido en ceniza, pero no había tiempo para encender un fuego, aunque estaba empapada hasta los huesos.

Estaba a punto de entrar en la habitación cuando un sonido la hizo mirar sobre su hombro. Una gran sombra se desplazaba afuera de la ventana de la cocina. Una sombra vistiendo un sombrero de vaquero.

Sarge.

Sacando el cuchillo de su bolsillo, se presionó contra la pared y contuvo el aliento.

El pomo de la puerta se sacudió. Una maldición sorda fue seguida por un sólido impacto contra la puerta.

Los ojos de ella destellaron con miedo. *Por favor no lo dejes entrar.*

Después, los pasos se alejaron lentamente.

Sadie exhaló despacio, hasta que oyó a Sarge moviéndose junto a la cabaña. Horrorizada, miró a través de la sala hacia la puerta corrediza. La puerta que ella había dejado desbloqueada. No había tiempo para cerrarla ahora, no sin ser escuchada. Tenía que ocultarse. ¿Pero dónde?

Sus ojos desesperados captaron la alfombra en medio del piso.

¡El sótano!

Apagó la linterna, orando porque él no hubiera visto la luz. Luego, cruzando la habitación, se inclinó y volteó la esquina de la alfombra. Alguien había utilizado cinta adhesiva de doble cara para mantenerla en su lugar. Con una mano temblorosa, tiró de la anilla metálica y dejó salir un suave sollozo de agradecimiento cuando la puerta se abrió. Bajó unas cuantas escaleras, agarró la puerta y tiró de ella sobre su cabeza.

Fue arrojada a un oscuro abismo.

Oh, Dios…

La bodega era peor que el búnker. Para empezar estaba oscuro y olía a rancio, y ella se sintió apretada aunque no podía ver el tamaño de la misma. Era como si hubiera sido enterrada viva, lo que no podía ser muy diferente de estar atrapada en una bodega helada, con un secuestrador asesino encima cazándola.

Resonaron pisadas por encima de ella.

Más cerca…

Su pulso se aceleró y el cuchillo en su mano tembló.

Por encima de ella, algo repiqueteó en el suelo. Lo siguió un gruñido enojado. Luego hubo un suave golpe cerca de la puerta del sótano.

Aterrorizada, cubrió su boca con una mano.

Silencio.

Él estaba escuchando.

Sadie sentía los latidos del corazón golpeando en sus oídos. ¿Podría él escucharlos?

Las pisadas retrocedieron gradualmente y una puerta se cerró de golpe.

Ella tembló incontrolablemente. *¿Estará todavía aquí?*

La espera era insoportable, el silencio interminable hasta que el gong del reloj lo interrumpió. Para estar segura, esperó unos minutos más. Una vez que su respiración se hubo calmado, subió de puntillas las escaleras del sótano y presionó su oído contra la puerta de la trampilla.

No oyó nada. Ni un sonido.

Tengo que conseguir ayuda.

Levantando lentamente la puerta de la trampilla, echó un vistazo. No podía ver nada ni a nadie. La cabaña estaba demasiado oscura, y había dejado la linterna en la mesa.

Como una afortunada coincidencia, un rayo iluminó el cielo, alumbrando la habitación. Nadie estaba escondido en las sombras. Pero entonces, ella sólo podía ver tres de los lados de la cabaña. ¿Qué pasaría si él estaba de pie detrás de la puerta de la trampilla?

Él se ha ido. No puedo quedarme aquí abajo para siempre. Los niños me necesitan.

Abrió la trampilla y se escabulló, agitando el cuchillo en el aire. Cuando nadie la atacó, caminó hasta la puerta corrediza, la bloqueó y cerró la pesada cortina. Sus manos estaban adormecidas por el frío. Sabía que tenía que calentarse o correr el riesgo de contraer hipotermia. Si eso sucediera, no podría ayudar a nadie.

—Ropa seca primero —dijo, guardando el cuchillo de nuevo en su bolsillo. —Luego la pistola.

Después de encender una lámpara y ajustarla tan bajo como fue posible, la llevó al dormitorio donde se quitó su chaqueta y la arrojó sobre el respaldo de la silla. Se despojó de su ropa mojada, dejándola en un montón en el suelo, y se secó vigorosamente con una toalla que había dejado en la cama. Una vez vestida con jeans y un suéter caliente, se sentó en la silla y se enfundó un par de calcetines, haciendo una mueca de dolor ante la vista de su tobillo magullado e hinchado.

—Parece que has tenido un pequeño accidente —se burló una voz.

Su cabeza se elevó con una sacudida mientras una sombra se deslizaba a la vista. Con su sombrero en la mano, un hombre estaba recargado arrogantemente contra el marco de la puerta. Su cabeza rapada resplandecía con la luz de la lámpara y sus ojillos analizaban cuidadosamente la habitación. Entonces su mirada se posó sobre ella y su rostro desfigurado esbozó una siniestra sonrisa.

—Nos reunimos nuevamente, Sadie O'Connell.

Ella lo miró boquiabierta y tragó con dificultad.

—La Niebla.

A primera vista, Sarge sólo se parecía vagamente al sádico monstruo que la había golpeado, secuestrado y mutilado a Sam. En cierto modo, parecía un hombre común, alguien a quien podría ver en el Calgary Stampede o en un bar local y nunca pensaría en él dos veces. Hasta que ella lo miró a los ojos. Un loco residía allí.

—¿C-cómo conseguiste entrar? —preguntó en una voz débil.

Él sostuvo una llave.

—Irma mantiene un repuesto bajo el tapete de bienvenida. No es muy original, ¿verdad?

El corazón de ella se hundió cuando él dio un paso adelante.

—¿Qué quieres? —demandó.

—Te estoy devolviendo algo que te pertenece. —Dejó caer una linterna, la azul que ella había dejado en el Búnker. —Dice *"Cabaña Infinito"* justo sobre ella, así que lo tomé como una invitación. *Su casa es mi casa.* ¿Recuerdas? —Él frunció el ceño. —Me sorprende que seas tú, sin embargo, y no algún viejo petrolero entrometido.

Ella se elevó en la silla.

—La policía está en camino.

—¿Tú los llamaste?

Ella asintió con la cabeza.

—Algo difícil de hacer, ya que esto no funciona. —Él lanzó su teléfono celular a sus pies.

—Estaba funcionando cuando llamé —mintió.

Ella se movió ligeramente. Algo cambió de posición bajo su muslo. Ella miró hacia abajo y vio un rayo de metal. El cuchillo. Estaba sentada sobre la parte de la hoja.

—No hay recepción aquí cuando hay tormenta —dijo Sarge.

—Tal vez —ella respondió, su mano arrastrándose hacia el cuchillo. —Pero alguien ha ido por la policía. Estarán aquí en cualquier momento.

—¿Te refieres al viejo Fergus? Él está atascado en la carretera unos kilómetros atrás. Parece que somos sólo nosotros. —Él comenzó a avanzar a través de la habitación.

—¡No te acerques más! —gritó ella, saltando a sus pies.

Sarge se burló.

—¿Me vas a golpear con esa toalla?

—No, pero tengo esto. —Con audacia, ella blandió el cuchillo de pesca.

—Será mejor que estés preparada para utilizar eso, *perra...*

Sucedió tan rápido que ella no tuvo tiempo de reaccionar. Un minuto estaba apuntando la hoja hacia el bastardo, y al siguiente, el cuchillo había sido derribado de un golpe fuera de su mano.

Un brazo serpenteó alrededor de su garganta.

—Un sonido más de ti —le susurró en el oído, —y te rompo el cuello.

La luz rebotó en algo pequeño y muy afilado.

—Una cosita para tranquilizarte —le murmuró.

Una aguja hipodérmica pinchó su brazo derecho, a través de su jersey. Ella trató de luchar contra él, trató de gritar, pero todo lo que salió fue un débil sollozo. A continuación, su visión se volvió borrosa, y la habitación se transformó en sombras desdibujadas. En cuestión de segundos, sus piernas cedieron. Si no fuera por Sarge sosteniéndola, habría caído al suelo.

Un cálido aliento cosquilleó su oído.

—¿Cómo carajo me encontraste?

Ella gimió.

—Los niños...

Con un gimoteante lloriqueo, dejó de luchar.

32

Un alarido ensordecedor la despertó.

Ella emitió un quejido.

El chillido se escuchó de nuevo, esta vez más fuerte.

Intentó cubrir sus orejas, pero sus manos no se movían. Se obligó a abrir los ojos y parpadeó, preguntándose por qué su visión era tan turbia. ¿Había llegado borracha? ¿Se había desmayado?

Y, ¿por qué tenía tanto frío?

El techo encima de la cama parecía borroso, desenfocado. Era por la mañana. Eso lo sabía. El amanecer se deslizaba a través de las cortinas abiertas y el aire de la habitación estaba helado, como si hubiera entrado en un congelador.

Tengo que poner un leño sobre el fuego.

Desorientada, volvió la cabeza.

Sam la miró desde la foto al lado de su cama.

Entonces lo recordó.

Los niños. Tengo que ayudarles. ¡Y Sam! ¡Él está vivo!

Intentó decir su nombre, pero el sonido fue amortiguado. Un segundo más tarde, comprendió por qué.

Tenía un calcetín metido en la boca.

El miedo se extendió hasta su núcleo mientras inhalaba a través de su nariz y se esforzaba para recobrar la conciencia completamente. Luchando para sentarse, se provocó un fuerte dolor en los tobillos y las muñecas. Sus ojos deambularon sobre su cuerpo inerte. Se estremeció aterrorizada por lo que vio. Estaba acostada encima de las mantas y atada abierta de pies y manos a los postes de la cama.

Con nada más que su sostén y bragas.

Gritó, pero la mordaza contuvo el sonido. Gritó de nuevo. Y de nuevo, hasta que su garganta quemó y sus gritos se convirtieron en gimoteos incontrolados de terror.

Algo se agitaba afuera de la ventana.

El cuervo miró a través del cristal, observándola.

Sadie lo miró fijamente con puro terror. Los cuervos eran los heraldos de la muerte. El pájaro estaba aquí por una razón. Para reclamar su alma. Ella lo sabía ahora.

¡No me voy a morir! No aquí. No así.

La adrenalina subió a través de sus venas. Detrás de la mordaza, dejó escapar un alarido furioso y tiró de las gruesas cuerdas por encima de su cabeza. Apretando sus manos, trató de hacerlas lo suficientemente pequeñas como para deslizarse a través de las cuerdas. Las retorció y estiró, pero las cuerdas cortaron más profundo en su carne, hasta sus muñecas estuvieron en llamas y sus brazos dolieron por ser estirados en una postura antinatural.

Una gota de sangre goteó hacia abajo un brazo. Por un momento la vio, cautivada por el rojo brillante contra su piel pálida. Entonces levantó su cabeza y fijó sus ojos salvajes en la puerta abierta. *¿Se ha ido? ¿Va a volver?*

Su casi desnudez la hacía sentir profanada.

¿Él me...? ¡No, no pienses en eso!

El aire invernal la hizo temblar incontrolablemente.

Una puerta se cerró de golpe. Pisadas se acercaron y una forma se movió en el umbral.

—Bien, estás despierta. Y luciendo un tanto… animada.

Sarge entró en la habitación y colocó una lata de gasolina en la cómoda.

El corazón de Sadie latió a sobremarcha. *No, por favor...*

Con un estremecimiento, apretó los ojos cerrados, deseando desesperadamente poder cerrar sus piernas también. Lo sentía observándola, estudiando cada pulgada de su cuerpo.

Algo se escabulló a través del piso.

Los ojos de ella destellaron con alarma.

Sarge había arrastrado una silla junto a la cama. Con una mano, le dio la vuelta. Luego la montó y cruzó los brazos sobre el respaldo, como si tuviera todo el tiempo del mundo.

Cuando movió su mano hacia ella, una ola de repulsión hizo su estómago estremecer. Ella emitió un grito sordo y apartó su cabeza de un tirón. Pero eso sólo la hizo marearse. Lo que él le había inyectado estaba todavía en su sistema.

—Una piel perfecta —le susurró él. —Igual que tu chico.

Se estremeció mientras sus dedos callosos se arrastraban desde su brazo hasta su cuello, acariciando en círculos. Por un momento, ella creyó que iba a estrangularla. Luego su mano áspera como papel de lija se deslizó sobre su pecho derecho, acunándolo buscamente.

—Sabes, no tiene qué ser así —dijo él. —Si eres amable conmigo, yo podría ser bueno contigo. Quizás podría decirte dónde está tu hijo.

Ella azotó su cabeza de un lado a otro y gruñó persistentemente.

Retira la mordaza, bastardo.

Los ojos de Sarge se redujeron por la sospecha.

—Sacaré el calcetín de tu boca, pero si gritas, nadie te oirá y volveré a empujarlo hacia adentro. ¿Entiendes? —Él retiró la mano de su pecho y le quitó el calcetín.

Tragando repetidamente, ella aclaró su garganta lastimada. Las fibras de algodón se aferraban a su lengua, el interior de sus mejillas y el paladar.

—Vi morir a Sam —dijo con voz ronca. —Tú lo mataste.

—*Creíste* verlo.

Sadie recordó al niño en el coche. Había estado sujeto de tal manera que muy poco de su rostro quedaba expuesto. Y puesto que la Niebla le había dicho que era Sam, ella había…

Asumido.

—Me llevé a ese chico el año pasado —admitió Sarge. —Pero se había acabado su tiempo. Así que lo vestí con las cosas de tu hijo, lo até dentro del coche y te llamé.

—Lo mataste justo delante de mí.

Él dejó escapar un resoplido.

—Nah, él ya estaba muerto. Lo puse a dormir una semana antes de que me llevara a tu hijo.

Ella estaba horrorizada por su confesión.

—¿Por qué harías eso?

—Había cumplido su utilidad.

—Pero, ¿por qué me hiciste pensar que era Sam?

—No eres muy inteligente, ¿verdad? —dijo él, meneando la cabeza. —Para matar a dos pájaros. Le diste mi retrato a la policía y tuve que demostrarte que iba en serio para que no dijeras nada más. Yo quería que la policía se echara atrás. Además, pensé que irían más lento si sabían que lo había matado.

En el salón, el reloj emitió un ominoso gong. El tiempo se estaba acabando, y Sadie sabía que tenía que seguir haciendo hablar a Sarge.

Tenía sólo una oportunidad de sobrevivir. Y estaba depositada en un escocés de barba roja.

Por favor, Dios... ¡haz que Fergus traiga a la policía!

—¿Qué hay de la sangre? La policía dijo que era...

—De tu niño —dijo con un encogimiento de hombros. —Yo era médico en las fuerzas. Hasta que me dieron de baja. Coger un poco de sangre y dejarla en unos matorrales no fue nada. —Él se frotó el mentón. —Cortar el dedo de su pie y un dedo de la mano llevó algo de trabajo, sin embargo. Tu niño es un luchador.

La sangre de Sadie se transformó en hielo.

—¿Qué clase de monstruo eres?

—Ese es el precio de la guerra. No deberías haberme jodido. Te lo advertí.

—¿Dónde está mi hijo?

—¡No tan jodidamente rápido! —Él gruñó. —Quiero algo primero.

—¿Qué?

Pasó su lengua sobre los labios agrietados.

—Algo que no he tenido en cinco años.

Cuando él sonrió, ella sintió ácido hirviendo subir por su garganta.

¡Cambia el tema! ¡Hazlo pensar en otra cosa!

—Sé sobre Carissa —dijo ella ásperamente. —Y tus hijos, Ashley y Adam.

—¿Qué diablos crees que sabes?

—Sé que murieron en un incendio. Así fue como se quemó tu cara. Trataste de salvarlos.

—Sí, excepto que eso no fue lo que pasó. No realmente.

Un sonido brotó de él y todo su cuerpo se crispó.

Tomó un momento para que Sadie se diera cuenta de que estaba riendo.

—Dime entonces. ¿Qué sucedió?

Sarge se aferró a la parte trasera de la silla.

—Carrie iba a llevárselos lejos de mí. Dijo que yo era diferente después que regresé de Irak. —Hubo una perpleja mirada en sus ojos. —¿Sabes lo que me dijo? Que mis hijos tenían miedo de mí. Traté de decirle que no era verdad, que yo era un buen padre. Claro, yo tenía pesadillas. Horribles. Igual que la mayoría de los chicos cuando regresamos a casa.

—Quizá ella tenía razón —ella balbuceó.

—¡Mentira! Ella quería que fuera a ver a algún loquero, como si estuviera loco o algo. Iba a utilizarlo contra mí para quedarse con los niños. La encontré alistándose para salir. Así que tuve que detenerla.

—¿Qué hiciste?

—Golpeé a la perra. Ella se desmayó, así que le prendí fuego.

La mirada horrorizada de Sadie se trasladó a la lata de gasolina.

—No tenías que matarla. Podrían haberlo arreglado de alguna forma.

—Yo no iba a dejar que los alejara de mí.

—Quizás podrían haber compartido custod…

Sarge saltó a sus pies.

—¡Eran *mis* hijos! ¡Míos!

El sudor se deslizó por la ceja de ella.

—Pero tú… los m-mataste.

—Fue un accidente —dijo él, paseándose por la habitación. —Se suponía que iban a permanecer en el bunker donde los dejé. Carrie estaba en el suelo del salón cuando le prendí fuego. No sabía que Ashley y Adam habían regresado a la casa a través del sótano. —Él se quedó de pie junto a la cama, reviviendo un recuerdo que no podía ver. —Ellos estaban en la ventana, mirándome, llorando. En cuanto abrí la puerta, la maldita casa se encendió como un paquete de cerillos.

—Entonces tienes razón. Fue un accidente.

Sarge miró fijamente hacia el espacio.

—Ella quería llevárselos. Ellos siempre quieren huir de mí. Es por eso que tengo qué matarlos.

—No tienes qué hacerlo —discutió ella, luchando contra las cuerdas.

Después de una larga pausa, él dejó escapar un suspiro.

—Tal vez tienes razón. Tal vez se quedarán ahora que les he encontrado una mamá. —Él notó la expresión conmocionada de ella. —Dijiste que harías cualquier cosa por tu niño.

—¿Esperas que yo viva aquí?

—Seremos una gran familia feliz.

—Los niños no serán felices. ¿Por qué no los dejas ir?

La mirada que le dirigió fue mortal.

—Porque son míos.

Él avanzó con fuertes pisotones hasta la cómoda y agarró la lata de gasolina.

—Y no voy a dejar que ni tú ni nadie se los lleve lejos de mí, Carrie. Si no puedo tenerlos, nadie lo hará. ¡Nunca! —Desenroscó la tapa y el olor de gasolina impregnó el aire rápidamente.

Sadie supo que su tiempo se había terminado. Él iba a quemarla viva si ella no aceptaba ser madre de los hijos que había secuestrado. Pero él tendría que liberarla para hacer eso, razonó, lo que significaba que quizás ella pudiera escapar. *Con* los niños.

—¡De acuerdo! —ella gritó. —Haré lo que quieres.

—¿Y qué sería eso, exactamente?

—Yo… yo voy a cuidar de ellos. Voy a ser su…m-madre.

Un aspecto satisfecho cruzó su rostro.

—Vas a ser más que eso.

Sarge volvió a tapar la lata de gasolina y la dejó en la cómoda. Sin decir una palabra, se quitó la pesada chaqueta de invierno y se sacó las botas de una patada. Luego se desprendió de su ropa y se acercó a la cama.

—Vamos a sellar el acuerdo entonces.

33

Sarge se puso delante de ella, su cuerpo cubierto de pelo negro denso, interrumpido por viejas cicatrices de batalla y tatuajes desvanecidos. Entre sus piernas colgaba un semi-erecto gusano pálido.

El terror la asfixió cuando vio su creciente excitación. Ella quería apartar la mirada. Pero no podía.

—¡No! Dije que me quedaría, los cuidaría…

—A mí *y a* ellos. —Él se apoderó de su barbilla. —Nos cuidarás a todos.

—Por favor —le susurró ella.

Él acarició su excitación ansiosamente, sus ojos de párpados pesados se cerraron por un momento.

—Seguro que te voy a favorecer. Estarás rogando por más cuando haya terminado. Después, te diré donde está el chico.

—Dime dónde está Sam primero.

—No hasta que me des lo que quiero.

El horror la engulló cuando él estiró su mano libre y acarició sus pechos debajo del sujetador. Ella tembló incontrolablemente, dándose cuenta de que no tenía ninguna opción. Iba a violarla. Y ella tenía qué dcjarlo. Era la única forma de conseguir la pistola.

Es sólo sexo. No significa nada.

Él retiró el sujetador de un jalón, cerrando su boca sobre un pezón.

Sadie quería acurrucarse y morir. Quería vomitar, gritar con rabia. Ansiaba golpearlo con sus manos, arrancarle los ojos, patearle los testículos… cualquier cosa para mantenerlo alejado de ella.

En vez de eso, se forzó a permanecer quieta, sin responder.

Toc, toc.

Sus ojos se fijaron en el cuervo. Todavía estaba en la ventana.

—*¿Qué diablos quieres?* —le gritó.

—Quiero follarte —respondió Sarge, mordiéndole los pechos.

Ella gritó en agonía.

Con un gruñido, se estiró por encima de ella. El cabello grueso en su pecho arañaba su delicada piel y su peso la aplastó.

Esto no está ocurriendo, se dijo ella. *Es una pesadilla. Bebí demasiado, me desmayé.*

Sarge bajó su cara cerca de la suya y ella pudo oler la podredumbre de su rancio aliento. Todo en él olía como a enfermedad, podrido…mal. Él tentó entre sus piernas y ella gimoteó y cerró automáticamente sus muslos, desesperada por dejarlo fuera.

Gana su confianza, Sadie. Haz que te desate. Luego, consigue el arma.

—Si quitas la…

Un puño impactó contra su cara.

—¡Cállate, joder! Yo sé cómo hacer esto.

Aturdida, se quedó sin fuerzas. Este no era ningún sueño ebrio.

Otra vez, él hurgó en su pecho.

Ella dejó escapar su aliento agonizante.

—Yo puedo ayudarte.

Sus ojos se estrecharon en rendijas de sospecha, pero él no dijo nada.

—Necesito subir mis piernas —dijo ella, mordiéndose el labio hasta que probó la sangre. —Lo haré mejor para ti.

—¿Por qué harías eso?

—Así no perjudicarás a Sam. O a los demás.

—¿Solo por ellos?

—¡No! También por ti. —Trató de sonreír. —Y por mí. No he tenido buen s-sexo en… mucho tiempo.

Él contempló la mentira.

—Si intentas algo, te haré sufrir. Después, voy a matarlo. —Él deslizó la foto de Sam que se asentaba en la mesita de noche y la derribó. —¿Lo captas?

—Sí —dijo ella. —Pero hay un problema.

Él la miró cautelosamente.

—¿Qué?

—La cama es demasiado blanda. Necesito todo…duro.

Hubo un brillo lascivo en sus ojos.

—El piso, entonces.

Se subió sobre ella y desató las cuerdas. Una vez que fue libre, ella se estiró con cautela y cubrió sus senos, hasta que vio su expresión enojada.

—Hace frío aquí —murmuró.

—Yo te calentaré.

Ella contuvo una respuesta. Sentándose, flexionó sus extremidades.

—Mis manos y mis pies están adormecidos. Dame un minuto para reanudar mi circulación y calentarme.

Él rió disimuladamente y empujó sus caderas hacia ella.

—Podrías calentar *esto*.

Si ella dudaba más, Sarge la pondría a hacer algo repugnante. No es que la alternativa fuera agradable, pero al menos le daba una oportunidad de conseguir la pistola.

Era su única oportunidad.

Puedes hacer esto, Sadie. Por Sam. Por los demás.

—Voy a poner la colcha en el suelo —balbuceó ella, consciente de su mirada ardiente en cada parte de su cuerpo.

Él se lamió los labios, luego asintió con la cabeza.

—Date prisa.

Ella agarró la colcha y la extendió en el suelo.

—Permítanme enderezarla —dijo ella, rezando por poder llegar a la pistola a tiempo.

Se arrodilló sobre la manta.

Se equivocó al hacer eso.

Sarge cayó al suelo detrás de ella, presionándose contra ella y empujándola hacia adelante hasta que su rostro golpeó la manta. Ella parpadeó aturdida y jadeó.

Entonces la vio.

La caja de la pistola.

Estaba escondida debajo de la cama, a unos centímetros de su mano izquierda.

—Eso es algo digno de ver —dijo de Sarge. —Vas a ser una buena mamá.

Cuando acarició sus nalgas alzadas, ella se mordió la lengua para no gritar. Se estiró con los dedos flexionados y deslizó su mano debajo de la cama.

—¡No te muevas a menos que yo te lo ordene! —gruñó él, golpeándola en la parte de atrás de su cabeza. —Ahora, sé un buen perrito.

—¡Espera! —exclamó ella. —Déjame darme la vuelta.

Su mano chocó contra la caja de la pistola. Movió sus dedos sobre ella y deslizó la parte superior abierta. Una vez que tocó frío metal, su corazón se disparó. Sujetó la pistola en la mano, luego cuidadosamente la retiró y la acunó en su pecho.

—¡Dame lo que quiero! —ordenó Sarge.

Ella toqueteó la pistola.

—Me debes algo primero.

—¿Qué?

—Dime dónde están Sam y Cortnie.

—No sé.

—Sí lo sabes. Y vas a decírmelo.

Él sonrió socarronamente.

—Ahora, ¿por qué iba a hacer algo estúpido como eso?

Con la velocidad del rayo, ella rodó y saltó a sus pies.

Sarge se sentó, sus ojos parpadeando con ira.

—¿Qué diablos piensas que estás haciendo? —Probablemente hubiera arremetido en ella, pero notó el destello de metal en su mano. —Oh, rayos —dijo con sorna. —Mamá tiene una pistola.

Ella apuntó el arma hacia su pecho.

—Y Mamá está preparada para usarla, maldito bastardo.

Él se puso de pie lentamente, el gusano entre sus piernas ahora minúsculo.

—¡No te muevas! —gritó ella.

La red de cicatrices en la cara de Sarge se crispó.

—Si me disparas, nunca sabrás donde están.

Él tenía razón. Y ambos lo sabían.

—Baja la pistola y te llevaré con ellos —dijo.

—Si hago eso, me matarás…*y a* ellos.

Él dio un paso adelante.

—Tienes razón.

Ella niveló la pistola. La pistola con una sola bala. El arma que no disparaba.

—¿Dónde están, Sarge?

—No lo harás —desdeñó él. —*No puedes* hacerlo.

Mientras él se abalanzaba hacia ella, oró a Dios, a Buda, al universo, a cada fuerza superior que él estuviera equivocado. Rogó por que esta vez cuando apretara el gatillo, la pistola se disparara.

Y lo hizo.

34

El disparo reverberó en la pequeña cabaña, y Sadie tropezó hacia atrás por el retroceso al mismo tiempo que un objeto plateado pasaba silbando junto a su brazo. El cuchillo de pesca repiqueteó en el suelo tras ella. Ella lo pateó hacia el umbral, luego se giró para enfrentarse a su torturador.

Sarge se caía contra la pared, agarrándose el estómago con ambas manos mientras una corriente carmesí brotaba de entre sus dedos.

—¡No te muevas! —ordenó ella.

Él le dirigió una sorprendida, casi herida mirada.

—Me disparaste.

Con la velocidad del rayo, ella agarró la bata del armario y se encogió de hombros para cubrir su desnudez. Una flor de sangre manchaba la manga. Ella se dirigió al hombre en la pared y apuntó la pistola de nuevo, aunque sabía que no le quedaban más balas.

—Dime dónde están Sam y Cortnie.

Sarge comenzó a temblar y se preguntó si estaría entrando en shock. Pero luego oyó su risa burlona.

—Me dijiste que sabías dónde estaban —gritó ella.

—Te mentí. —Él se deslizó hacia abajo contra el muro, dejando un rastro de sangre. —Me abandonaron. Es culpa de Ashley.

—¡Cortnie! —Ella se quebró. —Ellos tienen nombres. Sus *propios* nombres.

—Ella es demasiado inteligente para su propio bien. Tendremos que castigarla.

—Por supuesto —afirmó con una sonrisa falsa. —Pero primero tendré que ir por ellos, traerlos de regreso. ¿Dónde están, Sarge?

En el piso, él parpadeó vacante.

—Dime —insistió ella.

—No sé.

—Voy a encontrarlos —dijo. —Y luego nos iremos todos a casa. Volveremos a Edmonton.

—Pero ellos quieren quedarse conmigo —lloriqueó él. —Con nosotros. Podríamos ser felices, Carrie. Podemos ser una familia de nuevo. ¿Cómo pudiste llevarte a nuestros hijos lejos de mí? Son míos.

Sadie lo observó, boquiabierta. Sarge se había perdido totalmente.

Ella sacudió la cabeza.

—Ellos *nunca van a* ser tuyos.

Instantáneamente, Sarge estaba de vuelta con ella.

—Tú me perteneces también —dijo con una débil sonrisa de suficiencia. —Nunca me olvidarás. Pensarás en mí cada vez que folles con alguien.

—Eres un cerdo asqueroso —repuso ella. —No malgastaré ni un segundo de mi vida pensando en ti. Espero que te pudras en la cárcel. Cuando todos los niños regresan con sus padres, me aseguraré de que así sea. Ninguno de ellos quiere permanecer contigo. Ni Marina ni Holland. Ninguno de ellos.

—¿De qué carajo estás hablando?

—Me los llevaré a todos de aquí.

Sarge se rió. El sonido borboteó en su pecho, líquido y abrasivo. Una burbuja de saliva emergió de la esquina de su boca, seguida sangre roja brillante. Él no lo notó.

—Nunca los encontrarás —gruñó. —No antes de que vuelen en pedazos pequeñitos. —Él levantó una mano temblorosa y miró su reloj. —En una hora.

El pulso de Sadie se aceleró.

—¿Una bomba?

—Y no conoces el código —se burló. —Aw, qué mal.

—¿Qué código?

Él la miró, silencioso y desafiante.

—Estás muriendo —dijo ella. —Haz algo bueno para variar. Dime el código.

—Vete al infierno.

—Ya estuve allí. Y de vuelta. Ahora es tu turno. ¡El código!

Él hizo mímica de una cremallera cerrándose sobre sus labios.

—Ayúdame a salvarlos —le rogó.

—He salvado suficientes vidas. En las fuerzas armadas. Mira a dónde me llevó. —Él tosió más sangre. —Dado de alta médica con una mísera pensión con la que ni siquiera un perro podría sobrevivir. Observé a mis amigos explotar en pedacitos. Querían que los curara, y cuando no podía, tuve qué amputar sus piernas, sus brazos. Pero los salvé. Y me odiaron por ello.

Mientras Sadie lo observaba, un intenso mareo se apoderó de ella. Contuvo un quejido, y subrepticiamente examinó su brazo herido. El cuchillo había cortado su piel, quizás media pulgada de profundidad. Necesitaba algo para amarrar alrededor, detener el sangrado.

Pero no podía dejar a Sarge. No hasta que él le diera el código.

—Podrías ser un héroe —dijo ella, aferrándose a cualquier cosa.

—Ya soy un héroe. He luchado en el extranjero por mi país. Estuve en la guerra del Golfo. En Iraq. ¿Para qué, para mantener la paz? ¡Qué puta broma! —Otro acceso de tos. —Llego a casa, y mi esposa está lista para dejarme y llevarse a mis hijos. Ella iba a dejarme sin nada. Sólo facturas y este rostro feo. —Escupió un coágulo de sangre oscura en el suelo. —Esa es la recompensa del héroe.

—Venga. ¿Cuál es el código, Sarge?

Él rió disimuladamente.

—*Mi casa...es...su casa*[2].

Las conocidas palabras hicieron revolver su estómago.

—¡Dame el código!

—No puedes entrar en *mi casa* —se burló él.

Su cabeza cayó hasta su pecho, y un largo resuello de aire escapó de su boca.

—¿Sarge? —Ella se deslizó hacia adelante y tocó su cuello.

Tenía pulso. Débil.

Ella lo sacudió.

—¡Sarge!

Cuando él levantó la mirada, sus labios gruesos transmitieron una malévola sonrisa. Pero no dijo nada. Sólo la miró fijamente, su boca estirada en una enferma sonrisa.

—¿Cuál es el maldito código? —gritó ella.

Lo abofeteó y su cabeza colgó hacia un lado, sin vida.

Sarge estaba muerto.

Un sonido detrás de ella le hizo saltar.

El cuervo esperaba en la repisa de la ventana, su pico presionado contra el cristal. El pájaro estaba tan inmóvil que si ella no supiera lo contrario, habría pensado que no era nada más que un adorno de césped

---

[2] En español en el original.

de plástico.

—¿Qué carajo quieres? —gritó, apretando los puños.

Cruzó la habitación, pero la mirada del ave permaneció fija.

En el cuerpo de Sarge.

Ella vaciló y finalmente comprendió la misión del ave.

El cuervo inclinó su cabeza. Luego levantó el vuelo con un fuerte graznido. Había conseguido aquello por lo que había venido.

Agarrando un par de jeans limpios y secos, un jersey y calcetines, Sadie se dirigió al cuarto de baño. Antes de vestirse, limpió todo rastro de Sarge. Nadie tenía qué saber las cosas asquerosas que había hecho con ella. Él había secuestrado a su hijo, luego la había perseguido, drogado y atado. Seguramente era suficiente.

Tomó el cinturón de su bata y con sus dientes, lo ató alrededor de dos almohadillas faciales en su brazo. Había perdido mucha sangre por la herida de cuchillo. Pero no podía parar ahora.

—Tienes que salvar a los niños —le dijo a su reflejo.

Antes que el búnker explote.

Cuando salió del baño, mantuvo su mirada en la parte principal de la cabaña. Era consciente del cuerpo de Sarge en el dormitorio, pero no quería pensar en ello. No ahora. Probablemente pasarían años antes de que pudiera aceptar que ella había matado a un hombre. Y aún más para admitir que había querido hacerlo.

Colocándose su chaqueta, se encogió debido al dolor que se disparó a través de su brazo. Debería haber ideado un cabestrillo improvisado, pero necesitaba ambas manos para luchar con el tocón del árbol. Con su brazo bueno, abrió la puerta de atrás. La súbita luz brillante hirió sus ojos y ella se tambaleó hacia fuera. Directamente contra un cuerpo sólido que respiraba.

El rostro canoso de Jay Lucas entró en su campo de visión.

—¿Sadie?

—¡Jay! Qué… ¿Cómo llegaste aquí tan rápido?

El detective levantó los ojos hacia el cielo.

—En helicóptero.

—¡Pero tienes miedo a volar!

—No tuve opción. Este hombre insistió.

Sadie vio a Fergus de pie detrás de Jay. Ella abrió la boca para agradecerle, sus rodillas cedieron.

—Oh, mierda.

Los ojos de Jay se arrugaron con preocupación.

—¿Estás herida?

—Es sólo un rasguño. —Dedicó una mirada irónica a Fergus. —Su cuchillo de pesca se vengó de mí por robarlo.

—Déjeme ver —exigió Jay, acercándose.

—No, no tenemos tiempo. Tenemos que encontrar el búnker. Sarge lo ha amañado para explotar en menos de una hora.

Jay sacó una radio de su bolsillo. Murmuró algo en ella. Luego la miró.

—¿Puedes mostrarnos la entrada?

—Sí. Eso creo.

—¿Dónde está Sarge? —preguntó Fergus, mirando nerviosamente hacia el bosque.

Ella indicó con su cabeza hacia la cabaña.

—Allí. Está muerto.

—¿Muerto? —Ambos hombres dijeron al unísono.

—Él me drogó y me ató —murmuró, mirando hacia otro lado. —Cuando me desató, le disparé.

Jay desapareció en el interior. Un momento más tarde, regresó con una triste mirada en su rostro.

—¿De dónde salió el arma?

Sadie abrió su boca para contestar, pero Fergus se adelantó.

—Sospecho que es de Sarge. Tenía una colección. Algunas legales, otras no. —Él le dirigió una mirada dura, como si dijera, "¡no discutas conmigo, muchacha!".

—Alguien debe quedarse aquí —dijo Jay a Fergus. —Con el cuerpo. ¿Estás dispuesto?

El escocés asintió con la cabeza.

—Seh, puede contar conmigo, Detective Lucas.

—Y los niños cuentan conmigo —dijo Sadie.

Los ojos de Jay se desviaron hacia los árboles.

—No puedo creer que estén vivos.

Fergus suspiró.

—Y yo no puedo creer que Sarge los secuestrara. No sé lo que estaba pensando ese hombre.

—No estaba pensando —respondió Jay bruscamente. Se dirigió a Sadie. —¿Así que están todos en el bunker?

—Excepto Sam y Cortnie. Ellos huyeron. —Sus ojos se anegaron. —Tenemos que encontrarlos. Hace demasiado frío, especialmente por la noche.

—¿Tiene usted alguna idea de dónde se han ido?

—No, pero quizás los otros niños la tengan.

35

Dos helicópteros de la policía esperaban en medio del campo, sus hélices zumbando. Una docena de policías uniformados vistiendo chalecos de Kevlar rastreaban la zona circundante a lo que quedaba de la casa de Sarge. Algunos tenían perros de búsqueda, pero los perros parecían más interesado en inhalar las cenizas de la casa que en encontrar un camino a través del bosque. Bajo las órdenes de Jay, dos mujeres policías se habían trasladado al exterior de la casa, arma en mano.

Nadie sabía qué esperar, pero como le dijo Jay a Sadie, era mejor estar preparados para cualquier cosa.

La tormenta del día anterior se había terminado, y el río ya iba disminuyendo. El viento furioso se había convertido en una corriente calma, intermitente, dejando todo en su estado anterior de nuevo.

—¿Nada todavía? —ladró Jay en su radio.

Sadie oyó un sordo de un *"no"* y su corazón se hundió.

Habían estado buscando durante media hora y se agotaba el tiempo. Un equipo ya había investigado el cobertizo, confirmando la existencia de un generador, un tanque de agua caliente, un filtro de agua y purificador de aire, pero todos los tubos y cables estaban enterrados muy por debajo del suelo. Tardarían horas, incluso días, para excavar y seguirlos hasta el bunker oculto.

No tenían horas.

Ella estaba de pie junto a Jay, a unos metros de la casa.

—Esto es imposible —gimió. —Hemos recorrido estos bosques y

nada parece familiar. ¿Cómo encontraremos un tocón de árbol en un bosque lleno de ellos?

—Hey, estaba oscuro y lloviendo afuera. Nadie la culpa.

—*Yo* lo hago.

Ella se culpaba a sí misma por no prestar atención. Había seguido a los niños a través del bosque y ayudado a Marina a mover el tocón. Sin embargo, cada tocón que Jay había movido sólo arrancaba suciedad y barro.

Frustrada, golpeó un puño contra su muslo.

—Sé que me estoy olvidando de algo. Algo importante.

La carcomía ese pensamiento, de que ella sabía cómo encontrarlos. ¿Era algo que los niños habían dicho? ¿Algo que Sarge había dicho?

—¡Mierda! —murmuró. —Era algo acerca de las puertas.

—¿Puertas? ¿En plural?

—¡Eso es! —Se golpeó la frente, sintiéndose estúpida. —¡Jesús! Había *dos* entradas. El tocón y la otra puerta.

—¿Hacia dónde conducía?

Su corazón se hundió.

—No sé. Nunca la abrí. Sarge entró por ahí. Nosotros escuchamos sus pisadas bajando las escaleras. —Ella agarró el brazo de Jay. —¡Espere! Cuando pasé por esa puerta, olía a humo. Y Sarge dijo que Ashley y Adam volvieron a la casa desde el búnker la noche del incendio. A través del sótano.

—*¡Ellos están en el sótano!* —gritó Jay en la radio.

Un enjambre de hombres emergió desde el bosque. Como abejas convergiendo en una colmena, se apresuraron hacia la casa.

Un detective vistiendo un chaleco amarillo le hizo señas a Jay.

—Estamos listos —gritó. —Pero tenemos que ser cuidadosos. No sabemos cómo fue amañado.

—Quédate aquí —le ordenó a Jay a Sadie, dejando su radio en la mano de ella. —No te olvides de levantar el dedo del botón cuando hayas terminado de hablar. —Él desapareció entre las ruinas.

Sadie se recargó contra un árbol y vigiló la casa.

La radio crujió.

—*¿Sadie? ¿Puedes oírme?*

Ella pulsó el botón.

—¿Encontraron algo?

—*Hay un agujero que conduce a un sótano. Vamos a bajar...*

Un afilado crujido de estática lo interrumpió.

—¿Jay?

Silencio.

Entonces la radio escupió.

—*Sa...en el...usted sabe...*

—¿Qué? —gritó ella. —No entendí lo que dijo. Repita, por favor.

—*Estamos en el bunker...los niños no están en la sala principal ni en el dormitorio de Sarge. Hay otra puerta que no hemos abierto todavía.*

—¡Esa es la habitación de los niños!

—*Sadie... necesitamos un código para esa puerta.*

El código. *¡Mierda!* Ella se había olvidado de eso.

—Oh, Dios. Intenté lograr que Sarge me lo dijera.

Hubo más silbidos de estática.

Luego llegó la voz de Jay, clara y suave.

—*Sadie, sólo tenemos una oportunidad para ello. ¿Lo entiendes? Él lo tiene conectado de manera que todo el lugar explotará si introducimos el código erróneo.*

Ella aferró su garganta, incapaz de respirar.

—*Sadie.*

Ella comenzó a llorar.

—No lo sé, Jay. Oh, Jesús… no sé el código. No podemos salvarlos.

Hubo otro crepitar.

—*No te rindas. Es un teclado alfabético. El código es de seis letras.*

Ella destrozó su cerebro en busca de un código.

Sarge usaría algo fácil de recordar, pero importante, como un nombre. Adam... Ashley... no, él no podría elegir a un niño sobre el otro. Carissa...

—¡Carrie! —Ella estaba tan emocionada, que se olvidó de encender la radio. La presionó nuevamente. —Creo que es Carrie, el nombre de su esposa.

—*Carrie. ¿Estás segura?*

—No realmente, pero tiene seis letras.

—*Bien, buen trabajo. Los códigos generalmente significan algo para un perpetrador.*

—Tiene que ser Carrie.

Incluso mientras ella lo decía, empezó a dudar de que Sarge hubiera utilizado el nombre de la persona que quería quitarle todo, incluidos sus hijos. Al final, él la odiaba. Lo suficiente para prenderle fuego, matarla.

—¡Espere! —gritó ella en la radio. —Creo que estoy equivocada.

No hubo respuesta.

—¡Jay! ¡No es Carrie!

La radio silbó, luego se escuchó la voz de Jay.

—*Tenemos qué apurarnos, Sadie. Tenemos menos de diez minutos.*

—¡No! —sollozó ella. —Eso no es tiempo suficiente para descifrarlo.

—Si no tienes otra sugerencia, tendremos que intentar con Carrie.

Un movimiento repentino atrajo su mirada.

Los hombres salían de las ruinas, pasando a una distancia segura. Todo el mundo estaba fuera de la casa, excepto el detective anti bombas en el chaleco amarillo…y Jay.

—Quizás debería salir de allí —lo instó.

—Seis letras, Sadie. Quizás te las dijo y no lo supiste.

Ella recordó las palabras finales de Sarge.

No puedes entrar en mi casa.

—No puedes entrar en mi casa.

¡Jesús! Había estado justo frente a ella. *¡El bastardo!*

—¡MI CASA! —gritó. —M…I…C…A…S…A.

—¿Estás segura?

—Estoy segura, Jay. El bastardo se reía de mí cuando me lo dijo. Nunca pensó que lo averiguaría. Mi casa. En español.

La línea quedó completamente en silencio.

Su pulso se aceleró. ¿Estaría equivocada?

—Por favor, Dios… Protege a Jay y a los niños. Cuida de ellos. —Ella alzó su cabeza hacia el cielo. —Y ayúdanos a encontrar a Cortnie y Sam.

Ella esperó, conteniendo su respiración. Seguramente el tiempo se había acabado.

—¿Jay? —dijo ella en la radio.

Estática.

Ella miró hacia la casa. No había humo, ni ninguna explosión.

Cinco minutos pasaron. Todavía no había nada.

La radio crujió.

—El código funcionó, Sadie, —dijo Jay con voz cansada.

—¿Y los encontraron?

Pausa.

—Sí. Los encontramos.

Sadie liberó una larga exhalación irregular. Emocionada, hizo clic para apagar la radio, la metió el su bolsillo de su chaqueta, y caminó hacia la casa. Era un revoltijo de emociones. Quería bailar en el campo. En ese momento, hizo una promesa. A Dios, ella misma…y a Sam. Nunca bebería de nuevo. Era una promesa que mantendría.

—Gracias, Dios —dijo. —Estoy limpia.

Caminó de un lado a otro sobre la hierba, muy contenta de ver a los niños otra vez. Uno de ellos debía tener una idea de a dónde habían ido Sam y Cortnie. Quizás Cortnie les hubiera dicho algo antes de salir, dado una pista.

El oficial del chaleco amarillo apareció primero. Miró hacia ella, luego se desvió hacia un grupo de hombres cerca del cobertizo. Dijo algo a uno de ellos y partieron hacia la casa.

Cuando Jay finalmente apareció, se dirigió directamente a ella. Su rostro estaba manchado con hollín y se veía agotado.

Ella corrió hacia él, sonriendo.

—¡Lo hicimos, Jay!

Él no contestó.

Ella tiró de su brazo.

—Venga, lo menos que puede hacer es sonreír.

—Sadie…

Ella miró sobre su hombro.

—¿Dónde están? ¿Por qué no han salido todavía?

Jay le dio una mirada impotente.

—Sadie, están…

Ella no podía respirar.

—¿Qué pasa? ¿Por qué me está mirando de esa manera?

—Están muertos, Sadie.

—¿Qué?

—Están muertos. Todos ellos.

—Pero eso es imposible. Estaban bien cuando los dejé aquí. Está equivocado. Vaya a verlos. Están vivos.

Los ojos arrugados de Jay se empañaron.

—Hay siete cadáveres allí abajo. Todos en diferentes etapas de descomposición, lo que significa que algunos de ellos llevan muertos un rato. Y sabemos que voló a un muchacho en el coche. Eso suma ocho niños. Ese es el número que la Niebla se llevó.

—Ocho —dijo ella, adormecida.

—Incluso Cortnie… y Sam. Lo siento, Sadie.

—Pero yo… —Ella sacudió la cabeza. —Tiene que estar equivocado.

Ella cerró los ojos, tratando de racionalizar todo. Había cepillado el pelo de Marina, visto a Holland beber chocolate caliente con malvaviscos y habían dejado regalos en su puerta. Incluso los había seguido por el bosque hasta el búnker. ¿De qué otra forma sabría ella dónde estaba?

Recordó seis dulces rostros confiados.

Marina, Holanda, Brittany, Scotty, Kimber, Jordan…

—Marina me dijo que Sam y Cortnie huyeron —insistió. —Sarge dijo lo mismo.

—Él debió haberlos encontrado —dijo Jay suavemente. —Antes de ir tras de ti. Estaba jugando con tu cabeza, Sadie.

Sólo había una manera de saber si Jay estaba diciendo la verdad.

Ella corrió hacia la casa.

—¡Espera! —gritó Jay. —¡Vuelve! No querrás ir allí. Confía en mí.

Pero ella estaba más allá de confiar en alguien. Esto era algo que tenía que ver por sí misma.

Tropezándose con trozos de madera ennegrecida, encontró su camino a través de las cenizas húmedas pegajosas, levantando el hollín que habían encontrado refugio bajo las losas de madera y metal fundido. En una esquina vio a un detective de hombros anchos de pie cerca de un agujero en el suelo. Miró hacia arriba mientras ella se acercaba.

—Necesito bajar por allí —le dijo ella.

El oficial echó un vistazo sobre su hombro.

—Está bien —bufó Jay detrás de ella. —Ayúdala.

Los dos hombres ataron una cuerda alrededor de su cintura, luego la bajaron por el agujero en el piso. El aire se espesó debido a la ceniza que flotaba a su alrededor, desprendida por los movimientos de los hombres de arriba. El picante olor a humo estaba por todas partes, en su boca, aferrándose a su piel y cabello, pero al menos podía ver. El sótano estaba estratégicamente iluminado por pesadas linternas, y ella se sintió agradecida de no estar cayendo en la oscuridad. Había tenido bastante de eso últimamente.

Cuando llegó a la tierra, un joven novato desató la cuerda.

—Por aquí —dijo, su cara marcada por una verde palidez.

Mientras él la guiaba a través de los escombros, ella se sorprendió al ver que el fuego no había alcanzado el sótano. La mayoría de los daños se ha hecho por la lluvia y el hollín que se filtraba a través del suelo y el agujero. Todo estaba cubierto por una capa de suciedad y la lluvia negra caía a su alrededor, luciendo tan escalofriante como sonaba.

Vio una cuna en una esquina y una caja de juguetes desbordada con juegos, películas de Disney, muñecas y figuras de Star Wars en la otra. Junto a la caja de juguetes, una mesa de hockey de aire contenía aproximadamente dos pulgadas de agua turbia.

—Es detrás de aquí —dijo el novato, distrayéndola.

Apartó una estantería metálica que se adjuntaba a una pared de yeso prefabricada cubierta de moho. Detrás de ésta, unas escaleras bajaban hacia otro nivel.

Dentro de minutos, Sadie estaba de vuelta en el interior del búnker.

—Al menos no me imaginé esto —dijo ella, sus ojos barriendo a través de la habitación.

—¿Qué? —preguntó el novato.

—Nada.

El joven la llevó a la puerta con el teclado.

—Mi casa —dijo ella mientras él tecleaba el código.

La puerta se abrió con un clic audible.

El novato se apartó y le dio una mirada preocupada.

—¿Está segura de que quiere ir allí, señora?

Sadie abrió la puerta.

36

Los niños estaban colocados sobre colchones de cunas cubiertos con sábanas en el suelo de cemento, las niñas en un lado de la habitación, los niños en la otra. Una luz azul encima de ellos arrojaba algo de luz en la habitación, lanzando sobre los cadáveres una palidez fantasmal. Vestían sus pijamas, sus manos plegadas dulcemente sobre sus regazos.

Sadie paseó la mirada sobre los cuerpos sin vida. Estaba demasiado oscuro para ver con claridad y era evidente por el olor fétido que algunos estaban, como Jay lo había formulado, en *descomposición*.

Las lágrimas inundaron sus ojos.

—Parece que estuvieran durmiendo.

Ella contó y sofocó un sollozo.

—Siete.

Jay tenía razón. Todos los niños están aquí. Incluso Sam.

Dejó salir jadeos tensos e inestables.

—¿Está bien, señora? —preguntó el novato detrás de ella.

—No. —Ella se alejó. —Tengo que salir de aquí.

Fue levantada de nuevo, hacia la luz y el aire respirable, y Jay la acompañó fuera de la apertura y lejos de la casa.

—No pude mirar sus caras —gimió. —No quise ver a Sam. No así. —Ella levantó sus ojos. —¿Eso me convierte en una madre terrible?

—No —dijo Jay, su voz quebradiza. —Te hacen humana. Podrás mirar a Sam cuando estés lista.

—Nunca voy a estar lista —lloró. —¡Los *vi* , Jay! Hablé con ellos, les di de comer. Simplemente no lo entiendo. Marina me dijo que Cortnie y Sam se habían escapado. Yo le creí. Por primera vez en semanas, tuve esperanza. —Alzó sus manos. —¿Y para qué?

—Sadie, nunca los hubiéramos encontrado. No sin ti. Tendrían que haber estado allí para siempre. Tal vez es por eso que los viste, para que tú y los otros padres puedan tener un cierre, de modo que los niños puedan tener un entierro adecuado.

Las palabras de Jay la hicieron enojar.

—Ya enterré a mi hijo una vez. No puedo hacerlo de nuevo. —Sus sollozos llegaron en jadeos enojados. —¡Me niego!

—Hiciste una cosa buena aquí, Sadie. No te olvides de eso.

Pero ella quería olvidar. Olvidar los cuerpos, olvidarlo todo.

Huyó a través del campo. Cuando llegó al cobertizo, se desplomó con su espalda contra éste y se hundió en el suelo húmedo.

—Lo imaginaste todo. No había niños… ni Sam. ¡Todo fue una mentira! —golpeó su cabeza contra el cobertizo. —¡Estúpida, estúpida borracha! —las lágrimas corrieron por su cara, cegándola momentáneamente, y ella acunó su cabeza y lloró por los niños, por Sam y por ella misma.

Ssssadie…

Al oír su nombre, levantó su rostro bañado en lágrimas y vio una niebla gris rodando hacia ella. La visión la dejó paralizada mientras ésta se agitaba y separaba. A continuación, siete formas fantasmales avanzaron hacia adelante.

Los niños. Los niños muertos.

—¿Qué quieren de mí? —lloró Sadie.

Marina avanzó hacia ella.

—Queremos darte las gracias.

—¿Agradecerme, por qué?

—Volviste por nosotros.

—Pero fue demasiado tarde.

—Nunca es demasiado tarde. —Marina alzó ambas manos, enmarcando la cara de Sadie. —Hiciste *exactamente* lo que te pedimos.

—¿Qué quieres decir? Yo no hice nada.

—¿Recuerdas las cosas que te dejamos?

—¿Su mensaje, "ayúdanos"?

Marina asintió con la cabeza.

—Bien, lo hiciste. Ayudarnos, quiero decir.

Sadie gimió.

—No, no lo hice.

—Sí, lo hiciste —insistió la niña. —Nos salvaste de estar con *él*.

Nos has dado paz. Y nuestra libertad.

Sadie se puso trabajosamente de pie.

—¿Libertad? ¡Están muertos!

—Y tú nos llevaste a todos a *casa*. —Marina la abrazó. —Gracias, Sadie O'Connell.

Antes de que Sadie pudiera decir una palabra, la niña se separó y corrió por el campo. Como alcanzó el borde donde la hierba muerta se reunía con los remolinos de niebla, los otros niños se unieron a ella. Se situaron en una fila, tomados de las manos, frente a Sadie… sonriendo. Entonces, uno a uno, los niños empezaron a fusionarse con la niebla, hasta que sólo quedó Marina.

—¡Espera! —rogó Sadie. —¡No te vayas!

—Tenemos que hacerlo. Pero te dejaremos tres últimos regalos.

Marina se dio la vuelta, luego miró sobre su hombro con una sonrisa brillante en sus labios.

—Hay una luz más allá de la niebla, Sadie. La más hermosa luz. Es cálida y tranquila y llena con tanto amor que corta el aliento. Asegúrate de decírselo a mis padres. Diles que los amo y que siempre seré parte de este mundo. Estaré en cada amanecer y cada atardecer. *Todos lo haremos*. Es nuestro destino.

Un dedo de palpitante luz etérea llegó y acarició a Marina, tirando suavemente de ella hacia su núcleo. Luego se escucharon risas suaves y dulces, mezcladas con la brisa, y la niebla se disipó como si nunca hubiera existido.

—Adiós —lloró Sadie.

Un sorprendente graznido rompió la calma, y sus ojos empañados miraron hacia el cielo. Más allá de los árboles, un cuervo volaba en círculos sobre la cima de una colina rocosa. Incluso desde la distancia, ella pudo ver una hendidura oscura cerca de la parte superior. Una cueva.

"Te dejaremos tres últimos regalos", había dicho Marina.

El corazón de Sadie se saltó un latido.

—¡Espera! Vi a *siete* niños, pero no a Sam.

Ella miró fijamente al cuervo.

Y lo supo.

Sam estaba *vivo*, y había un solo lugar donde Sam se sentiría completamente seguro.

¡La cueva Cadomin!

Sujetando con una mano su brazo herido, corrió por el bosque hasta alcanzar la base de la colina. Entonces comenzó a subir. El sendero, si se le podía llamar así, tenía aproximadamente treinta centímetros de ancho y apenas era detectable en algunos lugares. Probablemente había sido tallado por un serpenteante arroyo goteando por la ladera de la colina.

Media hora más tarde, la radio en su bolsillo crujió.

—*¿Sadie?*

—Sí —jadeó ella.

—*¿Dónde diablos estás? Pensé que habías regresado a tu cabaña.*

—Estoy en camino a la cueva Cadomin.

—*¿Qué? ¿Qué diablos estás...?*

—Sam está en la cueva.

Pausa.

—*Escucha, Sadie, estás lastimada y has perdido mucha sangre. No estás pensando... ah, al demonio. No importa. Voy para allá. Espérame.*

Pero no había manera en el infierno en que ella fuera a esperar.

Entre más subía, más cambiaba el panorama. El bosque denso en la base de la empinada pendiente raleaba, y las plantas perennes y arbustos bajos con capullos tempranos de primavera daban paso a rocas sueltas, grises y crestas de roca calcárea con bordes escarpados.

En algún lugar del otro lado estaba el camino común, el que los turistas tomaban para llegar a la cueva Cadomin. Y en algún lugar detrás de ella, adivinó, Jay estaba tratando de subir por el mismo camino que ella estaba tomando. Pero él no la alcanzaría lo suficientemente pronto.

Enjugó una mano mugrienta por su frente y miró de reojo la cima. Martha le había dicho que tardaría una hora y media desde la base hasta la cueva. Para Sadie, fueron dos horas agotadoras. Cuando finalmente vislumbró la entrada de la cueva, dejó escapar un suspiro de alivio.

—¡Cawww! —Chilló el cuervo por encima de ella.

—No hay nada para ti aquí —gritó ella.

Distraída, no vio al sumidero hasta que su pie, el mismo que se había torcido anteriormente se hundió y desapareció hasta la rodilla. Se precipitó hacia adelante y cayó duro y rápido, su brazo herido impactó contra el suelo. Aulló de dolor, no sabiendo qué sujetar primero, su brazo o su pie. Mientras yacía en el suelo, oró por no haberse roto nada.

Después de unos minutos, tomó una respiración profunda y retiró su pierna del orificio. Con una carcajada desdeñosa, dijo:

—Vas a acabar en una bolsa para cadáveres a este ritmo.

Hizo un rápido inventario. Sus pantalones vaqueros estaban desgarrados y su pierna tenía un parche de violentos raspones y verdugones, pero no había huesos rotos.

Su mirada vagó hacia la cueva. Dudó. Quizás estaba equivocada. Quizás había subido esta maldita colina, arriesgando la vida y las extremidades para nada.

La cueva la atraía.

Cojeó hacia dentro, ignorando el entumecimiento en su brazo y las punzadas que se extendían por su pierna.

Junto a la entrada, una placa estaba montada sobre un soporte de metal.

—"Bienvenido a la cueva Cadomin" —leyó.

El saludo era seguido por una serie de normas de seguridad, incluyendo una sobre llevar suficiente iluminación.

Sadie maldijo por lo bajo.

Resignada a otra oscura travesía, avanzó hacia la boca de la cueva. La repisa encima de ella era baja y agachó la cabeza.

—¿Sam?

Su voz hizo eco, burlándose sin piedad.

—¿Sam, estás ahí?

Luego, la boca de la cueva se la tragó.

37

La cueva estaba helada. Incluso vestida con una chaqueta de invierno, Sadie sintió un significativo descenso de temperatura. Tentó la pared húmeda, sintiendo su camino mientras la luz desaparecía. El suelo estaba resbaladizo con barro, de modo que cada paso era medido y prudente. A pocos metros, un olor fétido le abofeteó la cara.

—¡Jesús!

Siguió avanzando.

Por último, el estrecho pasillo se abrió a una caverna de unos diez metros de ancho por 5 pies de alto. Se movió en piloto automático, caminando hasta que la luz detrás de ella había casi desaparecido y apenas podía distinguir la ruta o las formaciones de roca por delante de ella.

Un cambio imperceptible en el aire la hizo detenerse.

—¿Sam?

Sam... Sam... Sam..., se burló la cueva.

Algo se agitó en las sombras.

—¿Sam? ¡Es mamá!

La tierra comenzó a vibrar y una corriente de aire gélido le hizo temblar. Antes de que supiera lo que estaba sucediendo, un enjambre negro se avalanzó hacia ella. Gritó y corrió hacia la luz.

Los murciélagos, cientos de ellos, zumbaron al pasar junto a ella, arañándole el rostro, desesperados por escapar de la cueva. Uno voló hacia su cabello. Ella lo golpeó con rapidez, gritando y llorando al mismo tiempo. Cubriendo su cabeza, se hundió en el barro y apretó su cuerpo contra la pared. Cuando los murciélagos se fueron, se puso de pie débilmente e iba a proseguir su camino cuando oyó un suave murmullo.

Voces. Y se iban acercando.

Dos formas emergieron de las profundidades de la caverna.

—¿Hola? —dijo ella suavemente.

Con un quejido, un pequeño cuerpo se arrojó sobre ella.

Tocó una fría cabeza rapada. *¿Podría ser?*

—¿Sam?

Hubo un estremecimiento, luego sollozos silenciosos. Sollozos reconocibles.

Era Sam.

—Oh, mi Dios —exclamó, golpeándose la cabeza. —Estás vivo.

Sollozando con alivio, lo meció en sus brazos.

—Te encontré, Sam. Mamá te encontró.

Ella se inclinó hacia atrás y lo estudió. Su piel estaba pegajosa, llena de lodo. Acarició su cara sucia. Él levantó los ojos y el terror que vio allí hizo que su corazón deja de latir.

—Estás a salvo, cariño. Mamá está aquí.

—¿Nos llevará a casa? —Preguntó una niña desde las sombras.

Conmocionada, Sadie extendió una mano.

—¿Cortnie?

—Ashley —dijo la niña, acercándose despacio. —Padre dijo que nadie puede llamarme por mi nombre anterior.

Los ojos de Sadie se inundaron de lágrimas.

—Él está equivocado. Tu nombre es Cortnie Bornyk. Y tu verdadero padre te está esperando.

Cortnie dejó escapar un sollozo.

—Quiero a mi papá, no a ese otro hombre.

Sadie sujetó a la chica, abrazándola fuerte.

—Está bien, Cortnie. Ese hombre no puede lastimarte más.

—Padre quería que nos fuéramos a dormir, con los otros.

Sadie se encogió ante las palabras de la niña y se levantó rápidamente. Un poco demasiado rápido. *Tengo que sacarlos de aquí. Antes de desmayarme.*

—Vamos —dijo.

Cortnie tomó la mano de Sam, pero ninguno de ellos se movió.

—Sam, Cortnie —llamó Sadie suavemente.   Vámonos a casa.

Se sintió aliviada cuando se movieron hacia ella, y les condujo hacia la boca de la cueva. A pocos metros de la luz diurna, su cabeza comenzó a palpitar. Se recargó en la pared.

Sólo por un momento, hasta que pueda recuperar el aliento.

En la débil luz, vislumbró el pijama mugriento de Sam y su mano sangrienta vendada. Él la mantenía cerca de su pecho y ella no quiso pensar en lo que yacía bajo las tiras de tela.

Entonces notó la cara feliz amarilla en el camisón de Cortnie.

—Eres la niña que vi en el bosque.

Cortnie miró hacia el piso.

—Estaba tratando de escapar. Lamento que Padre te lastimara.

—Lo sé.

La visión de Sadie se volvió borrosa y ella cerró los ojos.

—Mamá, ¿podemos irnos ahora?

—Sí, cariño —dijo ella, luchando contra otro mareo.

A pocos pasos de la luz diurna, se detuvo, giró y miró a Sam.

—¿D-dijiste algo?

Sus ojos zafiro parpadearon. Entonces él señaló *'te amo, mamá'*.

Ella intentó sonreír, pero su rostro dolía. Estaba imaginando cosas de nuevo. Sabía que estaba en muy mal estado. Mucha pérdida de sangre, combinada con el hecho de ser golpeada y herida.

Sacudió la cabeza. *No pienses en eso ahora.*

Se le estaba acabando el tiempo…y la energía. Se podría haber pateado a sí misma por ser tan terca. Por llegar a la cueva sola.

—Síganme —dijo mientras salía hacia la luz.

Los rayos del sol que rebotaban en la roca gris la cegaron. Entonces vio algo maravilloso. Jay estaba de pie a un lado de la entrada, con una linterna en la mano.

Ella se alejó de la entrada de la cueva.

—¡Jay!

—Estaba a punto de entrar a buscarte —dijo él, visiblemente aliviado.

—¿Cómo...? —Sus ojos subieron hacia arriba. —Ah, el helicóptero.

—Eso suma dos veces —dijo él, inflando su pecho. —En un solo día.

—Puede haber esperanza para usted todavía. —Ella se balanceó y dejar salir un quejido.

—Sadie, están… —Jay notó los niños de pie en la entrada de la cueva. —¡Jesucristo, Sadie! Tenías razón.

—Una madre sabe —fue todo lo que ella pudo decir.

Después de eso, todo sucedió en tal frenesí de actividad, que tuvo qué apoyarse en Jay. El helicóptero volando por encima de ellos bajó un arnés y ella observó mientras los niños eran levantados hacia la seguridad. Luego ella fue izada en el aire.

Una vez a bordo del helicóptero, un paramédico desabrochó el arnés y ella se desplomó en el asiento junto a Sam, emocional y físicamente agotada. Cerró los ojos y lanzó un suspiro mientras unas manos pequeñas acariciaban su rostro amorosamente. Estaba comenzando a perder la conciencia, hasta que oyó el *clic* de su cinturón de seguridad.

—Gracias, cariño —dijo ella, luchando por abrir los ojos.

Sam sonrió, levantó los pulgares hacia arriba y dijo,

—Cómoda y tibia.

La mandíbula de Sadie cayó por el shock.

—Puedes hablar.

Ella recordó las palabras de Marina -*tres regalos*-, y miró a Sam y Cortnie.

—Uno, dos…y ahora esto.

Alcanzó la mano de su hijo.

—Te amo, Sam.

—Yo también te amo, Mamá —dijo.

Entonces, un ave negra se los llevó volando lejos.

Sadie se estaba sintiendo mejor para cuando Jay la llevó en silla de ruedas al Hospital de la Universidad de Alberta. La primera persona a la que vio fue a Matthew. Se paseaba en la sala de espera, y en el segundo en que la vio, sus ojos se iluminaron.

—¡Sadie! ¿Estás bien?

—Estoy de maravilla.

—Tú, eh, no te ves tan bien.

Ella hizo una mueca.

—Cielos, gracias.

—La policía me dijo que viniera al hospital, pero no sabía por qué. Pensé quizá…Bueno…ya sabes.

Ella sonrió entre lágrimas.

—Te hemos traído un regalo.

La mirada desconcertada de Matthew parpadeó hacia Jay. Sadie supo el segundo exacto en el que advirtió a su hija de pie detrás del detective.

—Cortnie —dijo, su voz cargada de emoción.

La niña lo miró, su labio inferior tembloroso.

—¿Papá?

Sadie miró a Matthew alzar a Cortnie en sus brazos y abrazarla tan fuerte que estaba segura de que él nunca la dejaría ir. Parpadeando para contener las lágrimas, sonrió cuando Sam deslizó su mano cálida en la suya.

Ella tampoco lo dejaría ir.

Epílogo

Sadie se paseaba ansiosamente en el porche delantero de la casa. Habían pasado diez días desde que había disparado y matado a la Niebla, y traído a Sam y Cortnie a casa. La vida estaba volviendo lentamente a la normalidad, aunque sabía que nunca sería exactamente la misma.

Leah había acudido al hospital tan pronto como se había enterado. Había sido difícil y complicado en un principio, pero Sadie se dio cuenta de que el pasado tenía su lugar. En el *pasado*. Ahora, necesitaba desesperadamente una amiga, y Leah era su mejor amiga, su alma gemela, un pedazo de su corazón.

Leah no recordaba mucho sobre la noche en que había dormido con Philip. Había estado demasiado borracha. Sin embargo, recordaba que Sam los había descubierto. Philip había agarrado a Sam por el brazo y lo amenazó con que Sadie los dejaría si él decía una palabra. Es por ello que Sam se había negado a hablar. En cierto modo, había sido retenido como rehén por su propio padre, una versión más sutil de síndrome de Estocolmo. Sadie seguía trabajando en perdonar a Philip, pero llevaría tiempo.

Un bocinazo estalló y ella saltó.

El Mercedes de Philip se estacionó en la casa, y ver a una anciana conduciéndolo la hizo reír. Ed estaba sentado al lado de Irma, con una mirada triste en su rostro. En el asiento de atrás, Martha y Fergus se veían serios y pálidos. Las puertas de los coches se abrieron con fuerza y todos se apresuraron a salir del vehículo.

Sadie saludó con la mano.

—Llegaron.

—Apenas —se quejó Ed.

—Por supuesto que llegamos —dijo Irma. —¿Crees que me habría perdido de manejar *eso*? —Señaló con la cabeza en dirección al coche.

Ed frunció el ceño.

—Mi hermana me ganó el asiento del conductor y rehusó moverse. Hemos pasado todo el camino con los nudillos en blanco.

Irma lo golpeó en brazo.

—No estaba conduciendo *tan* rápido.

—Mientras llegaran con bien —dijo Sadie, sonriendo.

Abrió la puerta y los guió a través del patio, donde los demás estaban esperando que comenzara la fiesta de cumpleaños tardía de Sam. Capturada por las vistas y sonidos de alegría, se quedó en la puerta viendo a sus amigos y familiares.

Miró a la foto de Sam en la pared detrás de ella.

Era difícil no sentirse culpable. Su hijo había sobrevivido, mientras que los otros no lo habían hecho. Dormía agitada, perseguida por las pesadillas y las ganas de comprobar a Sam. Debía haberlo hecho por lo menos ocho veces anoche. Cada vez, ella vacilaba en la puerta, luchando contra el miedo de que cuando la abriera, él habría desaparecido.

Él no había desaparecido…pero era *diferente*.

Sam se estaba adaptando a sus dedos faltantes, y estaba de luto por la pérdida de Joey, su amigo imaginario. Pero tenía otros amigos ahora, o eso le había dicho. Hablaba a menudo acerca de ellos. Marina, Holland y los otros. Él parecía hacer caso omiso del hecho de que estaban muertos, habían estado muertos desde el principio. Él le dijo que Cortnie no podía verlos. Ella creía que Sam lo estaba inventando para hacerla sentir mejor, pero ella *había* visto los cadáveres. Sarge los había hecho dormir en la misma habitación.

Había sido Sam quien había visto a Sarge introducir el código numérico en el teclado que conducía a las escaleras, a la libertad. Él había memorizado los cuatro dígitos. La noche que él y Cortnie habían escapado, Sarge se había quedado dormido en su silla después de la cena. Se alejaron sigilosamente de él y se dirigieron hacia el bosque sin ningún destino en particular en mente, hasta que Sam recordó las señales hacia la cueva Cadomin.

El resto era historia. O como Sadie creía, el destino.

El trauma que Sam había sufrido lo había dejado gravemente deprimido. Durante los primeros días, era casi un extraño para ella, encogiéndose cuando ella lo tocaba o lo abrazaba, saltando con cada sonido fuerte, y temeroso de cualquier hombre que se acercaba. En Servicios para las Víctimas le habían dicho que su comportamiento era común en los sobrevivientes de secuestro. Le dijeron que tomaría tiempo, que tenía que ser paciente.

Luego estaban las pesadillas que lo dejaban retorciéndose, gritando y sudando tanto que ella tenía que trasladarlo a su cama. Aún peores eran los desencadenantes. Lo había llevado a McDonald's el otro día y un adolescente vestido como Ronald estaba allí con su atuendo completo de payaso visitando a los niños. En el instante en que Sam vio al payaso, dejó salir el más horrible grito y empezó a golpear a Sadie con los puños hasta que lo sacó de allí.

Sonó el timbre de la puerta, interrumpiendo sus pensamientos.

—Bonita casa —balbuceó Jay cuando lo dejó pasar.

—Es de alquiler. Por ahora. —Lo abrazó, cogiéndolo fuera de guardia. —Gracias, Jay.

—Sí, bueno… no fue nada.

Ella tomó una respiración profunda.

—¿Qué va a suceder conmigo?

—Estarás bien.

—Pero maté…

—Fue legítima defensa, Sadie. Ningún jurado en su sano juicio te condenaría.

Hubo un silencio incómodo.

—Quería matarlo —susurró ella.

—Lo sé.

Suspiró.

—¿Qué hay de los dos… cuerpos extra?

Jay se vio como si se había tragado algo áspero.

—Eran sus propios hijos. Ashley y Adam. —Ante su expresión conmocionada, añadió, —El bastardo los desenterró. Él no podía dejarlos ir.

Los ojos de Sadie se cerraron con fuerza.

—¿Y el chico del coche, el que yo creí que era Sam?

—Era Holland Dawes. El niño que Sarge secuestró el año pasado.

El Adam azul. El chico que hablaba con un ceceo y amaba los bombones.

Sus ojos se anegaron.

—Pobre Holland.

—Estaba muerto mucho antes de la explosión, Sadie.

Ella asintió con la cabeza.

—Lo sé. Fue drogado, ¿cierto?

—Una sobredosis de sedantes. Al igual que los demás. Se quedó dormido y nunca despertó.

El corazón de Sadie dolía por los niños. Por sus padres.

—Sabes, —dijo Jay con desasosiego. —Siempre quise preguntarte cómo lo supiste.

—¿Cómo supe qué?

—Que el hombre que se llevó a tu hijo estaba en Cadomin.

Ella lo miró a los ojos.

—¿Sinceramente? No tengo ni idea. Siempre he sido una gran creyente en el destino. Le pedí a Sam que me indicara dónde detenerme, que me diera una señal.

—¿Y qué te mostró?

—Un cuervo, un señalamiento acerca de cuevas de murciélagos… sé que suena mal, pero tan pronto como lo vi, sólo *supe* que era a donde tenía que ir. Era el destino.

—Destino. —Jay probó la palabra en su lengua.

Ella miró la fotografía de Sam.

—Tengo que creer en algo, de lo contrario, nada de esto tiene sentido. Yo sé lo que vi, lo que escuché y sentí. Ellos estaban allí. Los niños. Creo que sus espíritus fueron, colectivamente, lo suficientemente fuertes para llevarme hasta allí, mostrarme las señales, ayudarme a encontrarlos. Y a Sam.

—Les diste paz.

—Así que… ¿qué haremos ahora? —preguntó ella.

Jay sonrió.

—Eso es fácil. Sal allá fuera y pasa tiempo con tu familia y amigos. Y con tu hijo.

Ella giró la cabeza hacia la puerta.

—¿Por qué no te unes a todos allá fuera? Saldré en un minuto.

—Yo, uh, no estaba planeando quedarme, Sadie. Esto es para la familia.

—Eso es justo lo que eres —dijo ella, tomando su brazo.

Sonriendo, condujo al viejo detective afuera hacia el sol.

Después de que todos excepto Matthew y Cortnie se fueron, Sadie se paró en la cubierta y miró alrededor desde el costado de la casa hacia la calle de enfrente. Por un segundo, podría haber jurado que vio a un hombre vestido de negro, observándola.

Ella sacudió la cabeza y él se disolvió en el aire.

Un día no me acosarás más.

Era una tarea monumental luchar a diario contra los embates de tristeza, vergüenza, temor y la furia extrema que a veces la acometían en los momentos más inoportunos. Todavía soñaba con un monstruo lleno de cicatrices, sus manos tocándola. No le había contado a nadie acerca de esa parte, ni siquiera a Leah.

No se requería mucho para recordarle todo lo que había sucedido, e incluso lo más pequeño, como por ejemplo ver el libro de Sam, tenía un efecto adverso en su estado de ánimo. Había decidido no publicar "Volviéndose loco", al menos por el momento. Un día, quizás, lo publicaría.

Sam le hizo señas con la mano.

—¡Mamá! ¡Ven a ver esto!

Montaba su bicicleta nueva, la que le había comprado para su cumpleaños hacía toda una vida. Cortnie había acomodado dos pequeños trozos de madera creando un salto, y él avanzó sobre un lado, se elevó unos centímetros en el aire y aterrizó con un suave golpe.

Su mirada fue capturada por una lenta corriente de niebla que se deslizaba por el lago artificial más allá de la valla. Su sonrisa desapareció ligeramente cuando recordó la extraña niebla que había aparecido en los bosques cerca de la cabaña infinito.

La Niebla… y los niños.

No había explicación lógica para ello. Para *nada* de ello. En los últimos días ella había llegado a aceptar todo lo que había sucedido como un acto de Dios. O del destino. No tenía ninguna duda en su mente de que Sam había sido un conducto para los espíritus de los niños muertos, que él los había ayudado a comunicarse con ella. Y él se había comunicado también. Era por eso que ella lo había *visto* en todas partes. Él le había enviado el cuervo, sabiendo que ella pensaría en los murciélagos y en la cueva…eventualmente.

Jay tenía razón. Los niños estaban atados a este mundo por asuntos inconclusos, por los cuerpos que necesitaban ser enterrados y seres queridos que necesitaba un cierre. Y quizás también por la venganza y la necesidad de ver a Sarge llevado ante la justicia. No podían decir quiénes eran porque estaban obligados a guardar secreto, e incluso en la muerte fueron mantenidos cautivos por su promesa a un loco.

Sam tiró de su camisa.

—Mamá, ¿me escuchas?

Sadie acarició su cabello. Estaba creciendo rápidamente.

—Yo siempre voy a escucharte, hombrecito.

—Ay, Mamá, —dijo, frunciendo el ceño. —No me llames así.

Ella lo abrazó. Cuando él tiró hacia atrás, trazó la primera mitad de un símbolo de infinito sobre su corazón.

—S de Sam.

Ella añadió la otra mitad.

—S de…

—Sadie —la interrumpió. —Sadie y Sam por toda la eternidad.

Con un fuerte whoop, saltó sobre su bicicleta y salió huyendo a gran velocidad.

Mientras lo observaba, enjugó una lágrima perdida.

—¿Estás bien? —preguntó Matthew, uniéndose a ella en la cubierta.

Ella sonrió.

—Lo estoy ahora.

Inesperadamente, él deslizó su mano cálida en la suya.

—Gracias —le susurró.

Perdidos en emociones abrumadoras, observaron a Sam y Cortnie durante un largo tiempo, agradeciendo al universo la intervención del destino para que sus hijos hubieran vuelto a ellos, vivos. Ellos habían sido los afortunados.

La suerte de los otros niños pesaba sobre el corazón de ella. No habían sido tan afortunados y tampoco lo eran sus padres. Salvo que ahora tenían un cierre. Eso tenía que contar para algo.

—¡Mamá! —gritó Sam.

Ella alejó las nubes oscuras.

—¿Qué, cariño?

—Escucha lo que Marina me enseñó. "Un buen día en medio de la noche…".

—"Dos niños muertos se levantaron para luchar" —Se sumó Cortnie, sonriendo.

En unísono, corearon:

—"Espalda con espalda, uno frente al otro, sacaron sus espadas y cargaron uno contra otro. Un policía sordo oyeron el ruido, se levantó y disparó contra los dos niños muertos. Si no creen que esta historia es verdad…"

Sadie sonrió.

—Pregúntenle a mi tío ciego. Él lo vio también.

Dulces risas inocentes flotaron en el aire, y en ese momento único del destino, todo fue infinitamente perfecto en el mundo.

Si usted disfrutó de este libro, por favor, considere la posibilidad de escribir un breve comentario y publicarlo en sitios web minoristas de ebooks, especialmente los que compraron este ebook. Sus comentarios son muy útiles para otros lectores y son muy apreciadas por los autores. Cuando publique un comentario, mándeme un email y hágame saber, y quizás se publique en mi blog/sitio. Gracias. ~ Cheryl

cherylktardif@shaw.ca

"Un buen día en medio de la noche" (Versión registrada)

Un buen día en medio de la noche,
Dos niños muertos* se levantaron para luchar, [*u hombres]
Espalda con espalda se enfrentaron entre sí,
Sacaron sus espadas y cargaron uno contra otro,

Uno era ciego y el otro no podía ver,
Así que eligieron a un muñeco como árbitro.
Un hombre ciego fue a ver la pelea,
Un hombre mudo fue a gritar "¡hurra!".

Un burro paralizado que pasaba por ahí,
Pateó al hombre ciego en el ojo,
Enviándolo a través de una pared de nueve pulgadas,
Hacia un foso seco donde se ahogaron todos,

Un policía sordo oyó el ruido,
Y llegó a detener a los dos niños muertos,
Si no creen que esta historia sea verdad,
¡Pregúntenle al ciego, él lo vio también!
~ anónimo

Fuente: www.folklore.bc.ca/Onefineday.htm#Onefine

Nota de Cheryl: La siguiente versión me la enseñó mi amiga de la infancia, Cathy Magill, descanse en paz.

Un buen día en medio de la noche,
Dos niños muertos se levantaron para luchar,
Espalda con espalda se enfrentaron entre sí,
Sacaron sus espadas y cargaron uno contra otro.

Un policía sordo oyó el ruido,
Se levantó y disparó contra los dos niños muertos,
Si no creen que esta historia sea verdad,
¡Pregúntenle a mi tío ciego, él lo vio también!
~ anónimo

SUMERGIDO

Prólogo

Cerca de Cadomin, AB - Sábado, 15 de junio de 2013 - 12:36 AM

Nunca te acostumbras al hedor de la muerte. Marcus Taylor conocía ese olor íntimamente. Él había inhalado carne quemada, dientes cariados, carne... carne podrida. Se quedaba con él mucho tiempo después de que se separara del cuerpo.

La imagen los rostros grises y labios azules de su esposa e hijo lo acosaban.

Jane...Ryan.

Afortunadamente, no había cuerpos esta noche. El único olor que reconocía ahora eran la pradera y el húmedo y frío residuo remanente de una tormenta y el río.

—Entonces, ¿qué sucedió, Marcus?

La pregunta provino del detective John Zur, un policía que Marcus conocía de los viejos tiempos. Antes de que cambiara su ingreso estable y respetada carrera por algo que lo había envenenado físicamente y mentalmente.

—Venga —presionó Zur. —Comienza a hablar. Y dime la verdad.

Marcus era experto en esconder las cosas. Siempre lo había sido. Pero no había forma en el infierno en que pudiera ocultar por qué estaba empapado hasta la piel y de pie en el borde de un río en medio de la nada.

Entrecerró los ojos mirando hacia el río, tratando de discernir el lugar donde el coche se había hundido. Sólo vio tenues ondas en la superficie.

—Tú puedes ver lo que sucedió, John.

—Dejaste tu escritorio. No fue una decisión muy racional, considerando tu pasado.

Marcus sacudió la cabeza, con el sabor del agua del río todavía en su garganta.

—Sólo porque haga algo inesperado, no significa que he vuelto a los viejos hábitos.

Zur lo estudió, pero no dijo nada.

—Tenía que hacer algo, John. Tenía que tratar de salvarlos.

—Para eso son los servicios de emergencias. Ya no eres un paramédico.

Marcus dejó que su mirada fuera a la deriva por el río.

—Lo sé. Pero ustedes estaban por todo el lugar y *alguien* tenía que buscarlos. Se estaban quedando sin tiempo.

Encima de ellos, los relámpagos estallaron y los truenos reverberaron.

—¡Maldición, Marcus, fuiste solo! —dijo Zur. —Sabes que es peligroso. Pudimos haber tenido cuatro cadáveres.

Marcus frunció el ceño.

—¿En lugar de limitarse a tres, quieres decir?

—Tú sabes cómo funciona esto. Trabajamos en equipos por una razón. Todos necesitamos refuerzos. Incluso tú.

—Todos los equipos de rescate estaban ocupados en otros asuntos. No tuve elección.

Zur suspiró.

—Nos conocemos desde hace mucho tiempo. Sé que hiciste lo que creíste que era correcto. Pero podría haberles costado la vida. Y probablemente te costará tu trabajo. ¿Por qué corriste tal riesgo por un completo extraño?

—Ella no era una desconocida.

Tan pronto como las palabras salieron de su boca, Marcus se dio cuenta de lo ciertas que eran. Él sabía más sobre Rebecca Kingston que de cualquier otra mujer. Además de Jane.

—¿La conoces? —preguntó Zur, frunciendo el ceño.

—Ella me decía cosas y yo le decía cosas. Así que, sí, la conozco.

—Todavía no entiendo por qué no te quedaste en el centro y nos dejaste hacer nuestro trabajo.

—Ella *me llamó*. —Marcus miró a los ojos de su amigo. —*A mí*. No a ti.

—Entiendo, pero ese es tu trabajo. Escuchar y retransmitir información.

—No entiendes nada. Rebecca estaba aterrorizada. Por ella *y* sus hijos. Nadie sabía dónde estaban, y ella se estaba quedando sin tiempo. Si no lo intentaba al menos, ¿qué tipo de persona sería, John? —Él apretó los dientes. —No podría vivir con eso. No otra vez.

Zur exhaló.

—A veces simplemente llegamos demasiado tarde. Así sucede.

—Bueno, no quería que sucediera esta vez. —Marcus pensó en la visión que había tenido de Jane de pie en medio de la carretera. —Tuve la… corazonada de que estaba cerca. Después, cuando Rebecca mencionó que Colton había visto cerdos volando, me acordé de este lugar. Jane y yo solíamos comprar costillas y chuletas del propietario antes de que cerrara, hace ya unos siete años.

—Y eso te guió aquí a la granja. —La voz de Zur se suavizó. —Fue una suerte que tu corazonada rindiera frutos. *Esta* vez. La próxima vez, podrías no ser tan afortunado.

—No habrá una próxima vez, John.

Una sonrisa escéptica tiró de la esquina de la boca de Zur.

—Ajá.

—No la habrá.

Zur se encogió de hombros y se dirigió a la ambulancia.

Bajo un cielo caótico, Marcus se quedó de pie en la orilla del río mientras las lágrimas brotaban de sus ojos. Los eventos de la noche lo habían golpeado duro, como un puñetazo en las entrañas. Se sumergió en una ola de recuerdos. La primera llamada, la voz frenética de Rebecca, Colton llorando en el fondo. Él conocía ese tipo de miedo. Lo había sentido antes. Pero la última vez, era un camino diferente, otra mujer, otro niño.

Sacudió la cabeza. No podía pensar en Jane ahora. O en Ryan. No podía reflexionar sobre todo lo que había perdido. Tenía que concentrarse en lo que había encontrado, lo que había descubierto en una voz sin rostro que lo había consolado y le había dicho que estaba bien dejar ir.

Echó un vistazo a su reloj. Era después de la medianoche. Las 12:39, para ser exactos. No podía creer cómo su vida ha cambiado en no mucho más de dos días.

—¡*Marcus!*

Se volvió…

Capítulo uno

Sentado sobre la raída alfombra delante de la chimenea en la sala de estar, Marcus Taylor sostenía una pistola militar Browning de 9mm contra su pierna, y una revista en su otra mano. Por un instante, contempló la idea de cargar la pistola... y después usarla.

—¿Pero entonces quién te alimentaría? —le preguntó a su compañera.

Arizona, un setter rojo Irlandés de 5 años, le dio una mirada inquisitiva, luego se enrolló y volvió a dormir en el sofá. Era una perra rescatista que él había recogido aproximadamente un año después de que Ryan y Jane murieran. La casa había estado demasiado tranquila. Sin vida.

—Estupendo saber que tienes una opinión.

Dejando la pistola y revista abajo en el piso, Marcus sostuvo un álbum de fotos contra sus piernas y tomó una respiración profunda. *El álbum de fotos de la muerte.* El álbum sólo veía la luz del día tres veces al año. Los otros trescientos sesenta y dos días estaba escondido en un cajón de acero que le servía como mesa de café.

Hoy era el cumpleaños número 46º de Paul. O lo habría sido, excepto que Paul estaba muerto.

Tomando otra calculada respiración, Marcus tomó la cadena que marcaba una página y abrió el álbum.

—Hey, hermano.

En la foto, el cabo Paul Taylor se situaba en el borde de una calle desierta en las afueras de una anodina ciudad en Afganistán, un rifle de francotirador sujeto a través de su pecho y la Browning en su mano. Él había sido asesinado ese mismo día, sus extremidades destrozadas por una bomba al borde del camino. La mina había estado enterrada bajo seis pulgadas de polvo y suciedad cuando Paul, distraído por un niño llorando, la había pisado inadvertidamente.

Un estúpido error podía terminar en la muerte, separando hijos de sus padres y hermanos de hermanos. El resentimiento podía separar a los hermanos también.

—Me gustaría poder decirte cuánto lo siento —dijo Marcus, parpadeando para contener una lágrima. —Desperdiciamos mucho tiempo estando enojados el uno con el otro.

Cuando era niño, había escondido los soldados de juguete de su hermano mayor para poder jugar con ellos cuando Paul estaba en la escuela. En la escuela secundaria, Marcus había ocultado lo inteligente que era, siempre minimizando su inteligencia en favor de ser el genial hermano menor de la leyenda del hockey, Paul Taylor. Marcus había aprendido a ocultar sus celos.

Hasta que su hermano fue asesinado.

Él miró la torcida etiqueta en forma de perro al final de la cadena. Era todo lo que quedaba de su hermano. No había nada que envidiar ahora.

Echó un vistazo a la pistola. Bueno, tenía eso también. Había heredado la Browning de Paul. Uno de los amigos de guerra de su hermano se la había entregado personalmente.

—Tu hermano dijo que puedes jugar con sus juguetes ahora —había dicho el tipo.

Paul siempre tuvo un sentido del humor retorcido.

—Feliz cumpleaños, Paul.

Sabía que sus padres, que actualmente estaban en un crucero en el Mediterráneo, harían un brindis en honor a Paul, así que él hizo lo mismo.

—Te extraño, hermano.

A continuación, dejó la etiqueta y pasó a la siguiente serie de fotos en el álbum. Una morena con pelo corto rizado y luminosos ojos verdes le sonrió de vuelta.

Jane.

—Hola, duende.

Trazó su rostro, recordando cómo su boca se inclinaba hacia arriba a la izquierda y cómo le gustaba ver películas de drama para chicas mientras las lágrimas corrían inadvertidas por su cara.

Marcus se volvió hacia la siguiente serie de fotos y exhaló en un suspiro. Un guapo muchacho exhibía una brillante sonrisa y saludaba con la mano.

—Hola, amiguito.

Recordó el día en que la fotografía había sido tomada. Su hijo Ryan, portero novato en su equipo de hockey de la escuela secundaria, había bloqueado a sus oponentes, dándole a su equipo tres goles de ventaja. Jane había tomado la foto en el segundo exacto en que Ryan había encontrado a su padre en la multitud.

—Te amo. —La voz de Marcus se quebró. —Y te extraño muchísimo.

No podía ocultarlo. Jamás.

Había otra cosa que no podía ocultar.

Había matado a Jane. *Y* a Ryan.

Durante los últimos seis años, cada vez que Marcus dormía, su difunta esposa e hijo lo visitaban, riéndose de él con sus imágenes espectrales, burlándose con frases familiares, convirtiendo su mente y sus entrañas en un muladar infestado de culpabilidad. La única forma de escapar de sus miradas acusatorias y sonrisas rencorosas era despertar. O no dormir. El sueño era su enemigo. Hacía su mejor esfuerzo por evitarlo.

Marcus miró al reloj antiguo en la repisa. 11:06.

Otros veinticuatro minutos y tendría que dirigirse al Centro de Emergencias del Condado Yellowhead, donde trabajaba como despachador del 911. Había estado trabajando allí durante casi seis meses. Iba a la mitad de cinco turnos de doce horas que iniciaban desde el mediodía hasta la medianoche. Trabajaba con su mejor amigo, Leo, quien sin duda estaría en un buen estado de ánimo de nuevo. A Leo le gustaba dormir hasta tarde y comenzar su día al mediodía, mientras que Marcus prefería el turno de medianoche hasta el mediodía, el que todo el mundo odiaba. Le daba algo que hacer por la noche, ya que dormir no le era fácil.

Cerró el álbum de fotos, se puso de pie lentamente y estiró sus músculos acalambrados. Cuando colocó el álbum, la pistola y cargador en el cajón, una pequeña caja de cedro con una insignia médica en relieve en la parte superior llamó su atención, aunque hizo lo posible por ignorarla.

Incluso Arizona sabía que esa caja significaba problemas. Ella se congeló al verla, los pelos de su lomo erizados.

—Lo sé —dijo Marcus. —No puedo resistir la tentación.

Esa caja lo había metido en líos en más de una ocasión.

Representaba un pasado que daría cualquier cosa por borrar. Pero no podía tirarla a la basura. Tenía un gran poder de atracción sobre él. Incluso ahora lo llamaba.

—*Marcus…*

—¡No!

Cerró de golpe la tapa del cajón de acero con su puño. El sonido reverberó por toda la sala, chirriando como la puerta de la celda de una prisión, atrapándole dentro de su propia prisión privada.

Detrás de él, Arizona gimió.

—Lo siento, niña.

Un día se desharía de la caja con la insignia y terminaría con todo de una vez por todas.

Pero no todavía.

Sacudiéndose un acceso de culpabilidad, subió las escaleras de dos en dos hacia el segundo piso y entró en el dormitorio principal del dúplex alquilado de dos dormitorios. Carecía de todas las cosas femeninas, desnudo de todo salvo lo esencial. Una cama, una mesilla de noche y una cómoda alta. Persianas de metal, sin cortinas de flores como las de la casa en Edmonton que había comprado con Jane. La colcha era un revoltijo de tonos pardos, arrinconadas alrededor de una sola almohada. No había ninguno de los almohadones decorativos que le encantaban a Jane. No había flores de seda en el aparador. No había aromatizante cítrico en el aire. Ninguna indicio de Jane.

La había escondido a ella también.

Al entrar en el baño, Marcus se miró fijamente al espejo. Notó la barba y el bigote sin recortar, que amenazaba con engullir su rostro. Inclinándose más, examinó sus ojos, que eran más grises que azules. Volvió su rostro para captar la luz.

—*No estoy* cansado.

Los círculos oscuros bajo sus ojos lo traicionaban.

Haciendo caso omiso de la atenta mirada de Arizona, abrió el botiquín y agarró el tubo de preparación H, un truco que había aprendido de su esposa Jane. Antes de que él la matara. Un pequeño toque bajo los ojos, sin sonreír o fruncir el ceño, y en segundos las grietas en su piel se suavizaban. Un poco del "blanqueador" de Jane, como solía llamar al tubo de corrector cosmético, y las sombras desaparecerían.

—Camuflaje —dijo a su reflejo.

Un recuerdo de Jane emergió.

Era la noche del banquete de premios de BioWare, hacía diecinueve años. Jane, vestida con una bata rosa, se sentaba en el tocador de baño rizándose el cabello, mientras Marcus luchaba con su corbata.

Él dejó salir una maldición.

—Nunca puedo lograr que quede bien.

—Aquí, permíteme. —Empujando la silla detrás de él, Jane subió antes de que pudiera protestar. Ella captó su mirada en el espejo sobre el lavabo y rodeó sus hombros con los brazos, su mirada vagando sobre la protuberancia trenzada que había hecho del nudo Windsor.

—No deberías ser tan impaciente.

—*Tú no* deberías estar subiendo en sillas.

—Estoy bien, Marcus.

—Estás embarazada, eso es lo que estás.

—¿Me estás llamando gorda, amigo?

Embarazada de cinco meses con Ryan, Jane nunca se había visto tan hermosa.

—Yo nunca haría eso —dijo él.

Ella inclinó su cabeza y arqueó una ceja.

—¿Nunca? ¿Qué tal dentro de cuatro meses, cuando no pueda subir las escaleras hacia el dormitorio?

—Te llevaré cargando.

—¿Y cuando no pueda ver los dedos de mis pies y no pueda pintar mis uñas?

—Las pintaré por ti.

—¿Qué hay cuando…?

Él volvió la cabeza y la besó. Eso la silenció.

Con una carcajada, ella lo empujó lejos, dio a la corbata un suave tirón y deslizó el nudo expertamente en su lugar.

Él gruñó.

—Ahora, ¿por qué yo no puedo hacer eso?

—Porque me tienes a mí. Ahora deja de distraerme. Todavía tengo que ponerme mi vestido y el maquillaje.

Marcus se sentó en el borde de la cama y esperó. Jane siempre valía la pena la espera, y esa noche no lo decepcionó. Cuando salió del cuarto de baño, era una visión de una sensual diosa en un vestido de diseñador de una tienda en el West Edmonton Mall. El bulto del bebé en la parte delantera era apenas perceptible.

—¿Cómo me veo? —preguntó, pasando los dedos nerviosamente por su cabello dorado.

—Sexy como el infierno.

Ella giró en un círculo lento para mostrar el elegante vestido negro con su escote en la espalda. Mirando por encima del hombro con un ojo maquillado en color dorado, dijo:

—¿Así que te gusta mi vestido nuevo?

—Me gustaría más —dijo él con voz suave, —si estuviera en el piso.

Minutos después, estaban sumergidos entre las sábanas, faltos de aliento y riendo como adolescentes. El sexo con Jane era siempre así. Emocionante. Juvenil. Divertido.

Después de vestirse, Jane se retiró al baño para arreglar su cabello y maquillaje.

—Camuflaje listo —dijo cuando volvió. —Ahora vámonos.

—Sí, señora.

Él la oyó susurrando, "seis más ocho más dos…".

—¿Estás haciendo esa cosa de la numerología otra vez? —preguntó con una sonrisa.

Jane había ido a una feria psíquica cuando descubrió que estaba embarazada, y un numerologista le había enseñado a sumar fechas. Desde entonces, cada vez que algo importante surgía, a ella le gustaba hacer los números para determinar si iba a ser un buen día o no. Incluso había hecho a Marcus comprar boletos de lotería en "tres días", lo que dijo significaba entrada de dinero. No habían ganado la lotería, pero él le seguía la corriente de todos modos.

—¿Qué es hoy?

Ella sonrió.

—Siete.

—Ah, Siete de la Suerte. —Él arqueó una ceja hacia ella. —¿Voy a tener suerte?

—Creo que ya la tuvo, señor.

Habían llegado tarde al banquete de premiación, lo que no fue demasiado bien ya que Jane era la invitada de honor, destinataria del premio al Mejor Programador por su última creación de videojuegos en BioWare. Cuando Jane subió al escenario para recibir su premio, Marcus no creyó que jamás pudiera estar más orgulloso. Hasta la noche en que Ryan nació.

Ryan…el hijo que maté.

Marcus sacudió su cabeza, forzando a los recuerdos de nuevo hacia las sombras, donde pertenecían. Cogió la lata de crema de afeitar. Sus ojos descansaron, desenfocados, en la etiqueta.

Afeitarse o no afeitarse. Esa era la cuestión.

—Nah, hoy no —murmuró.

No se había rasurado en semanas. También le hacía mucha falta un corte de cabello. Afortunadamente, no eran demasiado estrictos sobre las apariencias en el trabajo, a pesar de que su supervisor probablemente insistiría en ello de nuevo.

La alarma en su reloj pitó.

Tenía veinte minutos para llegar al centro. Luego, tendría que volver a esconderse detrás del anonimato de ser una voz sin rostro en el teléfono.

Los servicios de emergencia en el condado de Yellowhead Edson, Alberta, albergaban un pequeño pero competente centro de llamadas de emergencia situado en el segundo piso de un edificio espacioso en la Primera Avenida. Cuatro habitaciones en el piso estaban alquiladas a grupos de emergencia, como primeros auxilios, reanimación cardiopulmonar y Servicios Médicos de Urgencia, para las instalaciones de capacitación. El centro de llamadas de emergencias tenía un personal de tiempo completo de cuatro operadores de emergencia y dos supervisores, uno para el turno de día, uno por la noche. También tenían un puñado de altamente entrenados pero mal remunerados, personal eventual y tres voluntarios regulares.

Cuando Marcus entró en el edificio, Leonardo Lombardo estaba esperándolo cerca del ascensor. Y Leo no parecía demasiado entusiasmado por verlo.

—Pareciera que tu perro acaba de morir —dijo Marcus.

—No tengo un perro.

—Entonces, ¿a qué se debe la cálida y alegre bienvenida? ¿La mafia me está buscando?

Leo, un hombre de estatura promedio a finales de los años cuarenta, llevaba unos treinta kilos alrededor de su centro y su aspecto italiano atezado le confería un aire de misterio y peligro. Alrededor de la ciudad, los chismosos habían propagado historias acerca de que Leo era un expatriado americano con turbios lazos. Pero Marcus sabía exactamente quién había iniciado esos rumores. Leo tenía un depravado sentido del humor.

Pero su amigo no sonreía ahora.

—Realmente necesitas dormir.

Entrando en el ascensor, Marcus se encogió de hombros.

—El sueño está sobrevalorado.

—Te ves como el infierno.

—Gracias.

—Por nada. —Leo pulsó el botón del segundo piso y tomó una respiración vacilante. —Escucha, hombre…

Cada vez que Leo iniciaba una frase con esas dos palabras, Marcus sabía que no sería bueno.

—No estás en tu juego —dijo Leo. —Estás comenzando a decaer.

—¿Qué quieres decir? Yo hago mi trabajo.

—Archivaste el informe del accidente de coche de anoche en el lugar equivocado. Shipley pasó la mitad de la mañana buscándolo. Intenté cubrirte, pero está muy molesto.

—Shipley siempre está molesto.

Pete Shipley tenía un ritual para hacer de la vida de Marcus un infierno siempre que fuera posible, lo que era a menudo. Como supervisor de turno de día, Shipley gobernaba sobre los operadores de emergencias con un puño de hierro y la arrogancia suficiente para poner a cualquiera de los nervios.

Se abrió la puerta del ascensor y Marcus salió primero.

—Voy a encontrar el informe, Leo.

—¿Cuántas horas dormiste, Marcus?

¿Dormir?

—Cuatro. —Era una mentira y ambos lo sabían.

Marcus se dirigió hacia el cubículo con la pantalla que separaba su escritorio del de Leo. Detrás de ellos estaba la estación para el resto de los trabajadores de tiempo completo. Saludó a Parminder y Wyatt mientras se iban hacia su casa. Habían trabajado en el turno de noche, así que sólo los vio pasar. Sus estaciones están ahora ocupadas por trabajadores casuales de día. Refuerzos.

—Duerme —murmuró Leo.

—El sueño es una cosa divertida, Leo. No gracioso como *ha-ha*, sino gracioso *extraño*. Una vez que un organismo ha pasado un rato sin él o con una siesta ocasional en el día, el sueño no parece tan importante. Estoy bien.

—Mentira.

Fueron interrumpidos por un portazo en el pasillo.

Pete Shipley apareció, dominando el pasillo con su furiosa energía y su gran envergadura. El tipo era más alto que todos, incluyendo a Marcus, que medía fácil más de un metro ochenta de altura. Shipley, un ex capitán del ejército, estaba constituido como el *Titanic*, que se había convertido en su apodo de oficina. Desconocido para él.

—¡Taylor! —gritó Shipley. —¡En mi oficina, ahora!

Leo agarró a Marcus del brazo.

—Dile que dormiste seis horas.

—¿Estás sugiriendo que le mienta al jefe?

—Sólo cubre tu culo. Y por el amor de Dios, no lo incites más.

Marcus sonrió.

—Ahora, ¿porqué habría yo de hacer eso?

Leo lo miró boquiabierto.

—Porque te encanta el caos.

—Incluso en el caos hay orden.

Dejando salir un resoplido, Leo dijo.

—Has leído demasiados libros de autoayuda. No digas que no te lo advertí. —Giró sobre un talón y se dirigió a su escritorio.

Marcus lo observó alejarse. *No te preocupes, Leo. Puedo soportar a*

Pete Shipley.

Haciendo una pausa frente a la puerta de Shipley, tomó un respiro, llamó una vez y entró. Su supervisor estaba sentado detrás de una mesa metálica, sus gafas de lentillas gruesas encaramadas en la punta de la nariz bulbosa mientras él analizaba un montón de papeleo. Aunque el hombre había ordenado la reunión, Shipley no hizo nada para indicar que reconocía la existencia de Marcus.

Eso estaba bien para Marcus. Le daba tiempo para estudiar la oficina, con su estrecho espacio sin ventanas y húmedo aire reciclado. No era una oficina envidiable, eso era seguro. Nadie la quería, ni la posición y responsabilidad que venían con ella. Ni siquiera Shipley. Los rumores decían que se estaba postulando para ser coordinador de emergencias, esperando poder subir a una de las oficinas de esquina con ventanas de piso a techo. Marcus dudaba que alguna vez fuera a suceder. Shipley no tenía materia de directivo.

Marcus se situó con sus manos descansando suavemente sobre el respaldo de la silla sin brazos de cuero de imitación que Shipley reservaba para los pocos afortunados que él consideraba lo suficientemente importantes como para sentarse en su presencia. Marcus no era uno de los afortunados.

Preparándose para una fea amonestación, sus pensamientos vagaron hacia el turno de la noche anterior. Un conductor ebrio había impactado contra un coche en una intersección muy concurrida en Hinton, resultando en una carambola de cuatro coches. Un vehículo, una mini-furgoneta con una pareja de ancianos y dos chicos, había quedado atrapada entre dos vehículos a consecuencia del accidente. El accidente había generado numerosas llamadas al centro de emergencias. Los servicios médicos de emergencia (EMS), incluidos bomberos y ambulancias, llegaron a la escena dentro de 6 minutos. Las Mandíbulas de la Vida se habían utilizado para separar el metal retorcido de dos de los vehículos. Sólo tres de las personas que habían extraído lograron escapar con vida. Uno llegó al hospital sin vida. Luego, los trabajadores de rescate descubrieron un sedán con tres adolescentes dentro, todos ellos muertos.

Van a tener pesadillas durante semanas.

Marcus sabía cómo se sentía eso. Él había estado en primeros auxilios. En otra vida.

Se enderezó. Estaba listo para enfrentar la ira de Shipley. Al menos en esta ocasión se haría en privado. Además, si era honesto, se había equivocado. Archivar erróneamente el reporte era uno de un puñado de estúpidos errores que había cometido en la última semana. De la mayoría se había percatado él mismo y los había rectificado.

—Antes de decir nada —Marcus comenzó, —Sé que yo…

—¿Qué? —interrumpió Shipley. —¿Sabes que eres un idiota?

—No. Eso es nuevo para mí.

Pete Shipley se alzó lentamente, todos los ciento cuarenta kilos, dos metros diez centímetros de él. Apoyando sus gruesos puños contra el escritorio, se inclinó hacia delante.

—Pasé tres horas buscando ese reporte del accidente, Taylor. ¡Tres horas! ¿Y adivina dónde lo encontré? —Pausa de un nanosegundo. —Archivado con los reportes de personas desaparecidas. ¿Qué piensas de eso?

—Creo que es irónico que yo desapareciera un informe en la sección de personas desaparecidas.

—¡Cállate! —lo fulminó con la mirada, las espesas cejas de Shipley se unieron en una uni-ceja. —Lombardo dice que has estado durmiendo mejor, pero no le creo. ¿Qué tienes que decir acerca de eso?

—Leo tiene razón. Dormí como un bebé anoche.

Shipley elevó una ceja.

—Para ser un bebé, te ves como la mierda. Necesitas un corte de pelo. Y un afeitado. —Él arrugó la nariz. —¿Siquiera te duchaste esta semana?

—Me ducho cada día. Lo cual no es de su incumbencia. En cuanto a la longitud de mi cabello y de la barba, suena como que está cruzando los límites de la discriminación.

—No te estoy discriminando. Simplemente no me agradas. Eres un maldito drogadicto, Taylor.

Todos en el centro sabían sobre el pasado de Marcus.

—Gracias por la aclaración, *Peter*.

Shipley se encogió.

—Todo lo que se requiere es un error más. Todo el mundo te está observando. La cagas de nuevo, y estás fuera. —Sus hombros se relajaron y se retrepó en la silla. —Si dependiera de mí, te hubiera despedido hace meses.

—Lo bueno es que no depende de ti.

Marcus sabía que estaba presionando los botones del hombre, pero era difícil no hacerlo. Shipley era un idiota. Un imbécil que no diferenciaba su culo de la polla, según Leo.

—Esta es la última advertencia —dijo Shipley entre dientes. —Tenemos la vida y la muerte en nuestras manos. No podemos permitirnos errores.

—Fue un informe mal archivado. La llamada fue atendida correcta y eficientemente.

—Sí, por lo menos no enviaste la ambulancia en la dirección

equivocada. —Una sonrisa presumida cruzó el rostro de Shipley. —Ese fue el asunto que te derribó de tu caballo alto como un paramédico. Hizo que te despidieran de primeros auxilios.

Marcus pensó en un millón de maneras de responderle. Ninguna de ellas era educada. Se trasladó hacia la puerta.

—Creo que nuestra pequeña reunión ha terminado.

—No he acabado —vociferó Shipley.

—Sí lo hiciste, Pete.

Con ello, Marcus abandonó con pasos largos la oficina. Dejó la puerta entreabierta, algo que él sabía que enfurecería a su supervisor, incluso más que su insubordinación.

Trató de no pensar en las palabras de Shipley, pero el hombre había tocado una fibra sensible. Seis años atrás, Marcus había sido humillado públicamente cuando la verdad había salido a la luz acerca de su problema de adicción, y su futuro como un paramédico fue cortado de tajo en el minuto en que condujo la ambulancia hacia el lado equivocado de la ciudad porque estaba demasiado drogado para comprender a dónde iba.

Fue entonces cuando él se tomó un tiempo de descanso. Del trabajo… de Jane… de todo. Se había dirigido a Cadomin para despejar su mente y practicar algo de pesca. Al menos eso era lo que le había dicho a Jane. Mientras tanto, había empaquetado secretamente su alijo de droga en la caja de madera. Seis días más tarde, en una neblina de morfina llena de extrañas imágenes de niños fantasmales, respondió a su teléfono celular. Con voz apagada, el detective John Zur reveló que Jane y Ryan habían tenido un accidente de coche, no muy lejos de donde Marcus se escondía.

Ese había sido el principio del fin para Marcus.

Ahora él está haciendo lo que podía por salir adelante. No era que no pudiera manejar el cambio de carrera de paramédico superestrella a despachador invisible del 911. Ese no era el problema. Era Shipley. El tipo había estado provocándolo desde que Leo había llevado a Marcus para llenar una vacante dejada por un despachador que renunció después de un colapso nervioso.

—¿Qué te dijo el Titanic? —preguntó Leo cuando Marcus viró alrededor del cubículo.

—Él no quiere hundirse con el barco.

—¿Cree que tú eres el iceberg?

Marcus asintió una vez.

—Yo te cubro.

Leo tenía conexiones en el trabajo. Él conocía al coordinador del centro, Nate Downey, muy bien. Estaba casado con la hija de Nate, Valerie.

—Lo sé, Leo.

Mientras se acomodaba en su escritorio y se colocaba el auricular, Marcus tomó una respiración profunda y la liberó uniformemente. Los juegos mentales entre él y Shipley se habían vuelto demasiado frecuentes. Causaban estragos en su cerebro y lo drenaban.

Porque Shipley nunca me permite olvidar.

El reloj de la computadora leía: 12:20. Iba a ser un día muy largo.

En la soñolienta ciudad de Edson, era raro ver mucha emoción. El centro también atendía a las ciudades de fuera. Algunos días los teléfonos sólo sonaban una media docena de veces. Esos eran los días buenos.

Recorrió las carpetas en su escritorio y encontró el protocolo gráfico. Nunca estaba de más hacer un repaso rápido antes de su turno. Para mantener su mente fresca y centrada.

Pero sus pensamientos vagaban hacia el informe mal archivado.

¿Se estaría equivocando? ¿Estaba poniendo en peligro la vida de las personas? Eso era algo que se había prometido a sí mismo, y a Leo, nunca hacer de nuevo.

Recuerda a Jane y Ryan.

¿Cómo podría jamás olvidarlos? Habían sido su vida.

Sonó el teléfono y él saltó.

—911. ¿Necesita Bomberos, Policía o Ambulancia?

Marcus pasó los próximos diez minutos explicando a la vieja señora Mortimer, de ochenta y nueve años, un interlocutor frecuente, que no había nadie disponible para rescatar a su gato del árbol del vecino.

Después esperó por una emergencia real.

Capítulo 2

Edmonton, AB - Jueves, 13 de junio de 2013 - 4:37 PM

Rebecca Kingston dobló sus brazos a través de su chaqueta y trató de no temblar. Aunque mayo había terminado con una ola de calor, las temperaturas habían caído en la primera semana de junio. Había llovido durante los primeros cinco días y un frío ártico había caído en la ciudad. El meteorólogo culpaba de los erráticos cambios de clima al calentamiento global y a un frente frío bajando desde Alaska, mientras que los locales culpaban a un responsable diferente. Su rival vitalicio, Calgary.

—¿Podemos comprar un helado, mamá? —dijo Ella, de cuatro años con labios débiles, resultado de su reciente contribución a la colección de collares del hada de los dientes.

Rebecca rió.

—¿Se siente como invierno nuevamente, y quieres helado?

—Sí, por favor.

—Supongo que tenemos tiempo.

Se apresuró, cruzando la calle, a la tienda de la esquina.

—De fresa esta vez —dijo Ella, sus ojos azules suplicantes.

Rebecca suspiró.

—Cómelo lentamente. ¿Te acordaste de Puff?

Su hija asintió con la cabeza.

—En mi bolsillo.

—Buena chica. —Rebecca miró su reloj. —Son casi las cinco. Vamos.

Su teléfono celular sonó. Era Carter Billingsley, su abogado.

—Sr. Billingsley —dijo. —Me alegro de que recibiera mi mensaje.

—Así que has decidido escapar —dijo él. —Esa es una muy buena idea.

—Necesito un descanso. —Miró hacia Ella. —Las cosas se van a poner feas, ¿no?

—Por desgracia, sí. El divorcio nunca es bonito. Pero lo superarás.

—Gracias, Sr. Billingsley.

—Ten cuidado, Rebecca.

Carter había sido el abogado de su abuelo y el Abuelo Bob lo había recomendado ampliamente, por si Rebecca necesitaba a alguien para manejar su divorcio. A finales de los sesenta, Carter había llenado ese vacío de figura paterna después de que su padre muriera.

Sus pensamientos derivaron a su hijo de doce años. El equipo de Colton iba contra uno de los mejores equipos de hockey de secundaria en Regina. Con Colton como portero del equipo de Edmonton, la mayor parte de la presión estaba sobre él. Era un muchacho valiente.

Ella mordió su labio inferior, deseando ser así de valiente.

Eres una cobarde, Becca.

—Eres demasiado co-dependiente —su madre siempre le decía.

Rebecca imaginó que no era su culpa. Ella había tenido la suerte de tener modelos masculinos fuertes en su vida. Hombres que dirigían empresas con puños de hierro y tomaban decisiones después de una cuidadosa consideración. O, al menos, trabajaban duro para mantener a sus familias. Hombres como el abuelo de Bob y su padre. Hombres en los que se podía confiar para tomar las decisiones correctas.

No como Wesley.

Incluso a su abuelo no le había gustado él. Cuando el abuelo Bob falleció hacía dos años, había enviado un mensaje claro a todos de que no podían confiar en Wesley. El abuelo Bob había vivido un estilo de vida avaro. Nadie sabía cuánto dinero había guardado para "una emergencia", hasta que él se hubo ido y Colton y Ella se convirtieron en beneficiarios de más de ochocientos mil dólares por la venta de la casa del abuelo Bob y sus negocios.

El abuelo Bob, en su infinita sabiduría, había añadido dos condiciones principales a la herencia. El dinero sólo podía ser retirado de la cuenta si se gastaba en Ella o Colton. Y Rebecca era la única persona con poder de firma.

Wesley se enfureció durante días cuando oyó las condiciones. Cada vez que ella le compraba a los niños ropa nueva, usaba un tono burlón y decía, "Espero que hayas utilizado el dinero de tu abuelo para eso".

Una vez, cuando él apostó la mayor parte de su sueldo, le rogó por un "préstamo", y cuando ella manifestó que no tenía el dinero, la abofeteó.

—¡Puta mentirosa! Tienes casi un millón de dólares a tu alcance. Todo lo que estoy pidiendo es treinta mil quinientos. Te voy a pagar de vuelta.

Ella se negó y pagó el precio, físicamente.

Rebecca lo quería fuera de su vida. De una vez por todas. Pero por el bien de los niños, tenía que encontrar una forma de perdonar a Wesley y lidiar con el hecho de que él era el padre de sus hijos. Siempre sería parte de sus vidas.

Cada vez que miraba a Colton, recordaba a Wesley. A diferencia del pelo rubio y ojos azules de Ella que se asemejan a los suyos, tanto padre como hijo tenían el pelo castaño oscuro, ojos avellana, y un ligero rocío de pecas en la nariz y barbillas con hoyuelos.

Había conocido a Wesley en una fiesta de Navidad de la empresa, poco después de empezar a trabajar como representante de servicio al cliente en Alberta Cable. Siendo hijo de padres de clase superior, Wesley había creado su independencia al no unirse al bufete de abogados de su familia, como se esperaba. En su lugar, fue a trabajar en Alberta Cable como instalador de cable. En la fiesta, había sido asignado a la misma mesa que Rebecca. Tan pronto como Wesley se dio cuenta de que estaba sola, derramó su encanto sobre ella. Él era un maestro en eso.

A la mañana siguiente, encontró a Wesley en su cama.

Después de casi cuatro años de noviazgo, finalmente surgió la pregunta. A través de un mensaje de texto, nada menos. Ella estaba en el trabajo cuando su teléfono celular cobró vida, vibrando contra su escritorio. Cuando miró hacia abajo, vio siete palabras.

"Rebecca Kingston, ¿quieres casarte conmigo?"

Ella inmediatamente dejó escapar un alarido asustado.

—Wesley acaba de proponerme matrimonio.

Esto provocó en toda la habitación un caótico bullicio de aplausos y felicitaciones. El resto del turno de Rebecca le pasó desapercibido.

—¿Papá va a ir al juego? —dijo Ella, interrumpiendo sus recuerdos.

—No, cariño. Él está en el trabajo.

O al menos eso era lo que Rebecca esperaba.

Wesley había dejado Cable Alberta hacía seis meses, siendo escoltado fuera del edificio después de ser despedido por gritar a un cliente en su propia casa y empujar a una mujer contra la pared. No había sido la primera denuncia presentada contra él. Había tenido varios empleos desde entonces, pero nadie quería a un empleado con problemas de manejo de la ira.

Cuando Rebecca le preguntó qué había sucedido, él balbuceó algo acerca de un accidente, argumentando que no era su culpa.

—No importa lo que el imbécil del supervisor diga —dijo.

Ella le dirigió una mirada de incredulidad. Y pagó por esa mirada. El ojo negro la mantuvo en casa durante casi una semana. Fue entonces cuando ella presentó la demanda de divorcio.

Desde que salió de Alberta, Wesley había vagado de un mal trabajo a otro. Durante los últimos dos meses, apenas si había trabajado en absoluto. Ella esperaba en Dios que no estuviera sentado en su apartamento, navegando por la autopista del porno.

La última vez que lo vio, Wesley culpaba de su situación de desempleo a la recesión, la cual en verdad había causado estragos en la vida de muchas personas y aplastado a algunas de las empresas más fuertes. Pero la economía, buena o mala, no era el problema de Wesley. Su problema era su falta de motivación y la incapacidad para manejar sus celos y rabia.

Quizás Wesley estaba experimentando una crisis de mediana edad.

Quizás ella también.

Se estaba haciendo más y más difícil mantenerse juntos. Pero lo hacía por sus hijos. Además, había aguantado cosas peores que la incertidumbre cuando vivió con Wesley. Mucho peores.

Rebecca miró abajo hacia su hija. Era una pequeñita que había nacido dos meses prematura. Wesley se había encargado de eso.

Sacudió la cabeza. *No. Lo que sucedió entonces fue tanto mi culpa como la suya. Me quedé cuando debí haberme ido.*

—¡Date prisa, mami! — dijo Ella, tirando de su mano.

La Arena de Hockey quedaba a 5 minutos a pie de donde había aparcado el coche, pero con la parada táctica por helado, Rebecca se alegró de haber llegado temprano.

—Ella, ¿crees que el equipo de Colton ganará hoy?

Su hija rodó sus ojos.

—Por supuesto. Colton es asombroso.

—Impresionante —acordó Rebecca.

La Arena de Hockey Tamarack entró en su campo visual, junto con la multitud de fans de hockey que se reunían fuera de las puertas de la cubierta de hielo.

Rebecca tomó la mano de Ella y la mantuvo cerca.

En Edmonton, los fans del hockey rayaban en el fanatismo. No sería la primera vez que estallaba una pelea entre padres de equipos contrarios. El año pasado, un niño había sido pisoteado en una arena en el norte de Edmonton. Afortunadamente, había sobrevivido.

—Mantente cerca, Ella.

—¿Ves a Colton?

—Todavía no.

—*¡Becca!*

Girando en la dirección de la voz, ella buscó en las gradas. Entonces distinguió a Wesley, cerca del lado del equipo de casa. No se suponía que él estuviera allí. Los términos de su separación dictaban que podía ver a los niños durante las visitas programadas. Una vez que el divorcio fuera definitivo, esas visitas se limitarían a visitas acompañadas por un trabajador social, si Carter Billingsley, su abogado, se salía con la suya. Ella no había le había dado a Wesley esta noticia todavía.

—Les guardé unos asientos —gritó Wesley. La mirada que le dio sugería que no debía hacer una escena pública. O le iría mal.

Rebecca dejó escapar un suspiro renuente. *Genial. Simplemente fantástico.*

—¿Iremos a sentarnos con papá? —preguntó Ella.

—Sí, cariño. A menos que quieras sentarte en algún otro lugar. —*En cualquier otro lugar.*

A pesar de la plegaria silenciosa de Rebecca, se dirigieron en la dirección de Wesley, empujando las rodillas que bloqueaban el pasillo. Rebecca se sentó al lado de Ella y trató de atajar la culpabilidad que sentía por situar a su hija entre ellos.

—Hay un asiento junto a mí —dijo Wesley.

Su mirada voló hacia el asiento vacío a su derecha, y ella hizo un gesto apenado.

—Estoy bien aquí. Gracias por guardar los asientos.

Luciendo tan guapo como el día en que se había casado con él, Wesley sonrió.

—Luces preciosa. ¿Nuevo peinado?

Ella tocó su cabello largo hasta el hombro.

—Necesito un corte.

—Luces muy bien. Pero tú siempre lo haces.

Ella lo miró. Se estaba pasando un poco con el encanto. Generalmente significaba que quería algo.

Wesley levantó la barbilla de Ella.

—Entonces, Ella-Bella, ¿qué tal el jardín de niños?

—Fuimos a un viaje de campo al zoológico ayer.

—¿Viste a los monos? —preguntó, apoyando su brazo sobre el respaldo de la silla de ella.

—Sí. Eran muy lindos.

—Pero no tanto como tú, ¿verdad? —Él captó la mirada de Rebecca y guiñó un ojo. —Eres la chica más hermosa aquí. Aunque no tengas dientes.

—¡Sí que tengo! —Ella abrió su boca para mostrarle.

Después de unos minutos de escuchar sus bromas, Rebecca se sintonizó con sus risas. La tristeza la inundó, seguida de pesar. Si las cosas hubieran ido de forma diferente, aún serían una familia, y los niños tendrían a su padre en sus vidas. Sin embargo, Rebecca no podía permanecer en una relación abusiva. Su mente y su cuerpo no podían soportar más el trauma. Y estaba aterrorizada de pensar que él comenzara a atacar físicamente a los niños.

Así que había tomado una decisión, y una soleada tarde de viernes, había reunido el coraje para enfrentarse a Wesley en su actual *trabajo en turno*.

—Tenemos que hablar —le había dicho.

—Esto no es un buen momento.

—Nunca es un buen momento. —Ella tomó una respiración profunda. —Quiero que te vayas de la casa, Wesley.

Él rió.

—Buena broma. ¿Cuál es el remate?

—No estoy bromeando.

Su sonrisa desapareció.

—¿Hablas en serio?

—Muy en serio. No es como si no lo esperaras. Quiero una separación. Sabes que he sido…infeliz en nuestro matrimonio.

—Intentaré hacer más tiempo para ti.

—No es más tiempo lo que deseo, Wesley. Ninguno de los dos puede vivir así. Tu ira está fuera de control. Tú estás fuera de control.

—¿Así que todo esto es mi culpa? —desdeñó Wesley.

—Casi me mandaste al hospital la semana pasada.

—Tal vez ahí donde perteneces.

Ella apretó los dientes.

—Tus amenazas no funcionarán esta vez. Me he decidido. Voy a irme esta noche, y me llevaré a los niños conmigo.

Hubo una pausa incómoda.

—Me parece que sólo estás pensando en ti misma, en lo que *tú* quieres. ¿Siquiera has pensado en lo que esto le hará a los niños?

—Por supuesto que lo hice —gritó. —Sólo pienso en ellos. ¿Puedes tú decir lo mismo?

—Vas a ponerlos en mi contra. Al igual que tu madre hizo contigo y tu padre. —Su voz rezumaba disgusto.

—No metas a mis padres en esto. Esto no tiene nada que ver con ellos y todo qué ver con el hecho de que tienes un problema de ira y te niegas a recibir ayuda.

—¿Qué vas a decirle a los niños?

Ella se encogió de hombros.

—Ella no lo entenderá. Es demasiado joven. Colton es demasiado mayor para seguir creyendo mis disculpas para ti. Es casi un adolescente.

Wesley no contestó.

—¿Sabes lo que me dijo anoche, Wesley? Dijo que te gusta más estar enojado de lo que te gusta estar con nosotros. Tiene razón, ¿no es cierto?

Se marchó de su oficina sin esperar una respuesta. Ella ya conocía la respuesta.

Esa noche, Wesley empacó dos maletas.

—Me voy a quedar en el Fairmont McDonald. Todavía te amo, Becca.

Sus acciones la aturdieron. Estaba preparada para llevar a los niños a casa de Kelly. Estaba lista incluso para que Wesley intentara lastimar a sus hijos. Lo que ella no esperaba era su fácil sumisión. O que, por una vez, hiciera lo correcto.

—¿Estás dejándome? —preguntó, escandalizada.

—Eso es lo que querías —dijo él con un encogimiento de hombros. —Eso es lo que obtienes.

Por un segundo, quiso decirle que había cometido un error. Que no quería una separación. Que sería una mejor esposa, aprendería a ser más paciente, aprendería a lidiar con su furor.

Entonces recordó las contusiones y torceduras.

—Adiós, Wesley.

—Por ahora.

Lo observó subir a su coche y esperó hasta que las luces traseras parpadearon, y luego desapareció. Entonces dejó escapar un largo, incómodo respiro y enfiló por el pasillo. Vagó por su habitación y el baño, todo el rato tratando de pensar en los buenos momentos. No había muchos.

Miró su reflejo en el espejo, trazando con un dedo la pequeña cicatriz a lo largo de su barbilla. Wesley le había dado ese regalo en el día de San Valentín dos años atrás. La había acusado de coquetear con el repartidor de UPS.

—Te mereces algo mejor —le dijo a su reflejo. —Los niños también.

Ahora, sentada a dos asientos de distancia de Wesley en la arena, Rebecca se dio cuenta de que su marido seguía haciendo todo lo que podía para controlarla.

—Un centavo por tus pensamientos —dijo él.

—Estarías desperdiciando tu dinero.

—¿Cuál dinero? Tú obtienes la mayor parte de él.

—Eso es para los niños, Wesley, y lo sabes.

Clavó las uñas en sus palmas. *No luches contra él. No aquí. No delante de Ella.*

Llamó su atención.

—La próxima vez que Colton tenga un juego, apreciaría si no te molestaras en venir.

—No me lo perdería por nada del mundo. —Él le dedicó una sonrisa helada. —Ese es *mi* hijo allá abajo.

—¿Qué parte de visitas programadas no…?

Los vítores estallaron desde las gradas cuando los dos equipos de hockey patinaron en el hielo y se unieron a sus porteros. Todos cantaron el himno nacional, luego sonó una bocina.

Rebecca lanzó un suspiro de pesadez.

El juego había iniciado.

Después del juego, el aparcamiento de la arena era un popurrí de gases de escape de automóviles y emisiones de gasolina, y un caldo de cultivo para la irritación. Todo el mundo quería ser el primero. Especialmente el equipo perdedor.

Rebecca se alegó de haber aparcado su Hyundai Accent calle abajo.

—Mamá, ¿iremos a casa ahora? — preguntó Ella.

—Sí, cariño. Es casi hora de la cena.

—¿Papi vendrá a casa también?

—No, cariño. Papá va a su propia casa.

Mientras caminaban a través del aparcamiento, Rebecca estaba segura de que Wesley se desviaría hacia su camioneta, pero permaneció a su lado. Haciendo su mejor esfuerzo por hacer caso omiso de él, tomó la mano de Ella al cruzar la calle. Detrás de ellos, Colton arrastraba su bolsa y palo de hockey.

Cuando llegaron al auto, Rebecca desbloqueó las puertas, se hundió en el asiento del conductor y puso en marcha el motor, mientras que sus hijos le decían adiós a su papá. Luego salió, se trasladó a la puerta de atrás y tiró fuertemente de ella, apretando los dientes cuando chirrió. Colton subió en la parte trasera. Ella la miró con una expresión de esperanza.

—Asiento trasero —dijo Rebecca.

Ella obedientemente subió junto a su hermano, y Colton le ayudó con el cinturón de seguridad de su asiento.

Rebecca cerró la puerta usando su cadera. Captando la mirada de Wesley, dijo:

—Tú siempre dijiste que deberíamos utilizar la puerta chirriante, que si lo hacíamos podría no atascarse tanto. No ha funcionado.

Wesley estudió el exterior del coche.

—No puedo creer que no hayas comprado un coche nuevo.

El Hyundai *había* visto mejores días, y hoy no era uno de ellos. Habían adquirido el coche usado ya en 2003, cuando habían pasado del Supra de dos puertas, el juguete de Wesley, a un vehículo de cuatro puertas que no era tan "apretado", como los niños habían denominado al Supra. La pintura roja ahora estaba gastada en ciertos lugares, las bisagras de la cajuela gemían cuando se levantaba y la puerta trasera del lado del pasajero se atoraba todo el tiempo, por lo que era imposible que cualquiera de los niños la abriera. Esto último era resultado de un accidente. Wesley había sido golpeado de refilón por una temeraria adolescente mensajeando en su celular. O al menos esa es la historia que le había contado a ella.

—Este funciona muy bien —dijo. —No necesito uno nuevo. —*Y no puedo permitirme uno.*

Colton abrió la puerta y asomó la cabeza.

—Papá dijo que me comprará un teléfono celular para mi cumpleaños el mes próximo. Uno que tenga mensajes de texto.

Rebecca cerró la puerta del coche y dirigió una mirada glacial en dirección a Wesley.

—¿Hiciste qué?

—Antes de decir nada, escúchame. Colton tiene la edad suficiente para ser responsable de un teléfono. Además, yo me haré cargo de él, facturas y todo. Cuando tenga la edad suficiente para tener un trabajo, él seguirá pagándolo.

—Te dije hace tiempo que no estoy de acuerdo con que los niños caminen por ahí pegados a un teléfono celular. Es ridículo. —Ella caminó alrededor hacia el lado del conductor.

—¿Qué pasa si hay una emergencia y Colton necesita llamarnos? —preguntó, yendo tras ella.

—Entonces él puede usar un teléfono cercano o hacer que un adulto nos llame. No es como si él condujera algún...

—Rebecca, esta es *mi* decisión. Como su padre.

—Bueno, yo soy su madre, y digo que no tendrá teléfono móvil.

Ella frunció el ceño, maldiciéndose mentalmente por caer en viejos hábitos y costumbres infantiles. La verdad era que ella había estado pensando en todo el asunto del teléfono celular desde que Wesley lo había mencionado por primera vez. Pero su orgullo no dejaría que se echara atrás. No ahora.

—Creo que estás siendo un poco injusta —dijo Wesley.

—¿Injusta? ¿Realmente quieres hablar de eso?

Se dio la vuelta cuando oyó el batir de la ventana al bajar.

—¿Le dijiste, papá? —preguntó Colton.

—Hey, amigo, dame un segundo…

Rebecca frunció el ceño.

—¿Ya le dijiste que tendrá un teléfono celular?

—Dejemos la idea del teléfono para otro momento.

—Bien.

Wesley arrastró los pies.

—Becca, tengo un favor que pedirte.

Ella contuvo el aliento. *Aquí va.*

—Quiero que Colton se quede conmigo en julio.

Desde el interior del coche, Colton asintió con la cabeza.

—Sí, Mamá.

Ella se puso lívida. Hizo señas a Colton para que subiera la ventana, luego se volvió hacia Wesley.

—¿Qué estás haciendo? Esto es algo que deberías haber discutido conmigo primero.

—Lo *estoy* hablando contigo.

—Deberías haberme llamado, no mencionarlo estando justo frente a él. —Ella intentó ignorar a Colton, quien presionaba su cara sonriente apretada contra el cristal. —¿Por qué no me llamaste para que pudiéramos discutir esto?

—He intentado llamar. Te dejé dos mensajes la semana pasada.

Rebecca parpadeó. Comprobaba el contestador cada día, y no había habido llamadas de Wesley.

La boca de Wesley se curvó.

—No estoy mintiendo.

—Quizá los borré por accidente.

—Probablemente. Siempre has tenido problemas con las cosas técnicas. Y para administrar el dinero.

—Por última vez —se quebró, —nuestro lío financiero no es mi culpa. Ambos nos excedimos.

—Pero tienes tu alijo secreto, ¿no?

—Sabes que el dinero es para la educación de los niños —dijo.

Cuando Wesley se había enterado acerca del dinero que había sido reservado para los niños, se había irritado hasta el punto en que deliberadamente estrelló su camioneta en el costado del puente en el camino a casa desde la cena en un restaurante.

Rebecca no había salido indemne. Ella sufrió una multitud de rasguños y moretones, fácilmente explicados por el accidente. El médico no tuvo ni idea de que Wesley la había golpeado después de sacarla de los escombros. Ella apenas recordaba el incidente. Pero recordaba los otros que siguieron en los días posteriores al accidente. La fractura de muñeca. Las magulladuras en la espalda y las caderas.

Cada día después, Wesley le había dicho que la amaba. Pero el amor no debía hacer daño físicamente. ¿O sí?

Lo miró de reojo ahora, agradecida de que nunca hubiera tocado a los niños. Por lo menos ella había hecho eso bien, irse antes de que él estuviera tentado a desatar su furia sobre Colton o Ella.

—Becca, ¿por qué me estás mirando así?

—Estoy recordándome porqué pronto serás mi *ex* marido.

Wesley hizo una mueca, y ella supo que sus palabras lo habían herido.

Bien. Se lo merece.

—¿Crees que es posible ser civilizados el uno con el otro? —dijo.

Ella miró sobre su hombro a Ella y Colton.

—Si tú estás dispuesto, yo también.

—Por el bien de los niños, ¿cierto?

Ella llamó su atención.

—Por el bien de todos.

Silencio.

—Mira, Becca —dijo en tono contrito, —he estado viendo a un psicólogo, y he tomado clases de manejo de la ira. Estoy haciendo todo lo posible para demostrar que puedo ser de confianza con los niños. Jamás los lastimaría.

—¿Como nunca me lastimaste *a mí*?

Él apartó la mirada.

—He pedido disculpas por mi pasado. Ya no soy así.

Ella reflexionó sobre sus palabras, su corazón en conflicto por esa decisión tan difícil. Si se equivocaba y algo le pasaba a Colton, nunca se lo perdonaría.

Pero, ¿y si él está diciendo la verdad? No puedo mantenerlo alejado de los niños. Ellos lo necesitan.

Miró sobre su hombro a Colton. Tenía una sonrisa en su rostro y sus manos entrelazadas delante, rogando. ¿Cómo podría ella resistirse?

Al fin, dijo.

—¿Cuánto tiempo esperas que permanezca Colton contigo?

—Una semana. A mediados de julio.

Ella mordió su labio inferior.

—No estoy segura…

—Yo sé que no es lo que habíamos acordado, pero voy a tomar esa semana de vacaciones y esperaba pasarla con mi hijo.

—¿Sólo tú y Colton?

Él rodó los ojos.

—Y Tracey.

Tracey Whitaker solía ser recepcionista en el bufete de su padre. Wesley y Tracey habían comenzado a verse unos meses antes de que Rebecca le pidiera que se marchase. Ella se había enterado sobre la "otra mujer" cuando le llamó a su suegro un día. Walter le contó que no había visto a Wesley en semanas. Luego le preguntó si había llamado a casa de Tracey. Todos en el bufete de abogados, incluyendo a su suegro, sabían sobre Tracey y Wesley. Su marido no se había molestado en mantener su romance en secreto.

Salvo en el caso de Rebecca.

El padre de Wesley la había apoyado despidiendo a la mujer luego de que Rebecca irrumpiera en su oficina, acusándolo de intentar romper el matrimonio de su hijo. Ella había escuchado que Tracey había reanudado su anterior carrera como cuidadora en un complejo para ancianos.

—Así que sigues con Tracey —dijo ella.

—La dejaría en un instante si me dejaras volver a casa. Podemos romper ese acuerdo de separación y hacer nuestro propio acuerdo. —Arqueó las cejas sugestivamente.

—¿Cómo es que ella no vino al juego?

Wesley se encogió de hombros.

—Tracey tiene un resfriado. Se contagió de los viejos. No vino porque no quería pasárselo a Colton.

—Qué considerada —se burló Rebecca.

—Becca…

Ella hizo caso omiso de la advertencia en su voz.

—¿Ustedes dos planean comprometerse?

Tan pronto como las palabras salieron de su boca, deseó poder llevarlas de vuelta. ¿Por qué tenía ella qué haberle preguntado *eso*, de todas las cosas? La hacía sonar celosa.

¿Lo estoy?

Wesley sonrió, como si leyera su mente.

—Me aseguraré de enviarte una invitación cuando lo hagamos.

Ella llevó su mano a la manija de la puerta.

—No te molestes.

—No has contestado a mi pregunta, Becca.

Con un pesado suspiro, lo encaró.

—Bien. Puedes tener a Colton durante una semana. Pero ni un día más. —Una sonrisa se extendió por su rostro y ella frunció el ceño. —Y por favor no te hagas ideas acerca de cambiar el acuerdo de custodia después de eso, Wesley. Los niños necesitan estabilidad.

—Gracias —dijo.

—Puedes agradecerme asegurándote de cuidar bien de él. —Ella dudó. —Supongo que debería decirte que me iré por un par de días. Los niños se alojarán con mi hermana.

—¿Cuando te irás?

—Mañana por la noche. Después de la cena. Estaré de vuelta el lunes por la tarde.

—Esa algo de último minuto, ¿no crees?

Sus ojos se estrecharon.

—Lo decidí hoy. Y yo no te debo ningún aviso por adelantado. Te lo estoy informando ahora.

Él levantó las manos en señal de rendición.

—Ok, ok. Así que, ¿a dónde vas?

—A Cadomin. Sabes que siempre quise ver la cueva de murciélagos.

—Yo te iba a llevar.

Ella se encogió de hombros y subió al coche.

—Pero no lo hiciste.

—Podría hacerlo. —La observó con recelo mientras sostenía la puerta. —¿Por qué no llevarás a los niños?

—Ellos tienen escuela el lunes.

—¿Con quién irás?

—Sólo yo. —frunció el entrecejo. —Voy sola, Wesley. Necesito un descanso, así que me estoy tomando unos días libres.

—Me gustaría cuidar a los niños, pero voy a estar ocupado este fin de semana.

Ella resistió las ganas de decirle que no era *niñera* cuando los chicos eran suyos.

—Ya está arreglado, Wesley. Kelly los espera.

—¿No tiene ella las manos llenas ya?

Wesley tenía razón. Su hermana tenía las manos llenas. Kelly estaba felizmente casada y con cuatro hijos; Evan, de ocho años, y los trillizos de cinco años de edad, Aynsley, Megan y Jacob.

—Kelly puede encargarse de ellos. Es una gran madre.

Rebecca no lo admitió, pero envidiaba a su hermana. Kelly estaba casada con el hombre perfecto, un ingeniero eléctrico que la adoraba a ella y a sus hijos. Steve era muy respetado, financieramente estable y nunca podría ponerle la mano encima a nadie. Excepto quizás a Wesley. Más de una vez, Steve le había ofrecido ayuda a Rebecca para *"sacar a ese bastardo a la calle"*, o palabras por el estilo.

—Bueno, voy a esperar con ansias la visita de Colton este verano — dijo Wesley.

Ella estaba empezando a arrepentirse acerca de eso.

Sujetando la empuñadura de la puerta para cerrarla, ella lo miró.

—Tenemos que irnos.

—Diviértete en Cadomin. —No sonó demasiado sincero.

Ella le dirigió una sonrisa forzada.

—Lo haré.

Mientras conducía el automóvil lejos de la acera, Rebecca echó un vistazo al espejo retrovisor. Wesley estaba en la acera, mirándola alejarse.

—¿Dijiste que sí, mamá? —preguntó Colton.

—Sí.

En el asiento de atrás, su hijo bailoteó y golpeó a Ella en el costado.

—Mamá, Colton me está molestando.

—No te preocupes, Ella —dijo Colton, —Voy a estar lejos de tu camino durante toda una semana.

Rebecca miró por el espejo.

—¿Cómo supiste que sería por una semana?

—Papá me dijo la semana pasada que te lo iba a preguntar.

Sus labios se afinaron.

—Deberías habérmelo dicho.

—Nah, papá dijo que te lo pediría él mismo. Y no quería echar a perder las cosas.

Colton se introdujo un par de auriculares en los oídos, luego se sentó cómodamente con una sonrisa. Ella lo observó por un minuto mientras él movía su cabeza al ritmo de algún tema que estaba escuchando en el iPod que su padre le había comprado por su cumpleaños el año pasado.

Iba a matarla a estar lejos de su hijo durante toda una semana.

Aún tendrás a Ella.

Como si la hubiera escuchado, su hermosa hija soltó una risita en el asiento trasero.

Llegado Julio, Rebecca se mantendría ocupada con Ella y disfrutarían de un verdadero tiempo madre-hija. Pero eso no evitaría que echara de menos a Colton. Una semana era mucho tiempo.

Demasiado tiempo.

Deprimida, Rebecca enfiló hacia Whitemud Drive y se dirigió a casa, todo el tiempo preguntándose si debía cancelar los planes de verano con Wesley.

—Puedes hacerlo —susurró. —Es sólo una semana.

Sería la semana más larga de su vida. Después, convencería a Wesley para volver a su antiguo plan de verano. Alternando los fines de semana durante las vacaciones de verano. No había ninguna manera en la que fuera a separarse de cualquiera de sus hijos durante más tiempo.

Colton y Ella son mi vida y mi alma.

—¿Podemos comprar pizza para celebrar? —preguntó Colton.

—Seguro. ¿De champiñones y Pepperoni?

—Sí.

—¿Con doble queso? —chilló Ella.

—Con doble queso.

De alguna manera, la pizza hizo que el mundo pareciera estar bien de nuevo, y Rebecca sonrió. Estaba en el proverbial asiento del conductor, en control de su vida de nuevo.

Debería haber sabido que la vida nunca es predecible…

~ * ~

Descarga *Sumergido* desde tu establecimiento favorito para continuar leyendo.

Cheryl Kaye Tardif es una autora de suspenso galardonada, best seller internacional canadiense. Sus novelas incluyen *Santuario divino*, *Sumergido*, *La justicia divina*, *Los niños de la Niebla*, *El río*, *La intervención divina*, y *La canción de la Ballena*, que la autora superventas del New York Times, Luanne Rice, llamó "una interesante historia de amor y familia y los misterios del corazón humano... una hermosa novela inquietante".

Ella está trabajando ahora en su próximo thriller.

Cheryl también disfruta de escribir historias cortas inspiradas principalmente por su ídolo, el autor Stephen King, y esto ha dado lugar a *Esqueletos en el closet y otras historias escalofriantes* (eBook) y *Control Remoto* (novelette eBook). Sus cuentos aparecen en varias antologías, incluyendo *Maestros de sombras* y *En lo que se convierten los miedos*.

En 2010, Cheryl se desvió hacia el género romance suspense romántico contemporáneo con su debut, *Lancelot Lady*, escrita bajo el nombre de de Cherish D'Angelo.

Booklist la alabó, "Tardif, quien ya es un gran éxito en Canadá...un nombre qué considerar al sur de la frontera".

El website de Cheryl: http://www.cherylktardif.com
Blog Oficial: http://www.cherylktardif.blogspot.com
Twitter: http://www.twitter.com/cherylktardif
Facebook: https://www.facebook.com/CherylKayeTardif

IMAJIN LIBROS

Ficción de calidad más allá de tus sueños

Para comprar tu próximo libro en formato rústico o electrónico, por favor visita:

www.imajinbooks.com

www.twitter.com/imajinbooks

www.facebook.com/imajinbooks

IMAJIN QWICKIES®
www.ImajinQwickies.com